STEPHANIE JANA

Im Ballhaus brennt noch Licht

GOLDMANN

Stephanie Jana

Im Ballhaus brennt noch Licht

Roman

GOLDMANN

Ein großer Teil des vorliegenden Romans spielt im Berlin der Zwanziger-, Dreißiger- und Vierzigerjahre des 20. Jahrhunderts. Deshalb haben Verlag und Autorin nach reiflicher Überlegung beschlossen, Vokabeln wie »Negermusik« und »Judensaal«, die heutzutage zu Recht als rassistisch, antisemitisch und inakzeptabel gelten, zu verwenden, um dem historischen Kontext möglichst realistisch zu entsprechen und durch die ausdrückliche Benennung den Leser*innen die Geschichte und Wirkung von Rassismus und Antisemitismus gezielt vor Augen zu führen.

FSC www.fsc.org MIX Papier | Fördert gute Waldnutzung FSC® C104608

Penguin Random House Verlagsgruppe FSC® N001967

1. Auflage
Originalausgabe September 2023

Umschlaggestaltung: UNO Werbeagentur, München
Umschlagmotive: Arcangel Images/Laura Ranftler; FinePic®, München
Redaktion: Waltraud Horbas
KS · Herstellung: ik
Satz: GGP Media GmbH, Pößneck
Druck und Bindung: Nørhaven Book A/S
Printed in Denmark
ISBN: 978-3-442-49154-4

www.goldmann-verlag.de

Für Clärchen, Marion, Usch und all die anderen Herzensmenschen, die immer an mich geglaubt haben.

Prolog

1923

Die kleine Tänzerin aus Porzellan schimmerte perlmuttweiß in ihrer Hand. Lulu strich zärtlich über ihre filigranen Formen, die zum Dutt gebundenen Haare, die spitz geformte Nase, die schmalen Schultern, die elegant gebogenen Arme mit den leicht geöffneten Händen und das bauschige Ballerinakleid. Die rechte Hand war nach oben gestreckt, die linke zeigte nach unten. Auf Zehenspitzen schwebte sie in ihren Ballettschuhen, im Begriff, sich zu drehen – unglaublich grazil und gleichzeitig verletzlich. Die perfekte Tänzerin. *Wie wunderschön sie ist* – und aus weißem Gold, wie ihre Mutter das feine Porzellan immer genannt hatte.

Eine tiefe Trauer überkam Lulu und legte sich wie ein schwerer Schleier über sie. Tränen tropften auf die kleine Tänzerin. Schnell wischte Lulu mit ihrem Ärmel den glatten, kalten Körper trocken, als könnte sie damit auch ihren Schmerz auslöschen. Sie umklammerte die Spieluhr fester. In diesem Moment wurde ihr klar, dass sie nicht so weiterleben konnte wie bisher. Nie wieder. Alles hatte sich verändert. Aber sie *musste* weiterleben, weitertanzen. Sie durfte nicht aufgeben. Nicht jetzt.

Lulu gab der Tänzerin einen zarten Kuss auf die Stirn und stellte sie vorsichtig vor den beleuchteten Theaterspiegel ihrer Garderobe zurück. Das warme Licht der runden Birnen hieß sie willkommen. Sie blickte hinein und erschrak selbst über ihr trauriges Gesicht. Und das Schwarz ihrer langen, gebogenen Wimpern hing wie ein Vorhang, der in einen unbekannten Abgrund einlud, über dem Nachtblau ihrer Iris. Hieß es nicht, die Augen sind der Spiegel der Seele? Hat die Seele überhaupt eine Farbe? Lulu stellte sie sich wie einen Regenbogen vor. Ihre Mutter hatte einmal zu ihr gesagt, wenn sie stürbe, würde sie sich einen Platz im Himmel suchen, von dem sie Lulu am besten sehen könnte. Nun lag sie unter der Erde. Oder vielmehr das, was von ihr übrig war.

Gleich war es so weit. Keiner durfte merken, wie es in ihrem Herzen aussah. Die lila Federboa, die an einem Haken über dem Spiegel hing, trug noch Spuren vom Glitzerregen des letzten Auftritts. Wieder schossen Lulu Tränen in die Augen. *Hör auf zu weinen. Du musst jetzt rausgehen und tanzen. Dein Tanz. Deine Chance. Dein Abend. Alle sollen es sehen. Für Mutter. Für Claire.*

Auch wenn der Tod sich durch ihren Zustand schon lange angekündigt hatte, hätte Lulu es vorher für unmöglich gehalten, dass gerade diese beiden Ereignisse, die sie innerlich regelrecht auseinanderrissen, auf einen Tag zusammenfielen: Mutters Beerdigung und ihre Premiere, der langersehnte Tanz vor Publikum. Ihr erstes Engagement als Tänzerin, und das auch noch in ihrem geliebten Ballhaus – nun ihr Zuhause. Wie lange und wie hart hatte sie dafür gearbeitet, Tag für Tag, Jahr um Jahr geprobt. Allein wenn sie daran dachte, stieg das Lampenfieber kribbelnd in ihr hoch, denn nun durfte sie gleich zeigen, was sie konnte.

Und doch schwang, seitdem es passiert war, mit jeder Sekunde, jedem Schritt, jeder Bewegung, jedem Atemzug die furchtbare Gewissheit mit: *Mutter ist tot. Tot. Tot. Tot.*

In einem schlichten Eichensarg hatten sie Claire Schneider, geborene Bernot, am Mittag auf dem Sophienfriedhof begraben. Die Erinnerung daran erschien Lulu wie durch einen Nebel, verschwommen und unwirklich. Und doch spürte sie jetzt noch die weiße Rose in ihrer Hand, deren Dornen sie gestochen hatten, bis sie blutete. Nun lag die Lieblingsblume ihrer Mutter auf dem Sarg. Wäre Rosa nicht dabei gewesen, wer weiß, vielleicht hätte sie sich einfach auch in das Loch hineinfallen lassen. Doch ihre Freundin hatte den Arm um ihre Schultern gelegt und geflüstert: »Komm, wir gehen … Es wird Zeit.«

Nur acht Stunden waren seitdem vergangen. Es war Samstagabend, kurz vor acht. Lulu atmete laut aus. Dann trocknete sie ihre Tränen. Das löchrige Stofftaschentuch, mit den Initialen D. S. und einem vierblättrigen Kleeblatt bestickt, lag immer auf ihrem Garderobentisch. Ein wenig Glück könnte sie wahrlich gebrauchen. Sie setzte sich aufrecht in den Ledersessel, streckte sich und straffte die Schultern. *Es wird Zeit*, klangen die Worte in ihrem Kopf. Dann begann sie entschlossen mit ihrer Verwandlung.

Mit der alten Theaterschminke, die Rosa besorgt hatte, bedeckte sie ihr Gesicht Stück für Stück ganz in Weiß.

Es dauerte nicht lange, Lulu war geübt darin. Die Augen umrandete sie schwarz, ein schmaler Bogen markierte die

Brauen, die Wimpern tuschte sie ebenso dunkel, bald strahlten ihre vollen, herzförmigen Lippen blutrot. Sie malte noch eine einzelne schwarze Träne unter ihr linkes Auge. Pinselte etwas Rouge auf die Wangen. Dann zog sie vorsichtig ihr silbernes Pierrotkostüm an und setzte den schwarzen Zylinder mit der kleinen Feder auf ihren blonden Bubikopf. Am Ende verteilte sie Glitzerpuder über die noch sichtbare Haut auf Gesicht, Hals, Dekolleté und Arme. Voilà. Ein letzter kritischer Blick in den Spiegel bewies: Jetzt war sie vollkommen. Vollkommen Lulu.

Die kleine Tänzerin schien ihr zuzulächeln.

Noch zehn Minuten bis zum Auftritt. Von drinnen hörte sie die ersten Klänge. Gregor ließ seine Kapelle sich warmspielen. Sie war dankbar für das vertraute Gefühl, das sie sogleich umgab. Ihre Gedanken formten sich bereits zur Musik. Tadam, tadam, tadam. Ihr Herz schien im Takt zu schlagen.

Das Stimmengewirr wurde lauter. Gleich würde der Saal voll besetzt sein. Viele Menschen dicht aneinandergedrängt, schick zurechtgemacht für die neue Tanzshow in *Sternbergs Ballhaus*, dem derzeit angesagtesten Ort des Viertels, in tanzwütiger Stimmung und freudiger Erwartung der Hauptattraktion. Auf den Plakaten beworben mit »Erleben Sie den neuesten Stern am Berliner Tanzhimmel: Die einzigartige Lulu als Pierrot auf dem Vulkan – Jugend! Eleganz! Schönheit! Kunst!«

Noch fünf Minuten. Es klopfte ungeduldig. »Lulu, Schätzchen, bist du so weit? Das Publikum wartet!« Rosa öffnete die Tür und lugte herein, die roten Kringellocken fielen ihr dabei lustig über die Sommersprossen im Gesicht. Lulu nahm die silberne Zigarettenspitze, prüfte, ob die Fluppe darin fest genug steckte, und erhob sich. »Ja, ich komme.«

Von der Garderobe waren es genau dreiunddreißig Schritte bis zur Bühne. Sie hatte sie zigmal gezählt. Rosa folgte ihr stumm und kam kaum hinterher, denn Lulu ging schnell – angezogen vom Rampenlicht. Es gab kein Zurück mehr.

Beim ersten Betreten knarrte der Dielenboden der Bühne unter ihren blanken Füßen. Als Gregor sie durch den hinteren Eingang kommen und neben dem Vorhang warten sah, nickte er ihr aufmunternd zu. Seine Musiker – alles Russen wie er – konzentrierten sich auf sein Kommando, sie waren bereit. Das Licht erlosch. Das Publikum verstummte. So still im Saal wurde es, dass man eine Nadel fallen hören konnte. Der charismatische Conférencier im schwarzen Frack kündigte sie mit durchdringender Stimme an. Die Menge applaudierte. Gregor gab das Zeichen. Dann erklang der alte New Yorker »Cigarette Tango« und erfüllte den Raum, bis nichts anderes mehr zählte und von Bedeutung war.

Der Tanz begann.

Und ließ Lulu schließlich wieder daran glauben, dass alles möglich war.

Das Leben tanzen

1. TEIL

Das neue Ballhaus

(1913–1918)

1

Freitag, 21. November 1913

Die Kirchturmuhr schlug fünfmal. Sie musste los. Voller Vorfreude schlich sich die zwölfjährige Lulu auf Zehenspitzen in den Flur. Leise schlüpfte sie in ihren grauen Wollmantel und die Fellstiefel. Dann wickelte sie sich den dicken Schal um den Hals und zog ihre Mütze auf den Kopf, sodass nur noch ihre weißblonden, geflochtenen Zöpfe wie kleine Schlangen hervorlugten. Sie war unglaublich aufgeregt, schnappte sich die warmen Fäustlinge und prüfte, ob sie ihren Schlüssel umhängen hatte. Schnell raus hier.

Es war Ende November und bereits so kalt und stürmisch wie im tiefsten Winter. Ihre Mutter Claire prophezeite gar für morgen den ersten Schnee, man könnte ihn bereits riechen. Lulu spähte durch die offene Tür ins Wohnzimmer, um sich von ihr zu verabschieden. Sie lag schlafend auf der Chaiselongue aus rotem Samt. Obwohl es erst Spätnachmittag war, hatte Mutter bereits zwei Flaschen Wein geleert. Lulu bemerkte es sofort, weil sie neben ihr auf dem kleinen Casa Padrino-Tisch standen. Der Anblick versetzte dem Mädchen einen Stich, doch sie wusste einfach nicht, was sie deswegen unternehmen sollte. Wahrscheinlich war sowieso ihr Vater schuld. Wenn sie an den dachte, zog sich ihr Magen zusammen, und etwas tief in ihr drin wurde schwarz und kalt.

Wenn ihre Eltern abends laut miteinander stritten, lag Lulu oft schlaflos nebenan in ihrem Bett. Streng genommen brüllte und polterte hauptsächlich ihr Vater Ernst wie ein Haudegen herum – »eine echte Kanaille«, schimpfte Mutter gerne. Lulu verstand das Wort zwar nicht, begriff allerdings, dass es nichts Gutes bedeutete.

Auch gestern hatte sie sich voller Unbehagen unter der Decke versteckt und sich an ihre Puppe geklammert. Ihre Zähne hatten geklappert, so zitterte sie. Um sich abzulenken, schloss Lulu dann immer die Augen, ganz fest, und stellte sich vor, sie wäre an einem anderen Ort. Wenn sie sich lange genug auf die Dunkelheit konzentrierte, das wusste sie schon, bekam sie irgendwann nichts mehr von ihren Eltern mit, und andere Bilder erschienen vor ihrem inneren Auge. Die waren bunt, hell und freundlich. Manchmal erschien ein Zirkus oder ein Theater. Oder sie war plötzlich am Meer, auf einem Schiff oder am Strand. Gerne träumte sie auch davon, sie könnte fliegen. Dann schwang sie in ihrer Fantasie die Arme wie ein wilder Vogel seine Flügel und besuchte alle Orte, die sie unbedingt sehen wollte. Oder sie flog mitten durch riesige weiße Wolkenberge in den azurblauen Himmel. *Wie hoch sie wohl käme? Und wie weit geht der Himmel überhaupt? Wann hört er auf und fängt das Universum, wo Mond und Sterne wohnen, an?* Solche Fragen kamen ihr dann in den Sinn.

Niemand konnte jedoch Vaters Tobsuchtsanfälle verhindern. Meist wehrte sich Mutter nur am Anfang und wurde immer leiser, je lauter er wurde. Doch es nützte auch nichts, dass sie mit der Zeit verstummte. Wenn keiner auf ihn reagierte, brachte ihn das noch mehr aus der Fassung. Seitdem er letztes Jahr bei der Reichsversicherungsanstalt untergekommen war, war es schlimmer mit ihm geworden. Die neue Arbeit machte Vater scheinbar noch unzufriedener, obwohl er mehr verdiente. Man wusste nie, wie er abends gelaunt sein würde, wenn er wieder auftauchte. Oft schlug seine Stimmung auch von einer auf die andere Sekunde ins Gegenteil um, obwohl Lulu fand, dass Mutter und sie wirklich nichts falsch gemacht hatten. Vielleicht war er unglücklicher, als sie dachte. Wie Mutter auch. *Das* erkannte Lulu wenigstens in ihren Augen.

Am besten war es jedenfalls, wenn Vater nach Feierabend direkt in der Kneipe verschwand und erst heimkam, wenn sie schon schlief. Sie hoffte inständig, das würde heute auch so sein.

Ihre Mutter gab einen kleinen Schnarcher von sich, das holte Lulu wieder in den Augenblick zurück. Sie sollte aufhören, sich Sorgen um ihre Eltern zu machen. Außerdem war sie viel zu spät dran. So geräuschlos wie möglich schloss sie die Tür zum Wohnzimmer und trat auf leisen Sohlen in den Hausflur. Ein mächtiges Glücksgefühl durchströmte ihren Bauch. Gleich würde sie frei sein! Sie rannte die Treppen vom dritten Stock ihrer Wohnung bis ins Erdgeschoss hinunter, nahm die letzten Stufen in einem Sprung auf einmal und stürmte voller Vorfreude hinaus. Ein eisiger Wind schlug ihr draußen ins Gesicht. Stockdunkel war es, als wäre es bereits Nacht, und die Laternen beleuchteten die

Auguststraße in warmem Orange. Ein Hund kläffte im Nachbarhof. Im Haus schräg gegenüber bekam der Sohn der Familie Klavierunterricht, konnte Lulu durch das riesige Erdgeschossfenster erkennen.

Sie schaute prüfend nach oben. Vielleicht würde es wirklich bald schneien. Auch wenn ihre Mutter kaum noch das Haus verließ, spürte sie so etwas immer genau. Es war, als hätte sie feinere Sinne für manche Schwingungen des Lebens. Mehr als andere Menschen. Oder auch dunkle Vorahnungen, die sich dann bestätigten. Als ihre Tante zum Beispiel plötzlich durch einen Unfall starb, hatte Claire dies in der Nacht vorher geträumt. Oder sie sagte Sätze wie »Es ist Vollmond, danach ändert sich das Wetter« oder »Streichle nie eine schwarze Katze, das bringt Unglück«. Ein bisschen war das wie bei der russischen Seherin Darja mit den roten Haaren und grünen Augen, die jeden Tag vor der Synagoge anzutreffen war und Passanten ihre Dienste anbot. Auch Lulu las sie ab und zu aus der Hand, weil das Mädchen ihr manchmal ein Stück Brot vorbeibrachte. Das letzte Mal hatte sie die Linien begutachtet, ihre Hand gedrückt und mit bedeutungsschwangerer Stimme gesagt: »Meine Kleine, moja Malen'kaja, du wirrrst mal eine große Känigin werden.«

Lulus Atem bildete kleine Wölkchen in der ungemütlichen Kälte. Schnell zog sie ihre Fäustlinge über die Hände und den Schal höher über ihr Gesicht. Auch wenn sie die Augen etwas zusammenkniff, half das nichts. Die Kälte überfiel sie schonungslos und durchflutete jede Pore ihres zierlichen Körpers. Trotzdem blieb Lulu vergnügt, denn nun konnte das Abenteuer beginnen, auf das sie sich unbändig freute.

Den Weg rannte sie. Das neue Ballhaus in der Auguststraße 24 befand sich nur ein paar Häuser von ihnen entfernt und hatte vor zwei Monaten seine Pforten geöffnet. *Sternbergs Ballhaus* nannte es sich, nach seinem Besitzer Levi Sternberg. Das war ein in der Stadt angesehener Mann, sagte ihre Mutter. Diese kannte ihn von früher, weil sie als junge Frau einige Zeit in seinem Elternhaus als Dienstmädchen beschäftigt gewesen war, hatte Lulu erfahren.

Als Hauswart Kurt bei ihnen Ende August das Treppengeländer gestrichen hatte, absichtlich langsam, um nichts im Haus zu verpassen und mit der schrulligen Tante Frieda zu plaudern, die bei ihnen im Erdgeschoss lebte, hatte Lulu im Hausflur Wortfetzen wie »neues Ballhaus« und »Tanzen« aufgeschnappt. Neugierig war sie oben auf der Treppe stehen geblieben. So bekam sie mit, dass der jüdische Kaufmann und Kunstförderer Levi Sternberg in ein paar Tagen ein echtes Ballhaus in der Nummer 24 eröffnen würde. Man munkelte, dass er zusätzlich zu den Tanzabenden ein kleines Showprogramm plante, was ihn von anderen Ballhäusern abheben und ein wenig »Varieté« in das Viertel bringen würde.

Was für eine Nachricht!

Lulu erinnerte sich daran, wie sie schließlich am Eröffnungstag im September, als der Spätsommer in Berlin schon die ersten herbstlichen Anzeichen gezeigt hatte, zu *Sternbergs Ballhaus* gelaufen war. Wie konnte sie einen Blick hinein erhaschen, ohne aufzufallen? Sicher war Kindern der

Zutritt nicht gestattet. Sie ging suchend im Hof, vor dem hohen Gebäude und wieder auf der Straße herum. Aber hier war nichts zu machen. Also versuchte sie, eine andere Möglichkeit zu finden. In diesem Moment trat jemand aus dem rechten Nachbarhaus, und ihr kam eine Idee. Als die Luft rein war, öffnete sie schnell die Eingangstür der Nummer 23 und folgte der Zufahrt Richtung Innenhof. Sie wusste, hier hinten gab es auch eine Wäscherei, und man sah von hier aus die Rückseite des Ballhauses. Vielleicht, ja vielleicht gab es irgendeinen kleinen Weg nach nebenan. Gegenüber erkannte sie die Remise mit dem blauen Tor, wo allerlei Krimskrams und Geräte abgestellt waren. Sie schlich sich auf leisen Sohlen daran vorbei, schaute nach, ob in der alten Scheune daneben eine Öffnung zur anderen Seite zu finden war, und passte auf, dass sie keiner entdeckte. Im Innenhof war zum Glück niemand. Nur eine Katze schreckte Lulu auf, die laut miauend von einer Kiste sprang und abhaute. Stockdunkel war es hier überall, aber sie verspürte keinerlei Angst. Ohne groß zu überlegen, drückte sie die Klinke der Tür des Vorbaus neben der Scheune hinunter. Sie war unverschlossen! Lulu ging hinein und wagte sich weiter vor. Hier war offensichtlich ein Lagerplatz für Nahrungsmittel, Wein, Kerzen und andere Dinge wie Geschirr und Besteck, die zu einem Ballhaus passen könnten. Das war gut. Sie war auf der richtigen Fährte. Das Herz klopfte Lulu bis zum Hals, als sich auch die nächste Tür am Ende des Raums problemlos öffnen ließ. Sie lugte mit dem Kopf vorneweg, was sich wohl dahinter verbarg, und staunte nicht schlecht: Vor ihr lag tatsächlich die hintere Seite des

Ballhauses mit einer Art Terrasse und einem kleinen Wintergarten, der zum Tanzsaal führte. Sie hatte es geschafft! Lulu betrat atemlos den Kiesboden, der unter jedem ihrer Schritte knirschte, und versteckte sich schnell in einer Ecke hinter einem Lorbeerbusch. Dort hatte sie eine gute Sicht durch die hohen Glastüren ins Innere. Was sie in diesem Augenblick zum ersten Mal gesehen hatte, würde sie niemals wieder vergessen: Schick gekleidete Menschen, die zu wundervollen Klängen der Kapelle tanzten, tanzten, tanzten. Alle waren ausgelassen, glücklich und strahlten um die Wette. Und das Ballhaus erst. Es kam ihr vor wie ein Schloss. Obwohl es gar nicht golden glänzte. Vielmehr ein Märchenschloss aus bunten Lichtern, Musik und Frohsinn. Lulu staunte und konnte ihren Blick nicht abwenden.

Seitdem ging sie jede freie Minute nach der Schule – die sie sowieso nicht mochte – zum Ballhaus in ihr Versteck hinter dem Kirschlorbeer. Der Busch war zu ihrem Stammplatz geworden, ein wahrer Lieblingsort, von dem aus Lulu unbemerkt das lebendige Treiben im Saal beobachten konnte. Alle Tänzer, die grazilen Damen in ihren schönen Kleidern, die eleganten Herren, die Musiker, deren Finger flink über die Instrumente hüpften. Die Gäste, die sich unterhielten, lachten, sich zuprosteten. Das Gewusel der Kellner, die leuchtende Bar mit ihren tausend Flaschen und Gläsern, die gemütliche, kleine Weinstube, der blaue Dunst vom Rauch, der schwer im Raum lag, die lustigen Bilder an den rubinrot gestrichenen Wänden. Jedes von ihnen zeigte ein anderes tanzendes, verliebtes oder sich küssendes Paar. Auf dem einen Bild fasste sich eines sogar gegenseitig an den Po. Wenn Lulu sich etwas weiter aus ihrem Versteck wagte und ihre Nase an die Fensterscheibe drückte, konnte sie alles genau erkennen.

Hinzu kam das warme Licht im Saal, das eine gemütliche Atmosphäre verbreitete. Solche goldenen Kronleuchter hatte Lulu nie zuvor gesehen. Aber sie mochte auch die kleinen grünlich schimmernden Messinglampen an den Wänden. Alles hier erstrahlte. Da war ein ganz bestimmter Zauber, der vom Ballhaus ausging. Für Lulu einfach magisch, eine neue märchenhafte, fremde Welt, die sich ihr zeigte.

Manchmal fand auf dem Parkett Tanzunterricht statt, den ein Lehrer im Frack mit lauten strengen Rufen anleitete. Er hatte jedes Mal eine andere Dame dabei, mit der er in perfekter Haltung und stolzem Blick die Schritte und Figuren übte. Die Tanzschüler schauten und lauschten ehrfürchtig, dann versuchten sie, es nachzuahmen.

An anderen Tagen gab es offenen Tanz – Walzer, Foxtrott, oder die neueste Mode: den Tango. Oder es spielte nur die Kapelle, und die Tanzfläche war leer. Dann saßen die Gäste an den vielen Tischen und standen an der Bar, vergnügten sich mit dem herrlich duftenden Essen und Wein, Bier oder Getränken, die Lulu nicht kannte.

Noch etwas hatte sie beobachtet: Am Samstagnachmittag probte eine bildhübsche Tänzerin allein auf der Bühne, was das Mädchen besonders faszinierte. Wie eine Prinzessin sah sie aus. Von ihr wollte sie lernen. Jede Bewegung, jeden Schritt, jede Geste. Wie sie schaute, blinzelte, ihre Glieder bis in die Spitzen streckte. Lulu inhalierte das förmlich, um sich alles zu merken. Das war schön. So wollte sie auch einmal werden.

Das Ballhaus war für alle da. Jeder schien willkommen, die Dienstmagd genauso wie der feine Herr. Alle, die im Ballhaus weilten, wirkten frei und fröhlich, auch wenn es manchmal richtig rumpelte, die einen oder anderen volltrunkenen Gäste aneinandergerieten und hinausgeleitet werden mussten.

Lulu hatte nicht gewusst, dass das Leben so leicht sein konnte.

Aber das Ballhaus war eine andere Welt. Dort schienen die Sorgen wie weggefegt. Wenn die Kerzen drinnen im Saal einladend flackerten, die Musik gedämpft herausklang, die einzelnen Körper sich im Tanz zu einem einzigen Großen und Ganzen verbanden, versank sie im Schauen und Staunen und vergaß dabei alles um sich herum.

Inzwischen wusste Lulu auch, welcher Mann Levi Sternberg, der »Vater« des Ballhauses, war. Er stand meist lächelnd in irgendeiner Ecke und verfolgte das Geschehen aufmerksam. Seine tiefschwarzen Haare glänzten, er hatte sie streng zurückgekämmt, im eleganten Fassonschnitt. Und mit seinen freundlichen dunkelbraunen Augen überwachte er den Saal. Er hatte immer einen dunkelgrauen Anzug mit zugeknöpfter Weste an, mit ordentlich gebundener Krawatte, einem weißen Hemd und Einstecktuch in der Sakkotasche. Ab und zu gab er Anweisungen und begrüßte manche Gäste persönlich mit Handschlag. Manchmal lief Sternberg auch herum, deckte Tische neu ein oder rückte frei gewordene Stühle gerade. Er schien sich für keine Tätigkeit zu schade.

Wenn er nur so dastand und zuschaute, kam es Lulu vor, als würde er die Atmosphäre genauso genießen, wie sie es heimlich von außen tat. Er war sichtlich erfreut über das, was er dort im Saal vor sich sah. Dann lag dieser zufriedene Ausdruck auf seinem Gesicht. Hin und wieder zog er dann an seiner Zigarre oder trank etwas aus einem Glas mit dickem Boden. Manchmal verschwand Sternberg einfach so wieder im Nirgendwo. Oder er sagte etwas zum Barmann, Kellner oder Kapellmeister. Danach setzte er sich an seinen Tisch, ein kleiner runder mit zwei Bistrostühlen in einem zurückgelagerten Separee mit spärlicher Beleuchtung seitlich von der Bühne. Dort war er gewöhnlich allein. Am besten gefiel Lulu seine Ruhe und sanfte Freundlichkeit, die er ausstrahlte, und wie geduldig er mit allen redete.

Jetzt war Lulu endlich angekommen und ziemlich außer Puste. Von der Straße aus erkannte sie das große Schild *Sternbergs Ballhaus* über der Eingangstür in geschwungenen dunkelroten Lettern. Sie blickte hinauf und begrüßte das hohe Haus mit den vielen Fenstern, die ein bisschen wie Augen aussahen, mit einem entschlossenen Nicken.

»Da bin ich«, sagte sie laut und schenkte dem alten Gemäuer ein Lächeln.

2

Unbemerkt lief Lulu durch den Eingang des Nachbarhauses. Flink wie ein Wiesel schlüpfte sie über den Hof in die Remise, öffnete die geheime Tür zum anderen Grundstück und schlich dann geduckt die letzten Meter bis zum Wintergarten. Dort warf das Licht aus dem Tanzsaal einen warmen Schein auf den Boden, und innen spielte die Kapelle bereits fremd klingende Tangoklänge.

Freitags war immer »Tango-Tanztee« um fünf Uhr. Es hatte schon längst angefangen. Die Luft war rein, bei der ungemütlichen Kälte wollte niemand raus. Lulu merkte gar nicht, ob sie fror oder nicht, es zählte nur, dass sie keiner erwischte. Sie versteckte sich hinter ihrem Lorbeer, der den nötigen Schutz vor Entdeckung bot, quetschte sich zwischen ihn und die Hauswand und linste durch die hohen Flügeltüren in den Saal. Den Tango, ein brandneuer Tanz aus Argentinien, wie sie von Mutter wusste, mochte sie besonders gern. Lulu genoss jeden Ton, wiegte sich hin und her und summte unwillkürlich mit.

Inzwischen spielten die Musiker in Höchstform auf, die Vortänzer hatten sich zurückgezogen – jetzt war das gemeine Volk an der Reihe. Der Tanz war in vollem Gange. Auch heute erkannte Lulu im Saal Sternberg, der etwas unauffällig an der Wand zwischen Bar und Bühne lehnte, mit Zigarre in der Hand und umherblickend. Er schien fast einsam in dem munteren Treiben, und seine großen dunklen Augen sahen sogar aus der Entfernung seltsam leer aus. Wie er dort stand, still und unbeweglich, hätte er auch eine Statue sein können. Im Gegensatz zu ihm kam ihr der Trubel und Lärm im Ballhaussaal umso lebendiger vor.

Lulu trat in ihrem Versteck von einem Bein aufs andere und reckte ihren Kopf höher, um noch besser sehen zu können. Warme Atemwolken stoben aus ihrem Mund, ihre Nasenspitze fühlte sich eisig an. Aber das machte ihr nichts aus.

Jetzt wurde die Musik schneller. Lulu wippte mit größter Begeisterung zum Takt hin und her, wagte sich ein Stück hinter dem Busch vor und drehte sich im Kreis. Dabei strahlte sie einen unsichtbaren Tanzpartner an, wie sie es sich bei den schnieken Damen abgeguckt hatte. Sie versuchte angestrengt, den Tango zu verstehen, sich die Schrittfolgen zu merken und eigene zu erfinden. Zu unaufmerksam und ausgelassen in ihrem Spiel durfte sie jedoch nie sein, weil sie aufpassen musste, nicht erwischt zu werden. Ab und zu traten unerwartet Gäste in den Wintergarten hinaus. Zum Reden, Rauchen, um frische Luft zu schnappen, oder auch Liebespaare zum Knutschen. Dann ging sie schnell wieder in Deckung und blieb dort so lange hocken, bis die Besucher verschwunden waren.

Sie liebte es, hier zu sein. Keiner durfte ihr das verbieten. Beim Zuschauen lernte sie den Unterschied zwischen Polka und Mazurka, Walzer und Foxtrott. Und zu Hause übte sie fleißig ihre eigenen neu kreierten Tanzschritte, Bewegungen, Pirouetten, Choreografien und die fünf Grundpositionen des Balletts, die Mutter ihr beigebracht hatte. Manchmal erzählte sie ihr auch von ihren Ballhaus-Besuchen und den neuen Tänzen, und sie versuchten sich gemeinsam im Tango oder Walzer. Oder Lulu spielte die Ballerina, und Mutter war das Publikum. Aber das ging nur, wenn diese nicht traurig oder müde war, nicht über Kopfschmerzen klagte. Die Polka machte am meisten Spaß. Wenn Vater nicht da war, tanzten sie mit lautem Jauchzen durch die ganze Wohnung, bis die alten Dielen knarrten, sie völlig außer Atem waren und sich erschöpft auf die Chaiselongue fallen ließen. Oder bis Frau Bertram von der Wohnung unter ihnen wütend mit dem Besen an die Decke klopfte und brüllte: »Ruhe da oben! Is aber mal jenuch jetzt!«

Lulu hatte bald nach ihrem ersten Ballhausbesuch begonnen, sich Kostüme zu nähen, sich zu verkleiden und die Lippen rot zu malen. Mal war sie ein Schwan mit einem Kleid aus weißem Bettlaken, dann eine Blume aus den Resten einer löchrigen Stola von Mutter oder ein Teufelchen mit schiefen Hörnern, die sie aus Stofffetzen an einen ollen Hut nähte. In ihrem Zimmer hatte sie schon eine recht ansehnliche Sammlung aus unterschiedlichen Materialien, alten Accessoires und Dekors, die sie noch verwenden wollte. Lulu mochte es, sich zu verwandeln. Ihre Mutter Claire amüsierte das. Manchmal wünschte sie sich eine bestimmte Rolle, die Lulu spielen sollte: »Mein Goldstück, sei doch heute mal ein Engel!«, oder »Was meinst du, wie tanzt wohl ein Äffchen? Zeig es mir, Luluchen!« Wenn sie Mutter dann ihren Wunsch erfüllte, erhellte sich deren schönes Gesicht, und sie lachte laut. Das machte Lulu glücklich, und sie strengte sich noch mehr an.

Ihr Mund hätte die Form eines Herzens, sagte Mutter oft zärtlich zu ihr. Bestimmt läge das daran, dass im selben Moment, als sie gezeugt wurde, sich gerade Himmel und Erde geküsst hatten. Das Mädchen stellte sich das immer vor und fand, dass es im Grunde keine besseren Voraussetzungen geben konnte, um eine echte Tänzerin zu werden. Und es gab nichts in ihrem Leben, das sie mehr wollte.

»Hey, Blondzopf, was machst du hier?«, tippte Lulu wie aus dem Nichts jemand von hinten auf die Schulter. Schlagartig wurde sie aus ihren Gedanken geholt, und sie fuhr erschrocken herum. Ein Junge mit dunklem Lockenkopf, ungefähr so alt wie sie selbst, vielleicht auch schon dreizehn, etwas größer auf jeden Fall, grinste sie mit frechen braunen Augen an. Trotz der Kälte trug er keine Mütze, nur einen Wintermantel und zerschlissene Schnürstiefel.

»Bist du taub? Was machst du hier?«, wiederholte er und stemmte die Hände in die Hüften.

»Siehste doch.« Lulu strich sich möglichst gleichgültig eine ihrer hellen Strähnen aus dem Gesicht. Sie blickte ihn herausfordernd an.

»Na was denn?«

»Ich schaue.«

»Schauen? Wohin?«, fragte der Junge jetzt noch neugieriger.

»Blöde Frage. Ich schaue, wie die tanzen, im Ballhaus.« Für Lulu war es das Selbstverständlichste auf der Welt.

»Aha.« Er stutzte. »Aber warum?«

Was für eine Frage. Wer könnte sich diesem Treiben entziehen!

»Weil … es mir gefällt. Außerdem will ich Tänzerin werden.« Lulu versuchte, möglichst überzeugend zu wirken, und hoffte, dass ihre Stimme fest klang.

»Pfff«, zischte er abwertend. »Donnerlittchen! Ne Tänzerin? Du?« Der Junge lachte.

»Ja, richtig. Ich.« Sie streckte sich demonstrativ in die Höhe: Schultern zurück, Bauch eingezogen, Kopf hoch, Kinn leicht nach oben. Dazu klimperte sie bedeutungsvoll mit ihren Wimpern.

»Soso.« Er fixierte sie von oben bis unten, blieb misstrauisch. »Kannste das überhaupt? Tanzen?«

»Was geht dich das an?«, raunzte Lulu ihn an, sein Ton ärgerte sie.

»Nichts, aber ich … könnte dich verpfeifen.« Er legte den Kopf schief und hob eine Augenbraue.

»Pah! Und, was hättest du davon? Ich tu ja keinem was!« Trotzig verschränkte Lulu die Arme vor der Brust.

»Tja, weißte, meinem Vater gehört der Schuppen schließlich.«

»Was?« Lulu machte große Augen. Ein Triumph für ihn.

»Da kiekste, wa?« Er genoss sichtlich ihre Überraschung.

»Dann bist du also …?«, fragte sie zögernd, und eine Ahnung überkam sie.

»David Sternberg!«, sagte er stolz und reichte ihr seine rechte Hand. »Und du? Raus damit, wie heißt du, Blondzopf?«

»Lulu«, antwortete sie etwas schüchtern, schlug aber ein, lächelte vorsichtig und blickte ihm direkt in die Augen. Ihre kleine zarte Hand schüttelte seine raue mit festem Griff.

»Angenehm.« Nach einer kurzen Pause zog er sie wieder zurück und lachte. »Lulu? Das ist doch kein Name für ein Mädchen! Du bist doch kein Kanarienvogel?«

»Hahaha. Sehr witzig, David Sternberg. Kennst du etwa einen Kanarienvogel namens Lulu?«, fragte sie spöttisch.

»Nee«, gab er mit einem Grinsen zu.

»Siehste«, sagte sie und fuhr fort: »Eigentlich heiße ich Anna – Anna Schneider. Aber alle sagen Lulu. Schon immer. Meine Mutter hat den Namen ausgesucht. So heißt die Hauptfigur in einem ihrer liebsten Theaterstücke. Und überhaupt … gefällt er mir auch«, erklärte sie entschieden.

»Mir auch!«, fand David prompt, und sein Blick zeigte, dass er es ehrlich meinte. »Du kommst öfter her, stimmt's? Hab dich schon ein paarmal hier gesehen. Dort hinten, guck, da ist nämlich *mein* Geheimversteck, im Bretterverschlag.« Er deutete auf eine Art Unterstand um die Ecke vom Wintergarten. Hinter den achtlos zusammengezimmerten Holzbalken brannte Kerzenlicht, sodass Lulu jetzt auch eine Art vorderen Zugang erkannte.

»Oh.« Lulu staunte. »Ich dachte immer, da kommt man zu den Toiletten?« Das war ihr vorher nie aufgefallen, und den Jungen hatte sie auch noch nie zuvor gesehen. Alles was sie bisher interessiert hatte, war *im* Ballhaus gewesen, nicht die Umgebung. Und warum hatte er sie vorher nie angesprochen? Was wollte er jetzt von ihr? Plötzlich bekam sie Angst, dass er ihr Versteck auffliegen ließ und alles, was damit zusammenhing.

»Das stimmt«, antwortete er bereitwillig, »aber die Tür vom Korridor nach hier hinten raus ist für Gäste verschlossen. Sonst könnten die sich nach ihrem Geschäft ja am Ende heimlich davonstehlen!« David grinste sie an. »Wo wohnst du? In der Nähe? Scheunenviertel?«, fragte er neugierig.

»Nur ein paar Häuser weiter, Auguststraße 20, oben, dritter Stock.«

»Echt? Sieh an, dann sind wir ja sogar so was wie Nachbarn! Wir wohnen hier, im ersten Stock, direkt überm Tanzsaal«, er deutete mit dem Finger auf das Haus. Dann überlegte er kurz, bevor er weitersprach. »Du, kleine Tänzerin. Pass auf. Lass uns was versprechen. Kein Wort von dir zu irgendjemand über meine Hütte, ja? Wär nicht gut, wenn das die Runde macht. Und ich verrate im Gegenzug niemandem, dass du dich hier rumtreibst und heimlich das Geschwofe im Saal beobachtest … Schritte abguckst und übst, ohne zu zahlen.« Er zwinkerte ihr verschwörerisch zu. »Einverstanden?«

Lulu wurde rot und hoffte, dass er das in der Dunkelheit nicht sehen konnte. Sie mochte sich lieber nicht vorstellen, was er noch so alles von ihr wusste. »Einverstanden!«, sprudelte es deshalb aus ihr heraus.

David lächelte. Nett sah das aus. »Großes Indianerehrenwort?«

»Versprochen«, sagte sie feierlich und setzte zur Sicherheit hinzu: »Ehrenwort.«

»Schön. Abgemacht. Keine Sorge, dit werden wir schon drehn.« Zum zweiten Mal reichte er ihr seine Hand. Sie schlug erleichtert ein und lächelte nun auch. Einen Moment lang standen sie unschlüssig da, hielten sich an den Händen und schauten sich an. Ihr kam es vor, als stünde kurz die Zeit still.

Plötzlich ließ er los und trat etwas verlegen von einem Bein aufs andere. »Äh, Blondzopf … haste Hunger? Ich hab noch zwei Butterstullen. Nicht mehr ganz frisch, aber besser als nix. Kommste mit?«

Sie wusste nicht wohin, und was sie sagen sollte, und zuckte nur mit den Achseln. »Weiß nicht …«

»Los, Frollein, keine Angst! Auf geht's. Ich zeig dir meine Bude!« David machte ein Zeichen mit dem Kopf und pfiff leicht durch die Zähne, dabei wippte eine Locke über seiner Stirn wie zur Musik. Ohne ihre Antwort abzuwarten, drehte er sich um und lief zum Bretterverschlag.

Ein bisschen störte es Lulu, dass er sie herumkommandierte. Andererseits fand sie diesen unbekannten Jungen mit dem hübschen Gesicht aber so interessant und auf eine Weise geheimnisvoll, dass sie ihm schließlich ohne Widerrede folgte.

Das warme Kerzenlicht in seinem Versteck flackerte einladend und schien zwischen den achtlos zusammengezimmerten Holzbalken nach draußen in die Dunkelheit. David wartete am Eingang auf sie. Die Umrisse seiner Gestalt sahen aus wie ein Scherenschnitt.

In diesem Augenblick spürte Lulu ganz tief in ihrem Herzen, dass diese Begegnung ihr Leben für immer verändern würde.

3

Claire wachte erschrocken auf. Sie gähnte und sah sich um. War sie auf der Chaiselongue eingeschlafen? Sie rieb sich die Augen und warf einen prüfenden Blick auf die alte Pendeluhr an der Wand im Wohnzimmer. Schon acht. Die große Uhr aus dunklem Mahagoniholz, elegant und schön, war die einzige Hinterlassenschaft ihrer Großeltern, die sie bei ihrem Umzug damals mit nach Berlin nehmen durfte.

Du meine Güte, so spät. Es war tatsächlich schon Abend. Sie fühlte sich benommen und schwach. Trotzdem bemühte sie sich, die Glieder zu strecken und zu bewegen. Hatte sie nicht eben noch geträumt? Sie war doch gerade am Meer gewesen. Zu Hause … und mit nackten Füßen am Strand herumgesprungen, zum Wasser gelaufen. Sie hatte sogar den warmen Sand unter ihren Füßen gespürt. Die Wellen der Ostsee klatschten leise ans Ufer, die Sonne brannte auf ihrer Haut. Im Traum war es Hochsommer gewesen. Claire hatte die Bilder noch genau vor Augen und wollte nichts lieber, als so schnell wie möglich wieder zurück in das salzige Nass zu tauchen. *Bitte, lieber Gott.* Spüren, wie das Wasser kühl ihre Zehen umspülte, sie darin planschte, und dann mit ihrem restlichen Körper ins Grünblau hinabtauchen.

Claire liebte das Meer über alles und vermisste es. Aber in der Realität war es unendlich weit weg von ihr, erschien unerreichbar ... Sie hatte keine Wahl, sie *musste* aufstehen, sich kümmern. Ihre kleine Lulu brauchte sie. Claire bekam ein schlechtes Gewissen. Was war sie bloß für eine Mutter?

Draußen war es stockdunkel. Ernst konnte jeden Moment zurückkommen. Langsam versuchte Claire, sich aufzusetzen. Sie stöhnte auf. Ihr Kopf tat höllisch weh und dröhnte fürchterlich, schwindelig war ihr auch. Ach natürlich, der Wein. Waren es ein oder zwei Flaschen gewesen? Sie hatte es vergessen. Aufrecht blieb sie sitzen und atmete ruhig durch, lauschte. Kein Mucks war zu hören. Wo war Lulu?

Ich muss mich waschen. Die langen haselnussbraunen Haare hingen ihr schweißnass ins Gesicht, die Augen waren schwer und verklebt. Ihr Anblick wäre Ernst sicher der nächste Dorn im Auge. Sie durfte sich nicht derart gehen lassen. Seit ihrem furchtbaren Streit gestern Abend war er nicht mehr aufgetaucht. Claire hatte sich vor ihm ins Bett gelegt, war geflüchtet, weil es keinen Ausweg, keine Hoffnung auf ein friedliches Ende der Auseinandersetzung gab. Er war erst mitten in der Nacht ins Schlafzimmer gekommen und am Morgen früh zur Arbeit verschwunden, als sie noch im Tiefschlaf war.

Claire fasste sich an ihren Brummschädel. Eine Unruhe überkam sie. *Lulu.* Hatte ihre Tochter vorhin etwas zu ihr gesagt, wo sie hinwollte? Auch das hatte sie vergessen.

»Lulu?«, rief Claire unsicher in den Raum hinein, wie zur Probe. Dann lauter: »Liebling, wo bist du?«

Keine Antwort.

Langsam erhob sie sich von der Couch, streckte ihre Glieder und rückte ihr Kleid zurecht. Etwas knackte beim Aufstehen. Ihr Nacken war steif, sie konnte kaum nach links schauen. Sie fühlte sich wie von einer Pferdekutsche überfahren.

Wie viel lieber würde sie nun wirklich im Meer baden … Früher, als Kind in Ostpreußen, war sie das einzige Mädchen in ihrem Alter gewesen, das schwimmen konnte. Grand-mère behauptete immer auf Französisch, ihrer Muttersprache, das läge an ihren Augen, denn die wären so türkisblau wie das Wasser. Bestimmt wäre Claire in Wahrheit eine echte Meerjungfrau. Dieser Gedanke hatte ihr als Kind schon gefallen, und sie begann es zu glauben …

Bevor sie allzu rührselig wurde, schob sie die Erinnerung an ihre geliebte Großmutter fort. Sie blickte umher und beschloss, zunächst dieses Chaos zügig zu beseitigen, damit Ernst nichts zu meckern fand.

Die leeren Rotweinflaschen und das alte Geschirr räumte sie in die Küche. Anschließend klaubte sie die Zeitungen und ihr Nähzeug vom Boden auf, schüttelte die schweren Kissen aus und platzierte sie sorgfältig auf der Chaiselongue. Dann faltete sie die Wolldecke zusammen und legte sie daneben.

Wo steckte nur Lulu? Bestimmt war sie zum Ballhaus gelaufen. Es konnte nur so sein. Eigentlich war Claire das sonnenklar, dennoch sah sie überall nach, im Kinderzimmer, Schlafzimmer, Bad.

»Kind? ... Liebling?« Überall dunkle Stille. Gut, so würde sie sich in Ruhe frisch machen können. Das schmutzige Geschirr musste gespült werden, das Feuerholz nachgelegt, die Löcher in den Strümpfen gestopft – und Ernst hatte sicher Hunger.

Claire seufzte bei dem Gedanken daran. Ihr fehlte die Kraft für alles. Sollte sie sich vielleicht doch noch eine neue Flasche aufmachen ...? Sie verwarf den Gedanken.

Sie schleppte sich ins Badezimmer zum Waschbecken und schöpfte sich mit beiden Händen Wasser ins Gesicht. Dann trank sie einen großen Schluck aus dem Hahn und wusch sich die Hände. Der anschließende Blick in den Spiegel erschreckte sie.

Alt, müde und traurig sah Claire aus, mit tiefen, dunklen Augenringen. Die Farbe verschwamm, Tränen liefen ihr über die Wangen. Jede einzelne erzählte etwas von ihr und ihrem Schmerz, der einfach nicht weggehen wollte.

Was ist aus dir geworden, Claire Bernot?

»Ich weiß es nicht!«, brüllte sie ihr Spiegelbild an. Dann schrie sie, so laut sie konnte. Plötzlich schämte sie sich wieder. Sie trocknete ihre Tränen, kämmte sich die Haare und steckte sie zu einem Dutt zusammen. *Irgendwann werde ich sie abschneiden.*

Doch jetzt musste sie schnell in die Küche. Ernst war bestimmt gleich zurück. *Nur eine klitzekleine Verschnaufpause ... ein paar Minuten Ruhe.*

Sie ging noch einmal zurück ins Wohnzimmer, legte

schnell ihre Lieblingsmusik auf das Grammophon, das sie von der alten Frieda im Erdgeschoss geschenkt bekommen hatte. Tschaikowski. Schwanensee. Schon die ersten Töne ließen sie schweben. Ihr Herz wurde sofort etwas leichter. Sie wiegte sich hin und her. Der Tanz der vier kleinen Schwäne. Wundervoll. Was für ein Meisterwerk hatte er mit dieser Musik erschaffen. Sie kannte jeden einzelnen Ton in- und auswendig. Claire konzentrierte sich einen Moment, schwang ihre Arme in die Höhe, brachte ihre Füße in Position und versuchte sich an einer Pirouette. Dabei wurde ihr etwas übel, und auch ihr restlicher Körper wollte ihr partout nicht gehorchen. Ihre Glieder fühlten sich schwer an. Nicht einmal tanzen konnte sie mehr …

»Schluss!«, schimpfte sie sich laut. Die Hausarbeit wartete. Mit einem lauten Seufzer zwang sie sich, in die Realität zurückzukehren. Claire warf noch einen letzten Blick auf die kleine Tänzerin aus Porzellan im Büfettschrank. Wenn man ihre Spieluhr aufzog, erklang Odettes Melodie. Wie gerne wäre sie Tänzerin geworden. Wie gerne wäre sie jetzt am Meer. Wie gerne wäre sie auch nur ein einziges Mal glücklich. Aus der Traum. Ihr ganzes Leben war ein einziger Konjunktiv.

Im Treppenhaus polterte jemand die Stufen herauf. Unwillkürlich zuckte sie zusammen und versteifte sich. Ihr Mann war im Anmarsch. Es gab sonst keinen Menschen, den sie kannte, der bei allem, was er tat, derart laut war. Beim Gehen, Reden, Essen, sogar beim Schlafen. Sein Schnarchen hielt sie jede Nacht wach. Claire lag oft hellwach neben ihm, achtete auf jedes Geräusch und wurde schier wahnsinnig dabei.

Seine Schritte erklangen nun vor der Wohnungstür, sie wappnete sich. Schon schloss er auf, und sie hörte ihn im Flur. Er zog seine Stiefel aus und schmiss sie auf den Boden. Legte Mantel und Hut ab, warf die Sachen über die Garderobe. Jede einzelne seiner Bewegungen sah sie vor ihrem inneren Auge. Sie begann am ganzen Körper zu zittern. Warum hatte sie kein Feuerholz nachgelegt?

»Claire?«, rief Ernst. »Ich bin da!«

Als hätte sie das nicht mitbekommen. Sie schlang die Arme um ihren Oberkörper, um das Frösteln zu stoppen. Schnell brachte sie das Grammophon zum Schweigen. Stille. Die kleine Tänzerin warf ihr einen traurigen Blick zu und schien zu rufen: *Schnell, spute dich.*

»Was gibt's zu essen? Ich hab Hunger wie ein Wolf!«, teilte er ihr sofort ungefragt mit, und sie hörte, wie er die Küchentür öffnete, wo der Ofen noch kalt war.

4

Hereinspaziert, hereinspaziert, willkommen in meinem kleinen Reich!« David verbeugte sich und hielt die löchrige Decke für sie hoch, die er als provisorische Eingangstür notdürftig über den Balken des Bretterverschlags gehämmert hatte. Dann strahlte er sie einladend an.

»Danke vielmals, mein Herr!«, spielte Lulu mit und schritt elegant wie eine Königin über die Schwelle. Sie war so gespannt, was sie hier erwartete. Noch nie zuvor hatte sie ein Junge in sein Geheimversteck gebracht.

»Tadaaaa!«, sagte David feierlich und zeigte mit einer ausladenden Armbewegung auf den Raum. Er war sichtlich stolz. Lulu sah sich neugierig um. Auf einer umgedrehten Holzkiste in der Ecke stand ein dreiarmiger Messingleuchter mit Kerzen auf einer kleinen, bunt bestickten Tischdecke. Die Flammen flackerten und verbreiteten warmes Licht. Daneben fanden sich ein alter Holzhocker und eine etwas größere Kiste, darin lagen jede Menge Zeitungen, Bilder und vollgekritzelte Blätter. Direkt gegenüber vom Eingang entdeckte sie einen Schaukelstuhl, wie sie ihn nur aus der guten Stube ihrer Großeltern kannte. Wo hatte David den wohl aufgetrieben? Er sah einladend aus und war ausgelegt mit einer Wolldecke und einem Kissen mit dunkelrotem Samtbezug. Ein ziemlich in die Jahre gekommener Kuschelbär mit Schal saß darin und blickte sie mit seinen Kulleraugen freundlich an.

»Du denkst jetzt bestimmt, da bin ich doch viel zu alt für, stimmt's? Darf ich vorstellen: Das ist Onkel Wilhelm«, erklärte David und deutete auf den Stuhl.

»Der Schaukelstuhl?«

Er grinste. »Nee, Witzbold, nicht doch, der Bär! Ich hab ihn seit meiner Geburt. Ist eine Art Glücksbringer. Nicht dass du denkst, ich spiel noch mit ihm!«

»Tust du nicht? Sag bloß.« Lulu zwinkerte ihm zu und grüßte den Bären mit einem Knicks: »Guten Abend, Onkel Wilhelm!«

»Juten Abend, schönes Frollein! Wie wär's denn mit uns beiden? Ick kann ooch kochen und Schach spielen!«, antwortete David mit verstellter Stimme. Und mit seiner eigenen flüsterte er verschwörerisch: »Er kann sprechen.«

»Schach muss er mir erst beibringen – aber kochen kann ich auch!« Beide mussten lachen, und das Eis war endgültig gebrochen.

Lulu sah sich weiter um. Rechts von ihr, neben dem Schaukelstuhl, lehnte an der schiefen Bretterwand ein selbstgezimmertes Regal. Ganz oben stand ein goldener Vogelkäfig mit geöffneter Tür. In den einzelnen Böden erkannte sie Bücher, ein paar Atlanten und Bildbände, Kartons mit Spielsachen und Krimskrams – Zinnsoldaten, eine Eisenbahn, eine Trommel, ein Säbel, Büchsen, Holzautos, Stifte,

Wolle und Garn, Malstifte, ein Messer, eine Schere und anderes Werkzeug – und dann unten: eine Schatzkiste aus Metall. Lulu war fasziniert. Das alles sollte David gehören?

»Gefällt's dir? Mein Reich?«, fragte er.

»Ja, sehr!«, sagte sie wie aus der Pistole geschossen. »Es ist wirklich schön! Du hast hier so viele Dinge …«

Zwischen Schaukelstuhl und Regal entdeckte sie jetzt auch ein mittelgroßes geknüpftes Wandbild, das einen siebenarmigen Leuchter zeigte. David folgte ihrem Blick. »Das ist die Menora. Wir sind Juden, weißt du? Sie ist wichtig für uns. Ich mag, was sie bedeutet.«

»Was denn?«, wollte Lulu wissen. Von einer Menora hatte sie noch nie gehört.

»Das Licht Gottes, das Leben spendet und Erleuchtung bringt. So lehrt es unser Rabbi. Das Licht strahlt stark und hell, wie die Liebe Gottes zu uns Menschen. Unser Volk Israel sollte auch zu einem Licht unter allen Völkern werden. Und jeder einzelne Arm des Leuchters, schau, es sind sieben, steht für einen Tag der Schöpfungsgeschichte«, erklärte der Junge wie aus dem Religionsbuch. Lulu verstand nicht wirklich, was das genau bedeutete, aber es klang wundervoll.

Sie schwiegen und betrachteten stumm das Wandbild. Es beeindruckte Lulu, was David hier für sich gebaut hatte. Wie er sich ausdrücken konnte und wie selbstsicher er wirkte. Noch nie hatte sie mit einem Jungen in ihrem Alter ein Geheimnis geteilt.

»Was ist mit dir? Glaubst du an Gott?«, riss David sie aus ihren Gedanken.

Sie überlegte kurz. »Meine Eltern schon, aber wir gehen nie in die Kirche. Ich weiß gar nicht recht, an was ich glaube, hab noch nie darüber nachgedacht. Eigentlich nicht ... Wenn ich mir vorstelle, was so alles passiert, die Kriege und Krankheiten, bei all dem Bösen auf der Welt ... Wie kann es da einen Gott geben?« Lulu wusste nicht weiter und schaute unsicher zu ihm hoch.

»Bei all dem Schönen und Guten auf der Welt, wie kann es ihn da *nicht* geben?«, parierte David, und seine Augen blitzten herausfordernd. Lulu zuckte ratlos mit den Schultern.

»Egal. Na komm, setz dich endlich! Du darfst auf den Schaukelstuhl. Nimm Onkel Wilhelm ruhig weg. Haste Hunger?«

»Wie Bolle!«, rief Lulu ziemlich erleichtert, dass er das Thema wechselte. Sie setzte sich in den Stuhl, nahm den Bären auf den Schoß und schaukelte vorsichtig.

David fischte aus einer braunen Lederumhängetasche, die seitlich am Regal hing, zwei in Zeitungspapier eingewickelte Butterstullen. Dann warf er ihr eine zu. »Fang!« Geistesgegenwärtig schnappte sie das Päckchen mit beiden Händen.

»Nicht schlecht für 'ne Krabbe!«, grinste er anerkennend, nahm selbst am Tisch Platz, schälte das Brot aus dem Papier und biss herzhaft hinein. Lulu merkte erst jetzt, wie hungrig sie wirklich war, und brach sich ein großes Stück der Butterstulle ab. Seit Mittag hatte sie nichts mehr gegessen.

»Auch Durst?«, wollte David wissen. Lulu nickte dankbar, und er brachte ihr eine Feldflasche mit Wasser, die sie bis zur Hälfte in einem Zug leerte.

Beide kauten mit vollen Backen, ohne dabei zu reden. Nur ihr Schmatzen und Schlucken war noch zu hören. Ein bisschen schaukelte Lulu dabei, Onkel Wilhelm auf ihrem Schoß. Es war richtig gemütlich hier.

Plötzlich hörte sie ein lautes Geräusch. Ein Schlag von außen an die Bretterwand. Sie zuckten beide zusammen und schauten sich erschrocken an.

»Was war das?«, fragte Lulu ängstlich.

»Keine Ahnung. Pssst …« David legte den Zeigefinger auf den Mund. Sie horchten angespannt.

Nichts. Kein auffälliges Geräusch war mehr zu hören. Nur der Wind pfiff stärker als vorhin um das durchlässige Holzdach.

»Hm. Vielleicht eine Katze«, spekulierte er.

Rasch aßen sie ihre Stullen auf und leerten die Feldflasche bis auf den letzten Tropfen. Nun ging es ihr besser; das Loch in ihrem Magen war verschwunden. Das Wiegen des Schaukelstuhls beruhigte Lulu, auch wenn er dabei etwas knarzte. Sie streichelte den weichen Kopf des Bären, so wie sie es selbst gerne mochte. David nahm sein Taschenmesser und schnitzte an einer Holzfigur weiter.

Nach einer Weile fragte Lulu: »Und du gehörst wirklich zum Ballhaus?« Sie konnte es nicht fassen, dass Sternberg sein Vater sein sollte und er sogar in ihrem Lieblingsort lebte.

David erzählte, dass seine Mutter Ludmilla hieß, Sängerin war und russische Wurzeln hatte, geboren in Moskau. Sie wäre sehr hübsch, das sagte jeder, mit langen rotbraunen Haaren und feurigen Augen. Seine Eltern hatten sich in einem Künstlercafé kennengelernt, in dem sie kellnerte, weil niemand ihr ein Engagement geben wollte. So fing alles an …

Lulu hörte David gerne zu, weil es wie ein Märchen klang, was er erzählte, und sie seine Stimme mochte. Sie war rau und kratzig, und es schwang ein frecher Unterton mit.

Angeblich war seine Mutter sofort verliebt gewesen in den scheuen jungen Kaufmann Levi. Zudem spielte er großartig Klavier und gab auch in jenem Kaffeehaus, dem bei allen Künstlern beliebten Romanischen Café, ab und zu eine Kostprobe seines Könnens. Er spielte einhändig, weil seine linke Hand seit seiner Geburt verkrüppelt war, was jedoch seine Virtuosität nur noch verstärkte. Aus irgendeinem Grund war er lange Zeit zwar freundlich, aber sehr distanziert geblieben, was Ludmilla betraf. Eines Tages hätte Levi sie jedoch aufgeregt im Café aufgesucht, sie sich wortlos geschnappt und am Arm auf die Straße hinausgezerrt. Ludmilla wäre vollkommen überrumpelt gewesen. Auf dem Gehweg hatte er ihre Hände genommen und ihr einen Heiratsantrag gemacht.

»Einfach so?«, staunte Lulu.

»Ja, einfach so! Ohne Vorwarnung. Und sie hat sofort zugestimmt. Stell dir vor. Überglücklich war sie.« David zuckte mit den Schultern. Sie gaben sich dann ein paar Monate später das Jawort, und ein Jahr darauf wurde er geboren. Seine Mutter würde jetzt im Ballhaus an der Bar mithelfen.

»Alle hier haben ein bisschen Angst vor ihr, sie kann ganz schön launisch sein, weißt du? Und mit ihrem Temperament hält sie einen echt auf Trab.« David grinste und schnitzte weiter an seinem Holzstück. »Ich hau ab, wenn sie mir zu sehr auf die Nerven geht«, verriet er, während die Späne auf den Boden rieselten.

»Das kenn ich. Mach ich auch, wenn mein Vater …« Sie stoppte.

»Was meinst du?«

»Ach … vergiss es!« Lulu wollte nicht näher darauf eingehen, sie kannte ihn ja kaum.

David verstand vielleicht, denn er beließ es dabei. »Hast du Geschwister?«, fragte er stattdessen. »Jetzt bist du dran! Erzähl.«

Lulu berichtete, dass sie wie er ein Einzelkind war, und erzählte von ihrem Zuhause. Beim Plaudern wunderte es sie, dass es ihr gar nicht schwerfiel, David das alles zu verraten. Er hörte ernst und aufmerksam zu. Also öffnete sie sich doch noch etwas mehr.

»Nichts kann man Papa recht machen. Er hat an nichts Freude. Meistens ist er unausstehlich«, flüsterte Lulu. »Und deshalb … mach ich mir Sorgen – um Mama«, gestand sie David niedergeschlagen.

»Warum? Behandelt er sie schlecht?«

»Etwas stimmt nicht mit ihr. Sie lacht kaum. Weißt du, meine Eltern streiten zu viel. Und je lauter Papa wird, desto schweigsamer wird Mama …« Lulus Stimme zitterte ein wenig, als sie das aussprach. »Mir macht das Angst.« Sie erklärte David, dass sie deshalb glücklich gewesen war, das Ballhaus entdeckt zu haben. Denn da war es schön, fröhlich, und alles schien schwerelos.

Lulu senkte den Blick und fühlte einen Stich im Herzen. »Nur das Tanzen mit mir heitert Mama noch auf. Aber das kommt nicht allzu oft vor.«

David schien nachzudenken. »Das ist traurig.«

»Ja …« Lulu schluckte, auf keinen Fall wollte sie vor ihm anfangen zu weinen. Sie begann schnell, ihren Zopf um den Finger zu wickeln.

»Willst du denn deiner Mutter zuliebe Tänzerin werden?«

»Nein! Quatsch. Tanzen fällt mir leicht, es ist für mich … ganz natürlich … wie trinken, essen, schlafen. Verstehst du? Und ich kann vergessen, was ich fühle und trotzdem … durchs Tanzen sprechen.«

»Durchs Tanzen sprechen?«, wunderte sich David und schnitzte jetzt am Kopf seiner Holzfigur herum. »Das hört sich komisch an!« Lulu lächelte ihn an und hoffte, dass er sie nicht für vollkommen bekloppt hielt. Glücklicherweise nickte er plötzlich. »Ja, doch, das kenne ich! So ähnlich geht es mir beim Klavierspielen. Oft vergesse ich dann alles um mich herum. Die Musik hilft mir, wenn es mir schlecht geht. Und wenn es mir gut geht, klappt das auch!«

»Klar!« Lulu wusste genau, was er meinte. Sie kuschelte sich etwas tiefer in die Decke, legte ihren Kopf auf den Bären und schaukelte hin und her. Wieder schwiegen sie eine Weile, jeder hing seinen Gedanken nach. David schnitzte weiter an seiner Holzfigur. Es sah geübt und zügig aus. Sie konnte noch nicht erkennen, was es werden sollte.

Nach ein paar Minuten fing Lulus Blick etwas anderes ein, das sie neugierig werden ließ. Sie zeigte auf das Regal und fragte David geradeheraus: »Die Kiste. Ganz unten. Was ist da drin?«

»Meine Schätze! Ich zeig's dir.« Er sprang auf und holte sie heraus, setzte sich damit vor Lulu auf den Boden. Dann nahm er einen kleinen Schlüssel aus seiner Hosentasche und öffnete das Schloss. »Schau!«, rief er, schob den Deckel zurück und kam noch ein Stück näher.

Lulu rutschte von ihrem Platz, hockte sich kurzerhand neben ihn und reckte den Hals, um gut sehen zu können. Die Kiste war bis obenhin gefüllt mit Schätzen, die er ihr alle nacheinander zum Begutachten reichte und anschließend stolz auf dem Boden ausbreitete: bunte Murmeln, Stifte, alle Arten von Bonbontüten, eine Zirkusspieluhr, noch mehr selbst geschnitztes Holzspielzeug, ein paar zerfledderte Bücher, Sammelbilder, ein Jo-Jo, alte Münzen, Briefmarken, eine goldene Taschenuhr von seinem Großvater, eine Anstecknadel, die er im Wintergarten gefunden hatte, und einige Fotografien seiner Familie.

Lulu staunte. »Was für eine Sammlung! Und alle Sachen mit einer eigenen Geschichte dazu. In einem echten Geheimversteck! Das wünschte ich mir auch.«

»Hey, Blondzopf, du darfst dir was aussuchen!« David strahlte sie an und deutete auf all die Schätze.

»Ehrlich?« Lulu fragte sich, ob da nicht noch eine Bedingung dran geknüpft war.

»Bis auf die goldene Uhr natürlich«, ergänzte er schnell mit einem Augenzwinkern.

»Keine Sorge!«, rief sie, pfiff auf ihre Bedenken und wühlte neugierig in den Schätzen herum. Begutachtete mal den einen, mal den anderen Gegenstand. Auf einmal hustete jemand draußen vor der Hütte. Dann folgte ein lautes Niesen. Im gleichen Moment zuckten sie beide vor Schreck zusammen und drehten sich alarmiert Richtung Eingang.

»Wer war das?«, flüsterte sie etwas ängstlich David zu. In seinem Blick las sie, dass auch er völlig überrumpelt war.

»Ich weiß es nicht«, formte er lautlos mit den Lippen, dann legte er seinen Finger auf den Mund. »Pssst …« Er stand auf und schlich auf Zehenspitzen zum Vorhang. In der gleichen Sekunde sah sie ein Augenpaar durch die Bretter lugen. Oje, da beobachtete sie doch die ganze Zeit jemand!

»David, da ist einer!«, raunte sie ihm aufgeregt zu. Er gab ihr ein Zeichen, sich weiter still zu verhalten.

»Schau mal, das Buch hier ist was ganz Besonderes«, sagte David dann extra laut und verschwand blitzschnell hinaus. Lulu blieb regungslos sitzen und hielt den Atem an.

»Hab ich dich!«, hörte sie David Sekunden später von draußen rufen. Dann folgte ein wildes Gerangel, zwischendurch rumpelte es gefährlich an der Bretterwand. Lulu sprang auf und verfolgte alarmiert, was draußen als Nächstes passierte.

»Du Spanner!«, schrie David wütend.

»Aua, hey, was soll das? Autsch! Lass mich los!« Eine andere Jungenstimme, die ihr verdächtig bekannt vorkam, beschwerte sich lautstark.

»Was willst du hier, hä? Na los, raus damit! Wer bist du?«, versuchte David etwas aus dem Spion herauszubekommen.

»Lass mich los! Du tust mir weh!«

»Erst, wenn du mir deinen Namen verrätst. Wie heißt du? Was machst du hier? Raus damit, Spanner!«

»Blödmann!«, brüllte der andere außer sich. Lulu spitzte die Ohren. Wieder vernahm sie Kampfgeräusche und das Schnaufen der Jungen, es ging hin und her, bis David ungeduldig rief: »Los jetzt! Wie heißt du?«

Keine Antwort. Lulu harrte gelähmt vor Spannung in der Hütte aus. Woher kannte sie nur die Stimme?

»Also gut. Dann bist du jetzt mein Gefangener.« David klang entschlossen. Kurz darauf stürmte er auch schon mit dem Unbekannten durch den Vorhang herein, sodass sich Lulu erschreckte. Der Gefangene wurde von David mit hinterm Rücken fest umklammerten Händen geführt und sah ziemlich erbost aus.

Es war ein blonder Junge mit knallrotem Gesicht. Er verzog den Mund und schaute zu Boden. Lulu erstarrte. »Fritz?«

David blickte überrascht von einem zum anderen. »Ihr kennt euch?«

»Ja, das ist Fritz. Fritz Krause. Der wohnt in der Nähe, in den Heckmannhöfen«, erklärte Lulu schnell.

»Das ist ja interessant. Stimmt das, du Suppenkasper? Fritz also?«, zischte David ihm zu und verstärkte nochmals seinen Griff.

»Aua! Jawoll. Erstatte Meldung: Krause, Friedrich, Spitzname Fritz. Das bin ich. Und der Beschützer von der da«, stellte Fritz sich militärisch vor und deutete mit dem Kopf auf sie.

»Wie bitte?« David verstand kein Wort und schaute Lulu fragend an. Sie spürte die Röte in ihrem Gesicht aufsteigen.

»Weißt du, der Fritz, er … also … wir haben fast denselben Schulweg. Er hat mir mal mit ein paar Halunken geholfen, die mich auf der Friedrichstraße überfallen wollten, als ich alleine unterwegs war. Seitdem will er mich immer beschützen …«, versuchte sie, David die Sachlage zu beschreiben. Dann fuhr sie Fritz erbost an: »Hast du mich etwa verfolgt? Bis hierher?« Lulu war fassungslos.

»Ohne mich hätten die Gott weiß was mit dir angestellt! Das weißt du genau«, verteidigte sich Fritz. Beleidigt zog er einen Schmollmund. Und an David gewandt, der ihn immer noch festhielt, ergänzte er patzig: »Außerdem kenne ich sie schon viel länger als du. Das nennt man ältere Rechte. Also lass mich jetzt endlich los, Sternberg!«

»Woher kennst du meinen Namen?«, fragte David verblüfft. Dann entließ er Fritz aus seiner Umklammerung, schubste ihn an den Schultern nach vorne und stellte sich hin wie ein Leibwächter. Lulu verfolgte die Szene mit zitternden Händen und klopfendem Herzen. Sie hatte wirklich geglaubt, niemand außer ihr kenne den Durchgang vom Nachbarhaus zum Wintergarten. Fritz musste sie beobachtet haben und ihr gefolgt sein. Bei dem Gedanken daran überkam sie ein großes Unbehagen. Sie schwitzte plötzlich, obwohl es im Bretterverschlag fast genauso kalt war wie draußen, und rieb sich den Schweiß von der Stirn.

»Pass mal auf, Krause, ich wiederhole mich ungern: Du machst jetzt sofort die Biege und lässt dich hier nie wieder blicken. Nie wieder! Verstanden?« Mit drohendem Blick taxierte David den Eindringling.

Lulu machte ebenso einen Schritt auf ihren selbst ernannten Aufpasser zu. »Fritz, bitte. Lauf mir nicht mehr nach. Ich komme allein klar. Verstanden? Geh nach Hause.« Sie versuchte, etwas sanfter zu klingen: »Wir sehen uns Montag auf dem Schulweg …«

Doch so leicht ließ sich ihr Beschützer nicht beschwichtigen. Er wirkte in die Enge getrieben, bekam noch mehr rote Flecken im sommersprossigen Gesicht und schnaubte vor Wut. Seine grauen Augen verengten sich. »So schnell willste mich also loswerden? Gleich werd ich ausgetauscht, kaum kommt ein neuer Kamerad daher. Soll ich deinem Vater vielleicht stecken, wo du dich so spät rumtreibst? Und mit wem?«, fragte er zornig.

»Du bist so gemein! Tu das nicht!«, rief Lulu entsetzt. Sie musste schwer an sich halten, sich nicht auf ihn zu stürzen.

»Jetzt reicht's aber. Hau ab, Krause! Du hältst mal schön deine Klappe und die Füße still. Und hier will ich dich nicht mehr sehen!« David schubste ihn heftig, und in seinen Augen blitzte es. »Sonst setzt es was! Darauf kannst du Gift nehmen.« Er zeigte eine Entschlossenheit, die sie ihm vorhin nicht zugetraut hätte.

Fritz strauchelte kurz nach hinten, fing sich wieder und kam mit beiden Füßen in den Stand. Dann baute er sich vor David auf, der einen Kopf größer war, und spuckte ihm verächtlich vor die Füße. »Vor dir hab ich keine Angst.« Voller Ekel rümpfte der Eindringling die Nase. Lulu zuckte zusammen. David blieb, davon ungerührt, ruhig stehen. Bevor David doch noch etwas erwidern konnte, drehte sich Fritz blitzschnell um und rannte davon.

»Es tut mir leid.« Lulu fand zuerst ihre Sprache wieder und wischte sich über die Augen. Sie wollte David trösten, wusste aber nicht wie. Also legte sie nur die Hand auf seine Schulter.

»Schon gut. So ein Idiot. Den behalte ich im Auge, mach dir keine Sorgen«, sagte David. Er schüttelte den Kopf.

»Ich muss jetzt gehen. Bestimmt krieg ich Ärger. Es ist schon nach neun …« Der Vorfall hatte Lulu gehörig die Laune verdorben. Und beim Gedanken an ihren Vater wurde ihr angst und bange. Es war ein ungeschriebenes Gesetz, dass sie nie länger als bis acht im Viertel »herumstromerte«, wie er es schimpfte. Außerdem schloss der Hauswart der Nummer 23 das Eingangstor immer um diese Uhrzeit zu, und dann hätte sie das nächste Problem.

»Warte kurz. Du hast dir gar nichts ausgesucht aus der Schatzkiste. So viel Zeit muss sein! Was gefällt dir?« David lächelte aufmunternd und zeigte auf die ganzen Dinge, die immer noch überall verstreut auf dem lehmigen Boden lagen.

»Ach, ich weiß nicht … Lass doch …«, zögerte sie. Sie war nicht mehr in der Stimmung für Schätze.

»Aber *ich* weiß es! Nur einen klitzekleinen Moment …« David machte kehrt und kniete sich hin, suchte in dem ganzen Zeug herum.

»Ah, da ist sie!«, triumphierte er, griff nach etwas und stand wieder auf. »Hier, für dich.« Mit einem erwartungsvollen Lächeln reichte er Lulu ein altes Papierstück. »Das ist eine Tarotkarte.«

»Danke«, flüsterte sie kaum hörbar. Sie nahm sie in ihre Hand und erkannte darauf: die Sonne.

»Wird dir Glück bringen. Und Hoffnung. Weißt du, die Sonne ist *immer* da, auch wenn man sie nicht sieht. Sogar, wenn der Himmel voller Wolken ist.« Seine Stimme, diese Worte, beruhigten sie, im Kerzenschein schimmerte das Braun seiner Iris wie Bernstein. Ihr wurde warm ums Herz, und sie lächelte ihn an.

»Danke«, wiederholte sie, diesmal jedoch mit fester Stimme. »David.« Sie mochte seinen Namen sehr. Lulu schaute die Karte an und steckte sie dann in ihren Mantel. Nie zuvor hatte ihr jemand so etwas geschenkt. Und schon gar kein Fremder, der ihr nach der kurzen Zeit ganz vertraut vorkam. Doch sie musste dringend nach Hause. Sie zog die Mütze auf und schnappte sich ihre Fäustlinge.

Unschlüssig trat David von einem Bein aufs andere. »Guten Heimweg. Sei wachsam. Nicht dass der Krause dich wieder retten muss«, scherzte er. Dann sah er sie schüchtern an. »Kommste wieder, Blondzopf?«

»Mal sehen.« Lulu winkte ihm kurz zu, drehte sich um und lief hinaus.

»Würd mich freuen!«, rief er ihr hinterher.

»Bis bald …«, flüsterte sie draußen leise. Doch das konnte er schon nicht mehr hören.

5

Obwohl der Weg nach Hause in die Auguststraße 20 nur kurz war, kam Lulu vollkommen durchgefroren an. Beinahe wäre sie mit Tante Frieda zusammengestoßen, die hinter der Haustür im dunklen Flur stand, mit dem Oberkörper hin und her wippte und vor sich hin murmelte.

»Frieda!«, rief Lulu erschrocken. »Was machst du denn hier im Dunkeln?«

Manchmal war die Nachbarin verwirrt im Kopf, das wussten alle Bewohner hier im Haus. Die Alte hatte noch ihre Schürze um, ihre weißen Haare hingen ihr wild ins Gesicht. Sie blickte das Mädchen verängstigt mit ihren wässrigen Augen an, die einmal sehr schön gewesen sein mussten.

»Kindchen, bist du's?«, flüsterte sie.

»Ja, Tante Frieda, ich bin's, Lulu. Ist alles in Ordnung? Was ist los, hast du dich verirrt?« Lulu näherte sich und fasste ihr beruhigend an den rechten Arm.

»Ich warte auf Walter«, raunte die Alte Lulu verschwörerisch zu. »Er kommt gleich … er ist … fort … Walter … ist … fort.« Mit traurigen Augen wandte sie sich wieder von Lulu ab und schaute sich suchend im Flur um.

»Tante Frieda, aber … hörst du? Erinnerst du dich nicht, Walter, dein Mann – er ist doch tot, gestorben.« Lulu fasste die Witwe sanft an der Hand, drückte sie etwas und suchte ihren Blick. »Er wird nicht kommen«, sagte Lulu schließlich etwas hilflos. Tante Frieda tat ihr so leid, aber sie konnte ihr ja nur die Wahrheit sagen.

»Ich warte auf Walter«, sagte Frieda erneut, als hätte sie gar nicht zugehört, und zeigte auf die Haustür.

»Komm, ich bring dich rein, du musst schlafen. Es ist schon spät.« Lulu legte den Arm um die knochigen Schultern und führte sie behutsam zu ihrer Wohnung. Die Tür stand offen, also schob Lulu sie hinein, zog ihr die Schuhe aus und setzte sie auf ihr Bett im Schlafzimmer. »So. Schau mal, das wäre geschafft. Tante Frieda? Geht's dir gut? Hör zu: Du ziehst dir jetzt dein Nachthemd an und legst dich schlafen, ja?« Lulu tätschelte ein paarmal aufmunternd die Knie der Nachbarin.

»Kindchen …«, murmelte die ganz verloren, wie in einer anderen Welt, »… mein Walter. Er wird kommen.«

Lulu seufzte. Soweit sie wusste, war der Mann schon zwanzig Jahre tot. »Ich weiß, Tante Frieda. Gute Nacht. Ich muss jetzt hoch. Mama macht sich bestimmt schon Sorgen.«

Voller Panik rannte Lulu die Treppen hinauf. Jetzt war es bestimmt schon nach halb zehn. Sie nahm zwei Stufen auf einmal. Wenn Vater sie um diese Uhrzeit erwischte, gäbe es ein Donnerwetter. Als sie vor der Tür stand, schloss sie so leise wie möglich auf, damit sie keiner bemerkte. Und dann würde sie sich schnell ins Bett legen. Wenn Vater nebenan laut brüllte, musste sie sich die Ohren fest zuhalten und die Augen zukneifen. Vielleicht dauerte es an dem einen oder anderen Tag etwas länger, bis sie sich wegträumte, aber irgendwann funktionierte es, und sie war einfach nicht mehr da. Oft fühlte Lulu sich dann schuldig, dass sie ihre Mutter nicht mit in ihre Fantasiewelten nehmen konnte, um Vater zu entfliehen. Aber sie wusste nicht, wie.

Lulu schlich auf Zehenspitzen in den Flur und betete, dass sie keiner bemerkte. Sofort hörte sie das laute Geschrei aus der Küche, die Tür war nur angelehnt. Wann hatte eigentlich das letzte Mal »Frieden« geherrscht zwischen ihren Eltern? Sie konnte sich nicht daran erinnern.

Hastig zog Lulu Mantel, Schal, Fäustlinge und Mütze aus und hängte alles an die Garderobe. Schlüpfte vorsichtig aus den Stiefeln und stellte sie auf den alten Putzlappen, der als Schuhablage diente, damit das wertvolle Parkett nicht dreckig wurde. Jetzt brüllte Vater so laut, bestimmt war er im ganzen Haus zu hören.

»Spar dir deine Ausreden, Claire! *Ein* warmes Essen am Tag, mehr verlange ich doch gar nicht. Nicht einmal das bekommst du hin. Zu was biste denn überhaupt noch zu gebrauchen? Hängst hier herum und tust dir selbst leid, abwesend biste, überhaupt nicht richtig bei Sinnen! Was soll denn die Kleene denken?«

»Und was ist mit dir, Ernst? Willst *du* etwa ein Vorbild sein, mehr auf der Arbeit oder in der Kneipe als zu Hause? Und führst dich auf wie ein Hornochse, dass einem angst und bange werden kann. Gib es doch zu, wir interessieren dich nicht die Bohne!«

Lulu lauschte angespannt im Flur, ein Stuhl wurde gerückt, und ihre Mutter begann zu weinen. »Das ist doch kein Leben, Ernst! Was glaubst du, wie es *mir* geht? Glaubst du, ich hab das so gewollt, als wir damals nach Berlin kamen? Alles scheint verloren …« Mutter schluchzte auf.

Porzellan klirrte, und Vater begann zu lachen. »Eine Schnapsidee war das! Du und Ballerina werden, pah. Ausgerechnet. In dieser elenden Stadt. Eine Träumerin, das biste! Ohne mich wärst du in der Gosse gelandet.«

Lulu hatte von den Schimpftiraden genug und schlich in ihr Zimmer. Ihr war heiß und kalt zugleich, und ihr Bauch tat weh. *Wie kann ich Mama nur helfen?* Nie im Leben wollte sie so enden, das stand fest. Lulu zog die schweren dunkelblauen Vorhänge zu und ihr Nachthemd an. Ihr Reich war ihr Schutzraum, hier fühlte sie sich meistens sicher. Nur leise musste sie sein und durfte keine Aufmerksamkeit auf sich lenken. Darin war sie geschult. Mit einem traurigen Seufzer kuschelte sich Lulu unter ihre weiche Decke, nahm ihre Puppe, küsste sie auf die Stirn und schloss die Augen. Tausend Gefühle und Gedanken mit den bunten Bildern des Tages fegten durch sie hindurch. Bis sich endlich – in diesem magischen Zustand zwischen Wachsein und Träumen – eine bleierne Müdigkeit über sie legte.

Das prächtige Theater war proppenvoll. Vor ihr im Orchestergraben spielten die besten Musiker ihre Instrumente, die eins mit ihnen zu sein schienen. Der Dirigent im schwarzen Frack mit ergrauten, welligen Haaren gab ein Zeichen. Und los. Sie tanzte ihr Solo als verzauberte Schwanenprinzessin Odette. Die Bühne war hell beleuchtet. Alles schien in Weiß und Silber, in unwirkliches, überirdisches Licht getaucht, auch ihr Kostüm. Im Saal war es mucksmäuschenstill. Kein Räuspern, Husten oder Murmeln. Als wären die Zuschauer nur Staffage. Und Lulu, die gefeierte Primaballerina, schwebte über die Bühne, als könne sie fliegen. Ihr Tutu aus silberglänzendem Tüll wippte auf und ab und verbreitete bei jeder Bewegung einen Glitzerregen.

Die anderen Schwäne warteten am See auf ihre Rückkehr. Endlich konnte sie zu ihnen gelangen und berichten, was sich zugetragen hatte. Nach seiner verzweifelten Suche erreichte der Prinz nun auch den See. Er bat sie inständig um Verzeihung, nahm ihre Hand und küsste sie zärtlich. Sie vergab ihm. Plötzlich kam ein Sturm auf. Das Wasser wurde unruhig und aufgewühlt. Dann drohte eine riesige Welle, ihren Prinzen zu ertränken. Kaum wieder vereint und versöhnt, durfte sie ihn doch jetzt nicht gleich wieder verlieren! Ohne lange zu überlegen, stürzte sie sich in die Fluten, um ihn zu retten …

Das Publikum erwachte zum Leben und klatschte voller Begeisterung. »Bravo! Bravo! Bravo!«, riefen sie von allen Seiten. Lulu knickste glücklich und verbeugte sich. Da fiel ihr Blick plötzlich auf ein bekanntes Gesicht in der ersten Reihe: David. Er saß einfach nur da und schaute sie an.

6

Samstag, 29. November 1913

Das wird nicht gut ausgehen, David, da sehe ich schwarz«, kommentierte Vater sorgenvoll einen Artikel, den er gerade aufmerksam las, während er seine Nase noch tiefer in den Seiten der *Berliner Morgenpost* vergrub. »Das Kaiserreich steckt in einer Krise, zweifelsohne. Die schwelt immer weiter. Und auch wenn der Kanzler in der Zabern-Affäre punkten konnte, die kaiserliche Kommandogewalt bleibt unangetastet. Die reformerischen Kräfte werden in ihre Schranken gewiesen. Das gefällt mir nicht, Junge. Wir stecken innenpolitisch fest zwischen Reform und Blockade. Es ist zum Verzweifeln. Ich sehe schwarz, tiefschwarz …«, wiederholte er erneut, zog an seiner Zigarre und paffte den blauen Dunst in kleinen Wölkchen wieder hinaus.

David verstand zwar kein einziges Wort von dem, was sein Vater sagte – für Politik interessierte er sich absolut nicht –, aber er genoss es sehr, am Samstagmorgen mit dem Ballhauschef Levi Sternberg, der eben auch sein Papa war, am Tisch im Separee des Tanzsaals zu sitzen. Dann tauschten sie Neuigkeiten aus, während Vater die Zeitung studierte und schwarzen Kaffee schlürfte. Ab und zu las er David etwas vor, danach unterhielten sie sich weiter – über den Klatsch und Tratsch der letzten Woche, oder er erzählte von der Schule, dem Klavierunterricht und neuen Schätzen, die er gefunden hatte. Manchmal schwiegen sie auch nur. David trank seine heiße Schokolade, las ein Buch oder zeichnete mit einem Kohlestift Lokomotiven oder Automobile auf den Zeichenblock. Seine Mutter Ludmilla stand währenddessen mit ihrer Schürze hinter der Bar und spülte leise singend oder pfeifend die schmutzigen Gläser vom Vortag, damit am Abend wieder alles sauber war und glänzte. Der Samstag war im Ballhaus schließlich der wichtigste Tanzabend der Woche.

Diese Familienzeit in Ruhe war für ihn unendlich kostbar, im Ballhaus die schönsten Stunden der Woche. Seltene Augenblicke, friedlich und sorgenfrei, leicht und fröhlich. Sodass es David jedes Mal schwerfiel, wenn sein Vater irgendwann die Zeitung zusammenklappte und so etwas rief wie: »So, mein Junge, nun genug geschlunzt! Auf geht's, wieder an die Arbeit!«

In diesem Moment nahm er jedoch noch einen Schluck Kaffee und schlürfte laut. »Es riecht nach Krieg«, sagte Vater und ließ die Zeitung sinken. Er schob die leere Tasse beiseite. »Das Wettrüsten überall, die Massenhysterie gegen die Russen … Sie schreiben und sind sich alle einig, eine militärische Auseinandersetzung sei unvermeidlich. Das fehlt uns gerade noch! Ein Krieg.« Er faltete die *Morgenpost* zusammen und legte sie auf den Tisch. Mutter ging im Hintergrund von »Villa Billa« zu einem anderen Lied über. »Ludmilla! Hast du nicht gehört, worüber ich gesprochen habe? Musst du gerade jetzt singen?«, drehte sich Vater schimpfend in ihre Richtung.

Seine Mutter sang gerne und viel, manchmal auch zu den unpassendsten Gelegenheiten.

»Einmal Sängerrrin, immer Sängerrrin, Liebling«, verteidigte sie sich in ihrem charmanten Akzent, den David sehr mochte, und trällerte ungerührt weiter. Der Sohn musste schmunzeln.

Sein Vater gab scheinbar auf, zuckte nur mit den Schultern und wandte sich ihm wieder zu. »Genug der Sorgen! Mein Junge, was gibt es Neues? Wie heißt doch gleich das Mädchen, das du kennengelernt hast?«, fragte er nun neugierig.

David freute sich, denn heute schien Vater also etwas mehr Zeit für ihn übrigzuhaben.

»Lulu. Ihr Name ist Lulu«, antwortete David und schilderte ihre erste Begegnung. Er hielt aber zugleich Wort und verschwieg, dass er sie beim heimlichen Belauern des Tanzsaals im Wintergarten erwischt hatte. Zwei weitere Male war Lulu letzte Woche noch bei David im Geheimversteck gewesen, was ihn wirklich überrascht hatte. Er war sich nicht sicher gewesen, ob sie wiederkommen würde. Aber das war sie. Und sie hatten sich prächtig unterhalten, über dies und das, und Lulu hatte sich für die Butterstulle vom ersten Treffen revanchiert und selbst gebackene Haferkekse mitgebracht. David hatte ihr gezeigt, wie man schnitzte, und Lulu erzählte ihm vom Theater und Tanzen.

»Die Mutter heißt Claire, sagst du? Bist du dir sicher?«, forschte Levi interessiert nach.

»Vollkommen sicher. Und Schneider mit Nachnamen«, klärte ihn David auf.

»Und sie wohnen in der Nummer zwanzig? Das weiße Haus, von uns die Straße runter, Richtung Friedrichstadt?«

»Ja, genau. Im dritten Stock. Da, wo die alte Schulte im Erdgeschoss wohnt.«

Levi lehnte sich zurück, strich sich mehrmals mit der Hand übers Kinn und blickte ins Leere. »Das gibt es doch nicht …«, murmelte er nachdenklich. David bemerkte, dass sich ein paar Schweißperlen auf der Stirn seines Vaters bildeten.

»Was hast du denn? Stimmt was nicht?« Er verstand nicht, was seinen Vater so irritierte.

»Nun …«, begann er zögerlich, »ja, also ich …«

»Er kennt die Mutter von dem Gör!«, unterbrach Ludmilla plötzlich die Erklärungsabsichten ihres Mannes und warf ihren Lappen voller Verachtung und mit einem Schwung in die Spüle, dass das Wasser nur so spritzte. David hatte ganz vergessen, dass sie auch noch im Saal war. Und offensichtlich sehr genau die Ohren gespitzt hatte.

»Ludmilla!«, rügte sie Vater. »Was soll das?«

Sie ignorierte ihn jedoch, das Kinn trotzig in die Luft gereckt. Zog sich ihre Schürze aus, schleuderte sie wütend auf den Boden und kam hinter der Bar hervor. Mit großen Schritten und einem Gemisch aus polnisch-russischen Flüchen stapfte sie zu ihnen an den Tisch und baute sich, die Hände in die Hüften gestemmt, vor David auf. Drohend zischte sie ihm zu: »Mein Sohn, eines rat ich dir: Halt dich besser fern von dem Mädchen! Und von der Mutter am besten gleich auch!« Dabei rollte sie noch dramatischer als sonst das R und warf Vater einen bitterbösen Seitenblick zu. Dieser zeigte keinerlei Reaktion auf ihren Ausbruch. Dann drehte sie sich erhobenen Hauptes um und verließ fluchend den Raum.

»Was hat sie denn?« David schaute seiner Mutter verständnislos hinterher und versuchte, im Gesicht seines Vaters eine Erklärung für ihren Auftritt herauszulesen.

»Ach, du kennst sie doch, ihr Temperament! Nimm das nicht allzu ernst.« Er wirkte gelassen, nahm einen Zug von seiner Zigarre. »Ja, aber es ist wahr, mein Junge. Lulus Mutter, damals hieß sie Claire Bernot, ich kenne sie von früher. Sie hat ein paar Jahre bei uns im Haus gearbeitet, als Dienstfräulein. Und später, als Jungvermählte, übernahm sie auch noch Näharbeiten für Großmama. Wir … ich … nun, ich konnte sie recht gut leiden …«, erklärte sein Vater etwas verworren. David hätte schwören können, in seinen Augen leuchtete es verdächtig auf. Fast sah er ein bisschen traurig aus.

»Wie geht es … Lulu? Müsste sie nicht in etwa so alt sein wie du? Wie sieht sie aus? Und was erzählt sie über … ihre … Mutter?«, wollte er schließlich von David wissen.

»Lulu ist zwölf, fast ein Jahr jünger. Sie trägt meistens lange Zöpfe. Ich weiß nicht, wie ich sie beschreiben soll. Ein bisschen sieht sie vielleicht aus wie eine Fee. Sie will Tänzerin werden!« David errötete leicht bei dem Gedanken an seine neue Freundin. Er stockte kurz und fasste dann zusammen, was er alles bisher von ihr erfahren hatte. Sein Vater hörte aufmerksam zu, zwischendurch paffte er immer wieder an seiner Zigarre. Als David endete, schien er ganz in sich versunken, starrte auf den Boden und schwieg. David wusste nicht, was er jetzt tun oder ob er gehen sollte, und rutschte unsicher auf seinem Stuhl hin und her.

»Soso. Sieh mal einer an. Tänzerin also«, unterbrach Vater schließlich sein Schweigen. Er schaute ihn an. »Mein Junge. Du musst mir einen Gefallen tun. Bitte komm in einer Stunde in mein Büro. Dann gebe ich dir einen Brief. Der Umschlag wird verschlossen sein, ohne Adressat. Du wirst ihn zuverlässig überbringen, hörst du? Das ist von äußerster Wichtigkeit. Kann ich mich auf dich verlassen?«, fragte er David eindringlich und legte eine Hand auf seine Schulter.

»Ja, natürlich. Aber …?«, stammelte dieser verwirrt.

»Versprich es, David«, vergewisserte sich der Vater erneut und verstärkte den Druck seiner Hand. Sein Blick wirkte seltsam aufgewühlt.

»Ich verspreche es!«

»Sehr schön. Ich verlass mich auf dich.« Vater zog seine Hand wieder zurück, drückte die Zigarre im Aschenbecher aus, schnappte sich seine Zeitung und stand auf. »Geh jetzt, mein Junge, wir sehen uns in einer Stunde.«

Kurz bevor er sich umdrehen und verschwinden konnte, erhob sich David und fragte noch schnell: »Für wen ist der Brief, Papa? Wo soll ich ihn hinbringen?«

Vater blieb wie angewurzelt stehen. Dann antwortete er mit fester Stimme: »Zu Claire.«

7

Montag, 4. Mai 1914

Die Vögel zwitscherten vor dem Küchenfenster und stritten sich um die letzten Krümel, die Claire auf der Fensterbank für sie ausgelegt hatte. Wie schön, endlich Frühling, dachte sie und wunderte sich im selben Moment, dass sie das auch so meinte. Die Sonne schien schon warm, der Himmel war klar, und nur ein paar Schäfchenwolken sprenkelten das helle Blau. Der alte Apfelbaum im Innenhof trieb die ersten weißen Blüten und verhieß einen neuen Kreislauf des Lebens. Überall sprossen die Knospen, das frische Grün überdeckte mehr und mehr das Braun und die Dürre des Winters. Früher als Kind hatte Claire immer den Frühling am liebsten gemocht, diese Jahreszeit der Hoffnung, Zuversicht und des Neuanfangs. Inzwischen fühlte sie sich in der Vergänglichkeit des Herbstes wohler, wenn es früher dunkel wurde und die Tage kürzer. Denn wenn sich auch die ganze Welt und die Natur mehr und mehr zurückzogen, hatte sie weniger ein schlechtes Gewissen, dass ihr das Bedürfnis fehlte hinauszugehen. Eigentlich wollte sie sich nur verkriechen, verstecken, unsichtbar sein. Und nur liegen. Eingepackt, geschützt in einem riesigen Kokon.

Aber für Lulu machte sie weiter, zwang sich morgens aus dem Bett. Versuchte zu funktionieren. Jeden verdammten Tag.

Doch heute freute sich Claire wirklich über den Sonnenschein, und außerdem war heute Montag, ihr Lichtblick der Woche. Sie zog sich ihre Schürze aus und hängte sie an den Haken neben dem Herd. Eine lange Haarsträhne fiel ihr in die Stirn und kitzelte ihre Nase. Mit dem Wegpusten kam ihr eine Eingebung. Lächelnd holte sie die große Schere aus der Schublade der alten Küchenvitrine und ging mit ihr ins Badezimmer. Heute war ein guter Tag, um es zu tun. Sie stellte sich vor den Spiegel und löste den strengen, geflochtenen Dutt. Ihre Lippen waren trocken und aufgerissen, die letzten Spuren des ewig frostigen Winters. Überdies trank sie zu wenig Wasser. Eisblau, umrahmt von einem dunkelblauen Rand, blickten sie ihre Augen melancholisch, aber entschlossen an. *Wie eine Eisvogelfrau*, dachte Claire. *Ich bin eine Eisvogelfrau.*

Jetzt. Mit ein paar Bewegungen schnitt sie ihre langen Haare, die ihr offen bis zum Po reichten, bis kurz über den Schultern ab. Ihr Blick folgte den Strähnen, die wie braune Schlangen niederfielen und sich am Boden ineinanderwanden. Sie kämmte einmal kräftig durch und prüfte das Ergebnis. Dann kam die Schere erneut zum Einsatz, diesmal sicherer. Noch hier ein wenig korrigieren, dort ein bisschen kürzer. Als sie fertig war, schaute sie ein letztes Mal in den Spiegel. Dann steckte sie ihre Haare lose auf, sodass ein paar Strähnen auch an den Seiten herunterhingen, wie sie es zuletzt auf der Federzeichnung des amerikanischen Künstlers

Gibson in einer Zeitung gesehen hatte. Gut so. Eine andere Claire blickte sie an, die ihr viel besser gefiel.

Es war ihr gleichgültig, was Ernst dazu sagen würde.

Sie kehrte die Haarbüschel auf, band sie zusammen und versteckte den Zopf in der unteren Schublade der Kommode im Schlafzimmer unter ihrer Nachtwäsche.

Dann zog sie ihr neues Kleid an, das sie sich aus aussortierten, geblümten Vorhängen genäht hatte. Das Nähen machte ihr nichts aus, manchmal sogar Freude, es ging ihr leicht von der Hand. Das schöne Stück war ihr ausgezeichnet gelungen, an den Beinen elegant gerafft und von einem breiten lila Gürtel um die Taille gehalten. Eine weiße Spitzenborte verzierte das Dekolleté, und Claire besaß Seidenhandschuhe in passendem hellem Fliederton dazu. Die Knöpfe hatte sie absichtlich seitlich angebracht, damit sie das Kleid ohne fremde Hilfe problemlos schließen konnte.

Sie prüfte ihren Anblick im Spiegel. Das Kleid saß perfekt. Zu guter Letzt hängte sich Claire noch die Perlenkette ihrer Mutter um den Hals und schnappte sich den azurblauen Hut mit der Pfauenfeder, den sie leicht seitlich auf ihren Kopf setzte. Die kürzeren Haare ließen sie jünger erscheinen und standen ihr richtig gut. Eine stille Freude darüber überkam sie. Jetzt noch Schirm und Perlbeutel nicht vergessen. Es sollte ja so aussehen, als ginge sie flanieren. Sie fasste sich an den Mund. Die spröden Lippen spannten und brannten unangenehm. Besser, sie tupfte noch ein wenig Vaseline darauf. Dann ging sie in den Flur und rief in Richtung Lulus Zimmer: »Liebling, ich gehe spazieren!«

»Jaaa, Mama!«, schallte es fröhlich heraus. Claire war erleichtert. Keine Zwischenfälle verhinderten ihr Fortkommen. Schnell verließ sie die Wohnung.

Lulu versteckte sich hinter den Gardinen und beobachtete von dort, wie ihre Mutter unten auf der Straße eilig den Gehweg entlanglief. Der Wecker auf ihrem Nachttisch zeigte Viertel vor drei. Mama war heute später dran als sonst, hatte sich aber trotzdem auf den Weg gemacht. Lulu wartete noch eine Weile am Fenster, dann sah sie David endlich. Er überquerte die Straße, ohne nach rechts und links zu schauen, und rannte dann in einem Mordstempo auf ihr Haus zu. Sie schloss die Vorhänge, sprang in den Flur und schlüpfte in ihre Lederschuhe. Da klingelte es auch schon Sturm.

»Ja doch, ich komme!«, rief sie, obwohl er sie von unten gar nicht hören konnte.

Pfeifend lief sie hinaus. Die schwere Eichenwohnungstür fiel laut ins Schloss. Lulu eilte die Treppen der drei Stockwerke hinunter, immer mehrere Stufen auf einmal nehmend. Sie freute sich auf David, ihre »geheime Mission« und darauf, bei diesem sonnigen Wetter draußen herumstreunen zu können. Nach der Schule hatte sie schon die Hausaufgaben erledigt, ihre täglichen Tanzübungen absolviert, und nun war sie frei.

»Hallo, Blondzopf!«, begrüßte David sie wie gewohnt, als sie auf der Straße zu ihm stieß. Er wusste mittlerweile, dass sie den Spitznamen albern fand, aber das störte ihn nicht im Geringsten.

Sie boxte ihn mit der Faust kameradschaftlich in den Bauch. »Idiot. Guten Tag, Herr Sternberg.«

Er tat so, als hätte sie ihm furchtbar wehgetan und krümmte sich übertrieben. »Aua, Hilfe, auuu! Der hat gesessen, junge Dame! Hiiilfe!«

Lulu boxte ihn daraufhin erst recht noch ein paarmal in die Seite und musste gleichzeitig über sein Getue laut lachen. »Blödian!«, rief sie und ließ von ihm ab.

David streckte sich wieder, fuhr sich durch die dunklen Haare und wurde ernst. »Und, isse schon weg?«

»Ja, gerade los. Wir müssen uns sputen. Komm!« Lulu machte ein Zeichen mit dem Kopf, und dann rannten sie Richtung Schloss Monbijou.

Es war viel los auf den Straßen und in den Läden, die Berliner gingen spazieren, waren überall unterwegs. Die helle Frühlingssonne und die erwachende Natur lockten Jung und Alt hinaus. Nach dem langen kalten Winter sehnten sich alle nach Wärme und dem Trost des erwachenden Lebens. Und selbst die dunklen Wolken am Horizont, die links über der Spree aufzogen, schienen niemand zu stören oder zu beunruhigen.

Auch Lulu nicht, sie genoss den Wind, der ihr beim Laufen durchs Gesicht fuhr, dass sie ohne Mantel draußen sein konnte und ihr liebster Gefährte ihr Gesellschaft leistete. Ihr kam in den Sinn, wie schön das letzte halbe Jahr gewesen war. Seit ihrer ersten Begegnung trafen sie sich regelmäßig. Mit David machte alles Spaß. Mit ihm war das Leben irgendwie leicht, er wusste immer Rat, eine Antwort, eine

Lösung. Wenn sie traurig war, tröstete er sie mit den richtigen Worten und scheute sich auch nicht, sie in den Arm zu nehmen. Obwohl er ein Junge war! Er spürte ziemlich schnell, was sie wann brauchte. Und wenn sie glücklich war, ein Erfolgserlebnis gehabt oder etwas Schönes erlebt hatte – zum Beispiel beim Tanzen, Kostüme entwerfen oder in der Schule –, dann freute er sich aufrichtig mit ihr. Und sie sich mit ihm. Auch sie versuchte, stets für ihn da zu sein. Noch nie hatte sie so einen Freund gehabt. Einen echten, zuverlässigen, ehrlichen.

Sein Geheimversteck war ein Treffpunkt für sie beide geworden. Hier erzählten sie sich alles, was sie beschäftigte. Oder sie spielten, malten, bastelten, schnitzten, sangen oder schwiegen zusammen. Alles könnte so schön sein, wenn nur seine Mutter Ludmilla nicht wäre ... Lulu war ihr ein Dorn im Auge, auch wenn sie nicht verstand, was sie ihr getan hatte. Deshalb hatte David nach einer Weile beschlossen, seiner Mutter nicht mehr zu erzählen, wenn sie sich trafen. Im Gegensatz zu seiner Frau hatte Levi Sternberg Lulu aber von Anfang an herzlich aufgenommen und bei ihrem ersten Zusammentreffen begrüßt mit: »Willkommen in unserer Ballhaus-Familie!« Inzwischen durfte Lulu sogar Onkel und Du zu ihm sagen. Sie hatte ihn richtig ins Herz geschlossen. Und er sie wohl auch. Denn er kümmerte sich und sorgte sich um sie, wie sie es von sonst keinem Erwachsenen kannte. Es machte ihm etwa große Freude, sie tanzen zu sehen und darin zu unterstützen, besser zu werden. Er erlaubte ihr offiziell, im Ballhaus ein und aus zu gehen, den Tänzern und Musikern zuzuschauen. Zudem durfte Lulu selbst auf der Bühne üben, wenn niemand sonst im Tanzsaal war. »Du hast ja richtig Talent, Kleines!«, hatte Onkel Levi ihr überrascht zugerufen, nachdem er sich das erste Mal von einer Kostprobe ihres Könnens überzeugen konnte. Mittlerweile hatte sie sogar eine eigene Kiste in der hinteren Ecke der Künstlergarderobe stehen, in der ein paar ihrer selbst genähten Kostüme, Accessoires und ein altes Ballerina-Tutu lagen. Auch David schaute manchmal zu, wie sie tanzte, selbst wenn er gerne so tat, als malte, läse oder schnitzte er. Er fand nicht allzu viel Gefallen daran und hielt Tanzen für eher affig. Mädchenkram, lästerte er. An seltenen Tagen mimte er ihr zuliebe den Zeremonienmeister oder Ballettdirektor und Lulu die Primaballerina mit furchtbaren Allüren.

David spielte lieber Klavier, Karten oder Räuber und Gendarm mit seinen besten Freunden Kalle und Richard. Kalle hatte eine große Klappe und war der Sohn vom ansässigen Bäckermeister, und Richard etwas schüchtern. Sein Vater war Jude und hatte eine kleine Betstube im Scheunenviertel.

Als sie unter der kleinen Brücke hinter dem Schloss hindurchliefen, das Nikolaiviertel vielleicht noch zehn Minuten entfernt, versperrte ihnen plötzlich jemand auf der anderen Seite den Weg. »Halt!«, brüllte der blonde Junge, der sich breitbeinig vor ihnen aufbaute. Lulu und David hätten ihn bei ihrem Tempo beinahe umgerannt und stoppten kurz vor ihm, völlig außer Puste.

»Fritz?«, fragte Lulu empört. Das durfte nicht wahr sein! Auch nach ihrem Streit im Winter wurde er nicht müde, sie zu verfolgen und angeblich beschützen zu wollen. Keine Maßnahme war ihm dafür zu dämlich.

»Och nee, nicht der schon wieder!«, stöhnte David, als er ihn erkannte.

»Militärkontrolle!«, schrie Fritz unbeirrt weiter. »Im Auftrag vom Kaiser persönlich!«

»Fritz! Sag mal, haste noch alle Tassen im Schrank? Spinnst du?« Genervt stemmte Lulu die Hände in die Hüften. »Wir hätten uns fast hingelegt!«

Fritz ignorierte das, salutierte stattdessen militärisch mit der Hand am Kopf und schlug die Hacken zusammen, dass es knallte. »Verehrtes Fräulein Schneider, Feldwebel Krause aus dem fünften Regiment Heckmannhöfe meldet sich zur Stelle. Habe die Ehre, stehe Ihnen zu Diensten!«

»Du lieber Herr Gesangsverein, ich glaub das nicht. Ist der irre.« David verdrehte die Augen. »Mach die Fliege, Krause!«

Dieser würdigte David keines Blickes und wandte sich nur an Lulu. »Der darf hier nicht durch. Verboten.« Dabei streckte er seine Arme wie eine Schranke nach rechts und links aus und stellte sich noch breiter in den Durchgang.

»Hör auf mit dem Schwachsinn, Fritze, lass uns vorbei! Verschwinde!« Langsam wurde es Lulu zu bunt. Was der sich anmaßte. David schwieg.

»Nein. Der Sternberg darf hier nicht durch! Der soll mal schön in seinem Kiez bleiben«, zischte er. Fritz meinte das durchaus ernst, das sah sie ihm an. Lulu wusste sehr gut, das könnte nun gleich eskalieren zwischen den Jungen, und hielt den Atem an. Das Letzte, was sie jetzt gebrauchen konnte, war eine Schlägerei.

»Wer sagt das, Krause, du Volldepp? Der Kaiser etwa?«, mischte sich David ein, straffte sich und rückte seinem Kontrahenten bedrohlich nahe.

»Korrekt. Anordnung vom Obersten Regiment, im Auftrag von Kaiser Wilhelm höchstpersönlich. Feldwebel Krause meldet sich zur Ausführung! Für den persönlichen Schutz der jungen Dame hier abgestellt. Wo wollt ihr überhaupt hin?«, fragte Fritz dann neugierig.

»Das geht dich nichts an! Verpfeif dich, Krause. Auf der Stelle!« David schubste ihn zur Seite, sodass Fritz fast das Gleichgewicht verlor.

»Hey, stopp! Alle beide. Komm, Fritze, sei nicht albern, geh nach Hause!«, versuchte es Lulu versöhnlich. Der rappelte sich auf, kam zum festen Stand und schaute von einem zum anderen, bewegte sich allerdings nicht. Also erhob sie ihre Stimme und sah ihn streng an. »Was ich wann, wo und mit wem tue, ist *meine* Sache! Kapier das doch endlich! Das kannste von mir aus auch dem Kaiser ausrichten. Mit den besten Grüßen.« Sie hoffte, sie klang überzeugend genug.

Fritz' Augen wurden zu Schlitzen. »Das kostet aber was.«

»Was meinst du? Wir haben keine Zeit für deine Spielchen«, sagte sie ungeduldig.

»Na, wenn ich euch in Ruhe lassen und keinem euer Geheimversteck verraten soll, und was ihr sonst noch alles treibt … dann … tja, dann verlange ich eine Gegenleistung – eine *gute* Gegenleistung.« Beim letzten Satz schaute er Lulu an. Seine kleinen grauen Augen blitzten.

»Spuck es aus, Krause, wir haben's eilig.« David war offensichtlich stinksauer. »Denn damit du's weißt, ich bin nahe dran, dir eine saftige Ohrfeige zu verpassen! *Was* willst du?«

Fritz zeigte mit dem Finger auf Lulu. »Sie.«

»Was?« Lulu blickte von einem zum anderen und dachte, sie hätte sich verhört.

»Wiederhol das, Krause«, wollte wohl auch David sichergehen.

»Du hast richtig verstanden, Schmarotzer. Ich lass euch vorerst in Ruhe und mach die Biege, halte meinen Observationsbericht unter Verschluss ... aber dafür bekomme ich nächsten Samstag einen ganzen Nachmittag mit Lulu, und zwar alleine.« Er deutete auf sie, als verhandelte er über eine Ware.

»Ist das dein Ernst?«, hakte David ungläubig nach.

»Mein voller. Beim Namen ihres werten Herrn Vaters«, gab Fritz eiskalt zurück, »der übrigens nach wie vor nicht sehr begeistert wäre, wenn er hört, dass seine Tochter mit einem unbekannten Jungen herumstreunt.«

Lulu sah David an, dass er stark an sich halten musste, um nicht die Kontrolle zu verlieren und Fritz kurzerhand in die Spree zu werfen. Was für ein Theater. Ihr wurde es echt zu blöd, sie wollte nur noch schnellstmöglich weg von hier. »Also gut, Fritz: Du haust jetzt ab und lässt uns vorbei. Und Samstag um drei Uhr kannst du mich abholen«, lenkte Lulu ein.

David verdrehte die Augen. Fritz dagegen grinste. Er hatte gewonnen. »Geht doch!«, rief er triumphierend.

»Warum denn nicht gleich?« Er salutierte erneut und lief davon, sodass er Davids wütendes »Verpiss dich!« gar nicht mehr hörte.

»Meine Güte, das wird ja immer schlimmer mit dem!«

Sie warteten, bis Fritz nicht mehr zu sehen war. Lulu legte die Hand beschwichtigend auf Davids Schulter. »Vergiss den, lass gut sein. Jetzt ist der fürs Erste zufrieden. Am Samstag lauf ich mit ihm ein bisschen durch die Gegend, dann wird er wieder versöhnlicher. Wir dürfen es uns mit ihm nicht ganz verscherzen, sonst erzählt der wirklich jedem von deiner Bude im Bretterverschlag, steckt meinem Vater was oder erfindet Lügen. Und außerdem, du weißt schon …« Sie machte eine Pause und flüsterte verschwörerisch: »Die anderen beiden müssen wir auch schützen.«

»Ja, schon klar. Aber sollte Krause mit diesen Spielchen nicht aufhören, lass ich mir was einfallen. Dann spürt der bald, was es bedeutet, wenn ich *richtig* sauer bin!« David ballte zum Zeichen seiner Kraft beide Fäuste und boxte wütend in die Luft.

Lulu drückte seine Hände nach unten. »Lass das. Komm, wir müssen weiter. Beeil dich, sie sind vielleicht schon weg! Es ist fast schon halb vier. Los!« Lulu rannte davon.

»Hey, warte!«, rief David und lief hinterher.

Sie eilten zum Nikolaiviertel, an seinen Arkaden und kleinen Gassen mit den winzigen Fachwerkhäusern vorbei, und nahmen den Weg in Richtung Spree. Von diesem ältesten Viertel Berlins aus konnte man auch an den Fluss gelangen, und es gab dort einen wunderschönen Spazierweg, der nie überlaufen war. Vor dem Drachentöter-Denkmal am Spreeufer und der alten Kirche hielten sie einen Moment an, völlig außer Atem, kurz bevor sie in gemäßigterem Tempo wieder links abbogen. Die dunklen Wolken waren inzwischen fast direkt über sie gezogen, und der Himmel sah aus wie ein geteiltes Gemälde. Auf der einen Seite näherte sich ein drohendes Unwetter, die andere Hälfte zeigte klares Blau und strahlenden Sonnenschein.

»Hat es eben gedonnert?«, fragte David.

»Ich hab nichts gehört. Hoffentlich hält das Wetter noch eine Weile, solange wir unterwegs sind … Vorsichtig, duck dich, sonst sehen sie uns gleich«, mahnte Lulu und zog David am Ärmel etwas zurück, er war ihr zu schnell. Er verlangsamte und wich geschickt einem Zeitungsjungen mit Baskenmütze aus, der um die Ecke schoss und sie beinahe, voll beladen, übersehen hätte. Sie hielten sich etwas abseits vom öffentlichen Weg und schlichen sich auf dem Rasen immer ein Stück weiter: von der Litfaßsäule bis zum weiß blühenden Holunderbusch und dem alten Boot *Klein Köpenick*, das, umgedreht, mit grüner abgesplitterter Farbe und ziemlich verloren, am Ufer lag und Kindern zum Spielen diente. Inzwischen kannten Lulu und David alle Punkte, wo sie sich verstecken konnten, bis zu ihrem Ziel.

»Pssst! Da sind sie, schau!«, zischte Lulu ihrem Freund zu. Sie erkannte sofort die Frau mit dem Pfauenfederhut, die unter einer Trauerweide auf der abgelegenen Bank an der Spree Platz genommen hatte, als ihre Mutter Claire. Lulu und David versteckten sich und nahmen ihre Beobachterstellung hinter Klein Köpenick ein. Mutter war dort jedoch nicht allein, sondern in Begleitung. Der eigentliche Grund ihres wöchentlichen Ausflugs.

Neben ihr auf der Bank saß auch heute: Onkel Levi.

Vor etwa vier Monaten hatten Lulu und David durch Zufall entdeckt, dass sich die beiden heimlich hier trafen. Es musste ein paar Wochen nach Onkel Levis Brief gewesen sein, den David Claire überbringen sollte. Auf jeden Fall war es Winter gewesen, denn alles war mit Schnee bedeckt. Sie spielten gerade am Spreeufer Fangen, da kamen ihnen plötzlich Mutter und Onkel Levi entgegen. Überraschend vertraut miteinander spazierten sie, in eine lebhafte Unterhaltung vertieft, den Weg entlang. Lulu und David waren in diesem Augenblick so sprachlos, dass sie sich zunächst nicht von der Stelle rührten. Dann flüchteten sie rechtzeitig hinter eine Gruppe Studenten, die sich am Spreeufer versammelt hatten und lautstark miteinander diskutierten. Mutter und Onkel Levi bemerkten sie zum Glück nicht, sie wirkten in ihr Gespräch versunken.

Es dauerte eine ganze Weile, bis sie diese Beobachtung verdaut hatten. Als Lulu zu Hause noch am gleichen Abend ihre Mutter auf Levi Sternberg ansprach und nachfragte, *wie* gut sie ihn eigentlich kannte, tat diese so, als wäre ihre Bekanntschaft eher oberflächlich gewesen. »Er war ja schließlich der Sohn meines Dienstherrn«, betonte Claire.

»Hast du ihn denn in letzter Zeit mal wiedergesehen?«, hakte Lulu vorsichtig und möglichst unverfänglich nach.

»Warum willst du das wissen?«, fragte Mutter nur zurück, stand auf, ging zum Herd und setzte Wasser zum Kochen auf. Mehr war nicht aus ihr herauszubekommen gewesen. Später versuchte Lulu noch ein paarmal, das Gespräch auf Levi Sternberg zu lenken, aber ihre Mutter blieb bei der bekannten Version und wich einer Antwort aus. Besser, Lulu beließ es dabei, fand sie schlussendlich, sie hatte es ja mit Vater schwer genug. Außerdem bemerkte Lulu, wie sich die Stimmung ihrer Mutter von Woche zu Woche besserte.

Mit der Zeit fanden sie eine Regelmäßigkeit heraus, nämlich, dass sich Claire und Levi fast jeden Montagnachmittag an dieser Bank trafen, wenn das Ballhaus geschlossen hatte, und er die wöchentlichen Einkäufe oder Besorgungen erledigen musste.

Aber sowohl Lulu als auch David trauten sich nicht, Mutter und seinen Vater noch einmal zur Rede zu stellen. Also behielten sie ihre Entdeckung für sich.

Die dicken grauen Wolken erzeugten eine etwas unwirkliche Stimmung mitten in diesem Frühlingsszenario. Sicher würde es jeden Moment regnen.

»Drohendes Unheil naht heran. Das spüre ich«, sagte Claire schon seit Tagen zu Lulu. Ob sie damit das Wetter meinte?

Von ihrem Wachtposten aus beobachteten sie, wie Mutter in diesem Moment plötzlich ihren Kopf auf Onkel Levis Schulter legte. Dieser streichelte daraufhin mit seiner freien Hand zart über ihre Wange. Dabei starrten sie wie hypnotisiert auf die Spree, als hätte der Fluss eine Antwort für sie parat. Lulu und David wechselten einen vielsagenden Blick.

Diese kleine Geste zwischen den beiden wirkte innig und liebevoll. So saßen ihre Eltern zu Hause nie zusammen.

»Meinst du, sie lieben sich?«, fragte David leise, ohne seinen Blick von dem Paar abzuwenden.

»Keine Ahnung«, sagte Lulu nachdenklich, »aber ich weiß, dass Mama bei Onkel Levi ganz anders aussieht, weicher … und noch nie hat sie so viel gelächelt. Und wie dein Vater sie behandelt … Meiner ist das Gegenteil.« Im selben Augenblick, in dem Lulu das aussprach, setzte der Regen ein. Erst nur leicht, dann ergoss sich in Sekundenschnelle ein Sturzbach über sie. Wie nahe die Unwetterwolken inzwischen gekommen waren, hatten sie gar nicht bemerkt. David schaute Lulu erschrocken an und bedeutete ihr mit einem Kopfnicken, dass es Zeit wäre abzuhauen. Ohne ein Wort sprangen sie aus ihrem Versteck auf und rannten nach Hause.

8

Samstag, 9. Mai 1914

Lulu mochte die neue Frisur ihrer Mutter, sie wirkte dadurch fast mädchenhaft. Vater war letzte Woche durchgedreht, als er seine Frau zum ersten Mal mit diesen Haaren sah. Er hatte anschließend die Schere zum Fenster hinausgeworfen. Kurt, der das ganze Geschehen von unten mitbekommen hatte, brachte sie ihnen besorgt zurück und drückte sie Lulu an der Wohnungstür mit den Worten in die Hand: »Pass mal lieber uff mit solchen Dingen, Kleene. Ick hätte dit jute Stück fast uff'n Kopf bekommen!«

Auch heute beim Frühstück war Vater extrem mies gelaunt, lenkte das Thema wieder auf die Frisur und hackte auf Mutter herum. Nach einem seiner Rundumschläge über sein unerträgliches Leben konnte sie keinen Bissen mehr zu sich nehmen. Ihr Blick richtete sich nach unten, und sie sah hundeelend aus. Vater schien das gar nicht zu bemerken, aber es war ihm sowieso gleichgültig. Die Mutter tat Lulu leid.

»Nun lass uns doch in Ruhe, Papa! Mama tut, was sie kann«, brach es schließlich aus ihr heraus. Aber damit handelte sie sich nur eine heftige Ohrfeige ihres Vaters ein.

»Wie sprichst du denn mit mir? Misch dich nicht ein! Ab in dein Zimmer!«

Das ließ sich Lulu nicht zweimal sagen. Dort lauschte sie mit angehaltenem Atem, was passierte.

Irgendwann zerschepperte Geschirr. Die Tür knallte, und es wurde still. Lulu wartete kurz, dann schlich sie in die Küche, um die Lage zu inspizieren. Ihre Mutter saß nach wie vor auf ihrem Stuhl und starrte auf den immer noch gedeckten Frühstückstisch. Auf dem Küchenboden registrierte Lulu die Scherben von Mutters Lieblingsvase in einer großen Wasserpfütze. Kreuz und quer lagen die bunten Frühlingsblumen verstreut, die darin vorher liebevoll angeordnet worden waren.

»Er ist weg«, sagte Mutter leise.

»Wohin?«, fragte Lulu.

»Weiß nicht.« Dann stand Mutter auf, tapste über Blumen, Scherben und Wasserlache hinweg, sodass es bei jedem Schritt laut knirschte, schleppte sich im Zeitlupentempo zur großen Vitrine, holte die klare Pulle hervor, die sie dort versteckt hielt, und setzte sich damit wieder auf ihren Stuhl. Genauso langsam öffnete sie die Flasche, goss sich einen ordentlichen Schuss in ihren blechernen Kaffeebecher und leerte ihn in einem Zug aus.

»Mama …« Lulu ging zu ihr.

Claire schaute an ihr vorbei, erwiderte nichts, hing schlaff auf dem Stuhl.

»Mama?«, wiederholte Lulu traurig. »Soll ich dir was vortanzen?« Sie versuchte, Blickkontakt mit ihrer Mutter aufzunehmen. »Schwanensee?«

Keine Antwort.

»Ein Lied singen?« Nichts. Die hellblauen Augen ihrer Mutter sahen leer und trüb aus.

»Gut, das machen wir!«, antwortete Lulu sich einfach selbst. Ihre Mutter schaute kurz hoch. Ein vorsichtiges Lächeln umspielte ihren Mund. Vielleicht täuschte sich Lulu aber auch. Dann goss Mutter sich noch mal einen Schuss Korn ein.

Es war sehr heiß, Lulu bekam kaum Luft. Sie strich sich ihre langen Haarsträhnen aus dem Gesicht, die an ihrer Stirn festklebten. Wortlos hob sie die Blumen auf, kehrte die Scherben zusammen und trocknete den Boden. Die Blumen, die nicht kaputt waren, steckte sie in eine neue Vase und füllte diese mit frischem Wasser. Dann ging sie in ihr Zimmer, zog sich eines ihrer selbst genähten Ballerinakleider an und holte die Spieluhr aus dem Wohnzimmerschrank, die sie begleiten sollte. Zurück in der Küche zog sie die Schwanenseemusik auf, stellte die hübsche Porzellantänzerin auf die Fensterbank und begann mit ihrer Vorführung.

Beim Tanzen machte Lulu die Augen zu, um sich ganz in die Rolle der Schwanenprinzessin Odette hineinzuversetzen. Die Musik erklang im Raum, nahm ihn immer ein Stück mehr ein, durchflutete die Küche und das, was sich hier tagtäglich abspielte, mit Klängen, die ihnen zumindest eines sicher schenkten: Trost. So empfand es Lulu auf jeden Fall. Sie öffnete ihre Augen und sah, dass Mutter stumm und aufmerksam zuschaute. Der Zauber der Musik wirkte meistens beruhigend auf sie. Schon begann Mutter sogar, sich mit dem Oberkörper ganz zart im Takt zu bewegen. Und Lulu tanzte, tanzte, tanzte. Immer weiter. Odette war ihre liebste Rolle.

Als der letzte Ton verklungen war, sagte Mutter mit Zärtlichkeit in der Stimme: »Mein Kind, aus dir wird mal was. Vielleicht sogar eine große Tänzerin.« Jetzt lächelte sie wirklich. Lulu auch. Der Eklat mit Vater war fast vergessen. Lulu ging zu ihrer Mutter und umarmte sie fest. Die gab ihr einen Kuss auf die Stirn. Dann ließ sie sich ohne Einwände hochhelfen und ins Wohnzimmer zur Chaiselongue führen.

»Mama, leg dich hin. Ich räum in der Küche fertig auf, keine Sorge.« Liebevoll deckte Lulu ihre Mutter zu. Claire hatte bereits die Augen geschlossen. Lulu streichelte ihr sanft über den Kopf. Bei ihrem Anblick spürte sie wie so oft einen Stich in ihrem Herzen, dem sie jedoch keine weitere Beachtung schenken wollte. Nicht jetzt.

Fünf Minuten später, während sie in der Küche Ordnung machte und frische Luft hereinließ, hörte sie Mutter von drüben leise schnarchen. Am frühen Morgen, das musste sich mal einer vorstellen! Lulu seufzte tief und betete zum Himmel – er mochte ihr ein Wunder schicken, oder zumindest verraten, was zu tun wäre.

9

Den Samstag hatte Lulu am liebsten. Denn dann durfte sie im Ballhaus üben. Aber erst, wenn die richtige Ballerina mit ihrer Probe auf der Bühne im Tanzsaal fertig war, und sofern Onkel Levi es ihr erlaubte und keine Musikerprobe war. Auch David vertrieb sich währenddessen gerne dort die Zeit, lungerte herum, spielte oder malte etwas. Manchmal schaute er ihr auch verstohlen zu, was sie genau spürte, obwohl er gerne so tat, als interessierte ihn das gar nicht. Oft kam dann Onkel Levi, schaute nach dem Rechten, zog an seiner Zigarre, setzte sich zu ihm und beobachtete, wie Lulu tanzte. Entweder klatschte er am Ende begeistert oder schlug vor, was sie verbessern könnte. Er verstand ziemlich viel von Musik, das kapierte Lulu sofort, und eben auch vom Tanzen. Auch wenn es sie etwas einschüchterte, schmeichelte es ihr gleichermaßen, denn noch nie zuvor hatte sich ein Erwachsener – außer ihrer Mutter – so für sie und ihr Talent interessiert. In der Schule hielten ihre Lehrer sie insgesamt eher für minderbegabt und faul.

Wenn Davids Mutter Ludmilla auch im Ballhaus war, wurde es allerdings nicht so angenehm, denn die hackte auf

Lulu herum und ließ sie nie alleine auf der Bühne proben. Sie klapperte dann extra laut mit dem Geschirr hinter der Bar oder stritt mit den Kellnern. Lulu hatte das Gefühl, sie wollte sie bewusst verunsichern und verdächtigen, etwas anzustellen. Was völlig absurd war, Lulu hatte gar kein Interesse daran, dem Ballhaus oder den Sternbergs zu schaden.

Am heutigen Samstag war sie mit Onkel Levi im Ballhaus verabredet. Er hatte sie dort um elf Uhr hinbestellt. Den Grund kannte sie nicht. Sie wusste nur von David, dass er ihr etwas mitteilen wollte. Lulu war so gespannt, was der Ballhauschef ihr zu sagen hatte, dass sie den gesamten Weg rannte. In Schlangenlinien sprang sie vom Bürgersteig auf die Straße und zurück – hin und her und her und hin –, dabei pfiff sie ein Liedchen oder sang aus vollem Halse »Es war einmal ein treuer Husar«. Sie war guter Dinge und ließ sogar die Schimpftiraden von Passanten, die sie beinahe umgerannt hätte, einfach über sich ergehen. Es war wie eine Befreiung, endlich draußen zu sein. Ihre Wangen glühten vor Freude, und sie war erleichtert, nicht mehr in der stickigen Wohnung sein zu müssen.

Mit einem Sprung hielt sie vor dem Torbogen an. Sie kam mit beiden Beinen gleichzeitig auf. Wie eine kleine Majestät schritt Lulu hindurch und betrat den neu angelegten Weg, der durch die Mitte des hübsch bepflanzten Vorgartens verlief und zum Haupteingang führte. *Sternbergs Ballhaus* las sie zum hundertsten Mal auf dem Schild. Daneben war ein tanzendes Paar gemalt. Ihr Herz ging auf. Die hohe Tür aus Nussbaum sah elegant aus und stand offen, wie zur Begrüßung. Von drinnen ertönte Klaviermusik, sicher spielte David ein paar Takte zur Zerstreuung. Er hatte in letzter Zeit große Fortschritte gemacht und übte fast täglich.

Die Küchenfenster waren ebenso weit geöffnet, dort schepperte jemand mit Tellern, Schranktüren knallten, der Wasserhahn lief. Lulu erkannte in dieser Geräuschkulisse die beiden Küchenhilfen Berta und Käthe, sommersprossige, etwas pummelige Zwillingsschwestern vom Wedding. Sie mochte die jungen Frauen sehr, sie scherzten gerne mit Lulu. Vor allem Berta, die hatte die größere Klappe. Käthe war eher mundfaul. In diesem Augenblick sangen die zwei ein lustiges Wanderlied, während sie spülten und aufräumten. Lulu musste lachen. Beide Schwestern trafen keinen einzigen Ton, aber sangen mit solcher Begeisterung, dass es jedem Zuhörer Spaß machte.

Die Küche musste vor dem wichtigsten Tanzabend der Woche in Schuss und alles vorbereitet sein für den späteren Ansturm der Gäste. Und wenn im edlen Spiegelsaal ein Fest, Bankett oder Ball der feinen Gesellschaft anstand, war sowieso im gesamten Haus von frühmorgens an schon richtig was los, und jeder hatte eine zugewiesene Aufgabe, damit nichts aus dem Ruder lief.

Lulu sah prüfend an sich herab. War sie adrett genug für ein Gespräch mit Sternberg? Sie hatte zu Hause ganz vergessen, einen Blick in den Spiegel zu werfen. Lulu stellte sich in kerzengerader Haltung hin, legte ihre weißblonden Zöpfe, die sie am Ende mit blauen Bändern hübsch zusammengebunden hatte, über ihre Schultern und rieb sich einmal über ihr Gesicht. Das war ein Tipp ihrer Mutter, um durch gerötete Wangen frisch auszusehen. Dann atmete sie tief durch und ging aufrecht zum Eingang. Plötzlich kam der Garderobenwächter Harry Krawuttke heraus und begann den Vorplatz zu fegen. Er hatte einen grauen gezwirbelten Schnauzer und erinnerte sie immer an den Kaiser – er hätte wirklich der Vater sein können.

Als er sie beim Näherkommen erkannte, verbeugte er sich leicht und grüßte schnodderig-freundlich, ganz berlinerisch eben, mit: »Juten Tag, kleene Prinzessin, na, wird heute wieder dit Tanzbein jeschwungen?«

»Guten Tag, Herr Krawuttke! Jawoll, gleich darf ich tanzen, wenn die Bühne frei wird«, antwortete Lulu bestens gelaunt und schenkte Krawuttke einen kleinen Ballerinaknicks, was dem Mann ein Lächeln auf das faltige Gesicht zauberte. Zumindest könnte es eins gewesen sein, denn eigentlich zog er nur die rechte Wange etwas nach oben.

»Nu, denn ma flugs rein mit dir, junge Dame. Is frisch jewienert heute im Saal. Ooch die Bühne. Wird rutschig. Pass jut uff.« Er nickte ihr aufmunternd zu und fuhr mit dem Kehren fort.

Im Hopserlauf lief Lulu an ihm vorbei ins Gebäude und sog mit jedem Atemzug den vertrauten Geruch des Ballhauses ein, den sie über alles liebte. Hier fühlte sie sich geborgen und wohl wie nirgendwo sonst. Es roch nach Holz, Putzmittel, Zigarren, Parfum, Bier, Bouletten mit Kraut. Überall spürte sie diese besondere Energie – jeder Kratzer im Parkett, jeder Riss in der Wand, jedes Staubkorn, das in der Luft hing, jeder Winkel erzählte eine eigene Geschichte.

Lulu stellte sich vor, dass alle Gäste einen winzigen Teil von sich im Ballhaus zurückließen. Sogar wenn das Ballhaus leer war, spürte Lulu noch die Musik, das Stimmengewirr, die Tanzenden und Liebenden, den Rauch, das laute Lachen überall nachklingen. Vielleicht war ja das Ballhaus in Wahrheit gar kein Gebäude, sondern eine Art Lebewesen: Das Herz war der Tanzsaal, der Spiegelsaal der Kopf, die anderen Räume – Wintergarten, Terrasse, Küche, Künstlergarderobe, Toiletten, Vorplatz – waren Arme und Beine mit Händen und Füßen.

Krawuttke hatte sogar einmal behauptet, dass das Ballhaus jeden verzauberte, der sich traute, über die Schwelle zu treten.

Lulu ging an der Garderobe vorbei. Der schwarze Vorhang war ganz zugezogen, und vor der Ausgabe standen ein Putzeimer und ein Kehrblech. Bestimmt war Ludmilla gerade mit Saubermachen fertig geworden. Sie hoffte inständig, ihr nicht zu begegnen. Lieber schnell weiter in den Tanzsaal. David saß am Piano und spielte das Präludium in C-Dur von Bach aus dem Wohltemperierten Klavier. Lulu mochte das Stück sehr.

Levi saß währenddessen auf der Bühne, lauschte den Klängen und ließ die Beine baumeln wie ein Junge. Die zarte Tänzerin mit den schönen rotbraunen Haaren, die bis jetzt hier geübt hatte, legte sich einen Mantel über die Schultern und verschwand mit einem kurzen Gruß zu Lulu in der Künstlergarderobe. Dorthin gelangte man durch eine unauffällige Seitentür neben der großen Bar und musste dann die Treppe hochsteigen.

Als David sie bemerkte, hörte er sofort auf zu spielen, sprang mit einem lauten Wumms vom Klavierhocker und eilte zu ihr.

»Lulu!«, rief er. »Da biste ja endlich! Wir haben schon auf dich gewartet.«

»Es ging nicht früher, zu Hause war wieder Zores! Ich musste erst …« Ihr fehlten die Worte, und sie wusste nicht, wie sie ihre Verspätung erklären sollte. Sie schämte sich für die ständigen Streitereien ihrer Eltern.

»Schon gut, vergiss es«, raunte ihr Freund zurück.

»Liebe Lulu«, unterbrach sie Onkel Levi und kam ihr ebenfalls freudestrahlend entgegen, »sei gegrüßt!« Er reichte ihr seine warme Hand, die sie mit einem kleinen Knicks ergriff und schüttelte.

»Guten Tag, Onkel Levi!«, sagte sie. Erst war es für sie noch ungewohnt gewesen, ihn so zu nennen, aber mittlerweile fiel es ihr nicht mehr allzu schwer.

Er lud sie ein, an seinem Tisch im Separee Platz zu nehmen. »Na komm, Kind, setz dich zu mir. Hier können wir ungestört reden. Was willst du trinken, Tee? Oder lieber eine Schokolade?«

»O ja, gerne Schokolade!« Etwas so Besonderes gab es fast nie bei ihnen zu Hause.

»Wunderbar. David, bitte sag in der Küche, wir brauchen eine große Kanne heiße Schokolade. Vielleicht sind auch noch ein paar Kekse oder Zupfkuchen übrig?« Er zwinkerte ihr zu.

»Mach ich.« David nickte gehorsam und ging.

Onkel Levi legte Lulu einen Arm um die Schultern und

führte sie zu seiner Ecke. Sie fühlte sich geehrt, denn sie wusste, dass dort nur ausgewählte Personen zugelassen waren, ihm Gesellschaft zu leisten. Er zog einen der filigranen Stühle vom Tisch hervor und bedeutete ihr, sich zu setzen.

»Voilà, Mademoiselle!«

»Danke«, sagte sie schüchtern und ließ sich von ihm wie eine Dame helfen. Sie wurde von Minute zu Minute nervöser. Was wollte er bloß mit ihr bereden?

Er schaute sie lange, ernst und schweigend an. Dann zog er an seiner Zigarre und paffte den Rauch in kleinen Wölkchen heraus. »Es ist erstaunlich. Du siehst deiner Mutter kaum ähnlich, aber ihr habt den gleichen Blick«, sagte er gedankenverloren. »Melancholisch und entschlossen zugleich …« Er hustete. »Aber kommen wir zur Sache. Seit ein paar Monaten sind David und du unzertrennlich, nicht wahr?« In Lulus Augen suchte er Bestätigung.

»Wir sind Freunde.«

»Richtig. In dieser Zeit konnte ich erleben, dass du das Ballhaus sehr magst und oft besuchst. Und nicht nur das: Ich habe selbst gesehen, wie schön du tanzen kannst, Lulu. Du hast Talent und einen starken Willen, davon konnte ich mich überzeugen. Aus diesem Grund habe ich dir auch erlaubt, hier zu proben. Auf einer *echten* Bühne.« Er zeigte mit dem Kopf in deren Richtung und machte eine kurze Pause, um genüsslich an seiner Zigarre zu ziehen.

»Da du nicht nur meinem Sohn, sondern auch mir sehr ans Herz gewachsen bist und ich genau verfolge, welche Fortschritte du im Tanzen machst und wie hart du trainierst, möchte ich dir ein Angebot machen«, fuhr er in feierlichem Tonfall fort. Doch er wurde von David unterbrochen, der mit einem Tablett in den Saal zurückkam. Er ging den Weg zum Separee vorsichtig, um nichts zu verschütten, umklammerte die Griffe fest und schwankte ein bisschen hin und her.

»Käthe sagt, das sind die letzten Kekse«, richtete er aus.

»Danke, mein Junge. Komm gerne zu uns.« Während Onkel Levi die Tassen mit Kakao füllte, der herrlich duftete, sprach er weiter: »Wo war ich stehen geblieben? Du tanzt für dein Leben gern, das steht außer Frage. Ich glaube, da schlummert einiges in dir.« Er lächelte erst sie, dann seinen Sohn an. »Na los, bedient euch … So, und aus diesem Grund, und weil ich überdies deiner Mutter Claire sehr zu Dank verpflichtet bin, möchte ich dir helfen.« Ein kurzes Räuspern folgte. »Letzte Woche habe ich die wunderbare Maria Salino in ihrer Ballettschule in Pankow aufgesucht. Ist sie dir ein Begriff? Ich kenne sie persönlich. Wir haben uns eine Weile unterhalten. Auch über dich. Nun, ich habe ihr also von dir erzählt, Lulu. Sie ist immer auf der Suche nach vielversprechenden Talenten. Und heute kann ich dir eröffnen …«, er räusperte sich erneut, machte eine vielsagende Pause und schaute Lulu erwartungsvoll an, »… dass sie einverstanden ist, dich als Elevin aufzunehmen!« Onkel Levi strahlte übers ganze Gesicht und klatschte begeistert in die Hände. »Ist das nicht eine Überraschung? Wie findest du das? Ach, und bevor ich es vergesse, mach dir keine Gedanken, die Kosten des Unterrichts trage selbstverständlich ich«, ergänzte er noch, ganz Geschäftsmann, und schnippte die Asche seiner Zigarre auf den Boden.

Lulu musste erst einmal schlucken und machte große Augen. Sie war sprachlos. David und sie wechselten einen überraschten Blick. Hatte sie richtig gehört? Die berühmte Maria Salino? Sie wusste von ihr und der Ballettschule, Mutter hatte in ihrem Beisein schon mal mit Frau Bertram darüber gesprochen. Sie war ein Stummfilmstar und ehemalige Primaballerina, die vor einiger Zeit ihre Ballettschule in der Schönhauser Allee mit viel Tamtam eröffnet hatte. Bei ihr sollte sie richtig Ballettunterricht bekommen? Das war doch bestimmt ein Missverständnis.

»Vater! Ist das wahr?« David fand zuerst seine Sprache wieder.

Lulu war immer noch außerstande zu sprechen. Tausend Gedanken flirrten ihr durch den Kopf. Dann setzte sie unsicher an: »Die Ballettschule ist sehr bekannt … und erst die Dame – da will sicher jeder hin, soviel ich weiß … und ich bin ja keine, also nur ein … ein einfaches Mädchen …« Lulu merkte selbst, wie hilflos sie klang.

»Lass das mal meine Sorge sein. Erstens schuldet mir die Signorina noch einen Gefallen. Und zweitens habe ich sie neugierig gemacht. Du hast Glück, sie hat noch einen Platz für dich frei!« Onkel Levi schmunzelte und schob seinen Stuhl etwas zurück, im Begriff, sich wieder zu erheben.

»Großartig ist das! Hey, Lulu!« David trat ihr unterm Tisch ans Bein. Erschrocken schaute sie auf. Er signalisierte ihr mit einem nachdrücklichen Blick: *Sag Ja!*

»Nun, Lulu, was soll ich ihr ausrichten? Das Training bei ihr soll äußerst hart sein. Traust du dir das zu?«, wollte Sternberg wissen. »Natürlich darfst du weiter hier üben.

Schließlich möchte ich über deine Fortschritte auf dem Laufenden sein. Wenn du erst Bedenkzeit brauchst oder Rücksprache mit deinen Eltern halten willst, lass es mich wissen.«

Lulu begriff endlich, dass er tatsächlich keine Scherze machte, und die Botschaft kam mit voller Wucht bei ihr an. Auf der Stelle schossen ihr die Tränen in die Augen. »Ja! Ja, ich nehme das Angebot liebend gerne an! Ich … ich … weiß gar nicht, was ich sagen soll … Danke! Danke. O mein Gott, ich kann es nicht glauben … Danke, danke, Onkel Levi«, stammelte Lulu gerührt und voll ungläubiger Freude. Nur mit Mühe unterdrückte sie ein Schluchzen.

David strahlte sie an. »Gratulation!«

»Sehr schön! Also, es wird so ablaufen: Zum Unterricht musst du dich immer zweimal die Woche in der Ballettschule einfinden. Zuspätkommen wird nicht geduldet. Dienstag um vier geht's los, wenn du die Erlaubnis von zu Hause hast. Abgemacht?« Sternberg streckte ihr zwinkernd seine Hand hin.

»Abgemacht!«, schlug Lulu ein und hoffte, dass das kein Traum wäre.

David sprang auf und rief laut: »Bravo!« Dann lief er zu ihr und klopfte ihr auf die Schulter.

Lulu war ganz rot geworden und wusste nicht, wie sie reagieren sollte. Aber Onkel Levi stand schon auf und sagte: »Damit machst du auch mir eine große Freude. Ich wünsche dir viel Glück. Nutze deine Chance, lerne und sei fleißig. Jetzt muss ich los, Kinder, es gibt noch viel zu tun.« Er verabschiedete sich mit einem Zwei-Finger-Gruß und ging mit langen Schritten hinaus. Krawuttke stand schon am Ausgang und wartete geduldig auf seinen Chef.

»Kneif mich mal«, bat Lulu ihren Freund. Sie legte ihm ihren rechten Arm auf den Tisch. Das tat David, ohne zu zögern, und kniff sie so fest in die Haut, dass sie laut aufschrie. »Aua! Doch nicht *so*!«, beschwerte sie sich empört. Sie rieb sich die gerötete Stelle. Doch dann musste sie lachen und fiel ihm freudig um den Hals.

»Das muss gefeiert werden!«, rief David laut, schnappte sich einen Keks und biss so kraftvoll hinein, dass die Krümel umherflogen.

10

Dienstag, 12. Mai 1914

»Du gehst da nicht hin!«, brüllte ihre Mutter und blieb abrupt auf dem Gehweg vor der Synagoge stehen. Beinahe wäre eine Horde Kinder in sie hineingerannt, die gerade noch auf die Straße ausweichen konnte.

»Das erlaube ich nicht! Du gehst da auf keinen Fall hin!«, wiederholte sie außer sich, und Lulu starrte sie fassungslos an. Andere Passanten blickten neugierig zu ihnen herüber, was ihr mehr als peinlich war, am liebsten wäre sie im Erdboden versunken. Heute war der große Tag. In zwei Stunden sollte sie sich in der Ballettschule Salino vorstellen. Weil Lulu schon befürchtete, dass Mutter nicht in Begeisterungsstürme ausbrechen würde, hatte sie sich bisher davor gedrückt, ihr vom Ballettunterricht zu erzählen. Vater wollte sie es am liebsten verschweigen und Mutter dafür als Verbündete gewinnen. Es durfte einfach nichts dazwischenkommen …

Nachdem sie gemeinsam nach der Schule ein paar Besorgungen erledigt hatten – alte Stoffe, neues Garn und fehlendes Zubehör für Näharbeiten sowie Eier, Mehl, Milch und Kartoffeln, alles, was im Hause Schneider aktuell dringend fehlte –, hatte Lulu gehofft, es wäre der richtige Zeitpunkt,

Mutter einzuweihen. Und außerdem zu spät, um es zu verbieten. Pustekuchen! Ihre Reaktion fiel überraschend heftig aus.

»Aber Mama! Warum denn nicht? Du weißt, was das bedeutet, es ist Maria Salino, nicht *irgendeine* Ballettlehrerin! Bitte, sag Ja! Ihr müsst doch auch gar nichts bezahlen. Onkel Levi tut das gerne, hat er versichert und schon alles geregelt. David war Zeuge, du kannst ihn fragen. Bitte, bitte lass mich hingehen«, versuchte Lulu verzweifelt, nun mit Tränen in den Augen, ihre Mutter umzustimmen.

Diese stöhnte, stellte den schweren Korb mit den Einkäufen ab und legte die Hände auf Lulus Schultern. Dann sah sie ihr direkt in die Augen. »Lulu. Hör mir jetzt gut zu. Du wirst das auf keinen Fall annehmen. Wir werden nicht in seiner Schuld stehen, verstehst du das? Wir sind keine Bittsteller und sollten uns nicht abhängig machen. Von niemandem! Und außerdem: Dein Vater hätte sicher etwas dagegen. Wie willst du ihm das erklären? Du bist ein einfaches Mädchen, und diese Ballettschule ist nur was für Kinder aus reichem Hause – Vater wird das Gleiche sagen.«

»Pah! Vater, Vater!«, unterbrach sie ihre Mutter wütend. »Von wegen! Was interessiert dich der? Wir könnten es ja geheim halten vor ihm. Abgesehen davon … Ist ja nicht das Einzige, was er nicht weiß!« Lulu schüttelte die Hände ihrer Mutter ab, auch wenn sie sofort ein schlechtes Gewissen überkam, dass ihr das rausgerutscht war.

Mutter zuckte zusammen. »Lulu Schneider! Wie redest du mit mir? Wenn du dich nicht mäßigst, bekommst du den Rest der Woche Hausarrest und kannst darüber nachdenken, ob das ein angemessener Ton ist!«, presste sie hervor. Lulu wusste, dass diese Tirade Mutter viel abverlangte, etwas Derartiges sagte sie sonst nie.

»Ist das denn ein angemessener Ton, den Vater hat, wenn er dich anschreit?«, parierte Lulu trotzdem patzig. Sie war so wütend! Doch als sie das erschrockene Gesicht ihrer Mutter sah, versuchte sie es sanfter. »Bitte, Mama, bitte. Du kannst mir das nicht antun. Du weißt doch, wie sehr ich mir das wünsche … Tanzen zu lernen. Die Lehrerin kann es mir so richtig beibringen. Man erzählt sich in der ganzen Stadt, wie gut die Salino ist. Sie hat selbst getanzt und war am Theater. Und beim Film! Sogar bei Max Reinhardt, sagt David. Bitte, Mama. Eine Ballerina kann ich nur werden, wenn ich auch Unterricht bekomme. Ich dachte, das wünschst du dir auch für mich … Bitte, bitte, ich mach dir auch keine Scherereien, versprochen«, flehte sie ihre Mutter an.

Die nahm schweigend ihre Einkäufe wieder auf und sagte dann nur kurz angebunden: »Nein. Ausgeschlossen. Es tut mir leid.«

Da platzte Lulu der Kragen. Sie fand das himmelschreiend ungerecht und stapfte mit dem Fuß fest auf den Asphalt. »Wenn du mich nicht lässt, erzähle ich Papa alles!«, brach es aus ihr heraus. Lulu spürte, wie sie glühte und ihr Herz raste vor Wut. Mutter taumelte zurück, als wäre sie geschlagen worden.

»Von was redest du? Was … was meinst du damit?«

»Wir haben euch gesehen! Onkel Levi und dich! Ich weiß, dass ihr euch heimlich trefft!«, schrie Lulu aufgebracht. »Am Spreeufer. Beim Schloss. Und nicht nur einmal!«

Mutter schaute sie kreidebleich an und fing an zu begreifen. »Es ist … nicht so, wie …«, begann sie dann stockend, aber Lulu unterbrach sie. Nichts wollte sie von ihr hören.

»Du musst mir nichts erklären! Das ist mir gleichgültig, macht doch, was ihr wollt – aber *ich* gehe zur Ballettschule, und wenn du dich auf den Kopf stellst!«, brach es aus ihr heraus. Lulu zitterte, weil sie wusste, dass sie Mutter damit wehtat und sie völlig überrumpelte mit ihrer Offenbarung.

Die schaute sie regungslos an, senkte ihren Blick und sagte leise: »Dann los. Meinetwegen.«

»Genau!«, rief Lulu trotzig und rannte ohne ein weiteres Wort davon.

Nach dem furchtbaren Streit war Lulu froh darüber, dass David sie zur Ballettschule in die Schönhauser Allee begleiten wollte. Eine Dreiviertelstunde vor Unterrichtsbeginn stand er pünktlich wie gewohnt vor ihrem Haus und pfiff mit zwei Fingern das vereinbarte Zeichen zum Herunterkommen. Endlich! Sie rannte die Treppen hinunter. Lulu fühlte sich innerlich richtig elend. Noch nie hatte sie ihre Mutter so angeschrien. Noch nie etwas gegen ihren Willen getan. Bestimmt hatte das ein Nachspiel für Lulu. Allerdings war ihre Mutter seitdem nicht zu Hause aufgetaucht.

Mit einem Rucksack auf dem Rücken, darin Lulus Tanzkleidung und ein paar gebrauchte Ballettschuhe – die aussortierte Ausbeute von einem Kostümverleih –, liefen David und sie nun in Richtung Prenzlauer Berg. Lulu kam der

Weg endlos lang vor, aber David kannte die Stadt wie seine eigene Westentasche und behauptete, sie nähmen eine Abkürzung.

»Hast du Claire wirklich direkt auf die Treffen mit meinem Vater angesprochen?«, fragte David ungläubig nach.

»Ja. Ich konnte nicht anders! Sie wollte es mir erklären, aber ich hab sie unterbrochen. Es war mir in dem Moment egal.« Dennoch stand Lulu zu ihrem Ausbruch. Mutter durfte ihr nicht diese Chance versauen, das war ungerecht.

»Hm«, machte David nur und dachte nach. »Na, dann bin ich mal gespannt, ob mich mein Vater zur Rede stellt, wenn sie ihm das steckt«, sagte er. Sie mussten die Straße überqueren und warteten, bis eine Kutsche vorbeifuhr, dann rannten sie schnell an der neuen Hochbahn und Brauerei vorbei.

»Vielleicht behält sie es ja für sich«, hoffte Lulu.

»Glaub ich nicht, wenn sie dir den Unterricht sogar verbieten wollte. Aber ich finde, wir wühlen da besser nichts mehr auf.«

»Wenn du meinst.« Lulu taten Davids beruhigende Worte gut.

Da zeigte er auch schon auf ein paar hohe altehrwürdige Häuser am Ende der Straße. »Gleich sind wir da. Dahinten ist es!«

Ihr wurde schlagartig bewusst, dass es nun so weit wäre: Sie würde Maria Salino kennenlernen. Ihr Herz begann wie wild zu pochen, und eine gewaltige Vorfreude stieg in ihr auf.

»Ballettschule Salino …«, lasen sie gleichzeitig laut auf dem Messingschild neben dem Eingang des großen braunroten Gebäudes mit den riesigen Fenstern. Sie waren da. Lulu atmete aus, griff nach ihren Zöpfen, die mit Haarnadeln streng über den Ohren zusammengesteckt waren, und prüfte, ob sie den Weg unbeschadet überstanden hatten. Beim Ballett musste alles korrekt sitzen, und sie wollte gleich beim ersten Mal den Eindruck hinterlassen, dass sie sich mit den Regeln bestens auskannte.

»Da sind wir, Blondzopf. Nun mal rein mit den jungen Pferden«, witzelte er. »Ich muss los. Hab noch was vor. Findest du nachher wieder heim?«

»Scherzkeks. Ja, klar. Schaff ich«, sagte Lulu lächelnd und stieß ihm zum Abschied den Ellenbogen in die Seite. »Hau ab!«

Er lachte sie an. Seine Augen leuchteten in der Nachmittagssonne. *Wie Bernstein*, dachte Lulu. *So eine Kette möchte ich haben.*

»Gebongt, verlass mich drauf. Ich hau ab. Viel Glück! Gib alles. Tschüss!« David klopfte ihr auf die Schulter und sah sie an. »Du schaffst das.« Dann lief er davon.

»Tschüss«, rief sie ihm hinterher.

Nun musste sie da alleine durch.

Der Türklopfer war ebenso aus Messing gefertigt und sah aus wie frisch poliert. Er zeigte einen Löwenkopf mit wilder Mähne, in dessen Maul ein Ring steckte. Lulu stellte sich auf Zehenspitzen, um ihn zu greifen, und klopfte beherzt. Nach einer Weile öffnete sich die Tür einen Spalt. Sie quietschte etwas. Eine etwa Sechzehnjährige im weißen

Ballerinakleid und mit perfekt frisiertem Dutt schaute sie durch den Spalt an. Ihre hellblauen Augen sahen neugierig aus. Lakonisch stellte das Mädchen fest: »Du bist Lulu.«

Sie nickte und stellte sich vor: »Lulu Schneider. Herr Levi Sternberg schickt mich. Vom Ballhaus.«

»Ja, weiß ich. Willkommen. Die Salino wartet schon«, sagte das Mädchen nun freundlicher und ließ Lulu eintreten. In der prächtigen Eingangshalle roch es nach Bohnerwachs, Zitrone und altem Holz. Die Mitte des Bodens verzierte ein hübsches orientalisches Muster aus bunten Mosaiken. Sanfte Klavierklänge wehten Lulu entgegen.

»Na komm. Nicht so schüchtern.« Das Mädchen machte ein Zeichen mit dem Kopf, ihr zu folgen, und ging vor. Sie schritt so zügig durch die Halle, dass Lulu kaum hinterherkam. Überall kribbelte es in ihr, sie war aufgeregt wie noch nie zuvor. Unbedingt musste sie der Lehrerin gleich alles zeigen, was in ihr steckte. Aber würde ihr Talent ausreichen?

»Hier kannst du dich umziehen.« Das Mädchen stoppte vor einem Raum am Ende der Halle, dessen Tür offen stand. »Geh ruhig schon rein. Wenn du fertig bist, darfst du in den großen Saal zum Aufwärmen – Treppe hoch, erster Stock, die zweite rechts.«

»Danke.« Lulu lächelte sie schüchtern an, ging zur Garderobe und setzte sich mit wild klopfendem Herzen auf die Holzbank. Sie streifte ihre Lederschuhe ab und begann sich zu entkleiden. *Bitte, bitte lieber Gott, hilf mir jetzt. Steh mir bei, dass ich das jetzt schaffe,* schickte Lulu noch schnell ein Stoßgebet zum Himmel. Zwar war sie sich unsicher, ob sie dort jemand hörte – schaden konnte es aber nicht.

11

Nach dem Streit mit ihrer Tochter war Claire ohne Umwege ins Ballhaus gelaufen. Vor der Garderobe stellte sich ihr Ludmilla Sternberg in den Weg. Sie schien sie mit ihren Blicken töten zu wollen. »Was haben Sie hier verloren?«, herrschte sie Claire an. Am besten ging sie auf Ludmillas Empörung nicht weiter ein und lief einfach an ihr vorbei, was sie dann auch tat. Den russischen Fluch, der ihr hinterhergeschleudert wurde, ignorierte sie.

Ein kurzer Rundumblick im Tanzsaal zeigte Claire, Levi war mit ein paar dunkel gekleideten Männern im Wintergarten in ein Gespräch vertieft. Vielleicht waren es die Musiker der Ballhaus-Kapelle, denn einer hatte eine Trompete in der Hand, der andere eine Geige. Sie eilte direkt zu ihnen – sollten sie von ihr denken, was sie wollten – und baute sich wütend vor Levi auf. Dieser stand mit dem Rücken zu ihr und bemerkte sie zunächst nicht, war mit dem Geiger und einem Schriftstück zugange.

»Chef, Besuch«, zischte der Hagere neben ihm, stieß Levi mit dem Ellenbogen an und zeigte auf sie. Levi hob den Kopf, sah überrascht aus, als er Claire erkannte, und beendete mit wenigen Worten das Zusammentreffen der Herren. Jene verließen murmelnd den Wintergarten und warfen ihr im Vorbeigehen alle einen neugierigen Blick zu.

Als der Letzte hinaus war, legte sie sofort los. »Was fällt dir ein, Lulu zu dieser Frau zu schicken? Du hast kein Recht, über unseren Kopf hinweg solche Dinge zu entscheiden, Levi. Sie ist *meine* Tochter! Wir brauchen keine Almosen von dir, und es ist auch nicht gut für sie, in deiner Schuld zu stehen! Auch nicht für mich!« Es sprudelte nur so aus ihr heraus. »Wie stellst du dir das vor? Was verlangst du im Gegenzug? Und was ist, wenn Lulu dem Druck nicht gewachsen ist, wenn sie … wenn sie … scheitert? Dann wird sie vielleicht nie mehr tanzen wollen! Hast du darüber überhaupt nachgedacht? Außerdem ist das nicht unsere Welt, diese Kreise, diese Schule, diese Frau …«

»Claire! Beruhige dich. Halt mal die Luft an!« Er fasste sie behutsam am Arm, um sie dann auf den Stuhl neben sich zu ziehen. Es schien ihn gar nicht zu stören, dass seine Frau jeden Moment dazustoßen könnte. Eigentlich wollte sie gar nicht Platz nehmen. Aber plötzlich überkam sie eine tiefe Erschöpfung und zudem die Lust auf einen kräftigen Roten. Also setzte sie sich doch, und Levi ebenso.

»Hör mir jetzt bitte zu«, wiederholte er vollkommen ruhig. »Claire!« Sie hob den Kopf. Ihre Augen blitzten, die Wangen glühten. Levi schüttete ihr aus einem bauchigen Krug, der auf dem Tisch bereitstand, Wasser in ein Kristallglas. »Hier, trink und hol tief Luft«, sagte er sanft. Sie seufzte laut. Atmete dann tatsächlich tief ein und aus und trank das Glas in einem Zug leer.

»Claire«, wieder legte er seine Hand beschwichtigend auf ihren Arm, und sie hoffte, seine Frau würde jetzt nicht hereinplatzen. »Lulu hat ein außergewöhnliches Talent. Du weißt das. Sie bewegt sich jetzt schon wie eine kleine Ballerina, obwohl sie noch nie unterrichtet wurde. Überdies hat sie einen unglaublichen Ehrgeiz, oder? Sie übt jeden Tag – *jeden* Tag, Claire! So viel Zeit wie möglich verbringt sie hier im Ballhaus und schaut am liebsten den Tanzenden zu. Sie kennt alle neuen Tänze und übt die Schritte mit Fleiß, Ausdauer und Begeisterung. Es macht sie glücklich, das Tanzen. Jeder kann das sehen, auch das weißt du. Warum darf ich also Lulu nicht diese Freude bereiten? Signorina Salino ist mir noch einen Gefallen schuldig und war sofort einverstanden, sich Lulu anzuschauen. Sie profitiert ja ebenso von Talenten, die sie als Elevin ausbilden darf. Die weiß genau, was sie tut. Und am Hungertuch nage ich gewiss nicht! Es ist mir eine echte Herzensangelegenheit, Lulu eine Freude zu bereiten. Und indirekt doch auch dir, oder etwa nicht? Ich gebe gerne, es macht mir nichts aus, verstehst du? Dafür verlange ich nichts zurück, was denkst du denn von mir? Es ist ein Geschenk. Was ist also das Problem, Claire?«

Sie schluckte, sortierte ihre Gedanken. Dann befreite sie sich von seiner Hand auf ihrem Arm. »Na gut, das zähl ich dir auf: Zum Beispiel ist Ernst das Problem. Von deiner Großzügigkeit abhängig zu sein, ist das Problem. Dass Lulu den Erwartungen womöglich gar nicht gerecht wird, ist das Problem. Dass du nicht vorher mit mir gesprochen hast. Und …« Claire drehte sich prüfend um, ob irgendjemand in der Nähe war und zuhörte, dann fuhr sie flüsternd fort:

»… und da ist noch ein Problem: Die Kinder wissen über uns Bescheid!«

Levis dunkelbraune Augen weiteten sich vor Überraschung. Er ließ sich auf seinem Stuhl zurückfallen. »Wie bitte?«

»Du hast richtig gehört. Lulu und David haben uns beobachtet. Sie waren da, an der Spree. Mehr weiß ich auch noch nicht. Lulu hat es mir vorhin an den Kopf geworfen.« Sie schlug die Augen nieder.

»Aha.« Levi nahm eine Zigarre aus der Innentasche seines Sakkos, schnitt von ihrem Kopf gekonnt eine Scheibe ab und zündete sie sich an. Ruhig und langsam sog er den Rauch in die Mundhöhle, paffte ein bisschen und schwieg nachdenklich. Claire beneidete ihn stets um seine Gelassenheit, sie selbst sehnte sich mehr denn je nach einer Betäubung. Aber ihn schien wirklich nichts aus der Fassung zu bringen.

»Sag doch was! Schnell!«, rief sie ungeduldig. Claire wusste, dass Ludmilla über ihren Mann wachte wie ein Hofhund und, was sie anging, mehr als misstrauisch war. Im Geiste sah sie seine Frau schon das Gespräch stören, ohne dass sie sich über das weitere Vorgehen absprechen konnten. Wer weiß, vielleicht ahnte Ludmilla, dass er immer noch Gefühle für sie hegte. Dabei wusste sie bis heute selbst nicht, wo das mit Levi hinführen sollte. Bloß, dass sie wie zwei Magnete waren, die immer wieder zusammenfanden …

»Das sind alles *keine* Probleme, Claire«, unterbrach Levi endlich ihre Gedanken. »Ganz und gar nicht. Punkt eins.

Du musst den Blickwinkel ändern. Wenn die Kinder fragen, sagen wir ihnen eben, dass unsere Verbindung auf einer innigen Freundschaft beruht, die wir für uns behalten wollten, um keine Gerüchte zu schüren. Punkt zwei. Ernst muss nichts von Lulus Ballettunterricht wissen. Das ist unnötig. Und mal ehrlich: In Wahrheit ist es ihm wurscht, was sein Töchterchen den lieben langen Tag treibt. Punkt drei. Wenn Lulu die Ballettschule Freude bereitet und sie gut mit den Leistungsanforderungen zurechtkommt, dann lass sie! Wir warten in Ruhe ab und beobachten, was passiert. So, und letzter Punkt. Liebste Claire, vertrau mir bitte, dass ich euch nichts Böses will. Keiner von euch soll sich von mir abhängig fühlen. Keiner steht in meiner Schuld. Ich tue euch nichts. Nicht jeder Mann ist wie Ernst.«

Das saß. Sein letzter Satz traf wie ein spitzer Pfeil den wunden Punkt in ihr. Claire räusperte sich. *Wofür kämpfte sie hier überhaupt? Und für wen?*

Levi nahm einen Zug an der Zigarre und sah sie abwartend an.

»Na gut … Ich nehm dich beim Wort«, lenkte sie vorsichtig ein, wenn auch nicht gänzlich überzeugt. Sie fühlte sich all ihrer Kräfte beraubt, völlig erschöpft. Müde stand sie auf, hob den Einkaufskorb vom Boden und hängte ihn sich über den Arm. »Dann einigen wir uns darauf. Soll Lulu ihren Weg gehen. Probieren wir's. Und kein Wort zu Ernst.«

Levi erhob sich ebenfalls. Machte einen Schritt auf sie zu, ergriff ihre freie Hand und führte sie zu seinem Mund. Er hauchte einen flüchtigen Kuss darauf und sah ihr in die

Augen. »Es wird schon alles werden. Sorge dich nicht. Adieu, Claire.«

»Adieu.« Sie entzog ihm ihre Hand und ging zur Tür. Bevor sie den Wintergarten verließ, drehte sie sich aber noch einmal um und suchte seinen Blick. »Danke, Levi.« Ihre Stimme zitterte leicht. Er antwortete nichts mehr, nickte nur ernst.

12

Im Schneckentempo machte sich Lulu am Abend auf den Heimweg, um ihre Ankunft hinauszuzögern. Sie hatte Angst, ihrer Mutter zu begegnen. Und auf einen schlecht gelaunten Vater hatte sie nach diesem aufreibenden Tag schon gar keine Lust. Gleichzeitig verspürte sie jedoch auch Erleichterung, dass die erste Begegnung mit der großen Maria Salino – die aussah, wie sich Lulu eine echte italienische Meistertänzerin vorstellte – wirklich aufregend gewesen war.

Sie hatte Lulu nach einer kurzen Begrüßung und Einweisung in die Regeln des Hauses zunächst zu den Klängen eines Pianolas vortanzen lassen. Währenddessen klopfte die Lehrerin mit einem schwarzen Dirigentenstock und strengem Blick den Takt auf den Klavierkorpus. Anschließend fragte sie Lulu über ihre Balletterfahrung aus und war äußerst erstaunt gewesen, dass ihre neue Schülerin bisher nie unterrichtet worden war.

»Das ist kein Weltuntergang, *ragazza*! *No, no, no*. Keine Sorge. Ich sehe es sofort: Viel Potenzial liegt in dir, *cara mia*. In einem Jahr wirst du den Trainingsrückstand aufgeholt haben und lernen, was dir an Wissen noch fehlt. Dein Körper ist beweglich und grazil – ein sehr guter Zustand! Eine zauberhafte Ausstrahlung, *bellissima*. Mir wurde in der Tat von Signor Sternberg ein seltenes Naturtalent geschickt.« Mit diesen Worten schenkte sie Lulu ihr erstes und einziges Lächeln an diesem Nachmittag, und unendlich dankbar machte sie einen tiefen Knicks vor der Grande Dame. Nach weiteren theoretischen Ausführungen über die Grundlagen entließ diese Lulu, nicht ohne ihr noch eine kleine Kostprobe ihres eigenen Könnens zu demonstrieren – der *Tanz der Zuckerfee* aus Tschaikowskys Nussknacker, wie Signorina Salino ihr unnötigerweise erklärte. Aber sie konnte ja nicht wissen, dass Lulu dieses russische Märchenballett kannte und über alles liebte.

Nach ihrem exklusiven Auftritt, den Lulu mit einem begeisterten Applaus honorierte, sagte sie zum Abschied: »Bis Freitag, *ragazza*. Gleiche Uhrzeit, *si*? Dann sehen wir uns wieder. Wir sind spät, ich muss nun weitermachen. *Arrivederci!*« Und wedelte Lulu hektisch mit der rechten Hand fort, als ließen sich Schülerinnen verscheuchen wie lästige Fliegen. Draußen vor der Tür warteten bereits die nächsten.

Es war schon sieben Uhr. Lulu bog in die Auguststraße ein. Sie rannte die letzten Meter und wappnete sich innerlich für einen neuen Streit mit ihrer Mutter.

In der Wohnung sah sie gleich, Vaters Sachen fehlten an der Garderobe. Das war gut, dann waren sie jetzt erst einmal alleine. Nachdem Lulu aus Mantel und Schuhen geschlüpft war, schlich sie sich zur Küche, wo sie ihre Mutter schon mit Geschirr hantieren hörte. Wortlos trat sie ein, traute sich aber nicht zum Tisch, sondern stand einfach nur da, ohne auch nur einen Mucks zu machen.

Claire reagierte jedoch ganz anders als erwartet. »Es gibt Suppe, na los«, sagte sie und zeigte auf Lulus Platz.

»Guten Abend.« Die Tochter grüßte unsicher, setzte sich und schwieg. Sie spürte, wie gekränkt sie noch war. Mutter füllte ihr mit dem riesigen Schöpflöffel einen Teller und stellte ihn vor sie auf den Tisch. Dann riss sie ihr ein Stück Brot ab und legte es daneben. Der Duft stieg Lulu verführerisch in die Nase. Die Suppe roch köstlich, und sie merkte erst jetzt, was sie für einen Bärenhunger hatte. Überdies schmerzte ihr gesamter Körper vom Tanztraining. Lulu spürte jeden Muskel. Aber es machte sie stolz und fühlte sich richtig gut an.

Mutter nahm neben ihr Platz, ohne sich selbst einen Teller zu nehmen. Sie trug schon ihr Nachthemd und darüber ihren langen Kimono mit Pfauenmuster. »Gemüsesuppe«, sagte sie, »Großmutters Rezept. Mit Haferflocken, wie du sie magst. Fang an.«

»Und du?«, fragte Lulu unsicher. »Gehst du schon schlafen?«

»Nein, nein. Ich ess später, mit Vater.« Mutter nickte ihr aufmunternd zu. Lulu begann zu essen, erst langsam, dann immer hastiger, und mit jedem Löffel Suppe und Bissen Brot ging es ihr ein bisschen besser. Mutter verfolgte stumm, wie sie aß. Nach einer Weile begann sie leise: »Lulu …«

Sie sah zu ihrer Mutter, gespannt, was jetzt kam.

»Unser Streit von heute Nachmittag … Ich … ich möchte mich bei dir entschuldigen.«

Damit hätte sie am allerwenigsten gerechnet. Lulu war mehr als erstaunt. »Du?«

»Ja, ich weiß«, sagte ihre Mutter. »Du hast eher wieder mit Schelte gerechnet, was? Aber … ich habe nachgedacht. Es tut mir leid. Du sollst wissen, dass ich mich für dich freue. In Zukunft werde ich dich darin bestärken und dir helfen, wo ich kann. Dass du Ballett richtig lernst.« Mutter lächelte und streichelte ihr zart über die Haare, die inzwischen nicht mehr ganz so streng hochgesteckt waren, sondern in langen Strähnen über Lulus Ohren hingen.

»Mama … wie… wieso?« Lulu stotterte. Konnte sie ihr glauben?

»Wundert dich das? Nun, nach unserem Streit bin ich direkt zu Sternberg ins Ballhaus gelaufen und habe mit ihm gesprochen.« Mutter machte eine Pause. »Wir haben das Für und Wider abgewogen. Und ich habe mich überzeugen lassen, obwohl ihr mich damit heute ziemlich überrumpelt habt. Eins jedoch noch, im Vertrauen unter uns. Dass das ein für alle Mal klar ist: Levi Sternberg und ich pflegen … eine Art … ja, eine Freundschaft. Wir kennen uns schon lange, wie du weißt, und mögen uns. Beobachtet habt ihr uns also am Spreeweg, David und du? Das hat euch sicher irritiert. Nun bist du schon so groß und verstehst bestimmt, dass sich eine solche Zuneigung schwer nach außen vertreten lässt. Aber wenn sich zwei Menschen in Wahrheit von Herzen gernhaben …?« Ihre Mutter schaute sie traurig an, mit Bedauern in den Augen.

Lulu zuckte mit den Schultern, dieses Gespräch überforderte sie – stünde doch David ihr jetzt bei. »Ich hab doch auch keinen blassen Schimmer!«, brach es aus ihr heraus.

»Ist gut, Kind. Wer vermag schon andere Menschen zu bewerten. Wer kennt schon die ganze Wahrheit? Und ist es nicht so, dass es nicht nur Schwarz und Weiß gibt, sondern tausend Graustufen?« Mutter senkte etwas die Stimme, beugte sich näher zu ihr und strich ihr über den Arm. Lulu konnte ihren Geruch nun deutlich wahrnehmen. Eine vertraute Mischung aus Lavendel und Rosenduft.

»Liebes, machen wir es kurz. Du darfst zum Unterricht in die Ballettschule gehen. Ich werde dich unterstützen. Aber das bleibt unser Geheimnis, um bei Vater kein Verbot zu riskieren. Keine schlafenden Hunde wecken. Ich verspreche es dir. Im Gegenzug möchte ich dich jedoch darum bitten, dass ihr uns … nicht mehr verfolgt. Wahrt diese Grenze, verstanden?«

Lulu fiel ein riesiger Stein vom Herzen. »Ich verspreche es! Ehrenwort!«, antwortete sie erleichtert. »Danke, Mama!«

Sie umarmten sich fest. So nah an ihre Mutter gedrückt, merkte Lulu jedoch noch etwas anderes – ihr Atem roch nach Wein. Das drückte sofort wieder auf ihr Herz, aber sie schob die Sorge fort, so glücklich war sie über den Ausgang des Tages.

Plötzlich ging die Wohnungstür, schlug lärmend zu, und es polterte im Flur. »Ernst!«, entfuhr es Mutter, und sofort löste sie sich von Lulu. »Iss weiter!« Schnell stand sie auf und ging zum Herd, rührte im Topf, würzte noch eine Prise

Salz nach und gab ein paar Kräuter hinzu. Lulu seufzte und löffelte ihre Suppe weiter.

Vater kam ohne Gruß herein. Verschwitzt, mit offenem Hemd, die Hosenträger hingen am Körper runter. »Krieg! Es gibt Krieg!«, rief er ihnen enthusiastisch zu, stapfte mit schweren Schritten zu seinem Platz am Fenster und setzte sich zu Lulu an den Küchentisch. Er krempelte seine Ärmel hoch. »Das sagen alle, könnt ihr euch das vorstellen? Im Büro, auch im Wirtshaus. Alle! Die Zeitungen schreiben es. Kein Weg führt am Krieg vorbei. Das ganze Land, ach was, ganz Europa, die gesamte politische Lage ist angespannt. Die Nachbarländer vergrößern ihre Armeen. Alle Konflikte spitzen sich weiter zu! Wir führten eben eine hitzige Diskussion auf dem Heimweg, ein paar Kollegen und ich von der Versicherungsanstalt mit Arbeitern der Elektrizitätswerke. Aber im Grunde gibt es nur einen Weg: Wir Deutschen müssen den anderen Staaten zeigen, wo der Hammer hängt, wir sind ja schließlich kein kleines Licht auf der Welt, sondern ein Kaiserreich!« Er schlug mit der Faust auf den Tisch, dass Lulu zusammenzuckte und Suppe aus ihrem Teller spritzte.

»Guten Abend, Ernst«, sagte Mutter nur.

»Äh ja, Abend zusammen. Nur Suppe?«, meckerte er, als seine Frau ihm wortlos einen dampfenden Teller hinstellte. »Davon soll ich satt werden? So eine dünne Brühe für einen Kerl wie mich …«

»Brot ist genug da.« Sie reichte ihm ein großes Stück. Vater tunkte das Brot in die Suppe und stopfte es sich in den Mund. Während er laut schmatzte und schlürfte, sprach er weiter: »Krieg. Endlich. Wird Zeit, dass was passiert. Und wisst ihr was, da geb ich euch Brief und Siegel: Da mach ich mit.«

»Bei was, Ernst?«, fragte Mutter, als wäre sie schwer von Begriff. Sie nahm sich jetzt selbst auch einen Teller und setzte sich zu ihnen.

»Bist du taub? Na, beim Krieg! Von was rede ich denn die ganze Zeit? Für unser Land einstehen, kämpfen! Da bin ich an vorderster Front dabei!« Vater sprach mit vollem Mund, und seine Wangen glühten.

Mutter zog eine Augenbraue hoch: »Nehmen sie da nicht eher junge Männer?«

»Das verstehst du nicht. Wenn es hart auf hart kommt, brauchen die jeden!«, erklärte er kauend und ballte die Faust. »Was glotzt ihr so? Esst!«

Mutter und Tochter wechselten einen stummen Blick und löffelten ihre Suppe weiter. Lulu verstand zwar nicht richtig, was er mit seiner Rede sagen wollte, und auch nicht, was ein Krieg konkret bedeutete, aber dennoch stieg in ihr eine dumpfe Ahnung drohenden Unheils auf.

13

Sonntag, 30. August 1914

Lulu saß am Nachmittag auf der Wiese hinter der Sophienkirche und wartete auf David. Sie hielt die Tarotkarte in der Hand, die er ihr letztes Jahr geschenkt hatte, und betrachtete die Sonne darauf mit ihren zwölf geraden und zwölf geschwungenen Strahlen. Für jeden Monat des Jahres sollten sie stehen und zeigen, dass die Sonne zu jeder noch so dunklen Zeit über die Menschen wachte und Licht zu ihnen brachte. Lulu fand, dass diese hier auf dem Bild sie anlächelte, als würde sie ihr versichern wollen: *Alles wird gut*. Prüfend blickte sie zum Himmel, aber da war in Wirklichkeit keine Sonne zu sehen. Nur eine dicke graue Wolkendecke, obwohl es gefühlt noch Hochsommer war, schwül und stickig. Lulu faltete die Karte zusammen und steckte sie nachdenklich wieder in die geheime Tasche des Unterrocks ihres blau-weißen Matrosenkleids – ursprünglich für Münzen oder Taschentücher genäht.

Mit dem Sommer war der Krieg tatsächlich gekommen und der Tango verschwunden. Niemand konnte Lulu sagen, wie es weiterging. Plötzlich waren ihre Zukunft und die des Landes ungewiss, und täglich tauchten neue Ängste auf. Das versetzte sie in eine bisher nie gekannte Unruhe. Auch war es auf einmal gar nicht mehr so wichtig, was sie im Frühjahr mit Mutter besprochen hatte. Die alten Sorgen traten in den Hintergrund, denn das, was nun über das deutsche Kaiserreich kam, veränderte einfach alles.

Eigentlich wirkte die Welt völlig normal, dachte Lulu. Kleine Kinder spielten in den Hinterhöfen neben der Kirche Fangen, ihr Lachen schallte laut zu ihr herüber. Die hellen Stimmen klangen vergnügt und sorglos. Sie hörte den Wind in den Blättern der Linden rauschen. Irgendwo bellte ein Hund und bekam eine Rüge von seinem Herrchen. Durch den eisernen Zaun beobachtete sie, wie ein paar Kutschen und Automobile über das Kopfsteinpflaster der Sophienstraße ratterten. Ein alter Mann zog einen schweren Bollerwagen über den Bürgersteig und gab ein paar Flüche von sich. Ein Tag wie jeder andere. Und doch war alles anders. Sie legte sich ins Gras, seufzte laut, streckte Arme und Beine von sich und beobachtete, wie die Wolken zogen. Sie liebte diesen Platz hier auf der Wiese, hinter der Sophienkirche, die sie so wunderschön fand. Das alte Gemäuer schien nichts zu erschüttern, und es strahlte Trost aus, es gab Lulu Sicherheit. Sie war oft hier, wenn sie nachdenken musste.

Das Gras kitzelte etwas auf ihrer nackten Haut, aber mit dem ganzen Körper festen Boden unter sich zu spüren, beruhigte sie. Beim Tanzen musste sie ja immer wieder springen und herumwirbeln. Manchmal hatte sie dann das Bedürfnis, als Ausgleich von der Erde getragen zu werden, von Kopf bis Fuß auf den Boden gedrückt, und festen Halt zu spüren. *Schau, du kannst hier nicht fallen.*

Wie hatte es denn nur dazu kommen können? Was Lulu sich gemerkt hatte, warum überhaupt ein Krieg ausgelöst wurde, war, dass im Juni ein Prinz aus Österreich-Ungarn getötet worden war. Wie eine Kettenreaktion war dann plötzlich fast die ganze Welt betroffen und Deutschland in einen Krieg verwickelt, den manche im Land – wie Vater und Hauswart Kurt – begeistert begrüßten und genauso viele verfluchten. In den Tagen vor Kriegsausbruch hatte es in Berlin sogar viele Aufmärsche gegen den Krieg gegeben, und bis heute trafen sich immer wieder viele Menschen auf der Straße. Man erzählte sich im Viertel, dass trotz offiziellen Verbots mehr als hunderttausend Menschen an diesen Protestzügen teilnahmen.

So hatte sie es zumindest aufgeschnappt, auch wenn ihr die Erklärungen für den Krieg abwegig vorkamen. Mit Kampf und Kanonenfeuer kannte sie sich nicht aus und wollte sich damit gar nicht beschäftigen …

An diesem Sonntagnachmittag wirkte jedoch alles ruhig. So friedlich war es, Lulu konnte nicht glauben, dass sich zum gleichen Zeitpunkt Soldaten anderswo an der Front bekämpften. Am Himmel gab es auch kein Anzeichen dafür, dass in Wahrheit ein Krieg tobte. Sie schloss die Augen.

Etwas Schweres plumpste plötzlich neben sie ins Gras. Erschrocken wich sie etwas zur Seite und erkannte David.

»Na, Blondzopf, eingepennt?!« Er knuffte sie in die Seite und machte es sich neben ihr gemütlich, stellte die Beine auf.

»Musst du dich so anschleichen?«, schimpfte sie ihren Freund. »Ich war gerade in Gedanken vertieft!« Sie drehte sich auf den Bauch und stützte ihren Kopf in die Hände. Ihre Zöpfe lagen ausgebreitet auf der grünen Wiese.

David grinste nur und sah sie an. »Und?«, fragte er. »Gibt's was Neues von deinem Vater?«

»Nee, morgen muss er weg.«

»Auf zur Schlachtbank!«, kommentierte David trocken.

»Du bist schrecklich! Sag so was nicht! Er geht freiwillig, voller Begeisterung. Es gibt nichts Größeres für ihn, als für sein Vaterland zu kämpfen. Ich versteh das auch nicht. Viel zu viel Angst hätte ich.«

»Und deine Mutter?«

»Ach, die. Die hat ja nichts zu melden. Und die meisten Männer müssen ja. Außerdem geht es ihr im Grunde besser, wenn er weg ist … Papa ist auf jeden Fall Feuer und Flamme. Was ist mit deinem Vater?« Lulu setzte sich wieder auf und pflückte ein paar Gänseblümchen, um sie zu einem Kranz zu flechten. »Muss er auch kämpfen?«

David legte seinen Lockenkopf auf die überkreuzten Arme im Nacken und blickte nach oben.

»Der ist doch untauglich. Wegen der verstümmelten linken Hand. Aber er hätte sich nicht entzogen und gerne seinem Vaterland die Ehre erwiesen. Weißt du, als Juden werden wir oft wie Bürger zweiter Klasse behandelt. Mein Vater wurde zum Beispiel schon gefragt, mit welchen Tricks er sich als Jude das Geld der Ballhausgäste erschleicht, stell dir das mal vor. Er wurde auch schon bespuckt und beschimpft. Und einmal verließen ein paar hohe Tiere des kaiserlichen Heeres sogar den Saal, als sie erfuhren, dass er ein Jude ist. Mein Vater bemüht sich redlich, die Vorurteile zu widerlegen.«

»Ja, das kann ich mir gut vorstellen. Onkel Levi hat einen großen Gerechtigkeitssinn und möchte am liebsten mit allen in Harmonie leben … Für ihn ist so eine Hetze schlimm.« Lulu pikste mit dem Fingernagel ein Loch in den Stängel eines Gänseblümchens und verband es mit dem bereits begonnenen Blumenkranz. »Sei froh, dass er hierbleibt. Soll er lieber aufs Ballhaus aufpassen und die Stellung halten«, fand Lulu. »Sonst gäbe es ja auch bald gar keine Männer mehr in Berlin …«

»Seid gegrüßt, ihr zwei Turteltäubchen!«, ertönte es auf einmal spöttisch von der Seite. »Hab ick euch wieder erwischt. Poussiert ihr rum, oder heckt ihr was aus? Was gibt's Neues?«

Lulu fuhr erschrocken zusammen. David setzte sich in Sekundenschnelle auf. Beinahe gleichzeitig wendeten sie ihren Blick nach rechts, wo die laute Stimme herkam. Durch den Zaun lugte Fritz hindurch und grinste sie provozierend an. David verdrehte die Augen. »Oh Mann, der Hampelmann wieder, der geht mir vielleicht auf den Keks … Hau ab, Krause, keine Sorge, hier alles im Griff!«

Der alberne Konkurrenzkampf zwischen den Jungen hatte sich weiter aufgeschaukelt, seit sie sich noch enger mit David angefreundet hatte, was Fritz nach wie vor ein Dorn im Auge war. Und Lulu saß zwischen den Stühlen. Wenn sie mit Fritz alleine war, war er gar nicht so übel. Noch immer gingen sie den Schulweg gemeinsam, und er vermittelte ihrer Mutter zudem ab und zu Näharbeiten in der Nachbarschaft.

»Tach, Fritze«, rief Lulu ihm zu, in der Hoffnung, dass er schnell die Biege machen würde, wenn sie freundlich blieb.

David schüttelte genervt den Kopf. Er konnte Fritz partout nicht ausstehen.

»Habt ihr schon gehört, was Hindenburg sagt? Über Tannenberg? Die Schlacht? Jetzt machen wir die Russen fertig! Mein Bruder meldet sich auch«, erzählte Fritz ungefragt.

»Wie alt ist der, siebzehn?«, fragte Lulu. »Darf der überhaupt Soldat sein?«

»Die brauchen jetzt jeden an der Front, der eine Waffe tragen kann. Mit Kusshand werden die genommen. Ich würde ja auch gerne, aber dreizehn ist denen denn doch zu jung …« Durch die Gitterstäbe wirkte es, als stünde Fritz in einem Gefängnis, und er hielt sich auch noch wie ein Insasse mit beiden Händen daran fest.

»Sei froh, Krause«, rief David ihm in sarkastischem Tonfall zu. »Dich würde es auf dem Schlachtfeld sicher als Erstes erwischen. Puff, pamm, ratterratter, und dein Schädel wär direkt weggeballert.«

»Sehr witzig, Sternberg.« Fritz schnaubte.

»Wie könnt ihr so darüber reden? Mir macht der Krieg Angst«, gestand Lulu besorgt.

»So darfst du nicht denken, Lulu! Nee, nee. Wir brauchen den Krieg. War längst überfällig … Wo kommt dein Vater hin, an welche Front?«, fragte Fritz interessiert, und seine grauen Augen blitzten.

»Woher soll sie das wissen, du Klugscheißer?«, konnte David sich scheinbar nicht verkneifen.

Lulu schlug ihn leicht auf den Arm. »Hey, hey, halt dich zurück. Bitte …« Und an Fritz gewandt antwortete sie: »Frankreich, glaub ich.«

»Sag deinem Vater, Sternberg, er soll ruhig mitkämpfen. Dann kann er beweisen, dass er kein Drückeberger ist!« Fritz' Stimme klang boshaft, und Lulu sah, wie David vor Wut rot anlief.

»Kein Streit heute!«, versuchte sie zu vermitteln, aber es war zu spät. Ihr Freund sprang auf und flitzte an ihr vorbei zu Fritz. Der trat hinter dem Zaun triumphierend zurück auf den Gehsteig, und David zischte ihn an: »Krause, noch ein Wort gegen meinen Vater, und du bist dran. Und diesmal vermöbel ich dich, dass du nicht mehr geradeaus gucken kannst!« Er schlug mit der rechten Hand gegen die Eisenstäbe, dass der Zaun wackelte.

»Uhuuu, Hilfe, jetzt hab ich aber die Hosen voll!« Fritz tänzelte höhnisch herum und zog eine Grimasse.

Lulu reichte es. Das dämliche Getue der beiden nervte sie. Sie stand auf, strich sich ein paar Grashalme vom Kleid und setzte sich den fertig geflochtenen Blumenkranz auf den Kopf.

»Macht, was ihr wollt, *ich* geh jetzt tanzen.«

»Tanzen?«, erklang es einstimmig von den Jungen zu ihr herüber. Beide schauten sie überrascht an.

»Richtig. Tanzen. Ihr könnt mich mal.«

»Spinnst du? Tanzen? Mitten im Krieg?«, rief Fritz.

»Seit wann ist tanzen verboten?«, fragte Lulu frech zurück. Keiner antwortete. »Na also.« Sie steckte sich eine Haarklammer zurecht, die im Liegen verrutscht war. »Solange Berlin nicht zum Schlachtfeld wird, hält mich nichts davon ab.«

Unschlüssig standen die Jungen am Zaun und verfolgten ihre Bewegungen.

»Na, wirst schon wissen, was du tust. Tschüss!« Fritz hob die Hand zum Gruß.

Dann rannte sie los, schnurstracks über die Wiese und den Hof der Sophienkirche zum Hauptausgang auf die Große Hamburger.

»Warte, Blondzopf! Hey! Warte auf mich! Ich komm mit!«, hörte sie David ihr hinterherrufen.

»Steht wohl nicht mehr auf dich, die junge Dame, hä, Sternberg? Nimmt schon Reißaus vor dir«, flachste Fritz höhnisch.

»Schnauze!«, brüllte der zurück.

Dann hallten Davids Schritte in ihrem Rücken, gleich würde er sie einholen. Sie war froh, dass sie den Streit dieses Mal hatte abwenden können. Was für ein bescheuertes Theater. Den beiden war wirklich nicht mehr zu helfen.

14

Freitag, 5. November 1915

Verehrte Frau Schneider,
ich schreibe Ihnen als Kamerad Ihres Mannes und Soldat des deutschen Heeres an der Westfront. Die richtigen Worte zu finden, fällt mir allerdings schwer. Ich fühle mich verpflichtet, Ihnen mitzuteilen, dass Ernst im Zuge der großen Offensive der Herbstschlacht in der Champagne am 8. Oktober 1915 gefallen ist. Ihn hat es direkt neben mir im Schützengraben erwischt, als die Franzosen das Gegenfeuer eröffneten. Ich kann Ihnen versichern, Ernst hat bis zum Schluss große Tapferkeit bewiesen. Sein Verlust schmerzt, und sein Tod verfolgt mich noch nachts. Denn wir mussten ihn zu unserem eigenen Schutz dort zurücklassen, um nicht selbst beim Rückzug von den Feinden erwischt zu werden. Da tröstet es auch nicht, dass der von den Franzosen erhoffte Durchbruch der deutschen Linien gründlich misslang. Sie ahnen nicht, wie das Schlachtfeld mit all seinem Grauen hinterlassen wird. Die Leichname der Pferde und Menschen, der Schrecken des Todes, sein furchtbarer Geruch – er packt uns immer wieder an der Kehle und lässt nicht mehr ab.

Vergeblich bemüht sich der über die Ebene wehende Wind, all dies wegzufegen. Es gelang ihm, die Rauchwirbel zu vertreiben, die von diesen brennenden Stapeln aufstiegen; aber er vermochte nicht den Geruch des Todes zu vertreiben.
Mein herzliches Beileid und tiefes Mitgefühl. Verzeihen Sie mir, der Überbringer dieser Nachricht zu sein, von der ich dennoch hoffe, sie gelangt unbeschadet zu Ihnen nach Berlin.
Es grüßt hochachtungsvoll,
Ihr René Macke

»Ist das der, den Papa im letzten Brief immer den ›Möchtegern-Rilke‹ genannt hat? Und was heißt das, ›gefallen‹? Ist Papa tot?« Lulus Stimme hörte sich unnatürlich schrill an und hallte im Hausflur. Sie stand vor ihrer Mutter, die ihr die Zeilen leichenblass vorgelesen hatte.

»Mir schwindelt es«, stieß diese hervor und ließ sich auf die Treppenstufen fallen. Sie hielt den zerknitterten, fleckigen Feldbrief aus Frankreich noch in der Hand, in winziger krakeliger Schrift vollgeschrieben, der den weiten Weg bis hierher geschafft hatte. Diese Nachricht verband zwei Welten miteinander – die Front und unseren Hausflur, dachte Lulu, als wäre das jetzt von Belang.

Mutter zitterte. Tante Frieda war zufällig Zeugin der Szene geworden, da sie gerade bei ihnen stand. Die alte Frau machte einen Schritt auf Mutter zu und legte die faltige Hand auf ihre Schulter. »Clairchen, glaub an das Gute. Er kommt zurück. Wie mein Walter.« Mutter blickte zu

Tante Frieda auf. Diesen leeren Blick hatte Lulu noch nie an ihr gesehen.

Ihr selbst kam alles unwirklich vor, wie in einem Nebel, und die Nachricht vom Tod ihres Vaters drang gar nicht richtig zu ihr durch. Der Krieg dauerte nun schon über ein Jahr, und sie bekamen im näheren Umfeld und in der ganzen Stadt ständig mit, wie viele Soldaten ihr Leben an der Front lassen mussten. Die Zeitungen berichteten über den Kriegsverlauf. Ein schneller Sieg über Frankreich kam nicht wie geplant zustande, und die meisten Träume von deutschen Siegen waren inzwischen ausgeträumt. Das war für alle schockierend. Im Ballhaus, auf der Straße, im Viertel, in den noch geöffneten Läden, überall wurde aufgeregt über die Lage des Landes diskutiert. Und auch viele Zivilisten starben. Einige von Lulus Klassenkameradinnen hatten bereits ihren Vater oder ihre Brüder verloren. Die Witwen mit ihren Kindern blieben arm zurück und brauchten Hilfe, wussten nicht, wie sie die Familie alleine weiter versorgen sollten. Und nun hatte es sie also auch getroffen. Es fiel Lulu schwer zu begreifen, was das bedeutete: Vater war tot.

»Er wird zurückkommen«, wiederholte Tante Frieda, »wie mein Walter.« Sie tätschelte Claire die Wange, nickte Lulu zu und schlurfte dann mit den Worten »Mein Mittagessen wartet« in ihre Wohnung. Lulu setzte sich neben Mutter auf die Stufen und lehnte den Kopf an ihre Schulter.

So saßen sie eine ganze Weile, die Lulu wie eine Ewigkeit vorkam, starrten auf den Boden und schwiegen.

»Jetzt gibt es nur noch uns, mein Kind. Ganz allein«, sagte Mutter unvermittelt in die Stille hinein, ohne aufzusehen.

Lulu fror. »Ja … wir beide«, flüsterte sie leise. Sie wusste nicht, was jetzt die richtigen Worte waren, und schämte sich auch etwas, weil sie keine Traurigkeit verspürte, sondern sich vielmehr Sorgen darum machte, wie sie ohne ihren Vater alleine zurechtkommen sollten.

»Wie werde ich die Wohnung halten können?«, fuhr Mutter fort, als hätte sie die gleichen Gedanken gehabt. »Ohne festes Einkommen, in diesen Zeiten, mitten im Krieg …« Langsam legte sie den Arm um ihre Tochter. Es war bestimmt tröstend gemeint, aber Lulu hatte das Gefühl, als suchte sie Halt bei ihr. Als müsste sie eher die Mutter beschützen als umgekehrt. Diese ließ jetzt ihre rechte Hand sinken. Das Blatt mit der Todesnachricht landete auf dem Boden, und sie begann zu weinen. Erst leise, dann verfiel sie in ein lautes Schluchzen.

Lulu hob die Karte auf und steckte sie in ihren Mantel. Ihr Herz wurde noch schwerer, sie konnte es nicht ertragen, ihre Mutter so verzweifelt zu sehen. Lulu umarmte sie, so fest sie konnte. »Mama … Wir schaffen das. Sorge dich nicht, bitte Mama. Wir finden eine Lösung! Ganz sicher. Nicht weinen. Ich bin doch auch noch da … und schon dreizehn!« Lulu versuchte, überzeugend zu klingen. Dabei kam sie sich in diesem Moment doch auch furchtbar klein und hilflos vor.

»Ach, Kind …« Mutter ließ die Tränen weiterlaufen und weinte hemmungslos.

»Ich frag Onkel Levi. Er weiß bestimmt Rat. Versprochen, Mama. Gleich nachher lauf ich ins Ballhaus!«

Mutter schüttelte den Kopf, löste sich aus der Umarmung

und sah auf. »Wir belasten ihn schon über die Maßen. Er hat genug um die Ohren.«

»Lass mich nur machen. Bitte. Heißt es nicht, in Krisenzeiten muss man zusammenhalten? Fragen kostet nichts. Komm jetzt, wir gehen hoch. Ich setz heißes Wasser auf, dann trinken wir oben erst mal einen Tee. Und danach legst du dich hin. Ich bring dir alles. Und lasse Odette tanzen, ja? Mama? Gut?« Lulu versuchte sich an einem Lächeln, stand auf und zog ihre Mutter von der Treppe hoch. Diese stöhnte laut auf, ließ sich aber mitziehen.

Wie soll das alles weitergehen? Das fragte sich Lulu insgeheim doch. Und plötzlich überkam sie eine unbändige Angst, dass ihr Traum, eine Tänzerin zu werden, durch die unvorhergesehenen Entwicklungen und diesen verdammten Krieg in weite Ferne gerückt sein könnte …

Eine Stunde später war Mutter schließlich wieder einmal vor Erschöpfung auf der Chaiselongue eingeschlafen, nachdem Lulu ihr eine Tasse heißen Tee mit Rum eingeflößt und unruhig gewartet hatte. Dann war Lulu zum Ballhaus gelaufen. So schnell hatte sie die Strecke noch nie zurückgelegt. *Er muss uns helfen* – die Worte hämmerten wieder und wieder in ihrem Kopf. Völlig außer Atem kam sie an, rannte über den Vorplatz zum Eingang und bog drinnen instinktiv nach rechts ab. Sie hatte recht mit ihrem Gefühl, David und Onkel Levi saßen im Separee und waren in eine Partie Schach vertieft, als Lulu auftauchte.

»Was ist denn mit dir los?«, fragte David erstaunt. Er sprang sofort auf und machte seinen Stuhl für sie frei. Sie berichtete den beiden von der Feldpost mit der Nachricht vom Tod ihres Vaters, und wie Claire es aufgenommen hatte.

»Oh. Das tut mir leid.« David betrachtete sie prüfend und kaute auf einem Streichholz herum. Onkel Levi hatte schweigend zugehört, ohne sie zu unterbrechen. Seine dunklen, klugen Augen ruhten auf ihr. Er wirkte erschrocken, zog so kräftig an seiner Zigarre, dass ihre Glut aufglimmte.

»Das sind ja furchtbare Neuigkeiten«, sagte er schließlich und blies die nächste Rauchwolke in den Saal. Er sah Lulu ernst an. Auf seiner Stirn bildeten sich tiefe Falten, während er angespannt nachdachte. Weder Lulu noch David sprachen ein Wort. Nach einer Weile schlug Onkel Levi plötzlich resolut mit der flachen Hand auf den Tisch. »Ihr könnt hierherziehen. Wenn alle Stricke reißen, kommt ins Ballhaus. Die Mansardenwohnung unterm Dach ist frei. Sie ist nicht groß: zwei Zimmer mit Dachschrägen und kleinen Fenstern. Aber es gibt eine Kochecke, sogar eine eigene Toilette und Besenkammer. Wir nutzen sie derzeit als Abstellraum. Unsere Sachen können wir genauso gut im Keller und auf dem Dachboden lagern. Dann müsste es für euch reichen. Und wenn der Staub und die Spinnweben erst einmal entfernt sind, ist es vielleicht sogar ganz gemütlich.« Onkel Levi nickte ihr aufmunternd zu.

»Du meinst …?« Lulu musste das erst verarbeiten. Zu viel prasselte heute auf sie ein, lauter Veränderungen, auf die sie nicht sofort zu reagieren wusste.

David stupste sie in die Seite. »Lulu! Das wäre doch großartig! Überleg mal, wir wären dann Nachbarn, Blondzopf.

Du würdest bei uns im Ballhaus wohnen! Könntest noch mehr auf der Bühne oder im Saal üben, von allem hier etwas mitbekommen!«

Natürlich war David sogleich Feuer und Flamme dafür. Lulu schloss die Augen. Sie stellte sich das zwar traumhaft vor – ein Leben in *ihrem* Ballhaus, und das jeden Tag – konnte das wahr werden? Dass sie dort weniger Platz hätten, war nicht schlimm. Sie waren ja auch nur noch zu zweit. Ein Neuanfang, ganz unbelastet, täte Mutter und ihr bestimmt gut. *Doch wie sollten sie …?* Lulu öffnete wieder ihre Augen und wandte sich an Sternberg. »Aber Onkel Levi, wir können nicht viel Miete zahlen, ohne Vater …«, brach es aus ihr heraus. Sie stockte, musste schlucken. »Wir haben nicht viel Erspartes, glaub ich, dann der Krieg … und Mutter, du kennst sie ja, sie ist … sie kann nicht so arbeiten wie andere. Manchmal kann sie nicht einmal aufstehen.«

»Ich weiß schon, Lulu. Mach dir keine Gedanken. Ihr beide könnt in die Mansarde ziehen und dort kostenfrei wohnen, sobald ihr wollt. Wir räumen sie leer und lassen höchstens ein paar brauchbare Möbelstücke stehen. Für die Unterkunft vereinbaren wir, dass ihr im Ballhaus regelmäßig aushelft, wo es nötig ist: Zum Beispiel brauchen wir immer jemand in der Küche, auch an der Garderobe oder im Garten, für Näharbeiten oder das Putzen. Und du bist ja auch schon eine junge Dame und kannst mit anpacken, nicht wahr? Krawuttke kann die Mansarde mit David in den nächsten Tagen entrümpeln. Und ich helfe euch bei allem anderen, was es zu regeln gibt. Papierkram, Post, Nachlassverwaltung. Erzähl deiner Mutter von meiner Idee. Schauen wir mal, was sie dazu sagt. Dann sehen wir weiter. In Ordnung?« Onkel Levi schaute sie an und strich ihr über den Kopf. Da schossen Lulu die Tränen in die Augen, so dankbar war sie für seine Hilfe und Bereitschaft, ihnen beizustehen.

»Ja«, sagte sie, mächtig erleichtert.

David legte seinen Arm um sie. »Du, das wird schon alles«, versicherte er Lulu leise.

Plötzlich kam ihr noch etwas in den Sinn. Sie wischte sich die Wangen mit dem Ärmel trocken. »Und Frau Sternberg?«, flüsterte sie Onkel Levi zu. »Was wird sie dazu sagen? Sie kann uns nicht leiden.«

Vater und Sohn wechselten einen schnellen Blick, Lulu sah es ganz genau. »Sie wird sich fügen. Das kläre ich.« Onkel Levi drückte die Zigarre aus, ließ den Rest im Aschenbecher liegen und erhob sich. »So, Kinder. Ich verabschiede mich.« Er rieb sich die Hände und wandte sich zu Lulu: »Mein Beileid an dieser Stelle. Richte es Claire bitte auch aus und sprich mit ihr über meine Idee. Ihr hört von mir, bis später.«

Dann verließ er das Separee und ging aus dem Saal.

15

Samstag, 26. Februar 1916

Das Winterhalbjahr war im Nu verflogen. Mittlerweile hatten Lulu und ihre Mutter ein Leben ohne Vater organisiert und Hilfe von lieben Menschen aus ihrem Umfeld angenommen. Vaters überschaubarer Nachlass war geregelt und er symbolisch im Garten beerdigt. Sie hatten einfach einen Hut von ihm vergraben und *Der Herr ist mein Hirte* gesprochen. Mutter und sie; Tante Frieda, Frau Bertram und David hatten ihnen beigestanden.

Lulu musste sich eingestehen, dass ohne ihren Vater mehr Ruhe zu Hause herrschte. Doch der Zustand ihrer Mutter hatte sich nicht wie erhofft verbessert: Mal plapperte sie fröhlich und plante Reisen ans Meer. An anderen Tagen wollte sie erst gar nicht aufstehen, weil sie angeblich zu müde oder traurig wäre. Lulu fühlte sich mitverantwortlich für ihre Stimmung, versuchte, sie aufzuheitern, sang oder tanzte ihr vor, hielt alles sauber und kümmerte sich um die Mahlzeiten, so gut es ging. Wenn sie nicht mehr weiterwusste und es mit Mutter besonders schlimm war, holte sie Onkel Levi. Der schaffte es immer mit seiner ausgeglichenen Art, Claire ein Lächeln zu entlocken. Er strahlte eine

Sicherheit aus, als könnte ihn nichts erschüttern. Wenn er zu Besuch kam, bemühte sich Mutter sogar oft aufzustehen, ihm zuliebe ein Glas Wasser zu trinken oder am Fenster frische Luft zu schnappen. Manchmal machte sie sich auch zurecht, um das Haus zu verlassen. Sein Versprechen, ihnen bei den notwendigen Schritten nach dem Tod von Vater zu helfen, hatte er jedenfalls gehalten.

Und heute, an diesem grauen Vormittag, während an der Westfront die schreckliche Schlacht bei Verdun tobte, geprägt von unendlichem Grauen und Todesopfern, wie die Zeitungen berichteten, und immer noch kein Frieden in Sicht war, wollten sie ihre restlichen Siebensachen mitnehmen und endgültig ins Ballhaus umziehen.

»Das wär's, Liebes. Wir können gehen. Die Schlüssel geben wir bei Tante Frieda ab. Nimmst du die kleine Kiste im Flur? Ich trag den Rest. Aber vorsichtig bitte auf dem Weg, hörst du? Da sind ein paar wertvolle Dinge drin: die Ballerinaspieluhr zum Beispiel und die schönen Kristallkelche.« Ihre Mutter deutete auf den allerletzten Gegenstand, der mit ihnen umzog. »Na los!« Sie wollte sich scheinbar nicht mehr länger aufhalten, schnappte sich den Besen und Putzutensilien und verließ ihre Wohnung in der Auguststraße, die fast zwanzig Jahre ihr Zuhause gewesen war, ohne einen Blick zurückzuwerfen. Und, wie es der verwunderten Lulu schien, scheinbar ohne jegliches Bedauern. Die Tür schlug an die Wand und blieb offen stehen, dann hörte sie, wie ihre Mutter die Treppen hinunterstapfte.

Sie selbst brauchte noch einen Moment, sie konnte jetzt nicht einfach so fortgehen. Auch wenn ihre Kindheit in diesen vier Wänden nicht gerade glücklich und sorglos gewesen war, der immerwährende Streit ihrer Eltern und die Wutausbrüche ihres Vaters sie stetig begleitet hatten, fiel Lulu der Abschied nicht leicht. Hier war sie groß geworden, sonst kannte sie nichts. Langsam ging sie noch einmal zurück in ihr Zimmer, sah sich um, blickte wehmütig aus dem Fenster, strich zart über die Vorhänge und die Tapete mit Blumenmuster, als wollte sie sich so wenigstens einen Teil davon bewahren.

»Tschüss, Zimmer«, murmelte sie in den fast leeren Raum. Nur einen alten Teppich, einen Stuhl und den Sekretär mit dem gebrochenen Bein hatten sie stehen lassen, weil nicht alle Habseligkeiten in die neue Bleibe passten.

Dann verabschiedete sich Lulu auch von den anderen Räumen und sog den Geruch ihres alten Zuhauses tief in die Nase ein. Zum Schluss hob sie die Kiste im Flur hoch, seufzte, schloss die Tür und ging.

»Lulu? Wo bleibst du denn? Ich warte auf dich!«, rief Mutter schon ungeduldig von unten im Treppenhaus.

»Bin unterwegs, Mama!« Sie verdrängte die aufsteigende Traurigkeit, betrachtete die kleine Tänzerin aus Porzellan, die ganz oben auf der Kiste thronte, und lächelte ihr zu.

16

Samstag, 24. März 1917

Lulu lag unterm Ballhausdach in ihrer Mansarde auf dem Bett und dachte nach. Ein Jahr war nun vergangen seit ihrem Umzug. Der Regen trommelte aufs Dach und an die winzigen Fensterscheiben. Ein Geräusch, das sie liebte. Obwohl es nun Ende März war, und somit eigentlich schon Frühling, war es winterlich kalt draußen. Lulu gähnte. Sie war immer noch müde, dabei wollte sie gleich unten auf der Bühne Spagat üben. Sie hatte das Dehnen die letzten Wochen zu sehr vernachlässigt. Das lag aber auch daran, dass sie nur unregelmäßig zum Ballett konnte. In Berlin war mittlerweile das gesamte Alltagsleben nahezu zum Erliegen gekommen, und die Menschen hatten damit zu tun, ihr nacktes Überleben zu sichern, etwa genug Lebensmittelkarten abzubekommen, die streng rationiert waren. Unter diesen Bedingungen war es völlig unmöglich, den Betrieb in einer Ballettschule aufrechtzuerhalten, geschweige denn den normalen Ballhausbetrieb. Und der schreckliche Steckrübenwinter brachte nun noch mehr Hungersnot über das Land. Nach wie vor besuchte Lulu zwar die Schule, denn die Salino tat alles, was in ihrer Macht stand, um den

Unterricht wenigstens ab und zu und für ein paar übrig gebliebene Elevinnen stattfinden zu lassen. Aber meistens fiel er aus. Es gab andere, wichtigere Dinge, die in der Not getan werden mussten. In der Stadt herrschte Ausnahmezustand, die Auswirkungen des Krieges spürte man an jeder Ecke und in allen Bereichen des Lebens. Lulus Mädchenschule war – wie alle anderen Volksschulen – längst geschlossen, dies war auch dem Lehrermangel geschuldet. Die meisten Männer kämpften ja an der Front, wenn sie nicht schon gefallen, erfroren oder verhungert waren, oder kehrten als traumatisierte Kriegsverletzte heim. Überall auf den Straßen sah man die verwundeten und zutiefst verstörten Gestalten des Krieges, meist ein Schatten ihrer selbst. Diese Bilder liefen der anfänglichen Euphorie und Kriegsbegeisterung völlig zuwider, fand Lulu, aber wer, außer der Seherin Darja vielleicht, wusste immer schon vorher, wie etwas enden würde?

Die normale Schule war ihr jedenfalls egal, sie hatte sie gehasst. Ein Ort, wo man mit dem Rohrstock bestraft wurde, weil man schmutzige Fingernägel hatte, war sowieso nichts für sie. Abgesehen davon hatte sie mit ihren nunmehr fünfzehn Jahren alles Wichtige, was sie können sollte – wie Lesen, Schreiben, Rechnen –, bereits gelernt. Der Zeitgewinn dadurch war immens, denn so waren die Vormittage frei, und sie konnte viel arbeiten und zum Lebensunterhalt beitragen: etwa in der Ballhausküche helfen, Geschirr spülen, Essen verteilen, Wäsche waschen, bügeln, putzen, aufräumen. Da man sich nie hundertprozentig auf Claire verlassen konnte – würde sie aufstehen können, war sie nüchtern, hatte sie Schmerzen –, musste Lulu als Tochter nun, was das Haushaltseinkommen und ihre Versorgung anging, Verantwortung übernehmen und den Überblick behalten. Es war jedenfalls keine Zeit zum Tanzen und Ausgelassensein.

Onkel Levi bot in diesen Zeiten den Saal und ein paar freie Zimmer für einen kleinen Obolus Notleidenden und Studenten als Unterkunft an. Niemand hatte derzeit einen Sinn für Vergnügen, wenn der Krieg nur noch Schutt, Asche, Elend und Hunger hinterließ; also funktionierte er unter der Woche das Ballhaus um und öffnete es nur noch am Wochenende. Selbst wenn da dann hauptsächlich Frauen, Mädchen und Alte kamen, blieb es immerhin ein Treffpunkt im Kiez. Man konnte reden und sich austauschen, anderweitig gegenseitig unterstützen, es gab ein bisschen Musik, manchmal sogar eine warme Mahlzeit, Zigaretten und den ein oder anderen Korn, der aufzutreiben war. Doch wann auf dem Parkett wieder das Tanzbein geschwungen werden würde, konnte niemand sagen. Nicht einmal Onkel Levi, und der wusste sonst immer alles.

Am heutigen Samstag half Mutter unten in der Küche aus. Das war meist auch für sie eine willkommene Abwechslung und überhaupt die einzige Aufgabe, die sie halbwegs zuverlässig erfüllte. Über Schwindel oder andere Schmerzen am Körper klagte Mutter täglich. Dr. Wiesenblum vermutete, sie litte möglicherweise an Rheuma oder Ähnlichem, etwas Chronisches, das er nicht genauer eingrenzen konnte. Schrecklich abgemagert war sie inzwischen und aß kaum. Dafür trank sie häufiger, auch vor Lulu. Sie hatte den

Verdacht, dass Mutter es irgendwie schaffte, kostbaren Alkohol aus der Bar zu stibitzen. Ohne einen Rausch, irgendeine Flucht, ertrug ihre Mutter das Leben wohl nicht. Es schien wie ein Tanz am Abgrund.

Lulu war jedoch froh, hier zu sein. Es war zwar eng, aber auch kuschelig. Und sie liebte es, Teil des Ballhauses und seiner Menschen zu sein. Sie kannte den Betrieb in- und auswendig, konnte das Geschehen nun jederzeit vor Ort verfolgen, von innen, nicht bloß heimlich aus ihrem früheren Versteck draußen. Lulu hatte sich mit den Küchen-Zwillingen Berta und Käthe richtig angefreundet, mochte auch den kauzigen Krawuttke, die wenigen Musiker der Kapelle, die noch spielten, weil sie nicht eingezogen worden waren, und die Kellnerinnen, die dem Ballhaus über diese Kriegszeiten treu blieben. Und Onkel Levi mit David waren für Lulu zu einer Art Familie geworden.

Die Einzige, die ihr und Mutter nach wie vor mit Abneigung und Argwohn begegnete, war Ludmilla. Sie machte keinen Hehl daraus, dass sie gegen ihren Aufenthalt war, und zeigte das auch unverhohlen, wo immer sie nur konnte. David hatte Lulu im Vertrauen erzählt, dass sie letztes Jahr unbedingt intervenieren wollte und auf seinen Vater eingeredet hätte, um ihren Einzug zu verhindern. Nach einem der seltenen Wutausbrüche von Onkel Levi, dem der Geduldsfaden daraufhin wohl gerissen war, gab Ludmilla dann ihren offenen Widerstand auf. Allerdings streute sie hintenrum weiter absurde Gerüchte, um sie vor den anderen schlecht dastehen zu lassen, oder machte ihnen anderweitig das Leben schwer.

»Claire und Ludmilla sollten sich besser nicht zu oft begegnen«, hatte Onkel Levi deshalb diplomatisch beschlossen und das so zu David gesagt. Aus diesem Grund half Mutter nur samstags in der Küche aus, ansonsten höchstens mal im Garten, oder sie übernahm ein paar Näharbeiten in der Mansarde, flickte Decken, Handtücher oder Vorhänge.

Auch Lulu versuchte ihr Bestes, Ludmilla Sternberg aus dem Weg zu gehen. Sie könnte sich mit Fritz zusammentun, dachte Lulu. Ihrem selbst ernannten Aufpasser, der ihr nach wie vor nachstellte, passte es nämlich gar nicht, dass sie nun im Ballhaus wohnte und somit seinem persönlichen Kontrahenten David noch näher war. Die Entwicklungen verfolgte er argwöhnisch und ließ keine Gelegenheit aus, bei Lulu seinen Unmut darüber kundzutun. Da sie nicht mehr gemeinsam zur Schule gingen, fing er sie einfach so immer mal auf der Straße ab, wollte Neuigkeiten wissen oder sie begleiten. Wegen seiner »Treue« zu ihr ließ sie vermutlich Milde mit ihm walten, denn sie genoss seine Aufmerksamkeit auch ein bisschen.

Manchmal fühlte sie sich ziemlich verloren in dieser erschütterten Welt, dem Zustand zwischen Kindsein und Frauwerden, mit einer ungewissen Zukunft, haltlosen Mutter und vaterlos. Aber immerhin konnte sie weitertanzen, das war das Wichtigste. Lulu trainierte jeden Tag, in jeder freien Minute. Sie hatte ein Ziel vor Augen, eine Aufgabe, die sie erfüllte. Das Tanzen und das Ballhaus gaben ihr Hoffnung und Zuversicht.

Sie drehte sich in ihrem Bett auf die Seite und drückte ihr Kissen an die Brust. Ja, etwas schmerzte sie dennoch. Ihr Verhältnis zu David hatte sich verändert. Irgendetwas stimmte nicht. Er war zunehmend genervt, unbarmherzig mit ihr, sie stritten viel in letzter Zeit. Er nörgelte an ihr herum, was er früher nie getan hatte, spottete sogar über ihren Ehrgeiz beim Ballett, war launisch und oft ziemlich ungerecht. Vielleicht lag es auch nur am Hunger. Schließlich war er mitten im Wachstum und hatte Kohldampf wie ein Bär, dabei gab es kaum Nahrung genug, um nur einmal richtig satt zu werden.

Abgesehen davon, streifte er mehr mit Kalle und Richard umher. Manchmal ließ er tagelang nichts von sich hören und war untergetaucht. Fast schien es, als hätte er das Interesse an Lulu verloren. Sie fand, dass er sich nun schon seit ein paar Monaten zurückzog. Sein Verhalten ärgerte Lulu, aber es tat auch weh. Er war doch ihr bester Freund!

Sie setzte sich auf und schaute aus dem Fenster hinaus. Wo mochte er jetzt sein?

Sie waren doch mal unzertrennlich gewesen und hatten alles miteinander geteilt: sein Geheimversteck, ihre Nöte wie Freuden und kleinen Schätze, Murmeln, Bonbontüten, ihre Fundstücke, Gedichte, Geschichten, ihre Träume, ebenso wie die Liebe zur Musik. Zudem war er der Einzige, dem sie absolut vertraute. Mit dem sie zum ersten Mal über ihre Eltern gesprochen hatte, dass Mutter heimlich trank und manchmal so traurig war, dass sie nicht aus dem Bett kam.

So ging das nicht weiter, wurde Lulu da bewusst.

»Ich muss mit ihm sprechen! Jetzt!«, rief sie laut aus und sprang aus dem Bett.

Voller Entschlusskraft zog sie Stiefel, Mütze und Mantel an und verließ auf der Stelle die Mansarde, um nach David zu suchen.

17

Als sie aus dem Haus in den Vorhof trat, schlug ihr eiskalte Luft entgegen. Es hatte aufgehört zu regnen, war aber immer noch bewölkt und ungemütlich draußen, ein unbarmherziger Wind wütete. Lulu fragte sich, wo sich denn nur der Frühling versteckte. Wenn es nur endlich wärmer würde, dann wäre alles ein wenig leichter.

Die Eingangstür zum Ballhaus stand offen, sie hörte Krawuttke stänkern und irgendetwas scheppern. Durch die Fenster der Ballhausküche sah sie Mutter mit den Schwestern hantieren. Sie wollte sich nicht mit Plaudereien aufhalten und lief deshalb schnurstracks in den Saal. Dort fand sie Onkel Levi mit Harry Krawuttke beim großen Kachelofen in eine rege Diskussion vertieft.

»Guten Tag zusammen! Ich muss zu David, ist er da?«, unterbrach Lulu das Gespräch der Männer. Sie drehten sich um, Krawuttke murmelte etwas wie »Tach, Kleene«.

Onkel Levi lächelte: »Lulu! Die Bühne ist frei für dich. Heute kommt die Kapelle erst um fünf. Tja, und David müsste draußen sein. Er hilft beim Ausladen. Wir haben neue Holzkohle aufgetrieben.«

»Der Handwagen steht uff der Straße, direkt vorm Haus, siehste sofort, nicht zu verfehlen«, vervollständigte Krawuttke die Auskunft. »Sag dem Bengel, wenn er nicht zackig mit der nächsten Ladung beikommt, setzt es was, wir warten die janze Zeit schon unjeduldig …«

»Mach ich! Danke!« Lulu grinste und huschte wieder hinaus, geradewegs zur Straße. Der Wagen stand linker Hand mitten auf dem Gehweg und war, auf Lumpen ausgelegt, mit ein paar Säcken Holz- und Torfkohle sowie frisch geschlagenem Brennholz beladen. Sie sah ihn gleich, David lehnte lässig an der Rückseite. Er hatte rußige Wangen, trug eine staubige Kappe und dicke Handschuhe zum Laden. Er plauderte mit Kalle, der vor ihm wild gestikulierte. Sie verlangsamte ihren Schritt und näherte sich den Jungen, wie sie hoffte, ohne ihre Aufregung zu zeigen. Als die beiden sie entdeckten, verstummten sie. Kalle machte Anstalten zu gehen, streckte sich künstlich und klopfte David auf die Schulter. »So Leute, ich hau ab, muss weiter. Geschäfte.« Und zu Lulu gewandt, witzelte er: »Freie Bahn, Verehrteste. Und? Alles in Butter?«

»Hallo, Kalle, ja, ja, alles im Lot. Muss ja«, antwortete sie schnell und baute sich direkt vor David auf.

»Bis morgen«, konnte dieser gerade noch rufen, und schon war Kalle mit einem kurzen Winken auf und davon. Sie waren allein. David sah Lulu an und rückte den Schirm seiner Kappe tiefer in die Stirn.

»Was hat der denn für ›Geschäfte‹?«, fragte sie mit leisem Spott.

»Jaaaa, Kalle, der alte Fuchs, handelt mit Zucker, Eiern

und altem Gold. Er treibt so alles Mögliche auf. Für'n Schwarzmarkt … Aber was gibt's?« David schaute sie interessiert an.

Lulu schoss die Röte ins Gesicht, und ihr Herz schlug schneller. Sie schwieg unschlüssig und zählte die hingefallenen Kohlereste auf dem Trottoir.

»Hallo?«, hakte er nach. »Ich warte. Was ist?« Seine schönen braunen Augen machten sie nervös. »Na?«

Sie gab sich einen Ruck. »Also … Ich muss mit dir reden. Du … Findest du nicht, wir haben lange nichts mehr unternommen, ich meine, Spaß gehabt – zusammen?« Verunsichert stockte Lulu. Plötzlich kam ihr das alles albern vor.

»Äääh, es ist Krieg, schon vergessen? Und ich bin ziemlich beschäftigt, Vater schont mich nicht gerade. Viel zu tun überall: erst euer Umzug, der Hunger, die Verletzten, der harte Winter, die Umbauten im Ballhaus …« Er schien nicht zu begreifen, worauf sie hinauswollte.

»Weiß ich doch. Das mein ich nicht. Dafür habe ich ja Verständnis. Vielmehr … Ich … ich habe das Gefühl, wir verlieren uns, David. Dass wir uns nicht mehr so nah sind. Ich hatte mir eigentlich gedacht, dass wir uns häufiger sehen, wo ich jetzt sogar hier wohne. Du warst komisch in den letzten Wochen. Schlecht gelaunt auch. Wegen mir? Hab ich dir was getan, bist du sauer auf mich? Ich will dir nicht auf die Nerven gehen, mir fehlt nur das … na ja, *du* fehlst mir.« Jetzt war es raus. Lulu atmete aus, trat von einem Bein aufs andere. Am liebsten wäre sie abgehauen.

»Ach das …«, antwortete er nur. Seltsam. Einen Augenblick schauten sie beide schweigend auf den Asphalt, keiner verlor ein Wort. Er spielte fahrig an seinem Handschuh herum.

Lulu räusperte sich. »Lass uns wieder einmal was machen, hm? Was erleben – irgendetwas! Nur wir zwei. Über nichts Böses reden, nur Gutes! Ich … vermisse meinen besten Freund.« Sie senkte den Kopf. Es fiel ihr schwerer, als sie dachte, ehrlich zu ihm zu sein.

»Tja.« David hatte aufmerksam zugehört, aber wirkte zurückhaltend. »Vielleicht ist *das* genau das Problem«, sagte er dann kryptisch.

Lulu verstand nicht. »Inwiefern?«

»Denk mal drüber nach.«

Wieder schwiegen sie. Er wirkte unschlüssig.

»Ist das alles, was du dazu zu sagen hast?« In ihrer Stimme schwang die Enttäuschung über seine Reaktion deutlich mit, aber das war ihr jetzt auch egal. Sollte er ruhig merken, dass er ihr wichtig war und sie sich nicht einfach so abspeisen ließ.

Aber dann huschte ein Lächeln über sein Gesicht, und sie erkannte darin ihren »alten« David, dem sie absolut vertraute und bei dem sie nie unsicher gewesen war.

»Nee, ist gut, Lulu, vergiss es. Hast recht. Pass auf, ich hab eine Idee. Wir machen was Besonderes, und zwar ein Mitternachtspicknick!« Er strahlte sie an, als erwartete er jetzt einen Preis. »Treffen Samstagnacht im Spiegelsaal, da finden ja gerade keine Bälle statt, pünktlich zur Geisterstunde. Wir rufen die Gespenster, befragen das Pendel wie früher, schlagen uns die Bäuche voll mit den Resten aus der Küche … Außerdem steht da ein echtes Grammophon, hast du das gewusst? Na? Ich besorg vorher den Schlüssel und warte oben auf dich. Jeder bringt mit, was er auftreiben kann. Kerzen, Streichhölzer, eine lange Kette, Decken, Essen, Gläser, Wasser, so was alles. Schaffst du es, dich heimlich rauszuschleichen, ohne dass Claire wach wird?« Davids Stimme klang jetzt vollkommen begeistert, und auch Lulu fand seinen Vorschlag grandios.

»Ja! Das ist die allerallerbeste Idee! Wir waren ja bisher noch nie im Spiegelsaal, sondern haben nur durch die Tür reingelinst, wie die vornehmen Gäste dort verkehren. Du weißt, dass das immer mein Wunsch war, dort einmal tanzen zu dürfen. Keine Frage, ich bin dabei!«

Aufgeregt klatschte Lulu in die Hände und strahlte David an. Der zog seinen schmutzigen Handschuh aus und streckte ihr seine Rechte entgegen. »Dann abgemacht! Samstag um Mitternacht im Spiegelsaal. Und kein Wort zu niemandem! Besser, wenn Vater nichts davon erfährt.«

Lulu schlug ein, froh über diesen Ausgang. »Abgemacht! Ehrenwort«, versicherte sie, und es war ein bisschen wie früher. »Bleibt geheim.«

Er hielt ihre Hand noch etwas länger fest als nötig, so verharrten sie einen Moment.

»Hey, Lausebengel, willste da versauern, oder was? Jetzt mal jenuch gequasselt, ihr beide! Komma rin mit deene Quadratlatschen. Wir warten seit ner Stunde uff Nachschub!«, brüllte der alte Krawuttke vom Hof zu ihnen herüber. Aber es hörte sich zugleich amüsiert an.

»Los, hau ab. Ich will jetzt sowieso trainieren. Muss um fünf wieder von der Bühne runter sein«, sagte sie.

David ließ ihre Hand los. »Alles klar.« Er nickte und rief Krawuttke zu: »Ja, Mann! Mach mal hier nicht so'n Rabatz, Harry, ich komm ja!« Dann zwinkerte er ihr zu, hob ächzend einen neuen Sack vom Wagen, warf ihn über die Schulter und trug ihn ins Ballhaus.

Lulu, aufgewühlt und erleichtert zugleich, brauchte eine kleine Atempause. *Gott sei Dank. Geschafft.* Augenblicklich stieg eine unbändige Vorfreude auf Samstagnacht in ihr hoch. Es kribbelte in ihrem Bauch, wenn sie daran dachte. Ein echtes Abenteuer.

18

Die Nacht war kalt. Ein sternenklarer Himmel gab den Blick frei auf den silberweißen Vollmond, der ihr den Weg leuchtete. Sie stellte sich vor, er wäre in Wahrheit eine stolze Königin, die ihr wissend zulächelte. Lulu schaute sich noch einmal um, bevor sie zu dem Gebäudetrakt schlich, der ans Haupthaus angrenzte und wo sich im obersten Stock der Spiegelsaal befand. Hatte sie jemand gesehen? Die Luft schien rein zu sein, alles war still, der Hof vollkommen leer. Die Lichter im ganzen Ballhaus waren bereits erloschen.

Mutter hatte eben tief und fest geschlafen. Sogar als Lulu ihr vorsichtig eine Hand auf die Wange legte, war sie nicht aufgewacht. Erschöpft durch die Küchenarbeit am Nachmittag und von was auch immer benebelt, war sie schnell weggedöst.

Im Ballhaus war wohl heute wieder nicht viel los gewesen, denn der Eingang war schon verriegelt. Zum Glück stammten die Sternbergs aus einer gut situierten jüdischen Kaufmannsfamilie, hatten keine akuten Existenzsorgen und lebten von ihrem Vermögen aus vergangenem Kunsthandel, wie Lulu von David wusste. Wenngleich Onkel Levi täglich über den Büchern brütete und dabei heftig den Kopf schüttelte, war er trotzdem fest entschlossen, das Ballhaus möglichst unbeschadet durchzubringen.

Lulu rüttelte an der Außentür zum Spiegelsaal. Die klemmte etwas, war aber, wie von David angekündigt, unverschlossen. Sie drückte mit ihrer gesamten Kraft dagegen, bis sie nachgab. Im Hausflur war es stockdunkel und roch leicht modrig. Langsam stieg sie die Treppen hoch. In der linken Hand trug sie einen Korb mit den Dingen, die sie zum Mitternachtspicknick beisteuern wollte: ein Stück Brot und Käse, etwas Butter, zwei Äpfel, Rosinen, Honig, eine Wolldecke, ein paar Stabkerzen, Streichhölzer, eine lange silberne Kette mit Medaillon – darin ein Foto ihrer französischen Großmutter – und das nötige Geschirr. Lulu musste aufpassen, dass sie die Stufen erwischte und nicht stolperte. Das Mondlicht schaffte es nicht bis ganz oben hin. Unter ihrem Mantel trug sie eines ihrer besseren Kleider, das ihr noch nicht zu kurz war, die guten Wollstrümpfe und frisch geputzte Stiefel. Ihre Haare waren geflochten und hübsch mit einer Blumenspange hochgesteckt. Sie hatte sogar etwas Rouge von ihrer Mutter auf die Wangen gelegt. Oh, wie freute sie sich auf ihr Treffen! Und aufgeregt war sie auch. Es musste gleich Mitternacht sein.

Endlich war sie ganz oben. Die Tür zum Spiegelsaal stand offen, warmes Licht begrüßte sie – David war schon da.

Sie trat ein und sah sich staunend um. Was für ein atemberaubend schöner Saal! Und riesengroß. Mehr als das, er war so glanzvoll, als gehörte er zum Schloss von Versailles.

Die Wände waren lindgrün gestrichen, mit stilvollen Ornamenten geschmückt, bedeckt mit Malereien, abgeschlossen mit verzierten Gipsrahmen und vergoldeten Leisten. Es gab Wandreliefs mit Wirtshausszenen. Und der Saal war auf jeder Seite mit prächtigen Spiegeln ausgestattet. Gegenüber sah sie hohe Fenster mit Tüllgardinen und Schabracken aus rotem Samt. Eine Treppe, deren Geländer vorne ein geschnitzter Löwenkopf zierte, führte zu einer Empore, auf deren Balkon aus dunklem Ebenholz eine Teufelsfratze thronte. David folgte ihrem Blick. »Das ist Bacchus. Er lacht, siehst du, und wacht über den Saal.«

»Wer ist das?«, fragte Lulu und betrachtete ihn näher.

»In der griechischen Mythologie heißt er Dionysos, der Gott des Weines, Rausches, Wahnsinns und der Ekstase.«

»Hätte ich mir denken können«, scherzte sie. Dann sah sie sich weiter um. Von der goldstuckverzierten Decke hing ein riesiger Kronleuchter. Schwarze Stühle standen übereinandergestapelt an der linken Wand, zudem ein langer Tisch mit ein paar glamourösen Vasen und ausladenden Schalen darauf – all das wurde nur für Feste und Bankette gebraucht. Und heute ganz sicher nicht; in dieser Nacht gehörte der Spiegelsaal nur David und Lulu.

Ihr Freund hockte mitten im Raum auf dem Dielenboden. Er hatte ein Schaffell und mehrere Kissen ausgelegt, einige Köstlichkeiten auf einer Tischdecke ausgebreitet, den siebenarmigen Leuchter aus dem Geheimversteck mitgebracht und angezündet. Die Kerzen flackerten gemütlich und tauchten den Saal in Gold. Lulu war begeistert, aber auch eingeschüchtert. Hier oben gehörte sie als einfaches

Mädchen eindeutig nicht hin. Denn hier feierte eine ganz andere Gesellschaft als unten im Ballhaus – *das* war ein Festsaal für bessere Kreise: die Oberschicht, Reiche und Adlige. Oder die »Hottwollee«, wie Krawuttke sie nannte.

»Gefällt's dir?« David grinste sie an. »Hat es dir die Sprache verschlagen?« Er stand auf und kam auf sie zu.

»So ungefähr … Wenn man selbst hier steht … Es ist so, so … prächtig!« Lulu schüttelte überwältigt den Kopf.

Er verbeugte sich leicht und nahm ihr den Korb aus der Hand. »Na, jetzt aber erst mal herzlich willkommen, verehrtes Fräulein Lulu! Haben Sie gut hergefunden? Ist Ihnen auch niemand gefolgt?«, fragte er, ganz Kavalier.

Sie freute sich, ihn zu sehen, und dass er offensichtlich wieder der Alte war. Lächelnd spielte sie mit: »Vielen Dank, mein Herr! Und guten Abend, oder um diese späte Stunde passt wohl besser ›Gute Nacht‹? Bei mir ist alles bestens gelaufen. Nur …«, Lulu zögerte und zeigte in den Raum. »Der Spiegelsaal ist so zauberhaft! Zu schön, um wahr zu sein!«

»Ja, nicht?«, stimmte er ihr zu. »Das finde ich auch, er ist regelrecht magisch. Für mich strahlt er etwas … Herrschaftliches aus. Aber trotzdem ist es gemütlich, oder? Komm, setz dich. Es hat schon Mitternacht geschlagen.«

Lulu zog ihren Mantel aus und hockte sich im Schneidersitz auf das kuschelige Fell. Sie beobachtete David, wie er den Inhalt ihres Korbs leerte und die Sachen zu seinen auf die Decke legte. Dabei registrierte sie, dass auch er sich ein bisschen herausgeputzt hatte. Er trug eine Flanellhose (ohne Löcher!), ein helles Hemd und darüber eine graue

Weste mit rotem Einstecktuch. Seine Locken hatte er mit Pomade gebändigt.

»Schnieke siehst du aus!«, sagte sie unverhohlen.

Er errötete auf der Stelle. »Danke! Und du erst … hübsches Kleid.« Sein Blick streifte sie anerkennend, dann setzte er sich wieder. »Jetzt wird gegessen! Hörst du meinen Magen knurren? Einen Bärenhunger hab ich. Deshalb verlieren wir besser keine weitere Minute – ich erkläre hiermit das Mitternachtspicknick für eröffnet!«

»Ich kenne wirklich keinen, der den ganzen Tag über essen könnte! Kannst von Glück sagen, dass Lebensmittel knapp sind, sonst wärst du bestimmt schon kugelrund!«

»Da ist was dran!« Er lachte, reichte ihr Brot und ein Glas Wasser. »Prost. Auf uns! Huaaa – mögen uns die Geister wohlgesinnt sein!«

»Sehr witzig.« Ihr war das Gegenteil von gruselig zumute, sie fand den Moment eher prickelnd und leicht, wie sie lange keinen erlebt hatte.

»Hast du das Pendel dabei?«, fragte David und steckte sich ein paar Rosinen samt Käse in den Mund.

»Hab ich. Kann gleich losgehen.« Lulu deckte Teller, Messer, Kerzen ordentlich nebeneinander.

»Zum Wohl!« Ihre Gläser klirrten aneinander, und der Klang des Kristalls hallte im ganzen Saal wider. Obwohl es nur Wasser war, kam sie sich vor wie eine Prinzessin bei einem Festmahl mit edlem Wein. Dann fielen sie hungrig über das kostbare Essen her und begannen, sich über die Neuigkeiten der letzten Tage auszutauschen.

Etwa zwei Stunden später war die Stimmung endgültig gelöst, die Kerzen schon zur Hälfte heruntergebrannt, und David hatte das Grammophon Opernarien spielen lassen. Weil er ein Tuch in den Trichter steckte, war die Musik nicht ganz so laut, dadurch hoffte er, dass sie keiner hier oben entdeckte. Sie fläzten sich auf ihrem Lager aus Fell, Kissen und Decken, plauderten über alles Mögliche, und durch die Wärme der Flammen oder die Aufregung froren sie nicht. Das Pendel hatte ihnen schon die drängendsten Fragen beantwortet, und sie wussten wirklich nicht, was da genau passierte und warum es mal in die eine, dann in die andere Richtung ausschlug. Aber das war auch nicht so wichtig, was zählte, war schließlich der gruselige Schauer, der Lulu jedes Mal über den Rücken kroch, wenn die Kette sich bei *Ja* oder *Nein* einpendelte. Und sie war sich sicher, dass es David, dessen Wangen dabei vor Erregtheit glühten, genauso erging.

Die alte Vertrautheit zwischen ihnen war wieder da, also wagte sie einen weiteren Vorstoß, weil diese Frage sowieso kein Pendel beantworten konnte. »Hör mal, David. Jetzt ganz ehrlich, bitte. Was war denn die letzten Wochen mit dir los? Raus mit der Sprache. Du warst so verändert, das hab ich doch gemerkt. Mir kannst du nichts vormachen!« Ihre Stimme zitterte leicht, aber das war ihr gleichgültig, sollte er denken, was er wollte. Ihr war wichtig, dass sie keine Geheimnisse voreinander hatten.

In seine braunen Augen trat anstelle einer Antwort ein trauriger Glanz. Er spielte am Wachs einer Kerze herum, knibbelte daraus kleine Kügelchen und warf sie auf den Boden.

»Was hast du denn?«, fragte sie verunsichert. »Warum sagst du nichts?« Aus dem Grammophon erklang Carusos »O sole mio«.

»Erst tanzen wir.« David stand plötzlich auf, reichte ihr die Hand und zog sie hoch. »Darf ich bitten?«

Überrascht sah Lulu ihn an. »Sehr gerne.« Sie legte den Arm auf seine Schulter, er auf ihre Hüfte, ihre freien Hände umschlossen sich. Sie begannen zu tanzen. Langsam bewegten sie sich zu dem gefühlvollen Gesang des italienischen Tenors, tief in der Nacht, in diesem märchenhaften Saal voller Spiegel, die den Lichtschleier der Kerzen tausendfach wiedergaben. Flackernde Leuchtkegel, wohin sie sich auch drehten, dazwischen sie und David, ihr eigenes Abbild, während das Holz der Dielen im Takt dazu knarrte. Eingefangen in verschiedenen Dimensionen. Und jede einzelne spiegelte eine andere Perspektive wider, erzählte eine andere Geschichte.

Nie zuvor hatte Lulu mit einem Jungen getanzt. David zog sie noch ein Stück näher zu sich. Sie ließ es geschehen. Es passte von der Größe genau, denn er überragte sie mittlerweile um einiges. Sie schmiegte sich an ihn und schloss die Augen. Sie tanzten. Tanzten und schwiegen. Schwiegen und tanzten. Wurden eins, ein Körper, und eins mit der Musik, verschmolzen mit Raum und Zeit, und hielten sich fest umschlungen. Bis Lulu glaubte zu schweben.

Nach zwei weiteren Arien hielt das Grammophon an. Sie löste sich von seiner Brust und suchte seinen Blick.

»Was ist?«, flüsterte sie irritiert.

»Schschscht …«, machte er und legte den Finger auf

ihren Mund. Ihre Augen fanden sich. Ihr Nachtblau vermischte sich mit seinem Kastanienbraun, und gerade als sie bemerkte, dass es in seinen feucht schimmerte, nahm er ihren Kopf sanft zwischen seine warmen Hände … und küsste sie. Ohne nachzudenken, küsste sie zurück. Erst vorsichtig, noch unsicher, denn es war ihr erster Kuss, dann fanden sich ihre Lippen, und sie spürte, dass es genau *das* war, was sie sich wünschte.

Sie küssten und küssten und küssten sich. Immer wieder und immer weiter. Ein endloser Kuss, und sie wollte nicht damit aufhören. Eine eigene Sprache offenbarte sich ihr, die ihr den Atem raubte, und von der sie bisher nicht gewusst hatte, dass sie sie beherrschte. Und doch lief alles wie von selbst, als wäre es das Einfachste von der Welt, wenn es denn nur auch richtig passte zwischen zweien. *Kann man sich ohnmächtig küssen?*, fragte sich Lulu.

Bald schon wurden sie mutiger, wagten sich mehr vor, ihre Zungen spielten miteinander, lernten sich kennen.

Irgendwann ließen sie voneinander ab. Standen sich gegenüber und hielten sich an den Händen. David sah sie nachdenklich an.

»Ich hab mich in dich verliebt«, sagte er dann mit fester Stimme.

Auf einmal begriff sie. Alles. Etwas wirbelte durch ihren Bauch, und ihr Herz machte einen Sprung. Lulu strich ihm über die Haare. »Und ich mich in dich.« Jetzt lächelte er, dass seine Grübchen zum Vorschein kamen. Dann wurde er jedoch sofort wieder ernst und senkte seinen Blick. »David? Was hast du denn? Sag mir endlich, was los ist! Das ist doch schön. Mit uns ... Jetzt ist doch alles gut. Oder etwa nicht?« Lulu verstand nicht. »Ich bin nicht blöd. Ist es wegen deiner Mutter? Oder hat Fritz dir gedroht?«

»Nein!« Er schaute hoch und schüttelte den Kopf, erneut glitzerte es in seinen Augen. »Nein, Lulu. Das ist es nicht. Es ist ...« Er zögerte, musste schlucken. »Da ist noch etwas ...«

»Sag es einfach!«, rief sie ungeduldig. Sie wollte eine Erklärung für das, was ihn bedrückte.

»Es gibt ein Problem.«

»Welches denn?«

»Mein Vater will mich auf ein Internat schicken. Ich soll dort mein Abitur machen. Ich werde ja im Sommer sechzehn ...«

»Ja, und?« Am liebsten hätte Lulu die Nachricht aus ihm herausgeschüttelt.

»Sobald es die politische Lage zulässt, soll ich gehen. Wenn nichts dazwischenkommt. In ein, spätestens zwei Jahren ...« Wieder schluckte er, druckste herum.

»Ja, aber, wieso ...? *Was* ist daran das Problem? Ich verstehe nicht.«

»Das Internat ist bei meiner Tante. In Bayern. Am Ammersee. Vater wünscht, dass ich anschließend direkt zum Studium nach München gehe. Ich käme nach der Schule also nicht mehr zurück. Höchstens ab und an zu Besuch. Weihnachten vielleicht.« Er wischte sich mit der Hand über die Augen.

Lulu taumelte einen Schritt zurück. Die Nachricht kam für sie wie eine Ohrfeige. Ihr wurde plötzlich schwer in der

Brust, unendlich schwer. Sie versuchte, ihre Gedanken zu sortieren. David malte mit dem Fuß Kreise auf den Boden und war blass geworden.

»Das heißt, wir haben nur noch diese begrenzte Zeit zusammen? Und dann musst du fort? Willst du das überhaupt?«, vergewisserte sie sich.

»Ja. So ist es. Vater besteht darauf. Wir hatten einige Diskussionen, aber er als Familienoberhaupt hat auch diese unerbittliche Seite. Du kennst ihn so nicht. Dann hält er sich für den Kaiser persönlich! Ich kann nichts dagegen tun. Er hält es für das Beste für mich. Das Internat hat einen ausgezeichneten Ruf und ist nicht katholisch.« David verzog den Mund, doch als aufmunterndes Lächeln missglückte es völlig. »Und in München kann ich Volkswirtschaft studieren.«

»Warst du deswegen komisch zu mir?«

»Kann sein. Ich dachte, vielleicht ist es besser, wenn wir uns vorher schon ein bisschen auseinanderleben und nicht mehr ganz so oft sehen. Dann wird es später weniger …« Ihm fehlten die Worte, er konnte nicht weitersprechen.

Das war also das fehlende Puzzleteil für sein seltsames Verhalten. Dennoch konnte Lulu die gesamte Tragweite noch nicht erfassen. Wer wusste schließlich schon, was in der Zukunft sein würde? »David«, sagte sie daher entschlossen, »es ist egal, was sein wird. Wir sind jung. Es ist Krieg. Die Zeiten sind ungewiss. Warum sollten wir darüber nachdenken, was in einem Jahr ist? Wir können doch nicht gleich aufgeben, jetzt wo …«

»Schschscht …«, unterbrach er sie wieder und fasste sie um die Hüften. Lulu legte die Arme um seinen Hals.

»Vielleicht hast du recht«, gab er zu. »Lass uns die Zeit zusammen genießen, die wir haben. Aber *uns*, das, was heute Nacht geschehen ist, besser geheim halten. Dann kann nämlich niemand etwas dagegen unternehmen, verstehst du?«

»Ja. Gut.« Lulu schaute ihn zärtlich an. Da stand ihr David in ganz neuem Licht, ihr bester Freund und jetzt zugleich … Ja, was? Egal! Sie war aufgewühlt, glücklich und traurig zugleich. Niemals zuvor hatte sie sich mit einem anderen Menschen so verbunden gefühlt. Am liebsten würde sie diesen Augenblick einfrieren, alle Uhren anhalten, in ein eigenes Universum abtauchen. Das wär's: Sie wünschte sich mit David in eine endlose Zeitschleife in eine andere Welt. Oder auf den Mond. Dem vertraute sie auch. Der könnte sie beschützen.

Dann küsste er sie erneut. Mit dem Wissen, dass dieser Anfang auch zugleich schon ein Ende in sich trug, war dieser Kuss noch inniger, aber Lulu gab sich ihm hin.

Und die Sekunden schritten unbarmherzig voran, auf die unvermeidliche Trennung zu.

19

Samstag, 5. Oktober 1918

Davids regloser rechter Arm war das Letzte, was Lulu von ihrem Freund sah. Er hatte ihn zum Abschiedsgruß aus dem Fenster des Automobils gestreckt, das ihn in Begleitung seiner Eltern zum Bahnhof brachte. David winkte ihr nicht, sondern hielt ihn einfach nur heraus. Ein Zeichen der Erstarrung, das die Endgültigkeit seiner Abreise nur noch verdeutlichte. Dieses Bild würde sich sicher auf ewig fest in ihrer Erinnerung verankern. Unvergessen, immer wieder abrufbereit. Der Beweis, dass Liebe für sie, wie schon für ihre Mutter, von der allerersten Erfahrung an untrennbar mit Leid und Verlust verknüpft war. Ohne etwas dagegen tun zu können. Das war die Tragik daran: Sie verlor die Kontrolle. Die Liebe hatte Lulu nicht im Griff.

Sie blickte auf Davids ausgestreckten Arm, bis das Automobil schließlich in die Artilleriestraße Richtung Oranienburger abbog und nicht mehr zu sehen war. Jetzt war die Auguststraße leer.

Sie konnte sich nicht bewegen, stand einfach nur da und musste ihn ziehen lassen.

Ihr Herz hörte auf zu schlagen. Schmerz breitete sich in ihrem Körper aus, bis in den kleinsten Winkel. Das konnte keiner ertragen. Nicht einmal sie. Und dabei hatte sie doch längst begriffen, dass man sich im Leben auf das Glück nicht verlassen konnte.

Tausende Bilder schossen Lulu durch den Kopf, ihre gemeinsamen Erlebnisse überfluteten sie in einer bisher nie gekannten Unbarmherzigkeit. Seit dem Geständnis und dem ersten Kuss im Spiegelsaal waren sie sich noch nähergekommen. Wie Pech und Schwefel hielten sie zusammen und erzählten niemandem, dass aus ihrer Freundschaft mehr geworden war. Denn ihr Geheimnis bot ihnen Schutz und zugleich Freiheit. Ludmilla ahnte bestimmt etwas, konnte aber nichts beweisen, also stichelte sie nur. Fritz hatte sie einmal fast im Geheimversteck beim Knutschen erwischt, aber bevor er eindringen konnte, hatte David ihn draußen gehört. Und Onkel Levi tat zumindest so, als wäre alles beim Alten geblieben und als wären sie beide immer noch die Kinder von früher …

Nur Mutter durchschaute die Sache. Es musste ein paar Monate nach dem Mitternachtspicknick gewesen sein. Ihr konnte Lulu nichts vormachen, sie waren sich zu ähnlich. Eines Tages hatte sie die Tochter beim Frühstück unvermittelt gefragt: »Du bist in ihn verliebt, nicht wahr?«

Lulu war zusammengezuckt. »Wen meinst du?«

»Stell dich nicht dümmer, als du bist, Liebes. Du hast dich verändert. Bist jetzt eine junge Frau. Du lächelst öfter. Und hast einen anderen Gang. Auch dein Tanz ist anders geworden, deine ganzen Bewegungen sind weiblicher, weicher. Ich sehe das. David und du natürlich.« Jetzt war es mehr eine Feststellung als eine Frage. Lulu wusste nicht, wie sie reagieren sollte, also schwieg sie. Mutter streichelte ihr über den Kopf. Lulu trug ihre weißblonden Haare jetzt in halblangen Locken, die langen Zöpfe waren Vergangenheit, sie passten nicht mehr zu ihr. Sie erwiderte den Blick ihrer Mutter und nickte nur.

»Lieb ihn nur«, flüsterte diese daraufhin, »lieb ihn, mein Schatz. Mit deinem ganzen Herzen, solange du kannst und er dich auch liebt. Wir sollten uns für die Menschen entscheiden, die sich auch für uns entscheiden. Es ist ein kostbares Geschenk. Das Schönste auf der Welt. Die Liebe kommt und geht, wie sie will. Man kann sie weder erzwingen noch verhindern. Und wenn sie da ist, muss man sie festhalten und bewahren …« Mutter zog sie an sich, und sie umarmten sich.

So waren sie füreinander zu Verbündeten ihrer jeweiligen Liebe zu Vater und Sohn geworden.

Das Bewusstsein, nur eine begrenzte Zeit zur Verfügung zu haben, hatte Lulu noch mehr mit David verbunden und das Gefühl verstärkt, ihrer Liebe noch mehr Tiefe verliehen. Bis heute schien es Lulu sowieso ein Wunder, dass aus ihrer Freundschaft Liebe geworden war. David und sie hatten wunderschöne Monate zusammen verbracht, trafen sich im Geheimversteck oder am Fluss, im Park, an der Kirche. Streunten durch die Straßen der Viertel, erkundeten neue Orte und Wege, trotzten dem Krieg und allem, was damit einherging. Jeder Weg war ihr recht, Hauptsache, sie spürte seine Hand um ihre. Sie küssten sich, redeten endlos über Gott und die Ungerechtigkeit der Welt, das Leben, den Tod und andere Zeiten, Hoffnungen und Sehnsüchte. Oder lagen einfach nur schweigend da, eng umschlungen, Herz an Herz. Sahen den Wolken zu, wie sie weiterzogen.

»Mit dir schweigt es sich am besten«, sagte David dann, und manchmal fügte er zwinkernd »Blondzopf« hinzu.

Zunächst lagen das Internat und Davids Abreise noch in weiter Ferne, beinahe in einem anderen Leben, und was zählte, waren sie beide, zusammen in Berlin. Irgendwann jedoch schien die Zeit rückwärts zu laufen, das Datum des Abschieds rückte näher und näher. Sie betrachtete ihn nun auf eine andere Art und Weise. Um nichts zu vergessen, berührte sie ihn ganz bewusst, jeden Millimeter seines Gesichts, sogar die Form seiner Augenbrauen, Lippen, Nase fuhr sie mit dem Finger nach, um alles genau im Gedächtnis zu behalten. David fiel es auch schwer, obwohl er meistens optimistisch blieb. »Wir schaffen das, wir schreiben uns. Wir bleiben zusammen, und ich komme zurück!« Dann nahm er Lulu in den Arm und hielt sie eine Ewigkeit fest an sich gedrückt. Als sie irgendwann keine Luft mehr bekam und sich von ihm löste, merkte sie erst, dass er geweint hatte.

Sie begannen die verbleibenden Tage still zu zählen, und an jedem neuen Morgen schmerzte es stärker in der Brust. Erst waren es noch sechs Monate, dann fünf, vier, drei, zwei, dann nur noch einer, und schließlich nur noch drei Wochen, dann zwei, noch eine Woche, am Ende nur noch sieben Tage, sechs … und drei, zwei, eins … Gestern Abend hatten sie sich im Geheimversteck das letzte Mal geküsst. Ein letztes Mal hatten sie getanzt. Das war ihr Wunsch gewesen. Und dann war es geschehen. Auf dem verstaubten Boden des Bretterverschlags und im flackernden Kerzenschein des siebenarmigen Leuchters hatten sie sich richtig geliebt … Im Fluss ihrer Berührungen, im Gefühl des Abschieds war das ganz selbstverständlich gewesen. So als könnte ihre unbeholfene Vereinigung sie gegenseitig markieren, etwas hinterlassen, ein unsichtbares Zeichen, das sie auch über die Entfernung hinweg verbinden würde. Am Ende ließ David ihr seinen alten Kuschelbären Onkel Wilhelm da und schenkte ihr zum Abschied überdies sein liebstes Stofftaschentuch mit den gestickten Initialen und einem Glückskleeblatt darauf. *D.S.* Bevor sie es einsteckte, drückte sie es ihm fest auf seinen Hals, damit es seinen Geruch noch mehr aufnahm. *Schon morgen*, wurde ihr verzweifelt bewusst. Und unweigerlich, nicht aufzuhalten, wurde es schließlich ein Heute.

Lulu blickte die Straße entlang. Sie blieb leer. *Fort*, dachte sie. Jetzt war er wirklich fort. Die Unwiderruflichkeit dieser Tatsache zog sie mit voller Wucht zu Boden, ihre Beine zitterten, sie verlor den Halt, ihr wurde schwarz vor Augen, und sie fiel …

»Lulu!«

»Liebes! Hörst du mich?«

»Hallooo?«

»Lulu!«

Eine kalte Hand klopfte ihr immer wieder auf die Wange.

Langsam kehrte ihr Bewusstsein zurück. Sie lag auf irgendetwas Hartem. Es war unbequem und kalt. Lulu erkannte die Stimmen von Mutter, Krawuttke und Berta, die sich über ihren Zustand unterhielten. Und noch eine ihr unbekannte Mädchenstimme sagte etwas. »Sie kommt zu sich, schauen Sie mal.«

»Ihre Lider zucken. Da, und sie blinzelt.«

»Na endlich«, kam es von Krawuttke, »dann mach ick mich vom Acker. Ihr wisst ja, wo ihr mir findet, wa? Wenn noch was sein sollte.«

»Danke, Harry, geh ruhig. Du auch, Berta, Käthe wartet bestimmt schon in der Küche. Ich danke euch.« Das war eindeutig ihre Mutter Claire. Plaudernd verließen die beiden den Raum.

Mutter prüfte Lulus Stirn und ihren Puls, dann sagte sie zu der Mädchenstimme: »Wartest du bitte kurz, bis ich wieder da bin? Pass auf sie auf, ja? Ich hol eine Decke und ein Glas Wasser. Bin gleich zurück.«

»In Ordnung, Frau Schneider.«

Sie hörte, wie ihre Mutter hinausging. Eine Hand legte sich sanft auf Lulus Brust. *Seltsam*, dachte sie, *genau da, wo mein Herz ist.* Dann öffnete sie die Augen. Ein anderes grünes und leuchtendes Paar, umrahmt von rotblonden Wimpern, schaute sie offen an. Sie gehörten einem fremden Mädchen. Es war ungefähr so alt wie sie und hatte langes und so kupferrotes Haar, wie Lulu es noch nie zuvor gesehen hatte. Die Locken sahen aus wie Flammen und umspielten lustig ihr hübsches Gesicht mit den unzähligen Sommersprossen darauf.

»Wer … bist du?«, fragte Lulu schwach. Ihre Stimme klang zittrig. Sie räusperte sich.

»Rosa. Rosa Wendland. Die Enkelin von Harry Krawuttke. Willkommen zurück! Du warst ohnmächtig. Bestimmt zwei Minuten.« Das Mädchen lächelte Lulu freundlich an.

»Wirklich?« Langsam dämmerte Lulu, was passiert war und dass David …

»Achtung, ich helf dir hoch«, unterbrach da Rosa ihre Gedanken und half ihr vorsichtig auf. »Dein Kreislauf muss wieder in Schwung kommen.«

In aufrechter Position bemerkte Lulu erst, wo sie überhaupt war: Man hatte sie auf den Garderobentresen im Ballhauseingang gelegt. Ihr Hinterkopf tat furchtbar weh, es fühlte sich an, als gäbe es eine ordentliche Beule. Sie kam sich vor, als hätte man sie überfahren, ihr Mund war trocken und ihre Zunge ein pelziger Fremdkörper. »Danke … Aber, was machst du hier?«, fragte Lulu das Mädchen.

»Ich arbeite jetzt im Ballhaus mit.«

»Ich hab dich noch nie gesehen.«

»Wie auch. Ist mein erster Tag heute. Seitdem mein Vater nicht mehr da ist, haben wir es schwer. Meine Mutter bringt uns allein über die Runden.«

»Wo ist denn dein Vater?«

»Gefallen, in Flandern …« Rosa senkte den Kopf.

»Meiner auch! Wohnst du in der Nähe?«, lenkte Lulu sie schnell ab.

»Eigentlich im Friedrichshain. Bin die Älteste. Ich hab vier jüngere Geschwister, muss mit Geld verdienen. Wir brauchen jede Mark. Also helfe ich jetzt im Ballhaus, bei allem, was so ansteht: im Hof, auf dem Klo oder an der Garderobe, wenn du nicht gerade draufliegst.« Sie grinste und fuhr fort: »Opa Harry ist ja auch nicht mehr der Jüngste. In seiner Bude ist gut Platz für zwei, er schläft in der Wohnstube, ich in der Schlafkammer. Aber eigentlich ... Ja, eigentlich möchte ich Krankenschwester werden. Am liebsten für Kinder. Vielleicht nehmen sie mich im St. Hedwig, mal sehen.« Rosa lächelte wieder.

Ohne dass Lulu Krawuttkes Enkelin besser kannte, leuchtete ihr das sofort ein: Das Mädchen wirkte auf sie wie eine geborene Helferin. Um sie hatte Rosa sich ja auch gleich gekümmert.

»Und du?«, fragte Rosa.

Obwohl Lulu gar nicht wusste, was sie wohl genau meinte, und sich noch ziemlich benommen fühlte, kam es wie aus der Pistole geschossen: »Ich will Tänzerin werden.«

Rosas Blick zeigte echte Überraschung, aber auch Neugier. »Was? Geht das? Kann man damit Geld verdienen?«

Lulu antwortete nicht gleich. Sie rutschte auf dem harten Holz herum, bis sie bequemer saß, und ließ ihre Füße vom Tresen baumeln. Ihr Blick fiel auf Davids Taschentuch, das scheinbar jemand neben sie gelegt hatte. Sie nahm es und umklammerte es fest. Die Traurigkeit von vorhin war augenblicklich wieder da.

»Warum Tänzerin?«, hakte Rosa jedoch nach und verfolgte jede ihrer Bewegungen.

»Das ist das, was ich am besten kann. Und am liebsten mag«, antwortete Lulu.

»Tanzen?« Rosa schien erstaunt.

»Ja. Tanzen.« Dann fiel Lulu noch etwas ein. »Vielleicht auch … Theater spielen. Verschiedene Rollen ausprobieren. Oder mich hinter ihnen verstecken …« Im selben Moment fragte sie sich, warum sie das Rosa, quasi einer Fremden, erzählte.

»Wovor?« Das hörte sich interessiert an, Rosa war offenbar jemand, der nicht so leicht lockerließ und die Dinge genau wissen wollte.

»Hm … Verstecken vor – vor der dunklen Seite? Dem Bösen? Ich weiß nicht … vor allem, was wehtut.« Sie sah das fremde Mädchen an, und die schien gar nicht verwundert.

»Also, Lulu – so heißt du doch, nicht wahr? Darüber muss ich nachdenken … Da kommt gerade deine Mutter aus der Küche mit dem Wasser zurück. Und wenn du wieder auf den Beinen bist, zeigst du mir dann mal, wie du tanzt? Ich würde es sehr gerne sehen!«

Rosa war so offenherzig und einnehmend, dass Lulu sich nicht dagegen wehren konnte. Da musste sie einfach zurücklächeln. »Mal sehen … Wenn ich jetzt sowieso wieder wach bin, und die Uhren sich weiterdrehen, als wäre nichts geschehen, kann ich auch genauso gut tanzen. Denn ein Tag, ohne zu tanzen, ist ein verlorener Tag!« Lulu zuckte mit den Schultern.

»Und ohne zu lachen auch!«, ergänzte Rosa lächelnd. »Erzählst du mir noch, was vorhin los war?«

»Das ist eine lange Geschichte. Vielleicht später.«

»Ich nehm dich beim Wort, Lulu! Gut zuhören kann ich auch.« Rosa zwinkerte ihr zu.

Dieses Mädchen gefiel Lulu. Und auf den Mund gefallen war sie auch nicht. Mutter trat in den Garderobenraum und unterbrach ihre Unterhaltung. Sie stellte sich mit geröteten Wangen und schweißnassen Haaren zu ihnen. »Na, ihr zwei, wie ich sehe, habt ihr euch schon bekannt gemacht?« Die Erleichterung, dass ihre Tochter wieder auf den Beinen war, stand Claire ins Gesicht geschrieben. Sie legte Lulu eine Decke um die Schultern und reichte ihr ein Glas.

»Ja, das haben wir«, antwortete Lulu und nahm einen großen Schluck Wasser.

»Du hast uns vielleicht einen Schrecken eingejagt! Zum Glück bist du wieder bei Bewusstsein. Kannst du dich überhaupt an was erinnern? Du warst ja gar nicht ansprechbar! Bist einfach umgekippt.« Mutter gab ihr einen Kuss auf die Stirn und strich ihr zärtlich über die Wange. »Wie geht es dir, Liebes?«

»Es geht ...« Lulu trank das Glas in einem Zug aus. Erst jetzt merkte sie, wie viel Durst sie hatte. »... weiter.«

20

Schondorf am Ammersee,
8. Dezember 1918, 23 Uhr

Liebe Lulu,

die gelbgoldene Mondsichel leuchtet am Nachthimmel über dem See. Und ich muss an Dich denken. Siehst Du zu Hause in Berlin den gleichen Mond? Du kommst mir so weit weg vor, dass ich mir das gar nicht vorstellen kann …

Bitte entschuldige, dass ich Dir erst jetzt schreibe. Seitdem mich Dein Brief erreichte, fand ich keine ruhige Minute, Dir in allen Einzelheiten zu antworten! Zudem fesselte mich eine schlimme Grippe länger ans Bett. Und im Internat und bei uns im Ort war einiges los. Die Revolution, das Ende des Krieges und der Monarchie, Scheidemanns Ausrufung der Republik letzten Monat, die ganzen politischen Umwälzungen im Land usw. bleiben auch hier, in der scheinbaren Idylle dieses Fischerdorfs am »Bauernsee« (wie manche Einheimischen ihn im Vergleich zum Starnberger See böse nennen, den sie als »fürstlich« bezeichnen), nicht ohne Auswirkungen.

Die Krankheit hat mich ziemlich umgehauen, im Unterricht habe ich sehr viel verpasst. Der Lernstoff ist anspruchsvoll. Mein Freund Emil, mit dem ich auch das Zimmer teile (eines mit Blick auf den See), hilft mir beim Lernen, wo er kann. Wir verstehen uns gut, der würde Dir gefallen: Er lacht und scherzt viel und ist überhaupt der optimistischste Mensch, den ich kenne (ja, mehr noch als ich!).

Zudem fällt es mir nicht leicht, mich zu konzentrieren, wenn im Lande die Revolution tobt. Die Ereignisse überschlagen sich ja regelrecht, die Menschen demonstrieren, der Kaiser dankt ab und muss ins Exil. Das Wahlrecht wird eingeführt und gerade in Berlin unsere neue Republik geboren. Auch hier in Bayern hat Ludwig III. nun seinen Hut genommen. Ich habe eine Unruhe in mir, das seltsame Bedürfnis, nah dabei sein zu müssen, vor Ort, in der Hauptstadt, um zu erleben, wie unsere Zukunft gestaltet werden wird. Hier fühle ich mich zwar nicht unwohl, aber manchmal abgeschnitten von der Welt. Jetzt schmunzelst Du sicher, vielleicht bin ich ein Sozialromantiker. Doch nicht mehr lange, und ich darf sowieso nach München zum Studium.

Wir hatten hier noch einen richtig goldenen Herbst. Bis Ende Oktober war ich sogar regelmäßig im See baden. Es gibt eigene Boote vom Internat, die wir benutzen dürfen. Ich habe Angeln gelernt und Bogenschießen. Manchmal unternehmen wir lange Wanderungen in die nahe gelegenen Berge, die ich sehr lieb gewonnen habe. Ich hätte nie gedacht, als Stadtkind, dass mir die Natur so guttut! Vom

Ende des Krieges haben wir hier kaum etwas mitbekommen, es ist wie eine andere Welt in einer anderen Zeit. Jedes Wochenende darf ich zu Tante Sarah, wenn ich das möchte. Sie wohnt mit meinem Onkel und meiner Cousine Tovi in Fürstenfeldbruck, nicht weit von hier. Viele meiner Mitschüler besuchen dann ebenfalls ihre Eltern, wenn sie in der Nähe wohnen. Das ist für mich schön und tröstend gegen Heimweh, ein Stück Familie in der Nähe.

Nun bin ich schon seit zwei Monaten weg aus Berlin. Es kommt mir gar nicht so lange vor. Obwohl ich Dich sehr vermisse, Lulu, glaub mir. Meine Eltern und die anderen im Ballhaus fehlen mir auch, aber ich komme zurecht. Deine Berichte von zu Hause verschlinge ich. Alles, was Du über Rosa erzählst, hört sich lustig an. Sie scheint Dir gutzutun. Hilft sie noch als Garderobiere aus? Wie geht es ihrem Großvater, meinem alten Harry? Wie geht es Dir? Und Claire? Belasten sie die Nachwirkungen der Spanischen Krankheit noch? Was sagt der Doktor? Kommt Vater noch, um nach ihr zu sehen? Habt Ihr genug zu essen? Feuerholz zum Heizen?

Ich hoffe, für Euer Wohl ist gesorgt und Euch geht es – trotz der Umstände – gut.

Gut, dass die Salino Dich nun im Ballhaus unterrichtet, bis ihre Ballettschule wiedereröffnet werden kann. Das ist doch besser als nichts, und Du kannst im Training bleiben. Ich würde Dich gerne wieder einmal tanzen sehen! Machst Du große Fortschritte? Wahrscheinlich hast Du vollkommen untertrieben, als Du schriebst, Du bist aus

der Übung … Gib nicht auf! Lass Dich von nichts abhalten. Auch nicht von meiner Mutter. Du kennst sie ja, sie muss ab und an ihren Unmut loswerden, sie meint immer, ihr würde etwas weggenommen. Man darf sie nicht allzu ernst nehmen.
Es gibt noch etwas, was ich Dir sagen muss. Ich werde an Weihnachten nicht nach Berlin kommen. Ich weiß, dass Du gehofft hast, wir könnten uns wiedersehen, und ich auch. Aber es ist nun so, dass meine Eltern das Ballhaus für ein paar Tage schließen und zu uns fahren. Wir übernachten alle bei meiner Tante und feiern zusammen das Chanukka-Fest. Mein Vater meinte, Bergluft und Tapetenwechsel hätten sie dringend nötig. Die letzte Zeit ging nicht spurlos an ihm vorbei. Auch wenn es sehr traurig ist, dass ich Dich nicht treffen kann, freue ich mich dennoch, mit der ganzen Familie unser Lichterfest und Silvester zu verbringen. Die Internatsschule geht dann wieder Anfang Januar los, und mir bleiben sowieso nicht viele Ferientage übrig. Bitte sei nicht allzu traurig. Ich denke jeden Tag an Dich. Dich bei mir zu wissen, auch in der Ferne, wärmt mich. Bitte halte durch. Ich komme zurück. Glaub an uns. Ich bin bei Dir … auch jetzt.
Nun gehe ich schlafen und lasse Dich vom Mond grüßen. Er ist unser Verbündeter, nicht wahr? Meine liebe, ferne Lulu, ich sende Dir einen Kuss. Pass bitte auf Dich auf.

In Liebe
Dein David

Tanzen, tanzen und nicht untergehen

2. TEIL

Tanz auf dem Vulkan

(1922–1933)

21

Dienstag, 27. Juni 1922

Es klopfte laut an der Tür – Rosas Zeichen, fünfmal kurz, zweimal lang. Schon erklang auch ihre Stimme von draußen: »Ich bin's! Hab alles. Los, mach auf, wir müssen los, die anderen warten schon auf uns!«

»Jaja, Moment, bin gleich da!« Lulu half ihrer Mutter, die letzten Schlucke der Suppe auszutrinken, die sie zubereitet hatte. Sie war so schwach und dünn geworden, nur noch ein Schatten ihrer selbst. Die braunen Haare hingen ihr strähnig ins eingefallene Gesicht, das beinahe so blass war wie das Laken, auf dem sie lag. Lulu wischte ihr fürsorglich den Mund ab und legte sie wieder zurück auf ihr Kissen. Wenigstens hatte sie jetzt etwas Warmes im Bauch. In ihrem derzeitigen Zustand konnte Mutter die wenigen Mahlzeiten nur vom Bett aus einnehmen. Rosa hatte ihnen deshalb eine Schnabeltasse vom St. Hedwigs organisiert, wo sie dieses Jahr ihre Ausbildung zur Krankenschwester abschließen wollte. Um sich etwas dazuzuverdienen, half sie weiterhin im Ballhaus aus. Das freute Lulu, denn sonst würde sie die Freundin noch weniger sehen.

Mutter stöhnte auf. Jeder Toilettengang, jede Bewegung

bedeutete eine immense Anstrengung für sie. Sie hatte starke Schmerzen, abgesehen davon, dass ihr die Kraft für fast alles fehlte.

Lulu streichelte ihr besorgt über das Haar. »Warte kurz, Mama, Rosa ist da. Sie bringt einen Kräutertrank für dich, von Else. Der wird dir helfen, er lindert deine Schmerzen.« Mutter schaute sie mit müden, ausdruckslosen Augen an, die Farbe schien wie verwaschen, und ihr Blick spiegelte die Erschöpfung schonungslos wider.

»Hallooo?«, rief Rosa und pochte erneut ungeduldig an die Tür.

Lulu beeilte sich und öffnete ihr lächelnd. »Bin ja schon da … Immer schön langsam mit den jungen Pferden!«

Rosa – frisiert in frechem gelocktem Bubikopf, mit knallblauem Glockenhut und gekleidet im neuesten Modetrend, nämlich in einem Flapper-Kleid in dazu passendem Hellblau – flatterte herein und drückte Lulu zwei Küsschen auf die Wange.

»Na endlich! Guten Tach, die Damen! Schau mal, was ich mitgebracht hab.« Sie wühlte in ihrer Beuteltasche, die ihr am Handgelenk hing, und holte schließlich mit einem »Da isses ja!« ein kleines Päckchen aus Zeitungspapier heraus. »Soll Wunder wirken. Ein Esslöffel davon mit ’ner Kanne heißem Wasser aufbrühen, fünfzehn Minuten ziehen lassen.« Sie übergab es Lulu und ergänzte: »Jeden Tag eine Kanne, empfiehlt meine Mutter. Mindestens eine Woche lang. Dann soll ich Bescheid geben, wie es Claire geht.«

»Danke, Rosa.« Lulu nickte und faltete das Päckchen auf dem Tisch vorsichtig auseinander. Darin lagen ihr unbekannte Gräser und Kräuter. Von so etwas hatte sie keine Ahnung, Rosas Mutter Else aber hatte hier im Osten der Stadt einen sehr guten Ruf als Heilerin; von manch böser Zunge wurde sie allerdings auch als Hexe beschimpft. Was kaum einer wusste, war, dass sie ebenfalls als Engelmacherin tätig war. Regelmäßig kontaktierten sie verzweifelte Frauen, die ungewollt schwanger geworden waren und sich Else in ihrer Not anvertrauten.

»Ich werde gefunden von denen, die mich finden wollen«, erklärte sie stets. Darunter waren etwa Huren aus der Friedrichstadt, Stiefelmädchen vom Wittenbergplatz bis zu anderen Kunstseidenen, aber auch Stenotypistinnen, Verkäuferinnen sowie gewöhnliche Mädchen von nebenan. Sie gehörten alle zu ihrer Kundschaft. »Geh zur Elsin, die wird dir helfen«, tuschelte man unter sich. Unter diesem Namen war Rosas Mutter bekannt, außerdem verschwiegen wie ein Grab, und rettete so manches Mädchen aus einer schlimmen Notlage. Wenn eine Kundin kam, wurden die jüngeren Geschwister so lange auf die Straße geschickt, und die kleine Schlafstube der Wendlands blitzschnell zum Krankenzimmer umfunktioniert.

Rosa hatte im Hospital viel gelernt und sowieso ein großes Verständnis für Menschen in Not. Besonders Frauen waren ihr ein Anliegen. Lulu wusste über Elses »Nebentätigkeit« Bescheid, weil Rosa sie nach einem unangekündigten Besuch, wo eine junge Frau nach Komplikationen noch in deren Bett ausruhte, einweihen musste. Lulu war sich zwar im Unklaren, was sie dazu für eine Meinung haben sollte, aber sie akzeptierte es und verriet niemandem etwas.

Als Heilerin nahm sie Else jedenfalls sehr gerne in Anspruch, denn sie wusste immer Rat.

»Was ist das, Rosa?«, fragte Lulu, fuhr mit den Fingern über das Grünzeug und roch daran.

»Ein bisschen mehr Allgemeinbildung in Kräuterkunde schadet dir aber auch nicht, Schätzchen. Vom Tanzen und Schönaussehen wirste nicht satt, geschweige denn gesund! Guck, hier. Das ist Löwenzahn, das sind Brennnesseln, das da Birkenblätter, und schau, hier noch die gute Weidenrinde. Wirkt schmerzlindernd und krampflösend, senkt das Fieber, heilt Herz und Lunge. Lässt Entzündungen abklingen. Aber nun hopp, hopp! Wir müssen los, der Sarg ist schon unterwegs zum Reichstag, und der Protestzug beginnt auch um zwölf! Draußen auf den Straßen ist überall schon die Hölle los, hat Kalle berichtet, Tausende von Menschen, aus allen Ecken Berlins, alle gemeinsam im Trauermarsch unter den Fahnen der Republik! Ist das nicht unglaublich?« Rosa glühte im Gesicht vor Begeisterung und zerrte Lulu am Arm. »Komm schon!«

»Wer ist im Trauermarsch …?«, fragte plötzlich Mutter mit einem leisen Krächzen von nebenan.

»Na, der Rathenau, unser Außenminister, ist doch am Sonnabend erschossen worden, mit neun Schüssen. Ein Schock war das vielleicht! Mitten auf der Straße, in seinem eigenen Auto. Und dann haben sie ihm noch 'ne Eiergranate vor die Füße geworfen!« Rosa lehnte sich an den Türrahmen zur Schlafkammer und rief rüber zum Bett, in dem Mutter schmal und blass lag und in ihrem weißen Nachthemd aussah wie ein Gespenst.

»Claire?«

Lulu lugte über Rosas Schulter zu Mutter, die sie beide verständnislos anblickte. »Erschossen? Kinder! Wieso …«, murmelte sie.

»Weil er Jude ist und sich für den europäischen Frieden und unsere neue Republik eingesetzt hat. Das passt hier im Land vielen radikalen Pappnasen nicht! Viele Neider hatte der. Und wollte partout keinen Polizeischutz. Könnt ihr euch das vorstellen? Die Gefahr kommt von rechts!«, schimpfte Rosa.

Lulu wusste, wie ihre Freundin Ungerechtigkeit verabscheute, und Gewalt in jeglicher Form sowieso. »Rosa!«, beschwichtigte sie trotzdem. »Lass Mama da raus. Siehst du nicht, sie hat andere Sorgen als Politik.«

»Mit Politik sollten wir uns alle beschäftigen, Lulu! Wir Frauen sind viel zu lange kleingehalten worden«, verteidigte sich Rosa entrüstet.

Lulu verdrehte die Augen. »Is ja gut …«

»Ich erinnere mich«, sagte Mutter schwach. »Da war was mit dem Rathenau … nicht lange her. Und wo wollt ihr jetzt hin?«, fragte sie und hob leicht den Kopf.

»Demonstrieren. Gegen den Terror, gegen die Rechten, und dass unsere neue Republik nicht gefährdet wird, kaum, dass es hier im Land mal ein bisschen aufwärtsgeht!« Rosa stapfte mit dem Fuß auf und ballte die Faust.

»Du mit deinem Gerechtigkeitssinn, Rosa! Die geborene Rednerin. Aber Claire geht es heute schlecht, verschon sie bitte mit Details. Komm, wir brechen auf.« Lulu wollte Rosa gerade am Ärmel wegziehen, da richtete sich ihre

Mutter mit panischem Gesichtsausdruck im Bett auf, als wäre sie aus einem Albtraum erwacht. »Wo ist Levi?« Ihre Augen blickten Lulu ängstlich an.

»Mama, er ist bestimmt unten im Ballhaus und hat zu tun.« Lulu ging zu ihr und bettete sie behutsam wieder zurück aufs Kissen. Sie prüfte mit ihrer Hand auf der Stirn, ob Mutter Fieber hatte, aber sie war nicht heiß.

»Wo ist Levi?«, rief Mutter nun vehementer. »Er war diese Woche noch nicht da!«

Lulu seufzte. »Also gut. Möchtest du ihn sehen? Soll ich ihn holen?«

»Ja. Bitte«, hauchte sie und schloss die Augen wieder.

»Dauert ein bisschen, in Ordnung? Nicht weglaufen«, scherzte Lulu.

»Tschüss, Frau Schneider!«, rief Rosa. Und Lulu küsste ihre Mutter zum Abschied auf die Stirn, schnappte sich ihre Strickjacke und verließ mit ihrer Freundin die Mansarde.

Die dunkelrote Tür zum Ballhaus stand offen. Von drinnen erklang Klavierspiel, und Stimmengemurmel ließ vermuten, dass die Vorbereitungen für den Abendschwof schon in vollem Gange waren.

Onkel Levi ließ seit Kriegsende das Ballhaus täglich geöffnet, um es zügig wiederzubeleben. Zunächst wollte er die Frauen und Witwen in der näheren Umgebung zurückgewinnen. Mit nachmittäglichen Kränzchen bei Kaffee, Kuchen und Musik lockte er sie in der Hoffnung hinein, dass sie sich wohlfühlten und wiederkommen würden, vielleicht sogar abends zum Tanz. Damit behielt er recht, denn mittlerweile veranstaltete *Sternbergs Ballhaus* regelmäßige »Witwenbälle«, die sich nun größter Beliebtheit erfreuten. Da Frauen nur in Begleitung von Männern auf einen abendlichen Ball konnten, wurden sie kurzerhand angeboten. Auf die konnte jede Frau gehen, ob sie nun Witwe war oder nicht. Den Spiegelsaal hatte er an einen Sportverband vermietet, dessen Mitglieder sich dort zum Boxen trafen. Lulu musste darüber schmunzeln, wenn sie das gelegentlich beim Aushilfskellnern mitbekam: Während unten im Tanzsaal die Kriegswitwen Kaffeeklatsch hielten, trugen oben die vor Kraft strotzenden jungen Kerle ihre Kämpfe aus. Genau das war ja der Geist des Ballhauses. Jeder konnte sich hier amüsieren und alles drumherum vergessen. Es saßen Menschen zusammen, die sich sonst nie begegnet wären, lauschten und tanzten zu Musik, die sie sonst nicht unbedingt hörten.

So fand heute, an einem gewöhnlichen Wochentag, abends offener Tanz statt, und der Dienstag stand unter dem Motto »Shimmy dich zum Himmel«. Die derweil fest angestellte Ballhauskapelle, der russische Musikdirektor Gregor Dimitriew und seine vier Kameraden, spielten den brandneuen Tanz aus Amerika wild und rasant, dass die Kleider und Fransen der Damen nur so wippten. Lulu und Rosa lernten ihn gerade mit großer Begeisterung von den Eintänzern. Der Shimmy spiegelte die gegenwärtige Stimmung der Menschen wider, denn die Berliner waren regelrecht tanzwütig geworden, wie Onkel Levi zufrieden bemerkt hatte. Gegen den Shimmy war Foxtrott und Tango nichts, jeder wollte jetzt die leidvollen Kriegsjahre vergessen und gegen ausgelassene Freude tauschen. Es wurde wieder

Zeit zu leben, zu genießen, zu feiern. Und Shimmy tanzen war der reinste Spaß! Polka, Rheinländer, Schieber oder Walzer – die Tänze der Kaiserzeit – wollte längst keiner mehr.

»Ich ruf die anderen raus, und du sagst Sternberg Bescheid, ja?« Pragmatisch wie Rosa war, riss sie Lulu aus ihren Gedanken und verschwand sogleich in der Ballhausküche, wo Kalle, Richard, Berta und Käthe plauderten und auf sie gewartet hatten. Sie wollten gemeinsam demonstrieren gehen.

Lulu lief in den Saal und fand Onkel Levi gleich vor der Bühne, wie er Gregor beim Proben am Piano zuhörte und mit der Zigarre im Mundwinkel zum Takt mit dem Fuß wippte. Ludmilla saß in der Weinstube an einem runden Tisch und war in ein Gespräch mit den Kellnerinnen und Krawuttke vertieft. Der nannte sich jetzt selbst »Garderobenwärter« und hatte vorne sogar ein Schild aufgehängt, weil er sich vor einigen Wochen sehr über ein paar jugendliche Rabauken geärgert hatte, die ihm nicht gehorchen wollten: »Den Anweisungen des Garderobenwärters ist unbedingt Folge zu leisten.«

Schnell eilte Lulu zu Onkel Levi und hoffte, dass Ludmilla sie nicht beachtete. Als dieser sie kommen sah, nahm er seine Zigarre aus dem Mund und begrüßte sie freudig: »Guten Tag, Lulu! Hörst du, wie er spielt? Hör dir das nur mal an! Ist das nicht wunderbar? Gregor übertrifft sich selbst, er ist ein Genie! Der Saal wird toben.«

Gregor auf seinem Hocker zeigte keinerlei Reaktion, spielte weiter, verbeugte sich aber kurz in ihre Richtung. Sie mochten sich gerne. Er begleitete sie oft bei ihren Tänzen, wenn sie probte und er sowieso gerade am Klavier saß, oder umgekehrt, wie man es nahm.

»Hallo, Onkel Levi. Gregor ist wirklich großartig! Ich habe nur leider kaum Zeit, wir wollen doch gleich zum Protestmarsch in der Innenstadt und sind schon viel zu spät.«

»Lass dich von mir dann nicht aufhalten! Was kann ich für dich tun?«, fragte er mit offenem Blick und wandte sich ihr ganz zu.

»Mama hat wieder starke Schmerzen. Es ist schlimmer geworden in den vergangenen Tagen, sie kann kaum aufstehen, so erschöpft ist sie. Aber schlafen kann sie auch nicht. Eben hat sie nach dir gefragt.« Lulu blickte sich hastig um. »Kannst du nach ihr schauen, später, bitte … wenn ich weg bin? Das würde sie sehr freuen und mich beruhigen.«

»Geht es wieder um Claire? Sag ihr, sie soll sich zum Teufel scheren!«, brüllte Ludmilla herüber, als hätte sie aus der Entfernung verstanden, worüber sie sprachen. Die Frau hatte tatsächlich so etwas wie einen siebten Sinn oder konnte von den Lippen lesen, dachte Lulu erschrocken.

Onkel Levi seufzte und drehte sich um. »Ludmilla, halt dich da raus! Das ist meine Sache«, wies er sie ziemlich schroff zurecht.

»Du und deine Sachen, haha, die kenn ich!«, legte sie unerschrocken nach. Lulu sah, wie die Kellnerinnen miteinander tuschelten und zu ihnen schauten. »Pfff!«, machte Ludmilla mit einer abfälligen Handbewegung in Richtung Lulu, dann fuhr sie zum Glück mit ihrer Personalbesprechung fort.

»Geh nur. Ich sehe nach Claire.« Er lächelte und zog an seiner Zigarre. Den Rauch paffte er in einer kleinen Wolke wieder hinaus. »Und? Was von David gehört?«, wollte er auf einmal wissen, und für Lulu klang seine Stimme betont nebensächlich.

»Nein, nichts. Das letzte Mal vor sechs Monaten.« Sie senkte den Kopf, es war ihr unangenehm, mit seinem Vater darüber zu reden. »Es ist schwer, Kontakt zu halten über die Entfernung …«

»Verstehe. Ja … weißt du, bei uns meldet er sich auch kaum. David ist sehr beschäftigt mit dem Studium. Muss viel lernen. Aber fleißig ist er, fleißig. Ich hätte mir auch vorher nicht träumen lassen, ihn zwei Jahre lang nicht zu sehen …« Er räusperte sich, paffte erneut.

Lulu lächelte höflich und beließ es dabei.

»Ach, bevor ich es vergesse«, wechselte er rasch das Thema. »Samstagabend spielt eine neue Kapelle bei uns, es gibt Jazz! Sogar ein echtes Saxophon haben sie dabei. Sie stammen angeblich aus New York, aber ganz ehrlich und unter uns, beim Vorstellungsgespräch haben sie berlinert … Ich vermute, das sind in Wahrheit arbeitslose Musiker aus der Friedrichstadt. Sie haben mich trotzdem überzeugt, sie waren ausgezeichnet!«, erzählte er und lachte. »Es wird eine Riesensause, wir schmücken das Ballhaus bunt und glitzernd, bis Mitternacht wird Chicago Jazz gespielt. Danach gibt's offenen Tanz und den ganzen Abend Sekt für 'ne Mark! Bist du dabei?« Onkel Levi zwinkerte ihr zu.

Ein bisschen Amüsement täte mir gut, ging Lulu durch den Kopf, *aus purer Lust zu tanzen, nicht nur als Training.*

Kurz entschlossen sagte sie zu. »Ich komme gerne. Wenn ich eine Begleitung finde.«

Onkel Levi winkte ab. »Pah! Als ob das ein Grund wäre. Erstens ist das dein Zuhause, zweitens haben sich die Zeiten geändert, und die Damenwelt geht heutzutage auch alleine aus! Ob Tanzlokale, Theater oder Kabaretts – da braucht ihr längst keine Männer mehr dazu.«

»Überzeugt«, antwortete Lulu amüsiert. »So, ich muss los. Der Schlüssel zur Mansarde liegt unter der Fußmatte, wie immer.«

Sie waren nun schon in der Friedrichstraße angekommen. Dem Protestzug schlossen sich immer mehr Menschen an. Gleich würden sie »Unter den Linden« abbiegen und gemeinsam bis zum Pariser Platz gehen, wo am Brandenburger Tor die große Kundgebung stattfinden sollte. Lulu hatte Rosa eben vom Samstagabendprogramm im Ballhaus erzählt.

»Och nee, Rosa! Warum musst du denn ausgerechnet jetzt am Samstag kellnern? Kannst du nicht absagen? Wir waren so lange nicht zusammen aus! Und Shimmy tanzen, mit einer echten Jazzkapelle, du liebst doch so was!« In Lulus Worten schwang ehrliches Bedauern mit.

»Ist wirklich schade, Schätzchen, aber das wird nicht gehen. Ich hab Sternberg versprochen auszuhelfen, weil im Spiegelsaal zeitgleich ein Bankett stattfindet, mit fünfzig Gästen, alles wichtige Leute aus'm Grunewald und so. Da fehlt vorne und hinten Personal. Aber *du* musst auf jeden Fall hingehen! Schau, du bist frei und kannst tanzen, mit wem du willst! Ist das nicht herrlich? Da kommen bestimmt ein paar fesche Kerle. Schadet dir nicht, du musst längst mal aus deiner Trauerhöhle raus. Und ich seh zwischendurch auch nach dir. Damit du keinen Unfug machst.« Rosa grinste und blickte Lulu aufmunternd an.

»Oder ich frag den Fritz. Der kommt bestimmt mit, wenn er sonst nichts vorhat.«

»Wenn du meinst und partout nicht alleine ausgehen willst … Macht er dir eigentlich immer noch Avancen?«, fragte Rosa neugierig. »Arbeitet der nicht beim Haupttelegrafenamt?«

»Ja, da ist er nun fest angestellt. Passt zu ihm, ist eine gute Position, darauf legt er Wert. Und sonst, tja, nach Davids Weggang hat er seine Chance genutzt, weißte doch. Sagen wir mal so«, Lulu zögerte, suchte nach den passenden Worten »er hängt eben sehr an mir, schon immer …«

»Er gibt nicht auf, obwohl er weiß, dass dein Herz vergeben ist«, stellte Rosa grinsend fest. »Weil du so unwiderstehlich bist!« Lulu verdrehte die Augen, doch dann stimmte sie in das Lachen ihrer Freundin ein.

»Fritz ist manchmal ein nerviger Geselle, das stimmt. Aber im Grunde tut er alles für mich. Wir treffen uns ab und zu, gehen ins Kino oder Theater, ins Kabarett oder Varieté, auch mal nur in ein Café oder spazieren. Er ist zuvorkommend, ein echter Kavalier, schenkt mir Blumen, Pralinen oder Seidenstrümpfe – wirklich! Er hält mich für talentiert, was das Tanzen angeht, und wir kennen uns ewig. Also … warum nicht?«

»Für so berechnend hätte ich dich gar nicht gehalten,

Schätzchen!« Rosa zwinkerte und stieß Lulu mit dem Ellenbogen spielerisch in die Seite.

»Denk das nicht von mir, Rosa! Ich muss mich doch irgendwie ablenken, nach vorne schauen … Keiner kann mir David im Moment zurückholen.« Lulu seufzte. Allein wenn sie seinen Namen aussprach, löste das die alten Gefühle wieder in ihr aus.

»Schon gut, ich versteh dich. Hast doch recht, lass dich ruhig verwöhnen. Warum auch nicht? Fritz ist eben ein echter Verehrer. Pass einfach nur auf, dass der sich nicht bald mehr davon erhofft … Und was ist mit David? Hat er geschrieben?«

»Nein, schon länger nicht mehr. Und ich auch nicht. München ist so weit weg, dauernd muss er lernen, und meine Tage sind auch recht voll … Gar nicht leicht, da auf Dauer regelmäßig in Kontakt zu bleiben«, erklärte Lulu niedergeschlagen und zuckte mit den Schultern.

»Bist du denn noch verliebt in ihn?« Rosa blieb hartnäckig.

»Du willst es jetzt aber genau wissen!«, beschwerte sich Lulu. Dann legte sie den Arm um ihre Freundin und gab ihr einen Schmatzer. »*Dich* liebe ich auf jeden Fall, mein Rosalein! Und David wird immer seinen Platz in meinem Herzen behalten … da bin ich mir ganz sicher.«

»Kennst ja meine Meinung: Falls es dich überkommt, nimm dir, was du kriegen kannst! Andere Mütter haben schließlich auch schöne Söhne! Wer dich nicht will, hat Pech gehabt«, konstatierte Rosa trocken und ergänzte: »Und verpasst was!«

»Rosa! Du bist unverbesserlich!« Sie lachten beide, hakten sich unter und bogen rechts ab. Nun konnten sie schon am Ende der Linden-Allee das Brandenburger Tor sehen.

»Wo bleibt ihr denn, ihr zwei dahinten? Kommt endlich!«, rief Richard von vorne aus der Menschenmenge und winkte ihnen zu – Kalle und er waren mit den Zwillingen schon fast außer Sichtweite geraten.

»Ja doch, wartet, wir sind unterweeegs!«, brüllte Rosa, schnappte sich Lulus Hand und zog sie hinter sich her. Sie beeilten sich, wieder Anschluss zu finden.

David … Nun spukte sein Name wie verhext in Lulus Kopf herum. Der letzte Kuss, die letzte Umarmung, der letzte Blick, der letzte Gruß – alles war wieder da. Insgeheim musste sie sich eingestehen, dass tief in ihr drin etwas zurückblieb, das immer noch viel zu wehtat …

22

Eilige Schritte auf dem Kies des Vorplatzes holten Levi plötzlich ein. Dann spürte er einen festen Griff auf der rechten Schulter, der ihn zurückhielt. »Ich weiß, wo du hinwillst!«, erklang es sogleich an seinem Ohr. Levi drehte sich um. Ludmilla. Sie war ihm offensichtlich hinterhergelaufen und stand mit wütend funkelnden Augen hinter ihm. »Du willst zu ihrrr.« Das R rollte sie absichtlich in die Länge, kam es ihm vor. Sie stemmte ihre Fäuste in die Hüften und baute sich auf, als wollte sie ihm eine Tracht Prügel verpassen oder ihm zumindest den Weg versperren.

Er spürte Ärger in sich hochsteigen. In letzter Zeit war es schlimmer geworden mit ihrer Eifersucht. Dabei hasste er es, sich kontrollieren zu lassen. Das widersprach vollkommen seiner Natur. Und sie verstand nicht: Je mehr sie an ihm zerrte, desto verzweifelter wollte er sich befreien.

»Ludmilla! Was soll das?«, fragte Levi und versuchte, möglichst ruhig zu klingen. »Verfolgst du mich etwa?« Er schaute sie zornig an. Ludmilla trat ein Stück näher an ihn heran. Sie hob ihren Kopf zu ihm, sodass er ihren Atem beim Sprechen spüren konnte – er roch nach Zwiebeln – und eine ihrer rotbraunen Locken sein Kinn kitzelte.

»Dorogoj«, sagte sie zynisch, und ihre grünen Augen wurden zu Schlitzen. »Mein Lieber, du gehst wieder zu ihrrr. Ich weiß das! Warum kümmerst du dich immer noch um sie? Warum lässt du sie hier umsonst wohnen? Alle beide, Mutter und Tochter? Als wäre sie *dein* Kind! Wir könnten die Mansarde vermieten, für gutes Geld. Claire ist krank! Und schwach! Was hat *sie*, was *ich* nicht habe, Levi? Sag es mir! Ich will es wissen!« Die letzten Sätze schrie sie. Sie steigerte sich hinein, wie sie es gerne tat.

»Geh. Nicht. Zu. Ihrrr.« Ihre Worte klangen für ihn wie Kanonenfeuer. Da wurde es ihm zu bunt. Er fing sich und richtete sich zu voller Größe auf. In Zeitlupe zog er sein Jackett gerade, entfernte seelenruhig noch ein paar Staubflusen. Sein Gesicht zeigte weder eine Reaktion noch ein Gefühl, hoffte er zumindest, denn diese Genugtuung wollte er ihr nicht geben. Er trat näher und nahm ihre Hände, drückte sie an seine Brust. Sie wollte sich wehren, aber sein Griff war unbarmherzig.

»Ludmilla. Hör mir jetzt gut zu. Weil ich das nur *ein einziges Mal* sagen werde.« Sie wand sich wie eine Gefangene und wollte sich losreißen. Er zog sie noch fester zu sich heran. »Du hörst mir jetzt zu!«

Ludmilla drehte den Kopf zur Seite und spuckte neben ihn auf den Boden. »Das ist für deine Claire! Preduprezhdaju tebja«, zischte sie böse.

»Niemand braucht mich hier zu warnen!« Er holte tief Luft, dann fuhr er fort: »Es reicht. Wir haben schon zigmal darüber gesprochen, immer wieder hab ich es dir erklärt. Ich bin es leid. Und deshalb sag ich dir jetzt mal was: Claire ist eine echte Dame, liebevoll und tiefsinnig, ein feiner Charakter. Eine schöne Seele, wie Goethe es nennen würde. Begreifst du das, Ludmilla? Lass sie ein für alle Mal in Ruhe und akzeptiere meinen Wunsch, sie zu unterstützen. Und wenn dir das nicht passt, steht es dir frei zu gehen. Aber Claire bleibt!« Levi hatte mit fester Stimme gesprochen und schaute seiner Frau eindringlich in die Augen. Keine Antwort. Sie presste ihre rot geschminkten Lippen fest zusammen.

»Schäne Seele! Was für ein Uuunsinn«, stieß sie dann hervor und ergänzte: »Du hast David wegen Lulu weggeschickt. Das wissen alle hier!«

»Schluss damit! Wage es nicht, so etwas noch einmal zu behaupten! Das hat jetzt ein Ende. Ich dulde dein Verhalten nicht länger. Verstanden?«

Sie versuchte, ihre Hände erneut aus seinem Griff zu befreien, und schaute absichtlich weg. Das machte ihn fuchsteufelswild, obwohl er lieber vermeiden würde, dass die Situation weiter eskalierte. »Ludmilla, verstanden? Antworte! Sieh mich an!«

Langsam schaute sie Levi an. Ihr Blick war aufgewühlt und gleichzeitig eisig. »Ja preduprezhdaju tebja, dorogoj …«, wiederholte sie in drohendem Tonfall, und dann spuckte sie ein zweites Mal abfällig neben ihn auf den Boden. Hätte sie sein Hosenbein getroffen, wüsste er nicht, ob er sich hätte zurückhalten können.

»Mach dich nicht lächerlich! Du kannst tausendfach auf die Erde spucken, ich gehe jetzt trotzdem. Das, was mich mit Claire verbindet, wirst du nie begreifen, nie. Und du kannst dennoch nichts daran ändern.« Mit einem Ruck ließ er ihre Hände los. Ihm fehlten eindeutig die Nerven für solche Kämpfe. Ohne ein weiteres Wort und ohne ihr weiter Beachtung zu schenken, machte er kehrt und ging hocherhobenen Hauptes zum Eingang des Nebengebäudes, durch den man zur Mansardenwohnung gelangte. Er durfte sich nicht erneut provozieren lassen. Levi wusste, dass Ludmilla nun hinter seinem Rücken innerlich tobte.

So dauerte es auch keine zehn Sekunden, da schrie sie ihm hinterher: »Du liebst sie! Gib es wenigstens zu! Feigling! Du liebst sie doch! Ich weiß es längst. Dann sprich es auch aus! Verdammter Feigling! Du liebst sie …« Kurz darauf flogen ein paar Kieselsteine um seine Beine. Doch bevor er sich umdrehen und dem Einhalt gebieten konnte, hörte er sie aufstampfen, und dann, untermalt von russischen Flüchen, weglaufen.

Levi seufzte laut. Wie er ein solches Theater hasste. Sein Herz klopfte ihm bis zum Hals. Er konnte in dieser Verfassung nicht sofort Claire besuchen und umschalten, zuerst musste er sich etwas sammeln. Jemand schloss geräuschvoll das Küchenfenster. Die Nachbarskatze sprang fauchend vom Vordach der Remise schräg gegenüber herunter in den Hof und begann, eine Maus zu jagen.

Hektisch wühlte Levi in den Innentaschen, bis er sein silbernes Zigarrenetui fand, es aufklappte und die vorletzte herausnahm. *Gott sei Dank.* Nur noch die Streichhölzer, die waren auf der anderen Seite … jetzt anzünden, inhalieren, ein, aus, ein, aus … *Ja, so ist es gut. Nur ein bisschen noch alleine sein. Rauchen. Gleich geht es mir besser.*

Mit jedem Zug wurde er ruhiger, auch wenn Ludmillas Worte wie ein Echo in ihm nachklangen und seine Hände zitterten. *Du liebst sie. Feigling! Ich weiß es längst.*

Als er, aus einem inneren Drang heraus, seinen Blick nach oben richtete, erkannte er im Fenster unterm Dach Claires blasses Gesicht. Ihre rechte Hand und die Stirn an das Glas gelehnt, sah sie ihn ausdruckslos an.

In diesem Moment überkam ihn eine furchtbare Angst, sie könnte einfach so mir nichts dir nichts für immer verschwinden.

23

Claire betrachtete Levi von der Seite, wie er im Bett neben ihr lag. Seine Augen waren geschlossen, und er atmete so leise, dass sie nur an seinem Brustkorb sah, der sich sanft hob und senkte, dass er überhaupt lebte. Eine Ewigkeit hatte er nun nichts mehr gesprochen. Sie streichelte ihm über die Haare, fuhr über sein Gesicht. Er nahm ihre Hand und küsste sie, ohne Claire anzusehen. Sie zog sie wieder zurück.

»Was ist los, Levi?«, fragte sie. »Ich merke doch, mit dir stimmt etwas nicht. Ist es wegen Ludmilla?« So müde und erschöpft hatte sie ihn noch nie erlebt.

Levi öffnete die Augen und starrte an die Decke. Dann drehte er sich zu ihr, stützte den Kopf mit dem Ellenbogen auf. »Verzeih mir bitte, Claire. Ich bin heute … Eigentlich sollte *ich* mich ja um *dich* kümmern! Du hast Schmerzen, und ich liege hier herum und blase Trübsal!«

Claire platzierte sich mit dem Oberkörper auch höher in ihr Kissen und streichelte ihm über die Wange. »Weich mir nicht aus, Levi. Um mich mach dir keine Sorgen. Du bist schließlich nicht Dr. Wiesenblum. Ich bin dir sehr dankbar, dass du heute zu mir gekommen bist. Da geht es mir gleich besser. Für jede einzelne Minute mit dir bin ich dankbar. Das solltest du wissen. Aber es bedrückt mich, dich so zu sehen. Bitte sprich mit mir: Was hast du?«

Traurig schaute er sie an. »Claire. Liebe Claire. Vielleicht … Weißt du …« Levi schluckte, dann sagte er leise: »Ich weiß nicht, ob ich das noch lange aushalten kann.«

»Was genau meinst du?«

»Dieses Versteckspiel. Aber am allermeisten: ohne dich zu sein.« Seine Stimme brach, und er senkte den Blick.

Seine Worte überraschten sie. Bisher hatte es immer so auf sie gewirkt, als hätte er die Lage im Griff und seine Gefühle stets unter Kontrolle. Viel mehr als sie selbst. »Du hast mich doch.«

»Aber nicht richtig. Nur manchmal, und immer im Geheimen. Vielleicht … vielleicht möchte ich das nicht mehr …«

Claire durchfuhr ein Schrecken. Wollte er es beenden? »Levi, was willst du mir damit sagen?« Sie wollte ihn auf keinen Fall verlieren, und die wenige Zeit, die sie mit ihm hatte, das, was sie leben durften, dazu. Dennoch spürte sie, dass es jetzt unumgänglich war, die Wahrheit auszusprechen.

Einen Augenblick dachte er nach und schwieg. »Ich möchte keine Lügen mehr. Ich möchte dich an meiner Seite. Ich möchte Ludmilla reinen Wein einschenken. Ich möchte, dass es dir wieder besser geht. Ich möchte … ein Leben mit dir«, begann er dann ernst und entschieden. Claire meinte, sich verhört zu haben. Das hatte er noch nie so gesagt. Sie setzte sich unter Schmerzen ganz im Bett auf. Er tat es ihr nach.

»Levi! Bist du dir sicher?«

»Sicher ist nur der Tod. Ich weiß nicht, was richtig und was falsch ist. Moral hin oder her, das ist es, was ich fühle. Es fällt mir mit jedem Tag schwerer, ohne dich zu sein. Ich muss mich zwingen, so zu tun, als gehöre dir nicht längst mein Herz. Wie oft wünsche ich mir, jemandem erzählen zu dürfen, was uns verbindet und wie gut wir uns verstehen. Wenn du bereit wärst, Claire, zu allem, was dann folgen wird? Dann werde ich mit Ludmilla reden.«

Ihr wurde schwindelig, sie musste sich anlehnen. Ein Hustenanfall, der nicht mehr aufhören wollte, überfiel sie. »Claire?«, fragte Levi besorgt und streichelte ihr sanft über den Rücken. Er nahm ihren Becher vom Nachttisch. »Hier, trink einen Schluck.«

Sie beruhigte sich etwas und ergriff den kalten Tee, den er an ihren Mund führte. Man schmeckte noch den Klaren, den sie mit hineingemischt hatte, und sie hoffte, dass er nichts bemerkte.

»Mit ihr reden, Levi? Worüber?« Claire spürte, wie aufgeregt sie war. Um einen ruhigeren Ton bemüht, fuhr sie fort: »Du willst ein Leben mit mir? Welches Leben soll das sein? Ich bin krank! Sieh mich doch an, was aus mir geworden ist. Mir fehlt es an allem, was man zum Glücklichsein braucht. Und meine Schönheit verliere ich auch. Tu dir das nicht an. Tu dir *mich* nicht an! Nicht im richtigen Leben.« Sie trank den Becher aus, er entglitt ihrer Hand und schlug scheppernd auf die Dielen. Wie hilflos sie sich vorkam.

Ihre Blicke trafen sich. Sie schwiegen. Er sah müde aus. Am liebsten hätte sie ihn in den Arm genommen wie ein kleines Kind, doch dazu fehlte ihr die Kraft. Stattdessen gab Levi ihr einen Kuss auf die Stirn. »Nein, Claire. Du bist mir keine Last. Im Gegenteil. Was hätte ich die ganzen letzten Jahre ohne dich getan? Du bist der einzige Mensch, dem ich absolut vertraue, dem ich alles erzählen kann. Du nimmst mich an, wie ich bin. Vielleicht bist du sogar der einzige Mensch auf der Welt, der mich wirklich versteht.«

Claire konnte seinem Blick nicht standhalten, sie musste wegsehen. Ihr kam plötzlich Ernst in den Sinn, all die Jahre mit ihm – die schönen am Anfang und die verlorenen am Ende –, und dass sie ja nun eigentlich frei wäre, für … *Ja, für was?*

Aber laut sagte sie nur: »Ach, Levi. Was redest du für einen Unsinn.«

Er nickte nur. Dann sah er auf seine Taschenuhr und stand auf. »Ich möchte dich nicht überfordern, tut mir leid. Reden wir zu einem anderen Zeitpunkt darüber. Es ist schon spät, wir haben Shimmy-Abend im Ballhaus. Ich muss mich vorher noch umziehen, bevor ich mich da blicken lasse. Denk bitte über meine Worte nach, ja, Claire? Wie es weitergehen könnte, mit uns … Und ich lasse bei Dr. Wiesenblum ausrichten, er soll in den nächsten Tagen dringend nach dir sehen. Das kriegen wir schon wieder hin. In Ordnung?« Zuversichtlich schaute er sie an.

Woher nimmt er nur diese Hoffnung, dachte Claire bei sich.

»Ja, Levi. Geh du nur.« Sie versuchte sich an einem Lächeln und winkte ihn hinaus. Es schien zu funktionieren, fast erleichtert sah er aus.

»Gut! Ich verlass mich auf dich. Schlaf jetzt ein wenig. Lulu ist bestimmt auch bald zurück. Und ich lasse dir eine Nachricht zukommen, wann der Doktor sich ankündigt. Auf Wiedersehen, Claire.« Er lächelte schwach und verließ die Wohnung. Die Tür fiel mit einem lauten Knall unbarmherzig ins Schloss.

Sobald sie alleine war, liefen ihr die Tränen wie Sturzbäche über die Wangen. Sie ließ sie laufen, weinte lautlos. Wie hätte sie sich gewünscht, Levi wäre Lulus Vater … Aber es war vom Zeitpunkt her letztendlich unmöglich gewesen, und die Ähnlichkeit von Lulu und Ernst später eindeutig.

Und nun? Warum freute sie sich nicht über seine Worte? Jede andere Frau würde das tun. Vielmehr war ihr jetzt noch elender zumute … Innerlich vollkommen leer, wischte Claire sich ihr Gesicht an einem alten, zerfledderten Stofftuch trocken und schnäuzte sich die Nase.

Die Nachttischschublade quietschte und ruckelte, als Claire sie öffnen wollte. Sie war verzogen, und beinahe wäre der kleine runde Messingknauf abgefallen, der schon fast komplett lose war. Lulu sollte ihn doch neu leimen. Sie müsste ihre Tochter bald daran erinnern.

Die Flasche war noch ein Viertel voll, ein Glück. Claire nahm sie heraus, führte sie an den Mund und trank sie in einem Zug leer. Bis auf den letzten Tropfen.

24

Samstag, 1. Juli 1922

»Jeht auch die janze Welt kapott, tanz immer feste Foxetrott!«, begrüßte sie Fritz, indem er den derzeit angesagten Schlager sang, als er sie pünktlich um acht Uhr am Ballhauseingang abholte.

»Mensch, Fritze, heute ist Jazz, du Dödel!«

Fritz ignorierte Lulus Einwand. Er trat lächelnd auf sie zu, gab ihr einen Handkuss und überreichte ihr eine einzelne Rose. »Schönen guten Abend, die Dame! Guck an, die hat die gleiche Farbe wie deine Spangenschuhe. Und fast wie dein schönes Kleid!«

Lulu trug ein kirschrotes Satinkleid mit Spitzenborten bis zum Knie und Federn an den Trägern. Als Schmuck hatte sie nur mehrere lange Perlenketten gewählt, wie es jetzt Mode war, und eine silberne Spange im Haar. Eine Schlange. Der kinnlange Bob fiel in weichen hellblonden Wasserwellen um ihr Gesicht, was ihr einen Hauch verwegener Sinnlichkeit verlieh, wie sie selbst fand. Und ihr außerordentlich gut gefiel.

Lulu nahm die Blume von ihrem Begleiter entgegen und schnupperte kurz an ihr. »Danke. Lieb von dir«, sagte sie und betrachtete Fritz, wie er da vor ihr stand: in offensichtlich neuem schwarzem Anzug, gebügeltem Hemd und mit satinblauer Fliege. »Schick siehste aus!«, bemerkte sie anerkennend. Das schmeichelte ihm, er wuchs direkt ein paar Zentimeter in die Höhe.

Ja, er war schon ein stattlicher junger Mann geworden. Mit seinem rotblonden Zwirbelbart und elegant pomadefrisierten Haaren konnte man ihn sicher attraktiv nennen. Sie wusste, dass er zudem regelmäßig schwimmen ging, je nach Wetter im Volksbad oder Wannsee, was man seinem muskulösen Oberkörper durchaus ansah. Allerdings kannte Lulu ihn mittlerweile so lange, dass es ihr schwerfiel, ihn als potenziellen Kandidaten zu betrachten. Auch wenn ihr jede Ablenkung recht kam, um David zu vergessen, und Fritz sich mächtig ins Zeug legte, um sie zu beeindrucken.

»Ich hab mir auch Mühe gegeben! Extra für dich.« Fritz hob die Arme und präsentierte in einer Drehung den Rundumblick auf den perfekten Sitz seines Anzugs. »Nicht von schlechten Eltern, wa?« Er zwinkerte ihr zu und zwirbelte die Enden seines Schnauzers übertrieben hoch.

Lulu verdrehte die Augen. »Reiß dich zusammen, Fritze, sonst überleg ich's mir anders und tanze nur mit Krawuttke oder einem Gigolo!«, scherzte sie, dann hakte sie sich bei ihm unter. »Lass uns schnell reingehen, die meisten Gäste sind jetzt drin, und die Band spielt schon. Wir können uns direkt vorne anmelden.«

»Stets zu Ihren Diensten, ganz wie Sie wünschen!«, flachste er.

»Fatzke.« Lulu grinste, lief vorneweg und zog ihn mit sich.

Vergnügt drängten sie sich an der restlichen Menschenschlange vorbei, die vor Garderobe und Einlass wartete.

Aus dem bunt beleuchteten Saal erklangen schon die Geräusche eines ausgelassenen Festes – beschwingte Jazzmusik mit frechem Saxophon, fröhliches Stimmengewirr, lautes Lachen, Gläserklingen, tanzende Füße auf dem Boden, Klatschen und knallende Korken.

An der Garderobe begrüßte sie der gute Krawuttke wie der stolze Herrscher eines kleinen, aber feinen Königreichs und winkte sie zum Eingang weiter: »Geht gleich durch, ihr zwee Hübschen! Mein Elschen sitzt heute an der Kasse, ist einjesprungen, sie weiß Bescheid!«

An diesem warmen Frühsommerabend hatte er als Garderobenwärter deutlich weniger zu tun, die Hälfte der Haken hing nur mit Hüten voll, die Mehrheit der Besucher war ohne Mantel oder Jacke gekommen.

Die Tür zur Küche linker Hand stand auf, und Lulu winkte Berta zu, die hektisch werkelte und rotierte. Je mehr der Pegel bei solch einem Tanzabend stieg, desto hungriger wurde auch die feiernde Meute, und das musste gut vorbereitet sein. Dann fielen die Gäste dankbar über die handfeste Hausmannskost her.

Sie passierten die Türsteher, die Lulu kannten und mit einem Kopfnicken durchschleusten. Maulende Gäste hinter ihnen, die sich beschwerten, dass sie sich vordrängelten, beruhigten sie stoisch. »Wir gehören zum Haus«, erklärte Lulu immer wieder und kämpfte sich bis zu Else vor. Rosas Mutter saß mit einem jungen Mädchen an einem zur Kasse umfunktionierten Tisch neben der Tür zum Saal. Sie sah wirklich exakt aus wie Rosa, nur eben fünfundzwanzig Jahre älter, stellte Lulu wieder einmal fest. Und dass Else, im Gegensatz zu ihrer temperamentvollen Tochter, eher zurückhaltend und melancholisch war.

»Lulu! Wie schön, dich zu sehen. Guten Abend zusammen«, begrüßte Else sie und Fritz freundlich. »Kommt nur vor zu mir, ja, los! Ich hab die Gästeliste vom Chef, ich hak euch gleich ab. Wie geht's? Haben Claire die Kräuter geholfen?«

»Hallo, Else! Ach, weißt du, es schwankt täglich. Mutter sagt zwar, sie spürt eine Linderung der Schmerzen, aber sie hat trotzdem wieder die ganze Woche die Mansarde nicht verlassen …« Mit Blick auf Fritz und die Schlange hinter ihr, brach sie lieber ab. »Ein anderes Mal mehr, wa? Dank dir aber sehr. Hast du Rosa gesehen?«

»Sie springt hier überall herum, ist viel zu tun. Siehst sie bestimmt gleich. Nun aber viel Spaß euch beiden!« Else gab ihnen eine Eintrittskarte und ließ sie weiterziehen.

»Tschüss, Else.« Lulu forderte Fritz auf, ihr zu folgen: »Komm, wir gehen da rüber. Was hältst du von einem Sekt?«

»Unbedingt!«, stimmte er zu. »Meine Güte, ganz schön voll, und das jetzt schon! Ist das hier immer so?« Fritz war zum ersten Mal im Ballhaus, bisher hatten ihn seine Vorurteile gegen die Sternbergs davon abgehalten. Lulu verstand bis heute nicht genau, warum.

»Am Wochenende meistens. Aber heute sind bestimmt auch viele aus Neugier da, wegen der Jazzband. Na los, Augen zu und durch!« Lulu ging vorneweg, und sie drängelten sich an der Bühne vorbei und über die Tanzfläche bis zur

Bar. Es war wirklich proppenvoll. Das Publikum war gemischt, aber am meisten waren heute Gäste in ihrem Alter gekommen. Es brodelte bereits im Ballhaus. Die Tanzenden lachten, drehten und wirbelten herum. Der Raum hatte sich in den abendlichen »Lichtwundersaal« verwandelt, eine wahre Pracht aus Ziergittern, künstlichen Kirschblüten, japanischen Bildern an den Wänden und farbigen Lampions an der Decke. Der Einfluss aus Japan war neben dem Jazz der neueste Schrei, und Onkel Levi hatte das direkt in die Dekoration eingebaut.

Unter dem bunten Licht bebte die gesamte Tanzfläche. Lulu und Fritz mussten aufpassen, nicht umgetanzt zu werden, es gab kaum ein freies Plätzchen.

Lulu sah Onkel Levi in elegantem Abendanzug, wie er am anderen Ende der Bar geschäftig mit Rosa und zwei anderen Kellnerinnen sprach. Als er sie sah, nickte er kurz mit einem Lächeln zu ihr rüber und winkte. Nach seinen Anweisungen eilten die jungen Frauen mit ihren Tabletts wieder in den Saal, um die Wünsche der Ballhausgäste zu erfüllen.

An der Bar angekommen, wo Ludmilla mit versteinerter Miene agierte, Gläser füllte und spülte, ging Fritz – ganz Kavalier – sofort für sie beide den Sekt holen. Der floss in Strömen, ein Korken nach dem anderen knallte, kein Wunder, für nur eine Mark das Glas ließ sich keiner lange lumpen. Hoffentlich bemerkte Ludmilla sie nicht – auf ihre blöden Sprüche konnte sie heute verzichten, denn Lulu war bestens gelaunt und wollte einfach nur feiern und alle Sorgen vergessen.

Sie wartete etwas seitlich von der Menge auf Fritz und schaute sich um, sog die Atmosphäre auf. Die Beleuchtung war wirklich unglaublich schön. Und sie freute sich schon auf den angekündigten Bonbonregen, das Feuerwerk und den Überraschungsgast um Mitternacht. Onkel Levi musste sich immer wieder neue Attraktionen für sein Ballhaus überlegen, um Besucher in die Auguststraße zu locken, denn die Konkurrenz wurde größer. Es gab mittlerweile unzählige Ballhäuser, Varietés, Nachtclubs, Bars, Theater, Filmtheater und Kneipen in Berlin, die alle um die Gunst der vergnügungssüchtigen Gäste warben. Ein Vorteil von *Sternbergs Ballhaus* war auf jeden Fall, dass es gleich zwei Säle anbieten konnte, diesen hier und mit dem Spiegelsaal ein für die Konkurrenz kaum zu übertreffendes Juwel.

Und sie war mittendrin im Geschehen! Nun war Lulu nicht mehr zwölf und musste sich nicht mehr draußen hinter dem Kirschlorbeer verstecken, um heimlich hineinzulugen. Sie würde bald einundzwanzig Jahre sein, endlich erwachsen, und gehörte zur Festgesellschaft. Wenn sie als Mädchen damals schon gewusst hätte, dass sie selbst einmal im Ballhaus mittanzen würde!

»Junge Dame, bitte schön!«, unterbrach Fritz ihre Gedanken und reichte ihr herrlich prickelnden Schaumwein.

»Oh, danke, das ging ja schnell«, freute sich Lulu, nahm ihm das Glas ab und prostete ihm zu. »Cheers!«

»Prost!«

Die Kristalle klirrten aneinander. »Komm, auf ex!«, rief sie herausfordernd.

»Na, du hast aber was vor. Gut. Bin dabei.« Sie setzten an und leerten ihre Gläser in einem Zug. Der Sekt kribbelte aufreizend am Gaumen.

»Puh! Das war nötig.« Lulu wischte sich den Mund ab und stellte die leeren Gläser auf einen der Stehtische. »So. Und jetzt tanzen wir!«

Wie auf Kommando kündigte der Conférencier mit lauter Stimme an: »Meine Damen und Herren der flotten Sohle, jetzt verabschieden wir den Shimmy in eine Pause und fahren fort mit einem Two step! Und aufgepasst, liebe Freunde der Nacht: Den Damen zur Freude, den Herren zur Qual – Damenwaaahl!« Sogleich spielte die Jazzband ein neues Stück, ekstatisch und frech hörte sich das an. Alle im Saal jubelten. Lulu nahm Fritz' Hand und zog ihn auf die Tanzfläche.

»Tach ihr zwei, ihr habt aber ordentlich vorgelegt, wa! Respekt!« Rosa musste fast schreien, denn bei der Geräuschkulisse konnte man sein eigenes Wort nicht verstehen. Ihre Freundin näherte sich ihnen im Kellnerinnenkleid und weißer Schürze, vergnügt tippelnd mit einem vollen Tablett in der Hand.

Bestimmt hatten Lulu und Fritz zehn Lieder ohne Pause durchgetanzt und nun, völlig außer Puste, mit geröteten Wangen und schwitzend, an einem der letzten freien Tische einen Platz ergattert.

»Hallo, Rosa, o wie schön! Endlich seh ich dich mal! Viel zu tun, du Arme, ich beneide dich nicht um die Rennerei«, begrüßte Lulu ihre Freundin erfreut.

»Guten Abend, verehrte Rosa.« Fritz verbeugte sich leicht und legte grüßend den Finger an die Schläfe.

»Lass gut sein, Fritz, rühr dich. Schlimmer als euer Dauergetanze jedenfalls ist mein Bedienen sicher auch nicht«, meinte sie und zwinkerte ihnen zu. »Außerdem tausendmal besser, als dem ollen Hoppenmeier im Krankenhaus den Hintern abzuwischen.«

Lulu musste lachen. »Das glaub ich dir aufs Wort!«

»Habt ihr Durst? Ich hab Berliner Weisse anzubieten, die Runde geht aufs Haus, sagt Sternberg. Rot oder grün?« Rosa zeigte ihnen die Auswahl der zweifarbig gefüllten Biergläser mit weißem Schaumrand.

»Au ja! Du bist ein Schatz! Ich nehm grün.« Lulu schnappte sich ein Glas vom Tablett.

»Ich nehm nur mit Schuss, Frollein Rosa«, scherzte Fritz.

»Ist schon drin, du Stänkafritze, für dich sogar zwei!« Rosa hielt ihm das Tablett entgegen, und er wählte Rot.

»Denn mal Prost!«, wünschte ihnen Rosa und nickte auffordernd. »Ich muss weiter, das Zeug loswerden. Aber danach hab ich eine kleine Pause. Haste Lust, Schätzchen, kommste mit? Wir könnten kurz reden, auf 'ne Zigarette? In zehn Minuten vor den Toiletten?«

»Gute Idee! Ich bin da. Bis gleich!«

Lulu stieß mit Fritz an und trank einen großen Schluck. Der köstliche Waldmeistergeschmack verteilte sich in ihrem Mund. Sie spürte schon einen leichten Schwips, der sich wie ein angenehmer Nebel in ihrem Kopf ausbreitete, sie nur in diesem Augenblick sein ließ. Einfach *sein*. Davon wollte sie mehr. Hier und jetzt.

»David ist aber schnell ausgetauscht worden!«, blaffte sie plötzlich jemand von der Seite an. Kalle. Richard stand daneben und schaute unangenehm berührt zu Boden. Beide hielten ein Bier in der Hand, und Kalle hatte sich provozierend in ganzer Größe vor ihnen aufgebaut.

Fritz wollte sich gerade einmischen, um ihm die Leviten zu lesen, aber Lulu legte ihm beschwichtigend die Hand auf den Arm. »Bleib sitzen, Fritz, halt dich im Zaum, mit dem werde ich alleine fertig.« Sie erhob sich und sah Kalle direkt in die Augen, die sie voller Verachtung anfunkelten. »Wie bitte? Ich glaub, ich habe dich nicht richtig verstanden?«, versuchte Lulu ihm die Chance zu geben einzulenken. Kalle blieb unbeeindruckt und näherte sich ihr noch weiter, sodass sie seinen alkoholgetränkten Atem riechen konnte. Seine hellbraunen Haare hingen ihm strubbelig ins Gesicht. Jetzt standen sie sich fast Stirn an Stirn gegenüber.

»O doch, Lulu. Du hast mich sehr gut verstanden. Schnell ausgetauscht haste David. Schon alles vergessen? Und dann auch noch mit Krause, seinem Erzfeind. Zum Kotzen ist das! Ekelhaft. Das hätt ich nicht von dir gedacht. Schäm dich!«, zischte Kalle ihr zu.

Richard, der vermitteln wollte, zog ihn von hinten etwas zurück. »Hey, hey, hey, Kalle, schön piano. Das geht uns nichts an. Lulu wird schon wissen, was sie tut. Los, verziehen wir uns wieder.«

Doch Kalle schüttelte ihn rabiat ab und fixierte Lulu weiter mit bösem Blick. »Verräterin. Aus den Augen, aus dem Sinn, wa? *Das* hat David nicht verdient. Mit dir bin ich fertig, du Aas.« In einem Zug trank er sein Glas leer und knallte es mit Wucht auf den Tisch.

Seine Unbarmherzigkeit jagte ihr einen Schauer über den Rücken, gleichzeitig wurde sie aber auch unglaublich wütend.

»Du Riesenarschloch! *Er* ist weggegangen, schon vergessen? Nicht ich. David hat *mich* verlassen! *Er* studiert in München und kommt nicht zu Besuch – was fällt dir also ein? Und Fritz ist ein *Freund.* Nur ein Freund. Schon immer! Und selbst wenn es anders wäre: Das hat dich einen Scheiß zu interessieren, verdammt!« Sie schubste Kalle mit beiden Händen zurück, sodass er ins Stolpern geriet und beinahe hingefallen wäre. Fritz hinter Lulu sprang alarmiert von seinem Stuhl auf, eindeutig bereit, Kalle sofort eine reinzuhauen. Bevor dieser sich jedoch zur Wehr setzen oder handgreiflich werden konnte, packte ihn Richard mit beiden Händen und schleppte ihn unter Aufbietung all seiner Kräfte weg.

»Komm, Kalle, lass sie in Ruhe, misch dich nicht ein.« Und zu Lulu gewandt rief er im Gehen noch: »Nimm's ihm nicht übel, Lulu, er hat schon mächtig einen sitzen!« Unter Protest ließ sich Kalle von seinem Freund mitziehen, und sie atmete erleichtert auf. Und dennoch spürte sie einen Stich im Herzen, der ihre ausgelassene Stimmung von vorhin trübte.

»So ein Backpfeifenjesicht, dämliches«, schimpfte Fritz und fasste sie an der Schulter. »Alles in Butter?«

Lulu drehte sich zu ihm und seufzte. »Ach lass mal, geht schon. Aber ich muss dringend an die frische Luft. Das schlägt mir doch etwas auf die Stimmung. Entschuldige mich bitte, ja? Ich geh jetzt mit Rosa eine rauchen.«

Fritz salutierte mit einem Lächeln. »Mach nur. Ich hol mir noch 'ne Weisse und warte hier auf dich.«

»Bis gleich. Danke«, sagte Lulu mit einem Kloß im Hals. Dann drehte sie sich um und hastete aus dem Ballsaal.

25

»Das hat er zu dir gesagt?«, fragte Rosa ungläubig, als sie kurz darauf im kleinen Hinterhof zwischen Wintergarten und Toiletten ungestört quatschten. »Der spinnt ja wohl. Was ist denn in den gefahren? Letzte Woche auf der Kundgebung war doch noch alles in Ordnung.«

»Du weißt doch, was für eine Aufregung das war … Die ganze Polizei, die Menschenmassen … Da blieb gar keine Zeit für Persönliches. Und Fritz war ja nicht dabei«, rekapitulierte Lulu und zuckte mit den Schultern. »Aber … Ach, keine Ahnung, was Kalle gerade heute hat.« Sie nahm einen tiefen Zug und blies die Rauchwolke langsam wieder aus. Am Anfang hatte sie davon immer einen Hustenanfall bekommen, doch mittlerweile wusste sie besser, wie das mit dem Inhalieren ging, und schnorrte sich gerne ab und zu eine von Rosa.

»Vielleicht fehlt ihm auch einfach nur sein bester Freund. Und das lässt er an dir aus«, spekulierte Rosa sinnierend. Lulu wusste seit Kurzem, dass ihre Freundin ein Auge auf Kalle geworfen hatte. Nicht verwunderlich also, dass sie ihn verteidigte.

»Stell dir doch nur mal vor, ich würde von hier fortgehen«, ergänzte Rosa ernst.

»Ja, schon. Aber Richard ist ja auch noch da.« Niedergeschlagen warf Lulu ihre Kippe auf den Boden und trat sie aus. »Ich fühl mich jetzt schuldig, obwohl er doch nicht erwarten kann, dass ich auf David warte, bis ich alt und grau bin!«, sagte Lulu empört.

»Schätzchen, Schluss damit! Vergiss Kalle, aber sei gnädig mit ihm. Er hat eben seinen Freund David solidarisch verteidigt. Natürlich weiß er, dass man dich nicht anbinden kann. Ich rede noch mal mit ihm, wenn er wieder nüchtern ist, versprochen. Aber jetzt: kein Trübsalblasen mehr! Davon lassen wir uns an diesem wunderbaren Abend nicht die Laune verderben! Pass mal auf, ich hab was Schönes für uns …« Rosa grinste schalkhaft und wühlte in ihrer Schürzeninnentasche. Ein silbernes Döschen kam zum Vorschein.

»Engelsstaub?«, flüsterte Lulu verdattert. »Wo hast du das denn aufgetrieben, Rosa?«

Ihre Freundin legte den Finger auf den Mund. »Pssst. Geheimnis. Ich verrate nur eins, unsere olle Ballhaus-Klofrau ist nicht zu unterschätzen.«

»Du Schlingel!«, sagte Lulu staunend und lachte.

Rosa schnalzte mit der Zunge. »Da guckste, wa?«

Lulu verfolgte aufgeregt, wie ihre Freundin alles souverän für sie präparierte. Auf ihrem kleinen Schminkspiegel zog Rosa das weiße Pulver mit einer Rasierklinge in schmale Streifen und reichte ihr das Ganze wie auf einem Mini-Tablett mit den Worten: »Schnupftabak für gute Laune gefällig? Nach Ihnen, Mademoiselle.«

Eine Stunde später tanzten Lulu und Fritz mitten auf der Tanzfläche einen wilden Foxtrott. Rosa musste wieder weiterkellnern, und die Stimmung im Saal war auf dem Höhepunkt angekommen. Jetzt tanzten fast alle hier. Es roch nach Schweiß, Rauch, Alkohol, Bouletten und einem Mischmasch aus verwehenden Parfumduftnoten. Kalles Szene von vorhin war beinahe vergessen, und Lulu verdrängte mit aller Gewalt jeden neu auftauchenden Gedanken an David. Die Wirkung des Rausches und goldenen Sekts tat ihr Übriges. Sie fühlte sich euphorisch, aufgedreht und in gefährlicher Flirtlaune. Alle könnten Lulu jetzt einmal gernhaben. Loslassen. Das wollte sie. Um jeden Preis.

Auf einmal endete die Musik, und der Saal wurde abgedunkelt. Die Gäste drehten sich zur spärlich beleuchteten Bühne. *Kommt jetzt der Bonbonregen oder die Überraschung?*, fragte sich Lulu.

Der Conférencier trat auf und kündigte mit blumigen Worten eine »allseits bekannte und beliebte Sängerin« aus dem *Linden-Cabaret* an, seit Neuestem sogar im Varietétheater *Wintergarten* zu sehen. Dem ganzen Ballhaus-Publikum blieb der Mund offen stehen, als er fortfuhr: »Begrüßen Sie mit einem lauten Applaus die großartige Claire Waldoff bei ihrem heutigen Gastspiel exklusiv in *Sternbergs Ballhaus*!« Der Saal tobte, alle klatschten begeistert in die Hände, und Onkel Levi lehnte sich, wie Lulu erkennen konnte, zufrieden an die Wand seines Separees.

Die Waldoff kam mit bronzerotem Bubikopf, Hemdbluse und Krawatte auf die Bühne und begann »Mitten in der Nacht« zu singen. Alle waren ihr zugewandt, viele schunkelten Arm in Arm.

Da riss Fritz Lulu auf einmal zu sich herum, mitten in der Menge, wie sie dort standen und sich zum Lied wiegten. Er fasste sie ungelenk um die Hüften, zog sie zu sich und küsste sie.

Lulu wusste gar nicht, wie ihr geschah, was sie da tat und ob ihr das gefiel, was sie spürte. Ohne nachzudenken, ließ sie es einfach geschehen. Ja, und noch mehr, sie schloss die Augen und machte mit. Heute war ihr alles egal.

Fritz ließ sie irgendwann wieder los und sah sie mit strahlenden Augen an. Genugtuung lag in seinem Blick, die Wangen unter den Sommersprossen waren gerötet und glänzten. »Darauf warte ich seit zehn Jahren«, rief er ihr durch den ganzen Lärm zu. Vorne trällerte die Waldoff nun aus vollem Halse »Jott, was sind die Männer dumm«.

Lulu schwieg, schaute weg. Ihre Haarspange löste sich über ihrem Ohr und fiel auf den Boden. Sie verfolgte, wie sie unter den vielen Füßen verschwand. Und fragte sich, wer von ihnen die silberne Schlange wohl nun als Erster zertreten würde …

26

Donnerstag, 7. September 1922

Lulu! Was für dich dabei!« Krawuttke unterbrach ihre Probe, kam in den Saal geschlurft und hielt die Tagespost in der Hand. Sie stoppte ihr Tanzen, lockerte kurz ihre Schultern. Dann sprang sie von der Bühne und lief ihm entgegen. Eine kleine Pause konnte jetzt gar nicht schaden, ein Blick auf die Wanduhr sagte ihr, dass sie bereits seit zwei Stunden ununterbrochen ihre neue Choreografie übte, die sie sich selbst auf einen Tango von John Densmore ausgedacht hatte. Ihre allererste eigene unter dem Motto *Der Pierrot auf dem Vulkan* – ihre Utensilien waren eine Zigarettenspitze und ein Bistrostuhl. Damit wollte sie sich als Solotänzerin bei verschiedenen Varietés und Cabarets in der Stadt bewerben, wie dem *Linden-Cabaret*, *Apollo Theater*, *Wintergarten* oder *Metropol*, in der Hoffnung zu überzeugen und ein erstes Engagement zu ergattern. Es fehlte ihr jedoch das Finale, sie war sich noch unschlüssig, wie der Tanz enden sollte – verlegen, verwegen, unschuldig, lasziv, sehnsüchtig? –, und feilte seit Wochen an verschiedenen Möglichkeiten.

Nun spürte sie schon erste Ermüdungserscheinungen ihres Körpers, die Muskeln zitterten und hatten durch das intensive Training an Kraft verloren. Es wäre sicher gut, etwas auszuruhen.

»Ja, Herr Krawuttke, Sie sehen aber schick aus heute!«, schäkerte Lulu und lächelte ihn an. Eigentlich duzte sie ihn ja mittlerweile und durfte ihn beim Vornamen nennen. »Was hamse denn Schönes für mich?«

Krawuttke stand in seinem braunen Arbeitskittel vor ihr und blieb muffelig. »Hör bloß uff, Kindchen. Die Chefin hat sich in den Kopf jesetzt, wir brauchen für die neue Saison eene Konfettikanone – und wer soll dit jute Stück basteln? Ick!«, schimpfte er und verzog die Mundwinkel zu einem miesepetrigen Gesichtsausdruck. Dann suchte er in dem Stapel Briefe nach Lulus, las den Absender und überreichte ihn mit den Worten: »Guck mal eener an, dit wird dir bestimmt freuen: vom jungen Sternberg isser.«

Auf der Stelle machte Lulus Herz einen Sprung, und in ihrem Bauch breitete sich ein Unwohlsein aus. Bestimmt ein halbes Jahr hatte sie nichts mehr von David gehört. »Gib schon her!« Etwas zu rabiat entriss sie dem Garderobenwärter den Brief. »Danke sehr.« Ihre Wangen glühten, sie hoffte, dass der Alte nicht bemerkte, wie sie rot wurde.

»Dafür nich.« Nun zeigte sich doch der Anflug eines Lächelns auf seinem faltigen Gesicht. »Gern jeschehen. Schönen Tach noch.«

Mit schlurfenden Schritten schlappte er davon, um die Post weiter zu verteilen. Lulu betrachtete den Brief in ihrer Hand. Tatsächlich, er war von David. Sie drückte ihn an ihre Brust und schloss die Augen. *Ich wünschte, ich könnte zu dir fliegen, jetzt. Die Zeit würde ich anhalten. Ich öffnete die Tür und flöge hinaus. Den Wind spürte ich am ganzen Körper, denn ich trüge kein Kleid. »Ma un altro sole più bello non c'è« – unser Lied klänge leise aus den Wolken hinab. Bei dir angekommen, würden wir zusammen darauf tanzen. Wie damals im Spiegelsaal. Als sich alles änderte. Dann würde ich dich berühren, überall, die schönsten, brennendsten Küsse und ein genauso brennendes ENDLICH schwebten in der Luft.*

Sofort kamen Lulu Bewegungen in den Sinn, fließend und sanft, Schritte und Figuren, wie sie diese Fantasie tänzerisch darstellen könnte. Krawuttkes kauzige Stimme vor der Tür, der mit Ludmilla diskutierte, holte sie wieder in die Realität zurück. Sie verstand nur »neumodisches Konfetti-Kinkerlitzchen«, dann verließen die beiden Streithähne wohl das Ballhaus und gingen nach draußen, denn ihre pöbelnden Stimmen wurden leiser.

David hatte geschrieben! Sie roch an dem leicht vergilbten Umschlag und betrachtete ihn. Darauf stand wirklich in *seiner* Schrift *ihr* Name und ihre Adresse in schwarzer Tinte und lässig geschwungenen Lettern. Sie berührte den Brief sanft, in der Hoffnung, etwas Vertrautes zu erhaschen. Aufgeregt und mit klopfendem Herzen beschloss sie, in den Wintergarten zu verschwinden, um seine Zeilen ungestört lesen zu können. Dort setzte sie sich auf einen Stuhl in die hinterste Ecke und riss den Umschlag ungeduldig auf.

Liebe Lulu!
Sicher fragst Du Dich, warum ich Dir ausgerechnet jetzt, nach so langer Zeit, schreibe. Ich hoffe, Du wirfst meinen Brief nicht gleich ungelesen ins Feuer! Längst wollte ich

etwas von mir hören lassen, dessen sei Dir gewiss. Bitte sei nicht sauer auf mich, in meinen Gedanken bin ich jeden Tag bei Dir, immer noch, bis heute. Mein Leben hier fordert mich jedoch in einer Weise, dass mir oft die Ruhe und Muße fehlt zu schreiben. Ich hatte vor Kurzem mehrfach versucht, Dich bei einem meiner Anrufe im Ballhaus an den Fernsprecher zu bekommen, aber jedes Mal warst Du nicht in der Nähe. Hat Vater Dir meine Grüße ausgerichtet? Du wirst aufgegeben haben, denn sonst hättest Du einen neuen Versuch gewagt, mich zu erreichen. Ich bin allerdings auch umgezogen, deshalb erhältst Du diesen Brief unter einer neuen Adresse. Wenn Du erlaubst, erzähle ich Dir zunächst, wie es mir seitdem ergangen ist, und was mich umtreibt.
Seit März lebe ich nicht mehr zusammengepfercht in einem provisorischen Schlafraum mit fünf anderen Kommilitonen im Verbindungshaus am Luitpoldpark, sondern habe ein Studentenzimmer in der Amalienstraße bezogen. Meine neue Bleibe ist in der Maxvorstadt, sie liegt direkt hinter der Universität und neben dem Café Stefanie. Das ist ein derzeit angesagtes Künstlerlokal und Treffpunkt vieler Studenten, Dichter und Maler. »Die Schwabinger Bohème«, so nennt es meine Pensionswirtin. Hier im Viertel lernt man sowieso schnell neue Menschen kennen, und fast ist es ein bisschen wie zu Hause in Berlin. Aber ich habe in den ersten beiden Semestern im Studium und durch die Verbindung sowieso schon recht gut Anschluss gefunden und mich nie lange alleine gefühlt. Mein Zimmer gehört zu einer Frühstückspension, betrie-

ben von Frau Maier (eine rüstige Witwe und Münchner Original, die sich ein wenig mehr als üblich um ihre Bewohner kümmert und eine fast mütterliche Fürsorge an den Tag legt), die hauptsächlich an Studenten, Tagelöhner oder Künstler vermietet. Den Tipp habe ich von Emil bekommen, der seinem Vater nun nachfolgt und in München Medizin studiert. Er ist auf der gleichen Etage im Zimmer nebenan untergekommen.
Die Miete kann ich mir problemlos leisten, weil ich seit einigen Monaten nebenbei als Werkstudent bei der Deutschen Gewerbeschau im Ausstellungspark auf der Theresienhöhe arbeite. Hast Du davon gehört? Sie ist ein voller Erfolg geworden. Es strömen seit Eröffnung etliche Besucher dorthin, um sich die Arbeiten des deutschen Handwerks und der Industrie anzusehen. Es werden zum Beispiel Autos gezeigt, aber auch Goldschmiedearbeiten, Herde und Öfen, Holzschnitzereien, Ledermöbel, Sportartikel, Stahlwaren oder steinerne Ziergegenstände. Ich werde entweder am Einlass zum Kartenverkauf eingeteilt oder als Aufseher einer Ausstellung. Neben dem Studium füllt mich das mehr als aus, es macht mir große Freude und bietet mir Abwechslung, weil ich viel unter Menschen bin und immer etwas erlebe. Wenn ich nicht gerade eine Vorlesung besuche, lerne oder arbeite, treffe ich mich mit Kommilitonen, Emil oder anderen Gleichgesinnten im Englischen Garten, an der Isar, zum Hellen abends in der Lieblingskneipe oder zum Schachspielen im Café.
Und bevor Du fragst oder etwas Falsches denkst: Nein, es gibt kein anderes Mädchen in meinem Leben. Auch

wenn ich die Vorurteile über das Studentenleben kenne – mich interessiert keine. Und sowieso reicht keine auch nur annähernd an Dich heran …
Die Tage verfliegen im Nu, und manchmal habe ich den Verdacht, meine Rastlosigkeit ist insgeheim von mir so gewollt. Eine seltsame Unruhe plagt mich, sobald ich nichts zu tun habe. Und überdies, zugegeben, überfällt mich eine furchtbare Angst vor dieser Sehnsucht, wenn ich es zuließe: meine Sehnsucht nach Dir. Ich bekomme Dich nicht aus meinem Kopf, aber das möchte ich ja auch gar nicht. Es gibt niemand, der mir so nahe ist wie Du. Meine Lulu. Bist Du es noch, »meine« Lulu? Wie geht es Dir? Magst Du mir verraten, was Dich bewegt? Welche Neuigkeiten hast Du zu berichten? Glaube bitte nicht, dass mich das nicht interessiert, weil ich mich so unzuverlässig melde.
Bald werden wir uns sehen. Die Gewerbeschau geht noch bis Oktober. Im Zuge meines anstehenden Praxissemesters hospitiere ich dann zwei Monate in der Verwaltung eines großen Konzerthauses in Zürich. Die schriftliche Semesterarbeit, die ich im Anschluss daran abgeben muss, plane ich, im Januar in Berlin zu verfassen.
Ich kann es kaum erwarten, Dich in meine Arme zu schließen. Wirst Du es mir erlauben?
In sehnsuchtsvoller Erwartung Deiner Antwort und mit lieben Grüßen,
immer noch Dein …
David
München, 25. August 1922

Lulu ließ den Brief sinken und lehnte sich zurück. Sie spürte ihren Kopf an der kalten Wand, was sie beruhigte, denn ihr pochte der Schädel. Schlagartig war ihr furchtbar heiß. *David kommt her. David kommt.* Wie ein Mantra wiederholte sie diese Neuigkeit für sich und ließ sie in ihr Bewusstsein eintreten. *Gut,* dachte Lulu und bemühte sich, ihre Gedanken zu ordnen. *Ich bin bereit für unser Wiedersehen.* Sie sah zu dem vertrauten Kirschlorbeer auf der Terrasse, der sie früher so sicher geschützt hatte.

Tausendmal hatte sie davon geträumt, es war immer der gleiche Inhalt: *David kommt zurück, und wir sind wieder vereint …*

Jetzt sollte es also Wirklichkeit werden, nach dieser langen Zeit des Wartens? Vier ganze Jahre. Sie faltete den Brief zusammen, steckte ihn wieder in seinen Umschlag und legte ihn auf ihren Schoß. Ihr Herz klopfte wie wild, und ihre Hände zitterten. Lulu hielt den Brief so fest in ihren Fingern, dass er völlig verknitterte.

Eine Bewegung von draußen lenkte sie plötzlich ab. Eine Amsel flog zwitschernd auf die Lehne der eisernen Bank, die zum Verweilen gegenüber von ihr an der Mauer der Wintergartenterrasse stand. Es war ein Weibchen, dunkelbraunes Gefieder, gefleckte Brust und helle Kehle. »Tak-tak-tak, sssiiih …«, machte sie laut. War sie in der Balz, oder drohte Gefahr? Lulu wusste es nicht; ihr Vater dagegen hätte es zu Lebzeiten erkennen können. »Das Lied der Amsel ist das letzte am Abend, bevor die Nacht anbricht«, hatte er ihr als Kind beigebracht.

Oder baute sie jetzt gleich ihr Nest im Kirschlorbeer? Sie

sah zu Lulu herüber. Ihre Augen waren schwarzbraune Kügelchen. »Tak-tak-tak«, fuhr sie dann fort.

»Amseln zeigen keine Angst«, erinnerte sich Lulu weiter an die Worte ihres Vaters. *Hast du gar keine Angst?,* fragte Lulu die Amsel im Geiste. *Ich nicht,* schien der Vogel ihr sofort zu antworten, *aber du.* Empört setzte sich Lulu aufrecht hin und beugte sich leicht vor, um besser sehen zu können. »Tak-tak-tak, sssiiih.« Ungerührt schaute die Amsel sie weiter an. *Denn wie willst du David erklären, was sein Rivale Fritz jetzt in deinem Leben für eine Rolle spielt?*

»Tak-tak-tak!« *Und wird der nicht sofort abgeschrieben sein, wenn David zurückkommt? Wie er das wohl finden wird?* Der kleine orangefarbene Schnabel bewegte sich schonungslos auf und zu.

»Blöder Vogel! Verschwinde!« Ehe Lulu sichs versah, warf sie mit dem inzwischen zerknäulten Brief durch die offene Terrassentür nach der frechen Amsel. Instinktiv war sie aufgesprungen, weil sie so eine unbändige Wut in sich verspürte, und lief zur Bank hinaus. Die Amsel zeterte laut, ließ sich aber verscheuchen, erhob sich in die Lüfte und verschwand.

Wie Lulu aber jetzt so dastand und dem Vogel nachblickte, wurde ihr bewusst, dass die dumme Amsel verdammt recht hatte.

27

»Tja, jetzt haste den Salat, Schätzchen«, stellte Rosa am Abend gleichermaßen fest, schonungslos ehrlich, wie sie nun einmal war. Obwohl sie beide einen anstrengenden Tag hinter sich hatten, wollten sie sich gleich im Ballhaus eine kleine warme Mahlzeit genehmigen und vielleicht zur Zerstreuung noch ein bisschen tanzen. In einer Viertelstunde würde es losgehen, jetzt waren die Türen noch geschlossen. Der Donnerstag war ja »der kleine Freitag«, wie es Onkel Levi gerne nannte, und Gregor spielte mit seiner Kapelle dann immer die allerneuesten Gassenhauer zur Einstimmung auf das nahende Wochenende. An diesen Abenden war das Publikum jünger als sonst, und viele kehrten schon direkt nach der Arbeit oder Lehre am frühen Nachmittag im Ballhaus ein, um den Feierabend mit frisch gezapftem Bier, Wein oder dem einen oder anderen Korn und Livemusik einzuläuten, ganz nach dem beliebten Motto der Stadt: »Säufste, stirbste, säufste nicht, stirbste ooch. Also säufste!«

Lulu blies den Rauch ihrer Zigarette aus und stöhnte. »Du hast überhaupt kein Feingefühl, Rosa! Lass dir lieber mal was einfallen! Es muss doch irgendeine Möglichkeit geben, mit Fritz Tacheles zu reden und vor David die Sache zu vertuschen? Ich meine, mit seinem Besuch hab ich gar nicht mehr gerechnet! Und verboten ist es auch nicht, wir sind ja schließlich nicht verlobt oder so …«, in Lulus Stimme klang Verzweiflung mit. »Ich weiß eigentlich gar nicht, was wir jetzt noch sind!« Das war eine echte Zwickmühle.

Rosa schüttelte den Kopf, dass ihre kupferroten Locken tanzten. »Da brauchste nicht drum herumzureden und versuchen zu beschönigen«, erklärte sie unumwunden. »Klingt ganz so, als würde David doch hoffen, ihr könntet da anknüpfen, wo ihr damals aufgehört habt. Fassen wir mal die Fakten zusammen: Seit dem Kuss mit Fritz auf dem Fest im Ballhaus hast du dich auf 'n Techtelmechtel mit ihm eingelassen, und jetzt erhofft er sich mehr davon. Ein Rosenstrauß hier, ein Geschenk da, wie ein schickes Tuch, eine Brosche oder Pralinen, Theaterkarten, Essenseinladungen, und so weiter und so fort. Der hofiert dich ja geradezu – seit ihr Kinder wart! So hast du's mir zumindest erzählt, und zu übersehen ist es ooch nich. Du aber hältst ihn trotzdem immer auf Abstand. Sein Umwerben genießt du zwar, und als Liebhaber ist er wohl nicht so schlecht, stimmt's? Doch sobald er dir zu nahe kommt, ziehst du dich wieder zurück und lässt ihn zappeln, weil du in Wahrheit immer noch deinem David hinterhertrauerst. Für jeden anderen Kerl ist die Tür zu deinem Herzen verschlossen.« Rosas Beine mit den neuen glänzenden Seidenen und schwarzen Lackschuhen baumelten von der Mauer, die den Hof vom Ballhaus und

Gehweg trennte. Die zwei Freundinnen waren rauchend ins Gespräch vertieft.

»Jetzt willste den guten Fritz wieder kurzfristig loswerden, damit du im neuen Jahr freie Bahn für David hast. Schätzchen, ich will dir ja nicht zu nahe treten, aber mit deinem ›Vertuschen‹ kommste aus der Geschichte nicht so leicht raus.« Rosa schnipste die Kippe auf den Gehsteig. Eine Gruppe von jungen Männern mit frechen Baskenmützen ging plaudernd an ihnen vorbei Richtung Eingang, ein paar zwinkerten ihnen zu und grüßten sie im Vorbeigehen freundlich. »Na, ihr zwee Hübschen!«, schäkerte einer, »kommter mit rin, könnter mit rauskieken!«

»Ja, du bist ein ganz Schlauer, wa? Da könnt ihr von ausgehen, Jungs. Bestellt schon mal zwei Berliner Luft für uns mit, sind gleich bei euch«, machte Rosa sofort mit. Die Freundin lächelte und schaute den Kerlen interessiert hinterher. »Ich muss zugeben, heute hätte ich nichts gegen einen netten Flirt mit so 'nem Prachtexemplar wie dem da! Mit Kalle komm ich ja eh nicht richtig voran, der lässt sich ganz schön feiern.«

»Dann hak Kalle für heute ab und hol dir, was dir guttut, Rosalein«, schlug Lulu scherzhaft vor und wollte noch wissen: »Berliner Luft? Was ist das?«

»Was ganz Leckeres, o ja, *das* ist besser als Cognac und schicker als Schampus – Pannek, unser Barkeeper, hat den Cocktail erst frisch in eigener Rezeptur im *Sternbergs* eingeführt: Irgendwas mit Kümmel, Mampe und Asbach. Und Apfelsine ist noch mit drin.« Darauf schickte sie ein verzücktes »Hmmm« hinterher.

»Aha. Ein kühles Blondes würde mir heute schon reichen«, stellte Lulu lakonisch fest.

»Banause!«, schimpfte Rosa mit einem Grinsen und zog die Nase hoch.

Es folgte Schweigen. Lulu nahm noch einen weiteren Zug von ihrer Eckstein und dachte nach. »Ach, Rosa. Zurück zum Thema. Was soll ich denn deiner Meinung nach tun?«, fragte sie ihre Freundin nach einer Weile.

Rosa hüpfte von der Mauer, zog ihr mauvefarbenes Flapperkleid glatt, ordnete die Fransen und sah sie herausfordernd an. »Wie wär's mit der Wahrheit, Darling?«

Lulu seufzte. »Hast du keine bessere Idee?« Irgendwie hatte sie sich eine andere Antwort erhofft. Rosa sah ihr das wohl an.

»Na hopp, zieh keine Schnute. Lass uns jetzt reingehen und einen hinter die Binde kippen! Die Nachricht von Davids Besuch muss erst einmal richtig sacken. Wenn du den ersten Schreck verdaut hast, wirst du schon das Richtige tun. Vertrau darauf. Oder lass dir von Darja die Karten legen. Los, Schätzchen, runter mit dir! Ich hab nicht nur einen Riesenhunger, mir ist außerdem gehörig nach Abenteuer!«

»Abenteuer?«, fragte da eine Männerstimme. »Bin ich dabei!« Fritz stand auf einmal vor ihnen, leger in Hemd und Hosenträgern, grinste von der einen zur anderen Freundin und hielt Lulu schließlich seine Hand hin.

»Du liebe Zeit, dem hat's wohl in den Ohren geklungen!«, konstatierte Rosa trocken.

Lulu ließ sich zwar von der Mauer helfen, wies ihn dann aber, kaum hatte sie festen Boden unter den Füßen, sofort darauf hin: »Heute ist Mädelsabend, Fritz. Ich bin mit Rosa verabredet! Das hatte ich dir doch erzählt?« Lulu spürte, wie ihr das alles zu viel wurde und sie extrem ungehalten auf Fritz' Anwesenheit reagierte. Streng zog sie eine Augenbraue hoch und strafte ihn mit einem unfreundlichen Blick.

Er ignorierte ihren Ton und hielt sich wie ein kleiner Junge an seinen Hosenträgern fest. »Reg dich ab, Lulu. Ich treff mich mit Kollegen vom Telegrafenamt. Bleib locker«, antwortete er beschwichtigend. Leicht beleidigt verzog er die Mundwinkel. Lulu glaubte, gleich durchzudrehen. Sie atmete einmal ganz tief ein und wieder aus.

»Dann ist ja alles bestens. Sind bestimmt schon drin, deine Kumpels. Tschüss und schönen Abend, Meister!« Rosa zeigte mit einem Kopfnicken zum Eingang.

Fritz folgte ihrem Blick und schien zu kapieren. »Ich freu mich auch, dich zu sehen, Frollein Rosa. Jetzt plustert euch mal nur nicht auf, bin schon weg!« Mit einem Zweifingergruß ließ er sie stehen und tapste pfeifend und betont lässig davon.

»Warum muss der ausgerechnet heute ins Ballhaus gehen? Kann der sich nicht woanders treffen, in einer Eckkneipe oder den Einsiedler Bierhallen am Hackeschen zum Beispiel?«, platzte es aus Lulu heraus. Der hatte ihr an diesem Abend gerade noch gefehlt, wo sie schon so durcheinander war. Sie ordnete ihre Perlenketten am Dekolleté, die den tiefen Ausschnitt ihres Matrosenkleids verführerisch umspielten. »Es gibt doch genug andere Lokale in Berlin!«

»Tja. Wohl wahr«, stimmte Rosa ihr zu, hakte sich bei Lulu unter und zog sie mit sich, »aber da bist nicht *du*. Er hat dich eben gerne in seiner Nähe.«

»Mist!«, fluchte Lulu. »Ich wollte den heute einfach mal nicht sehen!«

»Reg dich ab, Liebes. Den wirst du so schnell nicht los.« Doch dabei lächelte Rosa und gab ihr einen Schmatzer auf die Wange. »Keine Panik: Ich helf dir. Aber jetzt inhalieren wir erst mal allerfeinste Berliner Luft!«

28

Freitag, 22. September 1922

Dr. Wiesenblum schloss behutsam die Tür zu Claires Schlafkammer und sah Levi an. »Diesmal ist die Lage wirklich ernst, Sternberg«, verkündete ihm der Arzt an diesem Vormittag mit besorgtem Blick. »Frau Schneider bekommt wenig Luft, ihre Atmung ist flach und der Körper stark geschwächt. Seit zwei Tagen kämpft sie nicht nur mit den Schmerzen, sondern auch mit hohem Fieber, hinzu kommen Schüttelfrost und ein rasender Puls.«

»Mmmh …«, machte Levi nachdenklich.

Die beiden Männer gingen langsam zur Wohnungstür. Dort legte der alte Arzt die Hand auf Levis Arm. »Und ihr Husten … nicht gut, gar nicht gut, mein Freund. Erwähnte die Tochter nicht, sie hätte bereits blutigen Auswurf bemerkt?«

Levi zuckte mit den Schultern. »Ich weiß es nicht genau, wir haben nicht lange gesprochen, als Lulu mich bat, Sie zu rufen. Was bedeutet das für Claire? Was schlagen Sie vor? Muss sie in ein Krankenhaus?«, fragte er ungeduldig.

Wiesenblum fasste sich nachdenklich an den schlohweißen Schnauzer. »Nun ja … Ein Klinikaufenthalt zur Genesung wäre sicher eine Option, das neue Waldfriede in Zehlendorf etwa wäre ideal, aber …«, er stockte und spielte an den Bartenden herum.

»Aber?«, drängte ihn Levi. »Sprechen Sie weiter!«

»Da würden sie Frau Schneider womöglich wieder aufpäppeln können. In diesem Sanatorium vertreten die Ärzte einen wirkungsvollen ganzheitlichen Ansatz. Und es wäre hier in Berlin. Ein längerer Aufenthalt an der See, an der frischen salzhaltigen Luft, wäre auch eine Idee, ist ihr jedoch kaum zuzumuten. Nun … Wissen Sie, Sternberg, im Waldfriede nehmen sie nicht jeden Patienten. Sie treffen eine Auswahl. Und schließlich würde das auch einen ordentlichen Batzen Geld kosten. Und, Sie erlauben mir offene Worte: Wer soll das bezahlen? Auf unbestimmte Zeit? Sie vielleicht?« Wiesenblums Ton klang spitz, er schaute Levi direkt in die Augen. »Das wäre wesentlich teurer als die Rechnungen meiner sonstigen Besuche, die Sie freundlicherweise übernehmen«, ergänzte er mit einem warnenden Unterton.

Levi mochte die Ehrlichkeit des Mediziners, außerdem kannte und vertraute er ihm als Familienhausarzt bereits seit seiner Kindheit. »Was heißt: Sie treffen eine Auswahl? Geht es um die finanziellen Mittel der Patienten oder um etwas anderes?«, wollte Levi dennoch wissen, um jede Möglichkeit abzuklopfen. Alles ihm Mögliche würde er dafür tun, dass Claire wieder gesund wurde.

»Mein Freund, Waldfriede ist keine Klinik für das einfache Volk. Nicht viele können sich das leisten. Überdies werden Patienten abgelehnt, die an Tuberkulose oder Diphtherie erkrankt sind, ebenso wie Epileptiker und Geisteskranke. Und ein anderes Problem sehe ich in einer weiteren Regel der Anstalt …«

»Die wäre?«

»Keine Trinker.«

Levi begriff, auch wenn Wiesenblums Worte ihn wie ein Fausthieb in den Magen trafen. »Ich verstehe …«

Der Arzt nickte. »Wissen Sie, mein lieber Sternberg, mir ist unerklärlich, wie Frau Schneider es so weit hatte kommen lassen können – allein die Beschaffung … aber geschenkt. Jedenfalls ist mir ihr Zustand in dieser Hinsicht nicht unbemerkt geblieben.«

Levi nickte betroffen. »Ja. Natürlich. Ich bin Ihnen äußerst dankbar für Ihre offenen Worte, Doktor. Ich hatte das zwar geahnt … wollte es jedoch nicht wahrhaben.«

»Sagen wir es mal so: Ihr Immunsystem ist dadurch auch äußerst fragil. Ich verschreibe ihr fürs Erste Chinin gegen das Fieber und die Schmerzen. Sorgen Sie dafür, dass in ihrem Zimmer regelmäßig gelüftet wird, dass sie genug Wasser trinkt und wenigstens zwei leichte Mahlzeiten am Tag bekommt. Außerdem darf sie sich nicht aufregen. Das Gebot der Stunde ist absolute Ruhe!« Wiesenblum nahm einen Block aus seiner ledernen Arzttasche, notierte etwas und riss ihn schwungvoll ab. »Hier. Verlieren Sie keine Zeit. Steht auch ein Schlaf- und Beruhigungsmittel drauf, sie sollte keinesfalls zu den körperlichen Leiden übermäßig Angst bekommen … das passiert manchmal bei Patienten mit Atemnot. Gut, das wäre vorerst alles. Dann verabschiede ich mich, Sternberg. Ich schaue in ein paar Tagen wieder vorbei. Wenn früher etwas sein sollte – Sie wissen ja, wo Sie mich finden.« Er drückte Levi das Rezept in die Hand, nahm seinen Mantel von der Garderobe und zog seinen Hut auf. »Reden Sie mit der Tochter?«, fragte er noch.

»Das mache ich, Doktor. Ich weihe Lulu in alles ein und kümmere mich um Claires Versorgung und wie wir ihre Pflege organisieren«, bestätigte Levi in bekümmertem Tonfall. Er öffnete Wiesenblum die Tür. »Wiedersehen. Und danke.«

»Gehaben Sie sich wohl, mein Freund.« Der alte Arzt hob kurz seinen Hut zum Gruße und trat in den Flur, dann drehte er sich erneut um. »Ach … Wie geht es eigentlich Ihrer verehrten Gattin?« Sofort fühlte Levi sich ertappt, obwohl er diesem Mann keinerlei Rechenschaft schuldig war.

»Danke der Nachfrage. Ludmilla ist wohlauf. Abgesehen davon, dass sie immer noch ihrer gescheiterten Gesangskarriere als junges Mädchen hinterhertrauert … Sie singt beinahe ununterbrochen!«, versuchte Levi mit einem Scherz harmlose Konversation zu betreiben. »Zudem hilft sie im Ballhaus mit viel Engagement an der Bar und kümmert sich um die Einteilung der Kellner.« Er hüstelte.

»Wunderbar«, schloss Wiesenblum sachlich, die Antwort schien ihm auszureichen. »Und Ihr Sohn, David? Ein feiner Bursche. Studiert der nicht in München?«

»Richtig. Viertes Semester. Alles bestens. Anfang des Jahres wird er zu Besuch kommen, da sehen Sie ihn bestimmt einmal. Wir sind sehr stolz auf ihn. Er ist fleißig, zielstrebig und lernt viel.«

»Ganz der Vater, was?«, stellte der Doktor mit einem Lächeln fest. Dann verabschiedete er sich endgültig und stiefelte schwerfällig die Treppen hinab.

Als Wiesenblum verschwunden war, ging Levi zurück in Claires Schlafstube. Zierlich und verloren lag sie mit ihrem blassen Gesicht in den hohen Daunenkissen. Schweißperlen zeichneten sich auf ihrer Stirn ab, die braunen Haare klebten schon völlig durchnässt an ihrem Kopf, und die Wangen waren stark gerötet. Ihr keuchender Atem ließ sofort erkennen, wie wenig Luft sie bekam, und erschien als einziges Geräusch im Raum übermächtig laut. Ein zärtliches Gefühl überkam Levi. Er holte frische Tücher, tauchte sie in kaltes Wasser – ein Emaillebottich stand jetzt immer auf der Kommode im Zimmer bereit – und erneuerte Claires Wadenwickel, um das Fieber zu senken. Dann tupfte er mit einem Lappen zuerst ihre schweißnasse Stirn trocken und legte ihn anschließend kühlend auf ihre Stirn. Da öffnete sie ihre wunderschönen Augen. Ihm kam es vor, als wäre daraus jeglicher Lebensmut gewichen. Erschöpft sah sie ihn an. Levi regte ihre Lethargie und Schwäche furchtbar auf. Oft schien es ihm, als hätte sie sich selbst bereits aufgegeben. Wenn sie wenigstens kämpfen *wollte*.

»Levi …«, flüsterte sie kaum hörbar. Er setzte sich zu ihr auf die Bettkante, legte die eine Hand auf ihren Kopf und streichelte mit der anderen ihre Wange.

»Hallo, Claire. Wie geht es dir?«, fragte er sie sanft. »Hast du bemerkt, dass Dr. Wiesenblum bei dir war?«

Ein Funken von Überraschung zeigte sich in ihrem Blick. »Ach? War er das? Wann?« Claires Stimme zitterte, ihr fehlte auch die Kraft zum Sprechen.

»Ja, eben gerade. Komm, trink einen Schluck. Ich helf dir.« Levi nahm das Glas auf dem Nachttisch und führte es an ihre trockenen Lippen. Unter größter Anstrengung ließ er etwas Wasser in ihren Mund laufen, den sie kaum öffnen konnte, und passte auf, dass nicht alles danebenging.

»W-wwas … was sagt er …?«, stotterte sie.

»Dass du Ruhe brauchst.« Levi lächelte und stellte das Glas wieder ab. Sie nickte kaum merklich. Wenn er sie so betrachtete, wurde ihm schwer ums Herz, als zöge es jemand mit voller Wucht in den Abgrund. Er fasste ihre Hand und hielt sie fest. Sie war eiskalt. Ihre Stirn wiederum glühend heiß. Wie gerne hätte er etwas von seiner Lebenskraft an sie abgegeben.

»Levi?«, hauchte sie und drehte sich leicht in seine Richtung.

»Ja?« Er beugte sich zu ihr hinunter, um sie besser verstehen zu können.

»K-kümmerst du dich … um Lulu … bitte …?« Jedes einzelne Wort schien Claire unglaublich schwerzufallen. Ihr Atem rasselte nach fast jedem Wort. Er konnte sie kaum verstehen. Mit ihren großen Augen in dunklen Höhlen blickte sie ihn ernst, fast eindringlich an.

»Natürlich, Claire. Aber wann? Was meinst du?«, fragte Levi verunsichert.

»Wenn es so weit ist«, antwortete sie leise.

Er spürte einen Kloß im Hals. »Ich verspreche es dir«, bekundete er, obwohl er sie in diesem Moment am liebsten geschüttelt hätte, weil sie so etwas sagte. Claire schenkte ihm ein winziges Lächeln. Dann schloss sie erschöpft die Augen und drehte sich von ihm weg.

Am späten Nachmittag, kurz vor Öffnung des Ballhauses und nach einem ausgedehnten Spaziergang an der Spree, bei dem Levi seine Gedanken hatte ordnen wollen, saß er mit Harry Krawuttke an der Bar und genehmigte sich einen Whiskey. Er zündete sich eine neue Zigarre an, eine echte Partagas, die er sich seit Wochen für eine besondere Gelegenheit aufgehoben hatte. Er hoffte, dass diese und Krawuttke ihm dabei helfen würden, ein wenig zu entspannen und Lösungen für seine aktuellen Probleme zu finden. Sein treuer Gefährte und gute Seele des Hauses hellte meistens seine Stimmung auf und wusste zu allem was zu sagen. Der ließ sich durch nichts und niemand unterkriegen. Und auch wenn das vielleicht keiner von Levi dachte – auch er brauchte ab und an ein zuversichtliches Wort von einem Freund.

Der Garderobenwärter nahm einen großen Schluck frisch gezapftes Bier. Mit einem genießerischen »Ahhh!« stellte er den nun halb leeren Krug wieder auf die Theke und wischte sich mit dem Ärmel seines Kittels den Schaum vom Mund. Dabei begutachtete er Levi mit einem seiner typischen prüfenden Blicke. Er sah dem alten Kaiser Wilhelm wirklich zum Verwechseln ähnlich, dachte Levi und unterdrückte ein Lächeln.

»Na, Chef, was haben wir denn uff'm Herzen?«, fragte er

und traf es sofort auf den Punkt. Ihm konnte er schon lange nichts mehr vormachen.

Levi zog mit Genuss an der Zigarre, achtete auf die feinen Geschmacksnuancen auf seiner Zunge und paffte den Rauch bedächtig wieder in den Raum. Er wollte mit Krawuttke möglichst schnell die Lage besprechen, bevor Ludmilla in den Saal käme, um die Abendschicht vorzubereiten.

»Harry, wir müssen reden. Zwei Dinge liegen mir schwer im Magen. Zunächst geht es um Claires Gesundheitszustand. Ich hatte vorhin ein Gespräch mit dem Doktor. Sie hat sich nun vermutlich auch noch eine schwere Lungenentzündung eingefangen und ist kaum mehr fähig, sich zu bewegen, zu essen, zu trinken, geschweige denn zu reden. Hinzu kommen das Fieber und die Atemnot. Ein längerer Klinik- oder Kuraufenthalt ist gegenwärtig keine Option, ein Transport und eine Verlegung würden sie womöglich mehr gefährden als retten. Aber überdies fehlen mir dafür aktuell auch die finanziellen Mittel, wo wir im Ballhausbetrieb noch die Nachwirkungen des Krieges spüren und auffangen müssen. Wir können uns längst nicht zurücklehnen. Tja, und schließlich sind die Kosten für Davids Studium, auch wenn er sich daran beteiligt, nicht unerheblich.« Levi machte eine Pause und trank von seinem Whiskey. Krawuttke hörte ihm aufmerksam zu und schenkte sich noch einen Scharlachberg ein.

»Und weiter?«, fragte er.

»Wir müssten uns aufteilen, um sie hier pflegen zu können. Meinst du, das geht, Harry? Wenn mehrere sich abwechselnd um sie kümmern, hinge nicht alles an Lulu und mir … Und wir … wir könnten sie vielleicht doch … sie würde nicht …«, er musste schlucken, es fiel ihm unendlich schwer, das auszusprechen, »… sie würde vielleicht wieder ganz zu Kräften kommen …?« Er spürte selbst, wie er Krawuttke mit Verzweiflung in den Augen anschaute und den Satz eher als Frage formulierte. Dieser erwiderte seinen Blick ruhig und mit einem verstehenden Nicken.

»Dass dir dit allet nich mal irgendwann jewaltig um die Ohren fliegt, Chef«, kommentierte er trocken. Aber dann klopfte er Levi aufmunternd auf die Schulter. »Is jut, dit kriegen wir hin. Wofür sind wir 'ne Ballhausfamilie, wa? Du, Lulu und ick sind schon jesetzt. Ick sprech noch mit Rosachen, Berta und Käthe. Meine Tochter Else kann sicher ooch einspringen. Denn sind wir für die Pflege sieben Leute, die wir einteilen können. Und wenn Claire schläft, muss ja keener länger bei ihr sitzen. Zufrieden?«

Levi war erleichtert und gerührt: »Danke, Harry! Das beruhigt mich sehr. Ohne eure Hilfe schaffen wir das nicht …« Er senkte den Kopf.

»Is die Chefin einjeweiht?«, wollte Krawuttke noch wissen. Er kannte sie zu gut und durchschaute die Situation ihrer Ehe seit geraumer Zeit, das war Levi bewusst. Abgesehen davon legte Harry sich als Garderobenwärter und Hausmeister oft genug mit seiner Frau an und hatte mit ihren Launen zu kämpfen.

»Seit unserem letzten Streit hält Ludmilla die Füße still«, versicherte Levi ihm im Vertrauen. »Sie wird aus eigenem Interesse heraus loyal bleiben und sich nicht gegen meine Wünsche stellen.«

»Jut. Wenn du dit sagst. Und was jibt et noch?«, half Krawuttke ihm, den Faden nicht zu verlieren, und trank auch den Rest seines Bieres aus.

»Ja, es ist so«, begann Levi, »unsere für die nächste Saison engagierte Sängerin, die Samstagabendattraktion – weißt du, von wem ich spreche? Die hat mir doch glatt gestern abgesagt! Stell dir vor, sie ist schwanger!« Er haute seinen Ärger mit der flachen Hand auf den Tresen heraus.

Krawuttke zog die Augenbrauen hoch. »Nee, Chef, die hübsche Schwarzhaarige? War die nicht für ’n halbes Jahr jebucht?«

»Genau die!«, bestätigte Levi. »Sie wollte am Ende ihres Auftritts sogar nackt singen. *Alle* wären deshalb zu uns in die Auguststraße gekommen! Es ist ein Unglück, jetzt fehlt mir meine Samstagabendsensation! Und dabei wird es ja sowieso immer schwieriger mit dem Konkurrenzkampf, was die Vergnügungen in der Stadt angeht. Wir brauchen dringend noch mehr Zulauf, uns fehlen zunehmend Gäste, weil das Angebot insgesamt in Berlin zu groß ist. Die Cabarets, Revuen, Theater und Kinos, Bars und Kneipen sprießen nur so aus dem Boden. Wir müssen etwas Neues bieten, eine echte Attraktion. Etwas, das diesen Ort außergewöhnlich macht, viele Leute anzieht und neugierig ins Ballhaus strömen lässt, wie zu den Revuen und Shows auch. Jeden Tag Tanz reicht längst nicht mehr. Wir müssen uns abheben von den anderen Vergnügungen.« Levi machte eine Pause und strich die Asche seiner Zigarre ab. »Zumindest mithalten. Und das wäre es gewesen! Diese Sängerin war einzigartig, frech und talentiert.«

Er seufzte laut. Es kam selten vor, aber er hatte keine Alternative im Kopf.

Krawuttke hatte die ganze Zeit konzentriert gelauscht und sich über den Schnauzer gestrichen. Plötzlich hellte sich seine Miene auf. »Frag doch unsere kleene Lulu. Sie studiert gerade so ein Programm ein, ick hab das schon jesehen, ist wirklich janz was Besonderet! Einmalig! Hol sie uff die Bühne als Ersatz für die Sängerin, nach dem Motto: der neue Tanzstar vom Berliner Osten! Egal, ob wir ein Theater sind oder nicht, *ditte* wär doch eene echte Sensation, wa? Das *Metropol* hat die Berber, der *Wintergarten* die Waldoff, und wir haben – unsre Lulu! Machen wir einfach jeden Samstagabend aus *Sternbergs Ballhaus* ein Varieté! Dann kannste sagen, hättest sie entdeckt. Kommt immer jut. Und nackte Haut zeigt Lulu bestimmt ooch, wie die Berber, kennst sie doch. Wir hängen überall Plakate uff. Und Lulu kann beweisen, was sie all die Jahre jelernt hat! Bevor sie dir abhaut und woanders was findet. Sie tanzt ja jetzt schon überall vor. Und sie muss alleene für Claire und sich sorgen. Ick finde, die Chance hat sie verdient.«

Levi war für einen Moment sprachlos. So viel am Stück hatte Krawuttke noch nie gesprochen. Levi sah ihm an, wie er mehr als angetan von seiner Idee war. Er dachte einen Augenblick nach. Dann fiel er dem alten Mann um den Hals und drückte ihn fest an sich. »Harry, du bist der Allerbeste! Das ist *die Lösung*, warum nicht? Danke, mein Freund! Du hast völlig recht. Damit würden wir mehrere Fliegen mit einer Klappe schlagen. Wir haben nichts zu verlieren. Gleich morgen werde ich mit Lulu reden.«

29

Sonntag, 24. September 1922

Liebster David,
nun kommt auch von mir ein Lebenszeichen. Ich danke Dir von Herzen für Deinen letzten Brief. Zugegeben, ich war wirklich traurig, weil ich so lange nichts von Dir gehört hatte. Die Aussicht auf ein Wiedersehen mit Dir lag so weit entfernt, dass mich eine Art Ratlosigkeit überfallen hatte. Sollte ich weiter auf Dich warten oder versuchen, Dich zu vergessen? Es war und ist nicht leicht, Dich loszulassen. Da ist immer noch diese tiefe Wehmut in mir, wenn ich daran denke, was wir versäumt haben, was aus uns hätte werden können. Versteh mich bitte nicht falsch, ich freue mich darüber, wie Du Dein Studium und Leben in München meisterst! Dessen gewahr zu sein, hilft mir jedoch nicht darüber hinweg, dass mir mit Dir ein großer Teil meines Herzens fehlt. Manchmal bilde ich mir ein, wenn ich mich zwinge, nicht an Dich zu denken, bekomme ich bestimmt mit der Zeit Stück für Stück davon zurück …
In diesem Sinne war es sehr schön für mich zu lesen, dass ich Dir nicht gleichgültig geworden bin. Trotzdem hat es

mich sehr durcheinandergebracht zu erfahren, dass Du im Januar zu Besuch kommst. Um ehrlich zu sein, bin ich etwas unsicher – schließlich sind vier Jahre eine lange Zeit. Doch will ich es mit Rosa halten, die sagt, wir müssen darauf vertrauen, dass uns das Schicksal den Weg weisen wird.

Wirst Du von Deinen Eltern über die Geschehnisse im Ballhaus regelmäßig unterrichtet?

Ich werde nun einfach trotzdem freiheraus erzählen, was sich die letzte Zeit hier abgespielt hat, auch wenn Du vielleicht schon Bescheid weißt.

Die beste Neuigkeit ist erst zwei Tage alt: mein festes Engagement in Sternbergs Ballhaus als Solotänzerin! Ist das zu glauben, Dein Vater hat mir angeboten, ab Januar jeden Samstag mit einer exklusiven Show die Tanznacht zu eröffnen. Das gab es vorher noch nie – nur in den Varietés! Er möchte mir diese Bühne geben, um mich vor Publikum auszuprobieren, meine eigenen Tänze zu zeigen. Vielleicht werde ich dann sogar über das Viertel hinaus bekannt, um später ein Engagement in einem anderen Revuetheater zu ergattern. Wäre das nicht unglaublich? Weißt Du noch, wie ich mir früher immer vorgestellt habe, dass ich eine berühmte Ballerina werde und mir das Publikum zujubelt? Dein Vater erhofft sich natürlich seinerseits davon, dass ich sein »Zugpferd« werde für den wichtigen Samstagabend, um neue Leute ins Ballhaus zu locken. Ich hoffe, dass es funktioniert! Auf jeden Fall werde ich mein Bestes geben. Ich probe schon die ganze Zeit fleißig an meinem allerersten Programm, es soll »Der

Pierrot auf dem Vulkan« heißen. Du kannst Dir vorstellen, wie ich außer mir vor Freude bin und wahnsinnig dankbar für diese Möglichkeit aufzutreten. Rosa hilft mir beim Nähen des Kostüms, Besorgen der Schminke und anderer Accessoires. Gregor wird mich musikalisch begleiten; für diesen Tanz haben wir uns auf einen Tango geeinigt. Diese Aussicht lässt mich vor Glück schweben!
Was mich im Gegenzug stark bekümmert, ist der Zustand von Mutter. Sie ist nach wie vor sehr krank und baut immer mehr ab. Herz und Lunge sind inzwischen stark angegriffen. Wenn sie doch wenigstens wieder mehr zu Kräften kommen könnte! Onkel Levi und die anderen helfen mir bei der Pflege und auch sonst, wo es nur geht. Ich wüsste nicht, was ich ohne sie alle tun würde. Es ist schwer für mich. Dein Vater ist rührend zu ihr und lässt sich in dieser Hinsicht auch von Deiner Mutter nicht reinreden. Ich habe den Eindruck, er vermisst den Austausch mit seiner Claire sehr …
Kalle und Richard sehe ich ab und zu beim Tanzen oder auf der Straße. Richard ist mit einer hübschen Brünetten fest liiert – ich glaube, sie heißt Heidi und arbeitet als Stenotypistin. Kalle nimmt es mir übel, wenn er mich nur mit einem anderen Mann tanzen sieht … Ihm wäre es am liebsten, ich würde mich einsperren lassen, bis Du zurückkommst und mich wiederhaben willst, kennst ihn ja. Er macht Rosa nun auch seit ein paar Wochen Avancen, wer weiß, was daraus noch wird! Berta und Käthe sind immer noch auf der Suche nach Kandidaten für eine Doppelhochzeit – es findet sich aber keiner, der be-

reit ist, es gleich mit Zwillingen aufzunehmen! Also bleiben sie der Ballhausküche erhalten und haben dort das Ruder fest in der Hand. Krawuttke ist ebenso wohlauf, er unterstützt Deinen Vater sehr und nimmt es täglich mit den nörgeligsten Gästen auf. Aber im Grunde lieben ihn ja alle, die ihn kennen; für jeden hat er einen schnellen Spruch übrig, einen anzüglichen Witz oder ein schnodderiges Kompliment. Mühelos unterhält er die ganze Schlange Menschen vor seiner Garderobe, die dann gar nicht merken, dass sie warten müssen. Und von Ludmilla lässt der alte Kauz sich nach wie vor nichts sagen, sie streiten eigentlich ständig!

Falls es Dich interessiert: Zu mir ist Deine Mutter unverändert kühl. Den Namen Claire hat sie aus ihrem Vokabular gestrichen. Manchmal tut sie mir sogar leid, denn Dein Vater schenkt ihr sicher nicht die Aufmerksamkeit, die sie sich wünscht, und Du bist auch weit fort. Sie arbeitet mittlerweile fast jeden Abend an der Bar, ich vermute, um gebraucht zu werden. Sie muss sehr allein sein. Alle Bediensteten auf Spur und den Laden samt Spiegelsaal am Laufen zu halten, ist nicht leicht – ich beneide Deine Eltern nicht. Trotz aller Herausforderungen halten im Ballhaus aber wirklich alle zusammen, wenn es zählt. Auch Rosa und Else sind aus dem Ballhaus nicht mehr wegzudenken. Else springt jedes Mal zuverlässig an Kasse oder Garderobe ein, wenn Not ist, und Rosa will – trotz ihrer anstrengenden Arbeit im Krankenhaus – einfach nicht auf ihre Schichten als Kellnerin verzichten. Sie liebt den Trubel, die feiernde und tanzende Menschenmenge,

die laute Musik und alles drumherum viel zu sehr!
Meine Tage sind, ebenso wie Deine, vollkommen ausgefüllt mit der Betreuung von Mutter, Arbeit im Ballhaus und täglichen Proben. Und mit leben. Eine ruhige Auszeit suche ich bei Spaziergängen durch die Stadt oder Parks. Die Wege an der Spree erinnern mich zu sehr an Dich, die vermeide ich dann lieber. Und zugegeben, suche ich auch gerne Zerstreuung in durchtanzten Nächten.
Rosa und ich gehen oft zusammen aus, besuchen mal ein Kino oder Theater am Ku'damm, das Kabarett Größenwahn, ein Konzert im Nelson oder ein kleineres Varieté.
Den Sommer über sind wir am Wochenende bei schönem Wetter manchmal rausgefahren, am liebsten ins Strandbad Weißensee nach Pankow. Es gibt immer mehr Touristen in der Stadt, da ist es von Vorteil, wenn man als Einheimische ein paar Geheimtipps kennt.
Letzte Woche haben wir den ersten Tonfilm im neuen Alhambra gesehen! Wir fanden es unglaublich faszinierend, und es war ungewohnt, denn wir mussten sehr gut zuhören.
Im Lunapark mag ich am liebsten das drehbare Haus, auf dem Ku'damm die ganzen neuen Geschäfte, tausend Cafés und die Bar Kakadu und im Zoo das Aquarium.
In Berlin hat sich auf jeden Fall viel getan, vor allem der Westen wird richtig schick und übertrifft sich selbst mit Sensationen jeglicher Couleur. Krawuttke nennt es »feine Jegend«, aber es ist eben viel moderner als unsere dagegen etwas antiquiert wirkende Spandauer Vorstadt.
Einmal im Monat besuche ich Maria Salino, dann reden

wir ein wenig über dies und das oder wiederholen ein paar Choreografien. Sie würde sich gerne mit ihrer Ballettschule für ein paar Kursstunden tagsüber im Spiegelsaal einmieten. Die Miete könnte Dein Vater gut gebrauchen, sie sind jedenfalls im Gespräch.
Nun muss ich aufhören, gleich ist Mitternacht, und morgen muss ich früh raus. Dabei liebe ich die Dunkelheit und wäre gerne mit dem Mond zusammen wach. Seltsam, die Energien der Nacht sind viel stärker, findest Du nicht?
Deine Geschenke liegen hier vor mir. Erinnerungen zum Anfassen … Ich berühre die Sonne auf der Tarotkarte und rieche am Stoff des Taschentuchs. Dabei denke ich an Dich und fühle Dich ganz nah bei mir. Wie gerne hätte ich Deinen Geruch darin gehütet. Aber er ist verloren gegangen über all die Jahre, wie sehr ich mich auch bemühte.
Genug für heute. Adieu, liebster David.
Ich verbleibe voller Spannung und in Vorfreude auf unser Wiedersehen mit vielen lieben Grüßen
Lulu

Lulu las ihre letzten Sätze noch einmal laut vor. So war es gut, das würde reichen. Dann faltete sie das Blatt zusammen und steckte es in einen Umschlag.

»Lulu?«, erklang es aus der Schlafkammer. Ihre Mutter war aufgewacht und verlangte nach ihr, ein schwerer Hustenanfall folgte. Vielleicht hatte sie Schmerzen, oder das Fieber war wieder gestiegen.

»Ich komme, Mama!«, antwortete Lulu schnell, um Claire zu beruhigen. Schnell schrieb sie noch Davids neue Adresse und ihren Absender aufs Kuvert. Dann hielt sie kurz inne und rieb sich mit beiden Händen übers Gesicht, als könnte sie die Wirklichkeit so wegwischen wie einen Kaffeefleck auf dem Esstisch. Aber sie saß immer noch hier in ihrer Mansarde in Berlin. Und David war in München. Wahrscheinlich schlief er längst.

»Ach!«, brach es aus Lulu heraus. Kein Widerhall im Zimmer, niemand gab ihr eine Antwort. Auch das Leben nicht. Erst zögerte sie, aber schließlich gab sie ihrem Impuls nach und küsste den Briefumschlag zärtlich auf *seinen* Namen. *David Sternberg*. Ohne Lippenstift bliebe der Kuss unsichtbar. Würde er es trotzdem spüren? Lulu schüttelte über sich selbst den Kopf.

»Lulu?«, rief es erneut von nebenan, nun etwas lauter und dringlicher. Beinahe hätte sie Mutter wieder vergessen. Lulu legte den Brief beiseite, stand auf und ging hinüber, um nach ihr zu sehen.

Die Wanduhr schlug eins. So spät schon, Lulu musste unbedingt ins Bett. Seit einem halben Jahr schlief sie in der Wohnstube auf der alten Chaiselongue. Dort hatte sie sich einen gemütlichen Schlafplatz hergerichtet. So blieb ihre Mutter meist ungestört und bekam auch nicht immer genau mit, wann die Tochter kam oder ging. Das empfand sie als sehr befreiend. Lulu gähnte, sie wollte einfach nur schlafen. Sie hatte in den letzten Stunden die Wadenwickel erneuert und Claire ein frisches Nachthemd angezogen, das alte war völlig durchgeschwitzt gewesen. Dann hatte sie ihr ein bisschen von dem Schmerzmittel gegeben, die Bettpfanne geleert und frischen Kamillentee in die Schnabeltasse gefüllt.

»Trink noch was, Mama, bitte«, sagte Lulu jetzt sanft und bettete deren Kopf auf dem Kissen etwas höher. Diese ließ zwar alles mit sich geschehen, machte jedoch keinerlei Anstalten mitzuhelfen. Es schien ihr schon schwerzufallen, nur ihre Augen offen zu halten. Lulu nahm die Tasse und führte sie an die rissigen Lippen ihrer Mutter, ließ die Flüssigkeit durch das Mundstück hineinlaufen. »Schluck es runter, Mama, ja? Bitte, trink das aus. Ist der gute Heiltee von Else. Den magst du doch so gerne«, sagte sie in die Stille hinein, um nur irgendetwas zu sagen. Ihre Mutter strengte sich an und zwang sich den Tee mühsam schluckend hinunter. So sah es jedenfalls aus. Bestimmt wollte sie Lulu den Gefallen tun. Ihr Atem rasselte. Nach ein paar Schlucken stellte Lulu die Tasse wieder ab und streichelte über Mutters Haare. Der Anblick der Schwerkranken versetzte ihr jedes Mal einen Stich, und jetzt schnürte es ihr fast die Kehle zu. »Mama«, entfuhr es ihr, sie hörte selbst, wie verzweifelt sie klang. Der veränderte Tonfall erreichte ihre Mutter wohl irgendwie, denn sie sah Lulu unvermittelt an.

»Mein … Kind«, stieß sie kaum hörbar hervor. »Liebes. Sei … nicht … traurig. Ich … ich kann … nicht … mehr.« Sie holte tief Luft, jedes Wort schien sie unter größter Anstrengung hinauszupressen. Lulu spürte, wie ihr die Tränen in die Augen stiegen. Sie ergriff Claires Hand, die schlaff auf der Bettdecke lag, und drückte sie fest. Nun fehlten Lulu die Worte.

»Gib … nie … auf, Liebes. Niemals. Tanze … und liebe … lebe … und weiter und weiter. Verstanden?« Mutter erwiderte ihren Händedruck und versuchte sich sogar an einem Lächeln. Der Blick aus ihren hellblauen Augen ruhte voller Liebe und Verstehen auf ihrer Tochter.

»Du sollst nicht so reden, Mama!«, schimpfte Lulu und schluchzte laut auf.

»Ist doch gut. Ist … alles gut«, versuchte Mutter, sie zu trösten. Dann fiel Claire wieder in sich zusammen und atmete schwer.

Lulu schnäuzte sich die Nase. »Nie aufgeben«, versicherte sie, »wie du, nicht wahr? Du wirst ja auch bald wieder gesund.«

Mutter drehte sich wieder von ihr weg, schien wie in einer anderen Welt. »Mama?«, fragte Lulu. »Mama, was hast du?«

Keine Antwort. Nur ein Räuspern. Lulu streichelte die Wange ihrer Mutter. Sie glühte.

»Lulu … mein einziges Kind … Die Wahrheit ist: Es war … immer Levi. Mein ganzes Leben. Immer nur er …«, flüsterte sie plötzlich, den Blick weiter zur Decke gerichtet.

»Levi?«, wiederholte Lulu, ohne zu wissen, worauf Mutter genau hinauswollte.

»Frag ihn … nach dem … Tagebuch«, stieß Claire noch leiser hervor.

»Was für ein Tagebuch?« Davon hatte Lulu zuvor noch nie gehört. *Warum muss Mama gerade jetzt in Rätseln sprechen?* Aber danach folgte nur Stille.

»Was für ein Tagebuch?«, wiederholte Lulu ihre Frage noch einmal ganz nah an Mutters Ohr. Doch Claire schloss die Augen, ohne zu antworten.

Und mehr sagte sie in dieser Nacht nicht.

30

Freitag, 15. Dezember 1922

Gedankenverloren starrte Lulu auf ihre Tasse Kaffee und den Apfelkuchen mit Sahne. Die war schon flüssig geworden und lief über die Fruchtstückchen auf dem Teller. Hoffentlich würde ihr petrolfarbenes Samtkleid, das im Winter so schön warmhielt und mit ihrem hellblonden Bubikopf wunderbar harmonierte, keine Flecken davon abbekommen. Nur in Ausnahmefällen gönnte sie sich solche Leckereien, ihr Tänzerinnenkörper sollte auf keinen Fall seine Grazilität verlieren. Aber heute war es nötig. Sie hatte den ganzen Tag schon eine seltsame Unruhe in sich, die sie nicht wirklich erklären, aber auch nicht wegschieben konnte, egal, was sie auch versuchte. Sogar hier nicht, obwohl es ihr im *Romanischen Café* ausgezeichnet gefiel. Schon wenn sie das elegante Gebäude östlich von der Gedächtniskirche am Breitscheidplatz mit seinen zwei Türmen und Rundbögen beim Ankommen sah, die ausladende Terrasse betrat, überdacht mit einer sandfarbenen Markise, und dann in den Hauptraum eintrat, eröffnete sich für Lulu eine vollkommen andere Welt, die sie mehr und mehr faszinierte. Ein todschickes Kaffeehaus mit rotgoldenen Tapeten und gleichgültigen Kellnern. Die Gäste schlürften Mokka und Melange, rauchten und redeten, einige schrieben, viele stritten und debattierten.

Stundenlang könnte sie hier sitzen und einfach nur dem Trubel und Treiben zusehen – ein bisschen so, wie sie früher vom Kirschlorbeer aus den Tanzsaal des Ballhauses beobachtet hatte.

Um sie herum nahm sie in diesem Moment nur gedämpftes Stimmengewirr wahr, Geschirr klapperte, Kellner rannten hektisch hin und her, riefen etwas, und Rauchschwaden waberten im Raum. Fritz' Stimme überlagerte alles. Natürlich. Fritz war nie zu überhören, vor allem, wenn er ganz in seinem Element war und über ein Thema referierte, von dem er glaubte, Experte zu sein. Wobei er der Typ Mensch war, der allen Ernstes meinte, sich mit nahezu allem auszukennen …

Lulu stöhnte innerlich über sein Geschwafel, ließ sich aber nichts anmerken und nickte nur zustimmend. Dann trank sie einen Schluck von der schwarzen Brühe, die inzwischen kalt geworden war, und aß vorsichtig den Kuchen auf, während sie sich weiter umschaute. Sie sollte sich ablenken, vielleicht spürte sie ja nur den Wetterumschwung. Nach viel zu warmen Tagen für einen Berliner Dezember hatte es letzte Nacht gefroren und sich eine Wolkendecke über die Stadt gelegt. Aber hier drinnen merkte man davon nichts, das gesamte Ambiente fand Lulu wahnsinnig spannend. Es war einfach berauschend, und diese ganze Szene, die kulturelle Avantgarde und künstlerische Prominenz, zudem neu für sie. Obwohl sie heute irgendwie neben der

Spur war, genoss sie es, sich im Café in ihren Tagträumen zu verlieren.

Fritz hatte sie im Sommer zum ersten Mal ins Romanische ausgeführt, weil sein alter Schulfreund Rudolf seinen Geburtstag dort feierte. Als Lokalredakteur bei der Berliner Volks-Zeitung verkehrte der regelmäßig in diesen Kreisen. Es war ein ausgelassenes Fest gewesen, und Lulu begeistert von der – für sie – schnieken Gesellschaft. Seitdem nahm Fritz sie nun häufiger mit; er lockte sie regelrecht damit, weil er wusste, dass Lulu es liebte, hier zu verweilen und auch auf dem derzeit angesagten Prachtboulevard Kurfürstendamm zu schlendern.

Eine der wichtigsten Aufgaben dieses Cafés lag darin, Künstler und ihre Mäzene, Schauspieler und Regisseure, Schriftsteller und Verleger zusammenzuführen, damit Kunst und Geld eine fruchtbare Verbindung eingehen konnten. Das hatte Lulu in der Friedrichstadt auf diese Weise noch nie erlebt. Es war aufregend, so nahe bei der Westberliner Künstler-Bohème zu sitzen. Alle literarischen Cafés des Berliner Westens waren echte Umschlagplätze für Literatur, Geist und Kultur. Dort wurde Starkult betrieben, wurden hohle Phrasen gedroschen, aber zugleich Projekte geschmiedet, Kontrakte unterschrieben und Genies entdeckt.

Das Romanische war eine der wichtigsten Anlaufstellen für werdende Künstler. Auch Lulu erhoffte sich den einen oder anderen wichtigen Kontakt als Tänzerin. Doch leicht war es nicht, zu der Prominenz mit Einfluss vorzudringen. Lulu hatte das genau beobachtet. Die bereits Erfolgreichen versuchten nämlich, allzu plumpe Annäherungsversuche abzuwehren. Ihr Revier war das sogenannte »Bassin für Schwimmer«, der Nebenraum des Cafés mit weniger Tischen. Alle anderen wurden auf den riesigen Hauptraum verwiesen, das »Bassin für Nichtschwimmer«. Da wartete man sozusagen von Zigarette zu Zigarette, bei Kirschtorte, Windbeuteln oder Russischen Eiern darauf, entdeckt zu werden. Oder musste sich unter einem gewitzten Vorwand zu den Schwimmern durchschlagen. Die Schachspieler wiederum trafen sich traditionell auf der Galerie, und auf der Terrasse tummelten sich die »Fremdlinge«. Auf seine Kritiker wirkte das Café allerdings wie eine ungemütliche Bahnhofshalle mit Marmortischen. Rosa mochte es zum Beispiel gar nicht, sie bevorzugte die kleinen feinen Läden, wo es gemütlicher war und ein persönlicherer Ton herrschte. Aber Lulu war gerne hier.

»… wo Regierungsräte, Hochstapler, Bankdirektoren, Schieber, Theater- und Filmleute und Kokotten wohnen«, erklang Fritz' Stimme durch ihr Sinnieren und Abtauchen hindurch. »Derjenige, der am Ku'damm haust, und sei es auch nur im Gartenhaus vier Treppen hoch, gilt als feiner Mensch, gut situiert, etepetete. So ist das heute, Lulu, glaub mir. Und wenn er Telefon hat, isser kreditfähig. Leute, die vorwärtskommen wollen, müssen also am Ku'damm wohnen. Zumindest aber um die Ecke, Charlottenburg, hier im Westen. Keine Frage. Das sagt Rudolf auch.« Fritz tat immer, als wüsste sein Freund von der Zeitung über alles genau Bescheid, fast wie er selbst.

»Hmmm«, machte Lulu gelangweilt und dachte, jetzt hätte sie unheimlich große Lust, eine zu rauchen. Ob sie am

Nachbartisch eine schnorren sollte? Ach, lieber nicht, das würde Fritz wieder furchtbar aufregen. Hoffentlich hatte Rosa welche dabei, wenn sie sie gleich um vier abholen käme. Nach ihrem Treffen mit Fritz, bei dem sie sich im KaDeWe ein Weihnachtsgeschenk hatte aussuchen dürfen – es war eine silberne Kette mit eingefasstem Mondsteinamulett geworden –, wollten die beiden Freundinnen nämlich auf dem Ku'damm ein bisschen flanieren und weihnachtliche Auslagen, festliche Beleuchtung und exklusive Angebote bewundern. Überdies brauchte Lulu dringend eine Federboa für ihren Auftritt, denn das war das Letzte, was ihr zur Vervollständigung ihres Kostüms fehlte. Anschließend hatten sie sich vorgenommen, auf dem Heimweg im *Aschinger* in der Friedrichstraße noch gemeinsam etwas zu essen. Lulu überlegte, ob sie sich da ausnahmsweise das Sahnegulasch mit Butternudeln gönnen oder doch lieber bei der günstigen Erbsensuppe oder Bierwurst bleiben sollte. Heute kam es eigentlich auf die eine Sünde mehr auch nicht mehr an.

»Lulu! Hörst du mir überhaupt zu?!«, unterbrach Fritz erneut ihr Sinnieren. Aufgeschreckt schaute sie in sein beleidigtes Gesicht. Wie viele Sommersprossen waren es darauf wohl insgesamt?

»Lulu! Sag doch was!« Er schlug ungeduldig mit der flachen Hand auf den Tisch. »Ich hab keinen Dunst, wo du eigentlich mit deinem hübschen Köpfchen bist. Du bist die ganze Zeit abwesend!«

Die gemischte Runde am Nebentisch blickte neugierig zu ihnen herüber, sicher in Erwartung einer echten Szene.

»Pssst!«, wies sie ihn zurecht und wünschte, Fritz würde seine Lautstärke mäßigen. Sie legte ihre Hand auf seine und drückte sie. »Fritz, beruhige dich. Ich weiß auch nicht, mir ist heute komisch.«

Er zog seine Hand unwirsch fort und winkte dem Kellner. »Herr Ober! Hallo! Hierher!«, rief er über fünf Tische hinweg.

Lulu war es schrecklich peinlich. »Nicht so laut«, bat sie.

»Lass mich«, maulte er. Als der Kellner mit hochgezogenen Augenbrauen schließlich an ihren Tisch geschlappt kam, bestellte Fritz ein »kühles Blondes, aber zackig«. Wenn er Pech hätte, würde er jetzt extra lange darauf warten müssen, denn die Kellner im Romanischen behandelte man mit Respekt. Dieser für sie zuständige rückte kurz seine schwarze Fliege zurecht, rümpfte die Nase und gab pikiert zur Antwort: »Wie Sie meinen, mein Herr.« Weg war er wieder.

Während sie Fritz musterte, wie er ungehalten dasaß und mit dem Knie wippte, wurde Lulu unversehens bewusst, wovor sie sich nicht länger drücken konnte. Am besten jetzt gleich und ohne weiter nachzudenken. Sie beugte sich über den kalten Marmor der Tischplatte zu ihm vor. »Fritz, ich muss dir was erzählen«, begann sie.

»Was denn?«, fragte er genervt.

»Ja, also … du solltest wissen, dass David bald nach Berlin zurückkommt«, brach es aus Lulu heraus. *Es war vollbracht.* Sie war augenblicklich erleichtert, ihm das endlich eröffnet zu haben. Mit einem befreiten Seufzer lehnte sie sich an die unbequeme Lehne des Bistrostuhls zurück.

Für einen Moment war Fritz perplex. Mit aufgerissenen grauen Augen starrte er sie an. »Der junge Sternberg? Studiert der nicht in München?«

»Bitte sehr, mein Herr«, unterbrach der Kellner kühl und stellte Fritz den Krug mit einem lauten Knall vor die Nase, dass ein wenig von dem Gebräu überschwappte. Fritz reagierte gar nicht darauf, sondern trank das Bier auf der Stelle zur Hälfte aus.

»Und *wann* kommt der verlorene Sohn wieder? Willste mich abschießen?«

»Jetzt bleib mal aufm Teppich, Fritz.« Lulu ging sein ewiges Besitzdenken gehörig gegen den Strich, dabei verband sie in ihren Augen, abgesehen von ihrer alten Freundschaft, nur eine unverbindliche Liaison. »David wird wohl Anfang Januar für ein paar Wochen zu Besuch kommen. Und … na ja, wir … ich …«, stammelte sie, »ich hab doch keine Ahnung, ob … ob wir … äh, nun, ob wir wieder …«

»Ich kapier schon, Lulu, spar dir den Atem!«, fuhr Fritz sie an. »Soll ich dein Weihnachtsgeschenk am besten jetzt gleich umtauschen? Oder nimmste das noch mit?« Er nahm den Krug und kippte den Rest Bier in sich hinein.

»Sei nicht albern. Wir sind kein Paar, Fritz! Glaub mir, ich weiß nicht, wie das mit David und mir werden wird.« Lulu versuchte ein zweites Mal, ihn mit ihrer Hand auf seinem Arm zu beschwichtigen. Das Allerletzte, was sie jetzt gebrauchen konnte, war eine Szene mitten im Café.

Er schüttelte sie ab. »Lass das! Ich versteh sehr gut. Und: Weiß *er* denn von uns beiden?«

Damit traf er natürlich den Nagel auf den Kopf. Lulu zuckte zusammen und stockte, zögerte einen Tick zu lange mit ihrer Antwort. Fritz durchbohrte sie mit seinem Blick. »Wer mir dit wohl einjerührt hat. Der verschollene Sternberg gibt uns also die Ehre. Und ich hab so sehr gehofft, wir … ach, drauf geschissen!« Unvermittelt schob er seinen Stuhl zurück und stand auf. Er angelte einen Geldschein aus seinem Jackett und schmiss ihn auf den Tisch. »Hier, nimm die Piepen, Rest ist Trinkgeld. Ich hab genug für heute, mach die Biege. Und die Kette nehm ich auch mit. Noch zehn Tage bis Weihnachten. Denk mal drüber nach, was du zukünftig für eine Rolle in meinem Leben spielen willst.« Dann ging er in langen Schritten zur Garderobe, schnappte sich seinen Mantel, Schal und Hut und ließ Lulu tatsächlich alleine dort sitzen.

Mechanisch wischte sie sich ein paar Überbleibsel seiner feuchten Aussprache aus dem Gesicht.

»Verzeihung, Frollein. Alles in Ordnung bei Ihnen?«, fragte der Kellner von eben besorgt, sicher jedoch mehr um sein Geld als um sie.

Lulu nickte. »Ja, ja, danke. Eine Mampe halb und halb, bitte.« Etwas Hochprozentiges war jetzt genau das Richtige.

»Sehr wohl, Mylady.« Der Kellner vermied jeglichen weiteren Kommentar und verschwand, das Tablett auf drei Fingern jonglierend.

Zum Glück würde Rosa gleich hier sein. Lulu war aufgewühlt und musste mit jemandem reden. Immerhin, Fritz war zwar wütend abgedampft, aber wenigstens fühlte sie sich jetzt besser. Sie hing schon wirklich an ihm. Immerhin waren sie zusammen aufgewachsen, und er war – seit sie denken konnte – immer für sie da gewesen. Wie eine Art Bruder, den sie nicht hatte, sich aber immer heimlich gewünscht hatte. Seine Treue rührte sie, und Lulu spürte auch, dass Fritz wirklich etwas an ihr lag. Auf ihn konnte sie immer zählen, und sie wusste, er würde sie nie im Stich lassen. Auf eine ganz andere Weise hatte sie ihn gern. In seiner ganzen, manchmal arg verschrobenen Art … natürlich vollkommen anders als David.

Ihr Wiedersehen mit ihm kam ihr in den Sinn, das sie die letzten Jahre voller Ungeduld und insgeheim auch mit einer unbändigen Sehnsucht erwartet hatte. Wie oft hatte sie gebetet, dass er doch bittebittebitte zurückkehren sollte. Und nun sollte es bald so weit sein. Wie würde es sein, ihm gegenüberzustehen? In Wirklichkeit bestimmt ganz anders als in ihren Träumen.

Dann musste Lulu an ihre Mutter denken. Heute kümmerte sich Else um sie, die anderen wurden im Ballhaus gebraucht. *Das Tagebuch*. Noch immer wusste sie nicht, was es damit auf sich hatte. Aus Onkel Levi war bisher partout nichts rauszuholen gewesen.

Einem Impuls folgend, schaute Lulu aus den hohen Fenstern der Rundbögen des Cafés. In der gleichen Sekunde fing es an zu schneien. Der Schnee fiel in dicken Flocken vom Himmel und hüllte die grellbunte, schrille Welt da draußen in eine weiße Lautlosigkeit.

Ein seltsamer Tag war das heute.

31

Nachdem Lulu mit Rosa noch einen Likör getrunken hatte, bei dem sie ihre Freundin auf den neuesten Stand der Geschehnisse brachte und anschließend zügig die Rechnung beglich, spazierten sie entspannt den Ku'damm entlang. Den Schal fest um den Hals gewickelt, in dicken Wollmänteln, winterlichen Glockenhüten und gefütterten Stiefeln vor der Kälte geschützt, froren sie kaum und genossen diesen Bummel im Neuschnee. Bestimmt würde er liegen bleiben, es wäre das richtige Wetter dafür.

Rosa hakte sich bei ihr unter und zeigte sich in bester Laune. Das war fast immer so. Lulu konnte sich höchstens an zwei Male erinnern, in denen sie sie niedergeschlagen erlebt hatte: einmal, weil sie krank gewesen war, und das zweite Mal, weil ein Kerl, in den sie sich verknallt hatte, ihr einen Korb gegeben hatte.

»Ob Fritz jetzt morgen überhaupt zum Adventsball mitkommen will?«, fragte Rosa neugierig.

»Keine Ahnung. Erst mal ist er beleidigt.« Lulu zuckte mit den Schultern. »Ist mir auch egal. Soll er doch. Geh ich eben alleine.«

»Hat er sich nicht extra einen Frack besorgt?«, wollte Rosa wissen, hielt vor dem Schaufenster eines Schuhgeschäfts an und begutachtete lederne Schnürstiefel.

»Na und? Hat er sich eh nur geliehen, von *Kostüme Bernau*. Der beruhigt sich schon wieder. Der lässt mich sowieso nicht ohne ihn auf dem Ball des Jahres feiern! Am Ende könnt ich mir ja einen anderen Kerl angeln«, sagte Lulu und grinste ihre Freundin an.

Rosa fand das sichtlich amüsant. »Und, Schätzchen, raus damit, haste etwa Lust drauf? Blut geleckt, wa?«

»Och, wenn du mich so fragst. Man mag ja auch nicht immer nur Rouladen essen!«, antwortete Lulu scherzhaft.

»Nee, wohl wahr, manchmal liegen die einem viel zu schwer im Magen!« Rosa imitierte den Zwirbelbart von Fritz mit ihren Fingern. Sie mussten beide lachen und zogen vergnügt weiter.

Mit der Keckheit von echten Berlinerinnen schlängelten sie sich durch die Menschenmassen des festlich geschmückten Boulevards hindurch. Sogar jetzt, vier Jahre nach Kriegsende, gab es noch immer einen extrem hohen Frauenüberschuss in der Stadt. Das Tagblatt hatte einmal geschrieben, nahezu zwei Drittel der Berliner Bevölkerung wären Frauen. Das konnte man hier prima beobachten.

»Was ist denn mit *deinem* Kleid?«, kam Rosa wieder auf den Ball zu sprechen. »Alles parat für morgen? Ziehst du das schwarze mit den Pailletten oder das rote seidige an?«

»Keinen Schimmer. Berta hat mir das rote Kleid gestern fein gebügelt. Die hat ein Händchen dafür, im Gegensatz zu mir. Beide hängen jedenfalls zu Hause am Schrank, ich werde wohl kurz vorher entscheiden. Je nach Laune!« Das machte Lulu sowieso am liebsten so. Es fiel ihr schwer, über ihre Garderobe im Voraus zu entscheiden. Wo sie als Tänzerin gerne alles bis auf den kleinsten Schritt, das kleinste Detail plante, konnte sie das im Privaten nicht gut leiden, da mochte sie Spontaneität.

Am morgigen Samstagabend würde in *Sternbergs Ballhaus* zum ersten Mal ein groß angekündigter Adventsball stattfinden. Mit Apple-Harvest-Punsch, Absinth und einem leckeren Festmahl – wahlweise Gänsebraten mit Grünkohl oder Karpfen polnisch in dunkler Biersauce. Außerdem wäre der Tanzsaal weihnachtlich mit Tannenzweigen, Christbaumkugeln und einem künstlichen Sternenzelt dekoriert, alles silberweiß glänzend geschmückt. Nach einer Jonglage von echten Zirkusartisten um Mitternacht sollte es eine spektakuläre Verlosung geben. Musikdirektor Gregor wollte mit seinen Jungs Weihnachtslieder spielen, frei interpretiert und tanzbar. Man munkelte, der Hauptpreis der Verlosung wäre entweder ein echtes Tier, wie der lebende Affe im *Eldorado*, oder – je nach Geschlecht des Gewinners – ein leicht bekleidetes Mädchen (die Männer hofften auf eine Kokotte) oder ein verführerischer Gigolo für den Rest der Nacht zur freien Verfügung. Lulu konnte sich zwar nicht vorstellen, dass Onkel Levi sich auf diese Art von Spielereien einließ, um für *Sternbergs Ballhaus* als nächtliche Vergnügungsstätte noch mehr Interesse zu entfachen, denn dafür waren die Ballhäuser in der Regel nicht mondän genug. Andererseits gierten die Berliner nach immer größeren Sensationen und lustvolleren Amüsements. Zur feurigen Ludmilla würde diese Idee allerdings passen, vielleicht hatte sie ihrem Mann den Floh ins Ohr gesetzt. Lulu wusste, weil Krawuttke von Zeit zu Zeit gerne tratschte, dass sie in dieser Hinsicht immer mal wieder auf ein Mitspracherecht in der Ballhausführung pochte. Der Vorverkauf lief auf jeden Fall prächtig, die Karten für den ersten Adventsball waren bereits seit Wochen ausverkauft.

»Und du, Rosachen, wie lautete Kalles Antwort, hat er Ja gesagt?«, fragte Lulu möglichst neutral. Sie hatte ein wenig Bedenken, dass sie sich von ihm wieder eine Moralpredigt anhören musste, wenn er mitkäme. Kalle war nach wie vor nicht gut auf sie zu sprechen und immer noch fest davon überzeugt, sie hätte seit Davids Weggang kein anderes männliches Wesen auch nur ansatzweise an sich ranlassen dürfen. Aber damit wollte sie Rosa nicht belasten, wo es nun mit Kalle ganz gut lief.

»Selbstverständlich hat er Ja gesagt! Wer kann einem Prachtweib wie mir schon widerstehen?«, witzelte Rosa und legte schelmisch den Kopf schief. Und setzte dann ernster hinzu, als hätte sie wieder einmal Lulus Gedanken erraten: »Mach dir keine Sorgen, der sagt nix mehr wegen Fritz. Das hab ich ihm gesteckt. Wir gehen alle zusammen, und zwar friedlich! Richard bringt seine neue Schnecke mit, Käthe kommt zwar ohne Berta, aber mit ’ner Freundin, sie hat nämlich morgen frei. Wir treffen uns um halb acht vorm Eingang.«

Lulu hoffte inständig, dass sie recht hätte. »Wenn du das sagst. Ich habe nämlich keine Lust, mich ein weiteres Mal von Kalle vor versammelter Mannschaft anranzen zu lassen! Ui, guck mal, Rosa!« Sie blieb abrupt vor einem kleineren Ladengeschäft stehen mit dem Namen *Belle et Déco*.

Die Freundinnen waren inzwischen in der Kantstraße angekommen. Vom Ku'damm aus spazierten sie liebend gerne bis hierher, denn sie fanden, das war eine der schönsten Straßen der Stadt.

»Da gibt es Federboas, vielleicht sogar in Lila, und Satinhandschuhe, wie du sie gesucht hast, schau! Komm, wir gehen rein.« Lulu zog Rosa mit sich die Stufen zum Eingang hoch.

»Jaja, langsam Schätzchen, der Laden läuft uns schließlich nicht weg!«, stöhnte Rosa, die grundsätzlich für solchen »Firlefanz«, wie die Freundin es gerne nannte, nicht so viel übrighatte wie sie selbst.

»Die Zeit aber schon. Hopp, hopp!« Lulu schob sie lächelnd zur Tür hinein. Beim Öffnen erklang ein heller Glockenton und offenbarte ihnen eine herrliche Welt voller Krimskrams, Tand und Nippes, aber durchaus auch stilvoll und glamourös. All das, was die Frau von heute für eine glitzernde, berauschende Nacht brauchte, um in ihrem allerschönsten Licht zu erscheinen und zu funkeln wie ein Diamant. Lulu strahlte.

»Was hast du gerade gesagt?«, brüllte Lulu zu Rosa über den Tisch. Im *Aschinger* in der Friedrichstraße war es um diese Uhrzeit, kurz vor halb sieben, proppenvoll, obwohl man das Gasthaus zu Recht als »Halle« bezeichnete. Man konnte sein eigenes Wort kaum verstehen. Die meisten Gäste läuteten nun in geselliger Runde ihren Feierabend sowie das Wochenende ein, trafen sich auf ein, zwei oder mehr Stehbiere, einige aßen nur schnell zu Abend und gingen dann direkt nach Hause. Und manche starteten hier erst in eine lange, feuchtfröhliche Nacht.

»Deine Federboa. Zeig sie mir bitte noch mal«, bat Rosa angetan. »Sie ist sooo schön anzufassen!«

»Wenn du magst … Warte kurz.« Das war jetzt das dritte Mal, dass Rosa sie sehen wollte, dachte Lulu amüsiert. »Warum hast du dir nicht auch eine ausgesucht?«, fragte sie und fischte die Federboa aus der schicken Warentüte mit dem Aufdruck *Belle et Déco*, die sie beim Kauf erhalten hatte.

Rosa nahm das edle Stück entgegen und berührte zart die Federn. »Hach, wie weich sie ist!«, schwärmte sie, und dann wickelte die Freundin sie sich um den Hals und kuschelte sich mit ihrem Rotschopf darin ein. »Nee, so viele Moneten hab ich nun auch nicht! Die Handschuhe und die Brosche waren mehr als genug. Mein Lohn ist jeden Monat ruckzuck weg!« Rosa kitzelte sich mit dem einen Ende im Gesicht und hielt sich die Federboa an die Wange. »Und, was meinst du, steht mir Lila? Wie seh ich aus? Kannst sie mir ja mal leihen.«

»Grün passt besser zu deinen roten Haaren«, kommentierte Lulu geradeheraus. »So, Schluss jetzt, gib her!« Sie griff an Rosas Hals, und diese gab ihr das Accessoire widerstrebend zurück.

»Ts, ts, ts. Grün!« Rosa verdrehte die Augen und winkte ab. »Jetzt erzähl endlich, wie läuft es mit deinem neuen Tanz? Hast du endlich alles für das Kostüm? Soll ich dir noch irgendwas besorgen? Und wie klappt es mit dem Proben? Du ahnst ja nicht, wie sehr ich mich auf deinen Auftritt freue!« Rosa klatschte begeistert in die Hände. Lulu wurde bei dem Thema ein bisschen nervös. Der Termin ihrer Premiere im neuen Jahr rückte unbarmherzig näher, und sie hatte das Gefühl, die Choreografie noch nicht vollends zu beherrschen.

»Ich glaube, mein Kostüm ist jetzt komplett. Morgen ziehe ich alles probeweise zusammen an. Auf den Zylinder müssen wir noch Glitzer anbringen, mit dem Spezialkleber von deinem Großvater. Auf die Boa dann auch. Ich darf nicht vergessen, bis dahin ein oder zwei Paar Ersatzstrümpfe in der Garderobe zu lagern. Hm, und sonst? Ich muss auf jeden Fall härter trainieren. Wegen Mutter war ich die letzten Wochen oft abgelenkt und unkonzentriert. Hab Schritte vergessen. Meine Kondition könnte auch besser sein … Aber das wird schon!«, berichtete Lulu mit einem Optimismus in der Stimme, der sie selbst nicht so recht überzeugte.

»Schätzchen, hab Vertrauen in dich. Du wirst glänzen und der schönste Pierrot sein, den die Welt je gesehen hat! Du bist die beste Tänzerin, die ich kenne!«, rief Rosa und tätschelte liebevoll Lulus Wange.

»Du kennst ja sonst gar keine«, entgegnete Lulu mit einem schiefen Lächeln. Rosa zog ihre Hand weg und zuckte mit den Schultern. »Stimmt.« Sie tauschten einen Blick und prusteten gleichzeitig los.

Da näherte sich der Kellner und brachte ihnen ihr Essen und zwei Bier. »Zum Wohl!«, wünschte er freundlich.

»Darauf kannste Gift nehmen«, gab Rosa frech zur Antwort. Und als er fortging, konnte sie sich ein »Den würde ich aber ooch nicht von der Bettkante stoßen!« in seine Richtung nicht verkneifen.

»Rosa!«, schimpfte Lulu und schüttelte grinsend den Kopf. Diese junge Dame war unverbesserlich. Aber man musste sie einfach lieben.

32

Sonntag, 31. Dezember 1922

Berta bringt dir später was von der Suppe hoch, hörst du, Mama? Ich geh jetzt runter zum Feiern. Hast du mich verstanden?« Lulu konnte nicht erkennen, ob ihre Mutter wach war oder schlief. Sie atmete schwer, die Augen geschlossen, eingefallen und grau lag sie im Bett, nur noch ein abgemagerter Schatten ihrer selbst. Und doch fand Lulu ihr Antlitz immer noch wunderschön. Claire hatte so einen unverwechselbaren Porzellanteint, feine Gesichtszüge wie eine Puppe, und ebenmäßig, fast wie gemalt.

Die alte Spieluhr, im Gegensatz zu Mutter wirklich aus Porzellan, aus der auf ewig Odettes Melodie aus dem Schwanenseeballett erklang, leistete der Kranken auf dem Nachttisch Gesellschaft. Mittlerweile ließen sie, je nachdem, wer gerade für Mutter sorgte, die kleine Ballerina mehrmals am Tag für sie tanzen. Unermüdlich drehte sich die filigrane Figur, Tanz um Tanz. Und das war fast das Einzige, was ihre Mutter ab und an noch zum Lächeln brachte. Manchmal öffnete sie dann ihre Augen und verfolgte die Bewegungen der kleinen Tänzerin neben sich ganz genau.

Auch jetzt zog Lulu die Spieluhr bis zum Anschlag auf und stellte sie wieder auf das Schränkchen zurück. Sogleich ertönte die Musik und verlieh dieser morbiden Tristesse im Raum einen zarten Zauber. Claires Lider zuckten leicht. Bestimmt erkannte sie die Töne. Sie war vollgepumpt mit Morphium, seit Tagen in einem seltsamen Schwebezustand zwischen Schüben voller Schmerzen, Atemnot und Unruhe, dann folgten wieder Stunden, da wirkte es, als wäre sie ohnmächtig. Dr. Wiesenblum hatte ihnen vom Krankenhaus ein Inhalationsgerät mitgebracht, was Mutter vermutlich die letzten Monate das Leben gerettet hatte.

Lulu zog die Bettdecke etwas höher, damit der geschwächte Körper nicht auch noch fror. Ein letzter Kuss auf ihre Stirn, und dann musste sie aber los, damit sie nicht zu spät käme.

»Mama?«, vergewisserte sie sich erneut. Sie wollte sichergehen, dass Claire auch begriff, dass ihre Tochter sie nun verließ. »Ich gehe jetzt. Es wird sicher weit nach Mitternacht. Ist ja Silvester heute. Du musst dir keine Sorgen machen, Berta sieht nach dir, in etwa zwei Stunden, und Onkel Levi wollte dich nach dem Feuerwerk besuchen. Ja?« Keine Reaktion zeigte sich auf Mutters Gesicht. Sie kämpfte sehr mit ihrem Atem, mit dem Quäntchen Luft, das sie überhaupt bekam. Lulu schaute sie besorgt an. War es in Ordnung, ihre Mutter nun allein zu lassen? Doch was sollte sie schon tun? Den ganzen Abend und die ganze Nacht an ihrem Bett wachen? *Nein, das würde Mama auch nicht wollen*, dachte Lulu.

»Frohes neues Jahr, Mama«, hatte sie das Bedürfnis, zum Abschied zu sagen, auch wenn es sarkastisch klang. Und jetzt schnell raus aus der beklemmenden Mansarde, sonst würde sie hier mit ersticken. Sie schloss die Tür zur Schlafkammer und ging in den Flur.

Zur Begrüßung des neuen Jahres hatte Lulu sich bereits hübsch gemacht, war schon fertig angekleidet, in gewelltem Bubikopf frisiert und geschminkt. Für einen besonders dramatischen Augenaufschlag mit tiefschwarzen Wimpern, türkisfarbenem Lidschatten und dunkelviolettem Lippenstift. Da sie beim Adventsball vor zwei Wochen letzten Endes das Rote getragen hatte, wählte sie heute das schwarze Paillettenkleid, was auch besser zu Silvester passte. Noch einen Blick in den Spiegel. Lulu gefiel, was sie sah: ein schwarzer Teufel mit hellblonden Haaren und einem dunklen Abgrund in den Augen. Eine echte Femme fatale. Verführerisch. Atemberaubend. Unnahbar. Gefährlich. Genau das wollte sie heute sein. Sie verbeugte sich vor ihrem Spiegelbild und warf ihm eine Kusshand zu. Dann setzte sie sich noch ihr Stirnband mit der Pfauenfeder auf den Kopf, rückte es gerade, schnappte sich ihre Tasche und verließ die Wohnung.

Fritz hatte sich nach ihrem Streit irgendwann wieder beruhigt und würde gleich hier sein, zusammen mit Kollegen vom Telegrafenamt. Kein einziges Wort war von ihm mehr über Davids nahenden Besuch gefallen. Vielmehr tat er so, als hätte das Gespräch zwischen ihnen im Romanischen Café gar nicht stattgefunden. Umso besser, fand Lulu, dann könnte auch sie alles Weitere auf sich zukommen lassen. Keiner wusste sowieso bis dato den genauen Zeitpunkt von Davids Ankunft, nicht einmal Onkel Levi. Ihr letzter Briefwechsel mit ihm lag nun auch schon wieder mehrere Wochen zurück, und darin hatte er sich nicht auf ein Datum festgelegt. Aber Lulu war sowieso mit ihrer Tanzpremiere beschäftigt. Das tägliche harte Training nahm sie voll und ganz in Anspruch.

Nachdem sich also, was Fritz anging, die Wogen wieder geglättet hatten, war sie auch einverstanden gewesen, mit ihm heute ins neue Jahr reinzufeiern. Rosa, Kalle, Richard und ein paar andere Freunde kämen ebenso zur Silvesterparty ins Ballhaus. Berta und Käthe mussten in der Küche arbeiten und würden nicht abkömmlich sein. Krawuttke und Else waren an der Garderobe eingeteilt. Lulu war froh, dass Rosa wenigstens frei hatte und auch keinen Nachtdienst im St. Hedwigs aufgebrummt bekommen hatte.

Als sie unten aus der Haustür trat, schallte ihr schon der Lärm von nebenan entgegen. Die Fenster von *Sternbergs Ballhaus* waren hell erleuchtet, die Türen weit geöffnet, die Gäste standen davor in der Kälte Schlange, und aus dem Saal erklang wilde Jazzmusik. Es lag zentimeterhoher Schnee, die Winternacht war sternenklar, und ein silberweißer Halbmond hing am schwarzen Himmel. Märchenhaft war das heute. Lulu schob schnell alle Sorgen fort und tappte vorsichtig, damit sie nicht ausrutschte, zum Eingang, wo die Freunde schon auf sie warteten.

Gegen halb elf am Silvesterabend füllte Ludmilla Sektgläser an der Bar und ärgerte sich. Den ganzen Tag schon ging ihr Levi aus dem Weg, indem er vorgab, zu sehr mit den Vorbereitungen des Fests beschäftigt zu sein. Dabei war alles längst geregelt und lief wie von selbst. Wie konnte er sie nur so ignorieren! Was sollte sie denn noch alles tun? Sie bemühte sich doch wirklich, seit über zwanzig Jahren, ihm eine gute Ehefrau zu sein. Und sie hatte sich ausgezeichnet gehalten. Ihre langen rotbraunen Haare waren kein bisschen grau und glänzten noch wie damals als junges Mädchen. Sie hatte wenig Falten im Gesicht, höchstens ein paar Pfunde zu viel auf den Hüften. Und auch das war Geschmackssache, oder nicht? Wenn sie, wie etwa heute, ein tief ausgeschnittenes Dekolleté trug, spürte sie nach wie vor die Blicke der Männer auf ihren Brüsten. Da konnte sie mit den Jüngeren locker mithalten. Und ein Feuer brannte in ihr! Sie wusste ja selbst nicht, wohin damit manchmal.

Aber egal, was sie tat, welche Kleider sie trug oder wie sie sich verhielt: Levi blieb ihr gegenüber distanziert. Nur für seine verdammte Claire, diese unnahbare Kranke – wie eine Heilige wurde sie inzwischen in der Mansarde bewacht, er hatte sie zu einer Art Engel stilisiert –, hatte er immer Verständnis, Zeit und liebe Worte übrig. Für sie selbst, seine eigene Ehefrau, nichts davon, nie! Zu lange hatte sie das schon mitgemacht. Ludmilla kam einfach nicht an ihn heran. Und wenn sie sich auf den Kopf stellte – stets verhielt er sich ihr gegenüber höflich, aber kühl. Es war zum Verrücktwerden.

Wann hatte er sie eigentlich das letzte Mal berührt? Wie lange lag der letzte Kuss zurück? Wann hatte er ihr zuletzt sein Herz ausgeschüttet? Ludmilla dachte angestrengt nach. Sie konnte sich nicht einmal mehr daran erinnern …

»Ludmilla! Beeil dich, guck doch, was hier los ist! Die

Kellner warten!«, riss Levi sie in dieser Sekunde unfreundlich aus ihren Gedanken. Er stand vor ihr an der Theke und klatschte wie ein Viehtreiber in die Hände. Hinter ihm warteten die Angestellten mit ihren Tabletts. »Zack, zack!«, setzte er hinzu.

Sie meinte, sich verhört zu haben. »Bin ich ein Äsel?«, fauchte sie zurück und kochte innerlich. »Kak ty razgovarivajesh' so mnoj? Wie redest du überhaupt mit mir, Levi?« Wütend knallte sie die Sektflasche in ihrer Hand auf den Tresen.

Levi blickte sie ungerührt an und ließ sich nichts anmerken vor seinen Mitarbeitern. Er beugte sich zu ihr vor und sagte: »In der Hektik eines solchen Abends sollte es nicht um den Ton einer Anweisung gehen. Allein das Wohl der Gäste zählt. Persönliche Empfindlichkeiten haben da keinen Platz. Wenn du das nicht erträgst, Ludmilla, dann verschwinde aus der Bar. Der Saalchef wird dich ablösen.«

Das brachte das Fass wirklich zum Überlaufen. Es reichte! Keine Sekunde länger konnte sie seinen Gleichmut ihr gegenüber ertragen. Sie zog ihre Schürze aus und warf sie auf den Boden. »Nu schto zh, na gut. Mach ich auch! Du kannst mich mal, Levi Sterrrnberg!« Kurz genoss sie sein verdutztes Gesicht und die Überraschung in den Augen der anderen, dann verließ sie die Theke erhobenen Hauptes und ohne ein weiteres Wort zu irgendwem. Wütend und verletzt drängelte sich Ludmilla durch die tanzende, johlende Menge hindurch Richtung Ausgang.

Und das an Silvester. Wie sehr hatte sie sich darauf gefreut! Es war ihr Lieblingsfest. Am liebsten wäre sie aus der Haut gefahren, hätte jemanden angebrüllt oder geschüttelt.

Wie konnte Levi sie so demütigen! Ihr Hals war unangenehm trocken, es fiel ihr schwer zu schlucken, und ihr Gesicht glühte wie im Hochsommer. Am besten wäre es, sie tränke in der Küche zunächst ein Glas Wasser. Sie passierte den Einlass und gelangte in den Vorraum. Draußen im Kabäuschen der Garderobe nickte sie dem alten Krawuttke zu, der gerade nichts zu tun hatte und mit seiner Else palaverte, die auf einem Stuhl neben ihm saß und nähte. »Frau Ludmilla, du hier? Nüscht mehr zu tun an der Theke?«, rief er ihr herausfordernd zu. Else schaute neugierig von ihrer Handarbeit auf.

»Gäht dich gar nix an, Harry – kümmerrr dich um deine eigenen Angelegenheiten!«, ließ sie seine Stichelei eisig abprallen. Sie konnte ihn einfach nicht leiden, immer gerieten sie aneinander. Und ihm machte es Spaß, sie ein wenig zu piesacken, das durchschaute sie ganz genau. Sie drehte ihm den Rücken zu und ließ sich auf keine weitere Provokation ein. Ludmilla hatte erstens Durst, und zweitens war ihre Stimmung tiefer unten als im Keller.

Die Tür zur Küche stand offen. Drinnen liefen alle hektisch hin und her, während Käthe und der Küchenchef abwechselnd Kommandos brüllten. Während solch eines Fests wie heute wurde im Ballhaus eigentlich permanent gefuttert. Sie hatten deshalb in der kleinen Weinstube zusätzlich ein kaltes Fest-Büfett aufgebaut, das jedoch ständig aufgefüllt werden musste. Und im Spiegelsaal gastierte auch noch eine geschlossene Gesellschaft, die bedient werden wollte.

Ludmilla stieg die wenigen Treppenstufen bis zum leicht

erhöhten Eingang hoch und wäre beinahe mit Berta zusammengestoßen, die ihr in diesem Moment mit einem vollen Tablett aus der Küche entgegenkam. »Pass doch auf, du Tranfunzel!«, pampte sie ihre Küchenhilfe an, als diese nach einem erschrockenen »Huch!« versuchte, ihr Gleichgewicht wiederzufinden. Glücklicherweise war nichts heruntergefallen. Ludmilla registrierte auf dem Servierbrett einen Teller Gemüsesuppe, Brot ohne Kruste, einen Pudding mit Apfelmus und eine kleine Kanne Tee. Berta, die zwar motzig dreinschaute, sich bei ihrer Chefin aber jeglichen Kommentar verkniff, wollte zügig an ihr vorbei. Da überkam Ludmilla eine Ahnung, und sie stellte sich ihr in den Weg.

»Wo willst du damit hin, Berta?«

»In die Mansarde, Frau Sternberg. Das ist für Claire.«

Allein ihr Name erfüllte Ludmilla mit noch mehr Wut im Bauch. Und Eifersucht, diese elende Eifersucht. Warum kümmerte sich eigentlich die ganze Welt nur um dieses Weib?

Plötzlich hatte sie eine Idee. Ruppig riss sie Berta das Tablett aus der Hand und befahl in unnachgiebigem Ton: »Ich mach das! Du wirst in der Küche gebraucht. Sieh doch, was hier los ist. Wir haben in beiden Sälen dreihundertfünfzig Gäste! Ist schließlich Silvester.«

Berta schaute sie mit ihren braunen Kulleraugen misstrauisch an, als sie jedoch begann mit »Aber Lulu hat mir gesagt …«, unterbrach Ludmilla sie noch strenger: »Papperlapapp! Du tust, was *ich* sage! Geh wieder rein. Ände.«

»Sehr wohl, Frau Sternberg. Der Schlüssel zur Mansarde

liegt unter der Fußmatte …« Damit drehte Berta sich um, schüttelte im Gehen den Kopf und verschwand wieder in der Küche.

Claire Schneider lag leichenblass in den Kissen und atmete schwer. Sie keuchte und schwitzte. Es sah aus, als hätte sie hohes Fieber. Ob sie überhaupt Luft bekam? Ihr Brustkorb hob und senkte sich kaum sichtbar. Der Raum war kalt, die kleinen Fenster beschlagen, und dennoch meinte Ludmilla, hier ersticken zu müssen. Zudem war ihre Kehle immer noch unerträglich trocken.

»Lulu?«, fragte da Claire leise, es war mehr ein Hauchen. Sie musste gehört haben, dass jemand in die Stube gekommen war, denn ihre Augen blieben geschlossen. Ludmilla stellte das Essen achtlos auf dem Nachttisch ab und setzte sich zu Claire auf die Bettkante.

»Nein. Nicht Lulu. Ludmilla.« Sie klang frostig, ihre Stimme fremd. Aus einer Kanne, die auf dem Schränkchen stand, goss sie sich ein Glas Wasser ein und trank es in einem Zug leer. Dann beobachtete sie die Kranke stumm. Claires Lider hoben sich schwerfällig, und sie erschrak sichtlich, als ihre Blicke sich trafen.

»Du … hier? Was willst du …?«, stammelte sie. Ihr Krächzen war kaum zu verstehen.

Ludmilla schaute sie an. »Du Hure bekommst ihn nicht. Niemals! Verstähst du mich?«, zischte sie hasserfüllt.

Claire zuckte zusammen. Ludmilla hielt dem stand und sah, wie nahe der Kranken diese Worte gingen. Sie keuchte und schwitzte noch stärker. Ihr ausgemergelter Körper begann, sich in den Laken zu winden, als würde sie einen Kampf mit sich austragen. »Ich … ich … es … tut mir … leid«, verstand Ludmilla nur in Fetzen, Claire sprach zu undeutlich.

»*Mir* tut es nicht leid, Claire Schneider«, antwortete sie kalt. »Niemals werde ich dir verzeihen.«

Das wühlte Claire eindeutig noch mehr auf. Sie wälzte sich mit letzter Kraft hin und her und begann fürchterlich zu husten. Ihr Atem wurde lauter, ging schwerer.

»Hol … Hilfe … ich … meine Brust …«, stieß Claire mit rasselndem Atem hervor. »Hilfe … Bitte … ich … keine Luft mehr …«

Doch Ludmilla blieb einfach nur still sitzen. Aufmerksam verfolgte sie, wie die andere kämpfte und um jeden Atemzug rang. Das Inhalationsgerät befand sich neben der Nachttischlampe. Und dort ließ sie es auch liegen.

»Du. Bekommst. Ihn. Nicht«, wiederholte sie langsam. »Er gehört mir. Kapiert?«

Claire begriff sehr wohl. Sie schloss die Augen.

Nachdem ihr Atem ganz flach geworden, jegliche Farbe aus ihrem Gesicht gewichen und ihre Hand kraftlos heruntergefallen war, fühlte Ludmilla ihren Puls. Sie wartete eine Minute. Nichts.

Endlich Ruhe. Es war vorbei.

»Idi k chertu«, zischte sie leise. »Scher dich zum Teufel!«

Dann bekreuzigte sie sich und verließ die Dachwohnung.

33

»Zehn, neun, acht, sieben, sechs, fünf, vier, drei, zwei, eins – Prost Neujaaahr!!!« Ein Tusch erklang, und Goldglitter regnete von der Decke. Das Licht im Saal war vorher gedimmt worden. Alle Feiernden erhoben ihre Sektgläser, begrüßten das Jahr 1923 mit lautem Gebrüll und fielen sich dann überschwänglich in die Arme. Gregor ließ die Kapelle den Kaiserwalzer spielen. Draußen ging das große Feuerwerk pünktlich los, und drinnen im Ballhaus zündeten die Kellner die Tischfeuerwerke. Einige Gäste hielten Wunderkerzen in die Höhe und schunkelten Arm in Arm zur Musik mit. Alle schienen ausgelassen und glücklich, in bester Laune.

Levi war froh, dass ihn keiner beachtete. Kurz vor Mitternacht war er unbemerkt in den Wintergarten geflüchtet, um das neue Jahr alleine zu beginnen, nachdem er sich bei seinen Mitarbeitern vergewissert hatte, dass alles vom Ablauf her für den Höhepunkt des Festes geregelt war. Er zündete sich eine Zigarette an und beobachtete durch die Scheiben den Trubel im Saal abseits genug, sodass ihn niemand sah.

Nun tanzte das gesamte Ballhaus in der Euphorie des Neuanfangs. Was für Verheißungen und Hoffnungen so ein neues Jahr immer wieder mit sich brachte, dachte Levi mit einer Wehmut, die er so gar nicht von sich kannte. Innen erkannte er Lulu, wie sie in unglaublich graziler Haltung und überirdisch schön in ihrem schwarzen Abendkleid mit dem jungen Krause zu den Walzerklängen über das Parkett glitt. Ein Stück weiter waren die zwei Frischverliebten, Rosa und Kalle, gerade mitten unter den Tanzenden stehen geblieben und begannen wild zu knutschen.

Sogar Krawuttke und seine Else ließen es sich nicht nehmen, Neujahr mit einem Tanz einzuläuten, sah Levi. Dagegen war nichts einzuwenden, die Garderobe konnte jetzt gut eine Weile unbeaufsichtigt sein.

Alle im Saal strahlten und lachten. Es war ein rundum gelungenes Fest, was ihn freute. Er nahm einen weiteren Zug und blies den Rauch in die eisige Winterluft. Ununterbrochen wurden Raketen geschossen, es knallte und sprühte bunt leuchtende Funken in die Berliner Silvesternacht. Levi schaute hoch. Über der Mauer zum Krankenhaus fiel ein Glitzerregen vom Himmel hinab. Wie eine riesige Lichterfontäne sah das aus und traf ihn mitten ins Herz.

Es war wie ein Blitz, der ihn durchfuhr. Sein Atem stockte.

Und da wusste Levi Sternberg es plötzlich. Wusste, was zu tun war, wovor er sich nicht mehr drücken konnte, wenn er sich selbst nicht länger verraten wollte.

Entschlossen warf er die Kippe auf den Kiesboden und trat sie aus. Es knirschte unter seinen Lackschuhen. Die Fliege saß ihm zu eng, er lockerte sie etwas.

Dann suchte er Ludmilla.

Bevor Levi sich durch die Tanzenden drängelte, verschaffte er sich einen Überblick. Sogleich hatte er gesehen, dass Ludmilla wieder ins Ballhaus zurückgekehrt war und im Gespräch mit zwei älteren Damen hinter der kleineren Theke der Weinstube stand, in der Hand ein Glas mit einer klaren Flüssigkeit, die wie Wodka aussah. Das kam ihm entgegen, so musste er nicht quer durch den Saal, sondern vom Wintergarten nur rechts um die Ecke biegen.

Es erklang ein Charleston, Gregor wechselte also das Tempo, jetzt steuerte die Stimmung erst richtig ihrem Höhepunkt zu.

Ohne zu zögern, eilte Levi zu seiner Ehefrau. Auf dem Weg wünschte ihm der ein oder andere Gast viel Glück fürs neue Jahr, was er freundlich erwiderte, ohne jedoch stehen zu bleiben und sich in ein Gespräch verwickeln zu lassen.

Ludmilla sah ihn schon kommen und unterbrach ihre Unterhaltung. Sie kippte den Wodka hinunter, stellte das Glas ab und kam ihm mit stolzer Miene entgegen.

In der Mitte des Podests trafen sie aufeinander. Sie stand vor ihm, blitzte ihn mit ihren grünen Augen an und fragte: »Willst du mir ein schänes neues Jahr wünschen?«

»Nein«, antwortete er, »komm bitte mit.« Sie schaute erstaunt, folgte ihm dann aber ohne Widerstand in den Innenhof auf der Rückseite der Toiletten. Vor den Mülltonnen verscheuchte Levi erst einmal den neuen Türsteher und ihre Klofrau, die gerade ein Schwätzchen hielten und rauchten.

Als sie alleine waren, blickte er Ludmilla ernst an.

Ihre Augen verengten sich. »Was ist, Levi?«

»Ich muss es dir jetzt sagen.« Vorsichtig legte er seine Hand auf ihre Schulter. »Ich liebe dich nicht. Sondern Claire. Ich liebe *sie*. Du hattest recht. Verzeih mir.« Ohne ihre Reaktion abzuwarten, zog er die Hand wieder zurück, drehte sich um und ließ sie stehen.

»Leeevi!«, brüllte sie ihm hinterher. »Leeeviii!«

Aber er konnte nicht anders, es war wie ein Sog, es gab kein Zurück mehr. Und er musste zu Claire. *Jetzt*. Er beschleunigte seine Schritte, bis er fast rannte. Keine Sekunde länger hielt er es ohne sie aus, und vielleicht, ja vielleicht war sie wach, und er würde ihr erzählen können, was er gerade getan hatte. Für wen er sich entschieden hatte. Und wie sicher er sich war.

Levi nahm mehrere Stufen auf einmal, die Treppen zur Mansarde hoch. Die Tür stand offen. Das wunderte ihn. Berta war da eigentlich sehr zuverlässig. Wenn sich so viele Gäste wie heute auf dem Gelände bewegten, achteten sie sonst alle penibel darauf, die Nebengebäude und die sich darin befindlichen Wohnungen immer verschlossen zu halten. Er betrat die Stube und machte die Tür hinter sich zu. Der Geruch war ihm wohlvertraut, denn die Dachwohnung war ihm ein wichtiger Rückzugsort geworden.

All die Jahre im Verborgenen kamen ihm in den Sinn. All die stundenlangen Gespräche, Tränen, Berührungen und all das Glück. *Ihr* Glück. Ihre geheimen Glücksinseln, wenn es auch nur ein paar Minuten waren. Und jetzt, würde es vielleicht endlich ein »Wir« geben? Eine Zukunft für sie beide? Bestimmt würde Claire das neuen Lebensmut verleihen, wenn sie davon erfuhr, dass er ab sofort zu ihr stehen würde. Noch hatten sie alle Zeit der Welt, sich nach und nach ein *Wir* aufzubauen.

Levis Herz pochte, als er in die Schlafstube trat.

Im selben Augenblick erstarrte er. Claire lag regungslos da. Die Veränderung war sofort zu sehen.

Sie war tot.

»Nein!« Ein unbändiger Schmerz überkam ihn, er stürzte zu ihr ans Bett und riss ihren schlaffen Körper an seine Brust.

»Nein! Nein! Claire! Nein …« Sein Schreien hallte durch den kleinen Raum, und er konnte nicht damit aufhören.

Er schüttelte sie, hielt sie an sich gedrückt, wiegte sie hin und her. Er küsste sie auf die Stirn, auf die Wange, auf den Mund. Aber was er auch tat und wie sehr er auch schrie und sie immer wieder schüttelte, sie blieb kalt. Kein Lächeln, kein Wimpernschlag, kein Atemzug. Tot war tot.

Levi wusste nicht, wie lange er so mit ihr im Arm dasaß. Aber als er langsam begriff, dass es zu spät war, begann er zu weinen wie noch nie in seinem Leben. Es brach alles aus ihm heraus, denn er hatte verloren. Den Kampf gegen Claires Krankheit. Ihre Liebe. Und seine Gefährtin. Er weinte, weinte und weinte.

Als er völlig leer war, bettete Levi Claires reglosen Körper zurück auf die Kissen und wischte sich mit dem Ärmel die

Tränen vom Gesicht. Er musste Lulu Bescheid sagen. Und irgendwer musste Wiesenblum auftreiben. Wie sehr wünschte er sich, ihm würde das einer abnehmen. Er wollte einfach nur hier bei ihr liegen bleiben und auch in einen tiefen, traumlosen Schlaf versinken.

Im Wohnzimmer nebenan fing plötzlich die Stehlampe mit dem grünen Schirm an zu flackern. Sie war doch eben ausgeschaltet gewesen, als er eingetreten war? Es zischte ein paarmal, und dann blieb die Glühbirne an. Der mattgrüne Schein beleuchtete die Stube in sanftem Licht. *Seltsam.* Levi zwang sich aufzustehen, ging hinüber und strich zärtlich über die Wölbung des Schirms. Dann öffnete er alle Fenster. Er schaute hinaus und atmete die kalte Nachtluft ein. Aus dem Ballhaus erklangen die Töne von »Auld Lang Syne«. Alle stimmten mit ein und sangen im Chor.

Da kam plötzlich Lulu auf den Hof gerannt, nur in ihrem dünnen Kleid, ohne Mantel und Hut, und blickte im selben Moment zu ihm hoch. Ihr Gesichtsausdruck war erschrocken, wie bei einem aufgescheuchten Tier und voller Panik. Hatte sie etwas gespürt?

Seine Trauer würde er nicht verbergen können. Die beiden sahen sich an, er von oben zu ihr nach unten. Er nickte.

Mehr brauchte es nicht. Lulu verstand und stürzte ins Haus. Kurz darauf hörte er sie die Treppen zu ihm hochpoltern.

34

Samstag, 6. Januar 1923

Das Licht erlosch. Das Publikum verstummte. Es war so still im Saal, dass man eine Nadel fallen hören konnte. Der charismatische Conférencier im schwarzen Frack kündigte Lulu mit durchdringender Stimme an. Die Menge applaudierte. Gregor gab das Zeichen. Dann erklang der alte New Yorker »Cigarette Tango« und erfüllte den Raum, bis nichts anderes mehr zählte und von Bedeutung war.

Der Tanz begann.

Hinter dem Vorhang hielt Rosa den Atem an und beide Daumen gedrückt. »Bitte lass es gut gehen, bitte lass es gut gehen, bitte, bitte, bitte …«, stieß sie dabei immer wieder hervor. Sie stand seitlich von der Bühne versteckt und schielte zu Lulu. Dass ihre Freundin heute Mittag erst ihre Mutter unter die Erde gebracht hatte und nun hier tanzen, ja, ihr Debüt geben sollte, war so verdammt ungerecht. Unmenschlich, fand Rosa sogar. Aber Lulu hatte darauf bestanden, ihren Auftritt nicht ausfallen zu lassen, und Sternberg war einverstanden gewesen. Nie im Leben hätte Rosa sich selbst das vorstellen können, wenn ihre Mutter Else …

Schluss! Sie schob schnell den Gedanken fort, daran wollte sie jetzt auf keinen Fall denken. Außerdem brauchte Lulu sie als Beistand. Rosa konzentrierte sich wieder auf ihre Freundin als Pierrot.

Blass wie Mondsilber und schelmisch-unschuldig trotz Zigarette begann Lulu, sich zur Musik zu bewegen. Die Zuschauer im Ballhaus waren augenscheinlich sofort verzaubert, das konnte Rosa deutlich erkennen, und es machte sie stolz. Auch Lulu wollte am liebsten, dass jeder Einzelne das Gefühl hatte, dass sie nur für ihn tanzte. Und ebenso liebte das Publikum diese schwüle Tangomelodie, zu der sich ganz Berlin in den Salons im Kreis drehte.

Erst waren Lulus Bewegungen weich und fließend, schüchtern und melancholisch. Rosa kam beim Zuschauen in den Sinn, worüber sie viele Male gesprochen hatten, nämlich was ihre Botschaft sein sollte. Lulu wollte ihren Pierrot androgyn tanzen, etwa bewusst keine Pierrette zeigen, obwohl sie ein durchaus erotisches Kostüm gewählt hatte. Ihre Choreografie erzählte über die geheime Sehnsucht des scheinbar unnahbaren, traurigen Clowns nach der Befreiung seiner Fesseln, das Verlangen nach Ausgelassenheit und Sinnlichkeit. Da Rosa ein politischer Mensch war, behauptete sie gerne, Lulu erzählte damit auch den Kampf der modernen Frauen um Selbstbestimmung, um eine neu gewonnene Freiheit und eine neue, nicht festgelegte Rolle in der jungen Republik.

Auch die Befreiung von den engen Korsetts war in dieser Hinsicht für Rosa nicht nur eine modische Erscheinung gewesen. Beim Thema neues Frauenbild musste sie an die jetzt schon legendäre Anita Berber denken. Die Tänzerin zeigte sich gerne in Männeranzügen, mit Monokel und Zigarre, liebte beide Geschlechter ganz offen, war ungehemmt, wild und unberechenbar. Man sagte ihr nach, dass sie vor jedem Auftritt eine Flasche Cognac trank und ihr Frühstück aus in Äther und Chloroform getränkten Rosenblättern bestünde. Das würde Lulu ja im Leben nicht einfallen, dafür war sie viel zu kontrolliert. Rosa wusste, beim Tanzen wollte ihre Freundin ganz klar sein, jeden Schritt, jeden Ton bewusst erleben und gestalten. Der Tanz selbst versetzte Lulu in einen Rausch, das reichte völlig.

Rosas Blick richtete sich wieder auf die Bühne. Lulu tanzte, und alle im Saal hingen wie gefesselt an diesem perfekten Körper und seinem Schauspiel. Ihr Ausdruck war so faszinierend, dass nur dieser Tanz noch existierte, er nahm den gesamten Raum ein. Lulu war imstande, nur durch ein Heben ihrer Hand, Fächern ihrer Finger oder Beugen ihrer Knie, einen Standspagat oder eine Pirouette etwas auszudrücken, was sonst auszusagen beinahe unmöglich war. Ihre Tanzausbildung bei der Salino kam ihr dafür zugute, man sah die klassische Ballettausbildung in jeder Bewegung, die sie vollführte. Das konnte wahrlich nicht jedes Revuegirl in Berlin vorweisen.

Die Spannung, die sich über das Publikum legte, lag in der Konzentration begründet, die Lulu ihrem Tanz widmete. Sie erschuf Kompositionen, die ihr Innerstes nach außen kehrten. Die Überschneidung ihres Lebens mit ihrem Tanz war nicht wegzudenken. Das eine konnte ohne das andere nicht existieren.

Auch den Abschied von Claire, ihren ganzen Schmerz brachte sie in diesem Tanz zum Ausdruck. Ihre Gegenwart war zugleich die Vergangenheit, aber sie strahlte auch Hoffnung auf eine Zukunft aus, die Glück verhieß. Sie war ein Wirbelwind. Ein Sturm, der sich in dem einen Moment aufbäumte, tobte und wild um sich schlug, und in der nächsten Sekunde gemächlich dahinplätscherte wie ein kleiner Bach. *Ihre* Droge war ihr Körper. Das Gift, das sie in den Venen hatte, ihre Gefühle, tanzte sie mit Leib und Seele hinaus. Einerseits vergaß sie sich so im Tanz, andererseits war sich Lulu ihrer Wirkung auf das Publikum stets bewusst.

Rosas Blick wanderte durch den Saal, sie beobachtete die Gesichter der Zuschauer. Fritz, in der ersten Reihe, schaute gebannt und mit geröteten Wangen, wie Lulu vor ihm glänzte. Als wäre sie sein eigenes Geschöpf, war ihm der Stolz ins Gesicht geschrieben. Rosa schüttelte den Kopf, dem war nicht zu helfen, der kapierte es nicht, dass Lulu ihn niemals lieben würde. Ein paar Meter weiter saß die Salino, die extra zur Premiere ihres Schützlings gekommen war. Levi Sternberg stand unten etwas seitlich bei den Musikern und wirkte verändert, stark mitgenommen und ausgemergelt. Der Tod von Lulus Mutter hatte ihn regelrecht umgehauen, darüber tuschelten alle im Ballhaus, wenn auch niemand offen darüber sprach. Seine Rührung über Lulus Auftritt war ihm dennoch anzusehen. Rosa wusste, dass er sich für sie verantwortlich fühlte, seit deren Vater im Krieg gefallen war. Und jetzt, wo Lulu ganz ohne Eltern dastand, sicher noch mehr …

Ach, wie schön, dachte Rosa. Die Zwillinge Berta und Käthe waren extra aus der Küche gekommen, um Lulu zu erleben, und hielten in ihrer Küchenkluft am Eingang des Saals auch fest die Daumen gedrückt. Dort saß auch ihre Mutter Else an der Kasse und sah zur Bühne. Opa Harry blieb an der Garderobe, hatte er Rosa vorhin versichert, denn er kannte Lulus Tanz schon von den ganzen Proben und wollte sein Reich nicht alleine lassen. Während einer der letzten Nächte war nämlich ein Taschendieb im Ballhaus unterwegs gewesen, was einen riesigen Aufruhr verursacht hatte, denn er war äußerst erfolgreich durch den Tanzsaal und wohl auch die zwischenzeitlich kurz unbewachte Garderobe gezogen.

Kalle und Richard saßen mit einer größeren Gruppe an einem Tisch in der Weinstube. Natürlich ließen sie sich diese Premiere auch nicht entgehen. Rosa war ein bisschen nervös, später Kalle wiederzusehen. Ihr Verhältnis war noch ungeklärt, und keiner hatte bisher darüber Tacheles reden wollen. Aber das war nicht schlimm, Rosa hatte Geduld, was die Liebe anging …

Wo war überhaupt Ludmilla Sternberg? Rosa fand, sie hatte sich seit Silvester bisweilen recht komisch verhalten. Am heutigen Abend war sie für die hintere Theke zuständig, aber Rosa konnte ihre Gestalt aus der Entfernung nicht erkennen. Großvater spottete, sie müsste doch eigentlich einen Freudentanz aufführen, wo Claire jetzt tot war. Aber Ludmilla sprach seit einer Woche kaum, schien – völlig untypisch für sie – meist in sich versunken, und zwischen den Sternbergs dominierte eine für Außenstehende unerträgliche Eiseskälte. Berta behauptete ja seitdem auch steif und fest, Ludmilla hätte Claire in jener Nacht bestimmt verflucht und etwas mit ihrem Tod zu tun. Wieso hätte die Chefin Berta sonst das Tablett aus der Hand gerissen und Claire das Essen selbst gebracht? Aber Rosa erschien das abwegig, schließlich war Claire schwerkrank gewesen, und Dr. Wiesenblum hatte den Tod durch Herzversagen eindeutig festgestellt.

Abgesehen davon herrschte hier natürlich seit Claires Tod generell eine gedrückte Stimmung, und jeder machte sich so seine Gedanken darüber. Denn obwohl Lulus Mutter im letzten Jahr die Mansarde fast gar nicht mehr verlassen konnte, hatte sie doch fest zur Ballhaus-Familie gehört. Alle hier im Haus hatten sie sehr gemocht und für eine freundliche, loyale Kollegin gehalten, als sie früher noch mitgeholfen hatte. Wirklich für jeden hatte sie stets ein liebes Wort übriggehabt. Deshalb trauerten sie nun alle um sie.

Ludmilla war tatsächlich nicht zu sehen, aber Rosa fiel eine lange Gestalt am Gang zu den Toiletten auf. Erst dachte sie, es wäre der Conférencier, aber der stand korrekt neben Gregor und den Musikern. Es schien vielmehr ein Fremder zu sein – im dunklen Anzug, hochgewachsen, schlank –, der an der Wand gelehnt die Bühne fixierte, ohne sich zu bewegen. Rosa konnte sein Gesicht nicht erkennen, weil ein Schatten darüber lag und der Typ sowieso fast im Dunkeln stand. Er verharrte dort vollkommen regungslos, fast etwas unheimlich, und wirkte störend und zugleich verwoben mit seiner Umgebung. *Na, wen kümmert's, wenn er keinem was tut. Eine verlorene Nachtgestalt mehr …*

Rosa beachtete ihn nicht weiter und verfolgte Lulu wieder auf der Bühne. Am Ende ihres Tanzes war der Vulkan ausgebrochen. Der Tango steigerte sich. Gregor ließ zum Höhepunkt aufspielen. Musik und Tanz waren eins zu eins ineinander verwoben. Und dann tat Lulu es wirklich, sie zog sich aus. Der Pierrot sprengte seine inneren Ketten, indem er auch sein Kostüm ablegte. Rosa musste schlucken. Allen Zuschauern stockte der Atem. Der gesamte Saal starrte die Tänzerin wie gebannt an.

Nun war Lulu fast nackt auf der Bühne. Nur die Brustwarzen mit schwarz bemaltem Klebeband verdeckt, drehte sie sich mit dem Rücken zum Publikum und ließ zu guter Letzt auch den Unterrock fallen. Ein Raunen ging durch die Menge. *Ha!*, dachte Rosa amüsiert, *wer braucht schon eine kokainverseuchte Berber, wenn wir in Sternbergs Ballhaus eine Lulu Schneider haben?*

Beim letzten Ton wandte sich Lulu wieder den Zuschauern zu, ihre Scham nur mit dem Zylinder bedeckt. Unwiderstehlich sah Lulu aus. Rosa verstand sofort, Lulus Pierrot blieb nicht der traurige Clown, denn er war anders. Er erfand sich neu, legte seine Maske ab und zeigte am Ende sogar sein Geschlecht, nämlich Weiblichkeit. In ihrer ganzen Verheißung.

Lulus linke Hand hielt den Zylinder, die rechte Hand streckte sie grazil in die Höhe, ein Knie beugte sie leicht, den Fuß an die Fessel des anderen gelehnt. Das war das letzte Bild. Die Kapelle spielte den Abschlusstusch, und das Licht auf der Bühne ging aus. Diese ersten Sekunden war es totenstill, keiner im Saal rührte sich.

Rosa brachte Lulu in Windeseile einen lila Morgenrock aus Seide, den sie schnell überzog. Sie nahm ihr den Zylinder ab und räumte das Kostüm vom Bühnenboden weg. Schnell gab sie ihr einen Kuss auf die Stirn und flüsterte: »Du warst atemberaubend! Es war fantastisch!« Ein Lächeln flog kurz über Lulus Gesicht, aber für mehr blieb keine Zeit. Als Rosa wieder verschwunden war, überfiel sie eine Angst, dass sie Lulu ausbuhen würden. Doch dann fiel der Scheinwerfer auf die Bühne, in Lila-Weiß wie Lulus Kostüm, und der erste Zuschauer – könnte Fritz gewesen sein – begann zu klatschen und laut *Bravo* zu rufen, dann folgte der zweite, der dritte, und der nächste und übernächste. Schließlich applaudierte und brüllte der ganze Saal. Alle im Ballhaus erhoben sich, klatschten und jubelten Lulu zu, manche warfen Luftschlangen, einige Blumen und wieder andere silbernes Konfetti auf die Bühne.

Lulu konnte es nicht fassen, sie sah überrascht aus über ihre Wirkung und verbeugte sich fast schüchtern. Sie ging von der einen zur anderen Seite der Bühne, knickste und winkte den Gästen dankbar zu. Sie verteilte Kusshände und nahm von Levi Sternberg einen riesigen weißen Rosenstrauß entgegen. Das Publikum war außer sich. Rosa bemerkte, dass ihrer Freundin nun doch Tränen die Wangen hinunterliefen. In diesem besonderen Augenblick ihrer Tanzpremiere, die unvergesslich bleiben würde, waren es aber bestimmt Tränen der Rührung, nicht der Trauer.

Das hoffte Rosa zumindest.

Es klopfte an der Tür der Künstlergarderobe. Lulu trug noch den Morgenrock und war gerade im Begriff gewesen, sich frisch zu machen und umzuziehen. »Herein!«, rief sie. Rosa stürzte mit strahlendem Gesicht in den kleinen Raum.

»Hier Schätzchen, sieh mal, wie viele Blumen du bekommen hast! Ist das nicht unglaublich? Und das sind nur die, die ich auf der Bühne eingesammelt hab! Bei Großvater vorne sind sogar mehrere Sträuße abgegeben worden. Die lass ich dir später hochbringen.« Voll bepackt mit dem bunten Blumenberg trat sie vor zu ihr an den Schminktisch mit dem großen Spiegel und ließ Lulu an den Blüten riechen. »Wie eine richtige Diva wirst du schon hofiert, wie ein echter Filmstar!«, schwärmte sie.

»Du spinnst ja, Rosa! Nur wegen der Blumen. Die Leute wollten bloß nett sein, die wussten, es war schließlich mein Debüt. Und Onkel Levi hat wahrscheinlich die meisten selbst besorgt!« Lulu musste über Rosa schmunzeln, die seit jeher zu Übertreibungen neigte.

»Nix da, die sind auch von Nachbarn und Freunden. Und einer von deiner alten Ballettlehrerin. Du warst der Wahnsinn, Schätzchen! Dein allerbester Tanz überhaupt. Alles hat geklappt. Das ganze Ballhaus ist hin und weg. Apropos«, sagte Rosa und schaute sich suchend im Raum um.

»Was ist?«, fragte Lulu.

»Vasen. Habt ihr nur eine einzige Vase hier oben?« Rosa zeigte auf die große chinesische Vase mit dem weißen Rosenstrauß von Onkel Levi, die vor Lulu stand.

»Ja, nur die.« Lulu zuckte mit den Schultern, mehrere waren hier vorher nie gebraucht worden.

»Na gut, dann leg ich die alle jetzt erst mal hierhin und besorge von unten welche. Bis gleich!« Der Blumenberg landete flugs auf dem roten Samtsessel in der Ecke, und kaum, dass Lulu sichs versah, war die Freundin auch schon wieder verschwunden.

Sie schüttelte amüsiert den Kopf und drehte sich wieder prüfend zum Spiegel. Ihr Gesicht musste ein wenig hergerichtet werden, die Haare neu frisiert, und vor allen Dingen musste sie sich waschen, bevor sie wieder unter Menschen ging. Fritz würde im Saal warten, ihn hatte sie vertröstet, sie wäre in etwa einer Stunde zurück. Lulu betrachtete sich einen Augenblick. Sie war erschöpft, aber aus ihren Augen strahlte eine tiefe Dankbarkeit. Sie hatte es geschafft! Nichts war schiefgegangen, die Choreografie hatte auf den Punkt funktioniert und sie sich wie im Himmel gefühlt. Am Ende klang der Applaus nahezu euphorisch, Lulu konnte es immer noch nicht glauben.

Da klopfte es erneut. »Bist du etwa so schnell zurück?«, fragte sie verwundert. Ihre Freundin war doch eben erst gegangen.

Doch als sie sich zur Tür umdrehte, die sich im selben Moment öffnete, ohne dass sie »Herein« rufen konnte, war es nicht Rosa, die dort stand.

Sondern David.

Vor Schreck sprang Lulu auf und hätte beinahe ihren Stuhl umgeworfen. Ihr Herz pochte wie wild, ihr wurde heiß und kalt zugleich. Aber *er* war es wirklich, der mit den Worten »Darf ich reinkommen?« in einer für sie ungewohnt tiefen Bassstimme lächelnd eintrat. Das war nicht mehr der noch etwas schmächtige und picklige Sechzehnjährige von damals, sondern ein hochgewachsener, breitschultriger Mann mit Bartwuchs und zurückgekämmten Locken, die mit viel Pomade in Form gebracht worden waren. Er trug einen eleganten schwarzen Anzug mit Krawatte und schaute sie mit seinen offenen kastanienbraunen Augen an.

Schlagartig wurde ihr bewusst, dass sie nur mit dem Morgenrock bekleidet war und sich nicht einmal hatte frisch machen können. »David!« Sie musste seinen Namen aussprechen, um sich zu vergewissern, dass sie nicht träumte. Lulu ging langsam auf ihn zu und betrachtete ihn wie einen Geist. Wunderschön sah er aus. *David als Mann.* Sie streifte mit ihrer Hand leicht über sein Gesicht, ganz vorsichtig bloß, als würde sie ihn wieder verscheuchen, wenn die Berührung stärker wäre. Er ließ es geschehen und blickte sie genauso fasziniert an.

»Guten Abend. Ich hab dich tanzen sehen. Ich kann es nicht glauben, dass du das warst. Mein Blondzopf …« David senkte seine Stimme und kam noch ein Stück näher. Sie konnte jetzt seinen Atem auf ihrer Haut spüren und seinen Geruch wahrnehmen. »Du warst fantastisch. Ich habe noch nie zuvor jemanden so tanzen gesehen.« Er schaute auf sie hinab und lächelte. Ihr wurde schwindelig. Alles zwischen ihnen war auf die Sekunde wieder da. Als wäre er nie weg gewesen. Es kribbelte, brannte, schmerzte.

»Danke«, konnte Lulu nur antworten. Mehr bekam sie nicht heraus. David strich ihr eine Strähne aus der Stirn.

Für eine kurze Ewigkeit blieben sie einfach reglos voreinander stehen, mitten im Raum, und verschlangen sich mit Blicken.

»Warte«, sagte David dann irgendwann leise, ging zur Tür und schloss sie ab. Dann zog er Lulu mit festem Griff zu sich und küsste sie, wie sie noch nie zuvor geküsst worden war – auch von ihm nicht. Auf eine Art leidenschaftlich und gierig, dass sie fürchtete, das Bewusstsein zu verlieren. Aber sie wollte nie mehr damit aufhören.

Er öffnete ihren Morgenrock und ließ ihn über ihre Schultern nach hinten auf den Boden fallen. Darunter war sie vollkommen nackt. Sie schämte sich nicht. Er presste sich an sie, und Lulu spürte seine drängende Lust. *Ich will dich auch*, dachte sie, *jetzt, hier, sofort.* Sie wollte sich ihm ganz und gar hingeben. Als hätte er ihre Gedanken gelesen, hob David sie hoch und trug sie zur Couch am anderen Ende des Raums.

Und es kam ihr so vor, als wäre das ihr unausweichliches Schicksal.

35

Sonntag, 26. April 1925

Hallo, Mama.« Lulu legte die Blumen auf das Grab ihrer Mutter. Sie berührte einmal kurz den kalten grauen Stein. *Claire Schneider, geb. Bernot*, las sie wie jedes Mal. Vielleicht brauchte sie das, um sich zu vergewissern, dass da unter der Erde auch wirklich ihre Mutter lag. Zumindest das, was von ihr übrig bleiben würde. Über dem Namen und den Daten von Geburts- und Todestag waren die Worte eingemeißelt: *Deine Spur führt zu unseren Herzen*.

Lulu sammelte ein paar getrocknete Blüten und Blätter auf, gab den Blumen Wasser und ging dann zur grünen Bank unter der großen Linde schräg gegenüber. Sie entsorgte den Pflanzenabfall und setzte sich. Es hätte keinen besseren Platz hier für sie geben können. Sie fand ihn wunderschön, und außerdem beruhigte sie dieser Baum. Else behauptete ja sogar, eine Linde hätte heilende Kräfte.

Diesmal lag ihr letzter Besuch eine ganze Weile zurück. Aber gewöhnlich besuchte Lulu jeden ersten Sonntag im Monat das Grab ihrer Mutter auf dem Sophienfriedhof und erzählte ihr, was alles so passiert war. Zugegeben, sie kam zwar nicht oft her, was ihre Großmutter besser nie erfahren durfte, aber dieses Ritual brauchte sie. Lulu hatte dann das gute Gefühl, dass sie auf diese Weise noch mit Claire sprechen, Neuigkeiten loswerden oder sie um Rat fragen konnte. Und dass es auf der Erde einen Ort gab, wo ihre Mutter, beziehungsweise ihre Seele, sicher anzutreffen war. Denn ihre Energie war hier ganz stark zu spüren. Manchmal flog Lulu ein Blatt vor die Füße, obwohl kein Wind wehte. Eines Tages lag eine Feder auf der Bank, wo sie sich gerade hinsetzen wollte. Einmal fand sie einen Stein in der Form eines Herzens auf dem Friedhofsweg, oder ein Eichhörnchen hüpfte direkt über Lulus Kopf auf die Linde hoch, blieb auf einem Ast sitzen und blickte sie an. Das sah ein bisschen aus, als wollte es Lulu bewachen. Auch wenn Rosa darüber spottete – da war sie das Gegenteil von Else Wendland –, war sie überzeugt, dass das alles Zeichen von Mutter waren.

Nachdem Lulu sich auf die Bank gesetzt und eine Zigarette angezündet hatte, fing sie auch an diesem Morgen an zu erzählen. »Hallo, Mama, ich weiß gar nicht, wo ich heute anfangen soll …«, begann Lulu, in den letzten Monaten hatte sich einiges angesammelt. »Wir können wieder beim Bäcker einkaufen, ohne das Geld mit der Schubkarre hinzuschleppen. Das ist zum Glück vorbei. Wir haben jetzt die Rentenmark, alle Preise sind festgelegt. Die Alliierten wollen keine Reparationen mehr von uns und haben uns viele Millionen Goldmark geliehen. Nun hat Deutschland zwar einen Haufen Schulden, aber die Wirtschaft zieht endlich wieder an. Und wir haben sogar Radio, Mama! Pass auf, das ist ein Funkapparat, den stellst du an und kannst

Hörsendungen empfangen, es wird darin Musik gespielt, über Politik, die neueste Mode, Theater oder Literatur berichtet. Das hätte dir gefallen! Stell dir vor, wie wir zu Hause tanzen könnten!« Lulu aschte auf den Boden und schlug die Beine übereinander.

Heute war der erste schöne Sonnentag seit Langem, sie hatte ein neues Frühlingskleid an und keinen Mantel gebraucht. Die Sonne warf ihre Strahlen durch das Blätterdach und malte schöne Lichtmosaike auf den Erdboden. Es war so friedlich auf dem Friedhof, nur die Vögel zwitscherten im Hintergrund, dass Lulu bei sich dachte, sie wäre in diesem Moment seit langer Zeit wirklich einmal völlig entspannt.

Sie überlegte, was noch so auf der Welt los war und was sie Mutter noch erzählen wollte.

»Ach ja, das weißt du auch noch nicht. Paul von Hindenburg, dieser ehemalige Generaldingsda oder wie das heißt, wird neuer Reichspräsident. Der alte Monarchist hat sich schon im Krieg einen Namen gemacht und soll jetzt den Aufschwung voranbringen. Blödsinn, findest du nicht? Ich hätte mir da lieber einen Jüngeren gewünscht. Und Rosa liebäugelt mit der KPD, die will am liebsten die ganze Republik verändern … Doch genug von Politik. Wie es mir geht, willst du wissen? Gut. Ehrlich, Mama. Mach dir keine Sorgen. Ich bin schon noch unsäglich traurig, dass du mich nicht auf der Bühne erleben kannst, wo ich doch *die* Solotänzerin vom *Sternbergs* geworden bin – ein bisschen wie ein Varieté-Star in den großen Revuen, nur im Kleinen … Jeden Samstag tanze ich jetzt im Ballhaus mein Soloprogramm, und echt wahr: Die Bude ist voll! Alle wollen Lulu, Mama! Ich bekomme am Schluss donnernden Applaus, und die Zuschauer stehen auf. Manchmal muss ich sogar Autogramme geben und kann mich vor Verehrern nicht retten. Heiratsangebote waren auch schon dabei! Verrückt, was? Ich versuche, alle auf Distanz zu halten, ihnen aber trotzdem so viel Aufmerksamkeit zu schenken, dass sie zur Show wiederkommen. Jetzt lachst du bestimmt, wo du jetzt auch bist. Ich hoffe, du hast eine Wolke bekommen, wo du mich gut sehen kannst, wie du es immer wolltest …«

Lulu machte eine kurze Pause, nahm einen Zug an der Zigarette, blies den Rauch langsam wieder aus. Dann fuhr sie fort: »Und weißt du was, Mama, man hat mir auch schon ein Engagement als Revuegirl im *Wintergarten* angeboten. Aber bisher habe ich abgesagt. Onkel Levi bezahlt mich gut. Und ich möchte es mir auch nicht nehmen lassen, in *meinem* Ballhaus mein Solo tanzen zu dürfen, dort ›berühmt‹ zu sein, verstehst du? Denn so bin ich Lulu, etwas Besonderes. In den großen Varietés wäre ich nur eine von vielen. Onkel Levi lässt mich tanzen, was ich will, er mischt sich nie ein. Mein nächster Tanz soll übrigens von Eva, der ersten Frau der Welt, und ihrer Verführung durch die Schlange erzählen.«

Lulu beobachtete, wie die Wolken am Himmel vorbeizogen. Würde sie selbst alles auch einmal von dort oben sehen? Sie seufzte und drückte den Zigarettenstummel aus.

»Tja, was noch? David ist fertig mit dem Studium und wieder nach Berlin gezogen, um seinem Vater im Ballhaus zu helfen. Du durchschaust es sicher längst, und ich gebe es gerne zu: Jaaa, es ist schön mit ihm … Dennoch hat sich in mir etwas verändert. Wir müssen uns Schritt für Schritt neu kennenlernen. Jedoch irritiert mich diese Leidenschaft zwischen uns. Manchmal macht sie mir auch Angst. Wir können nicht voneinander lassen, wie zwei Magnete sind wir, oder eine Seele in zwei Herzen. Ich bin hin- und hergerissen. Aber wir halten uns beide zurück. Erst mal unseretwegen, um uns Zeit zu lassen, wieder zueinanderzufinden. Und ebenso, weil es als Tänzerin von Vorteil ist, offiziell als frei und ungebunden zu erscheinen. Wie du immer gesagt hast – jede Frau spielt ihre Rolle … Was mit Fritz ist? Der hatte einen schweren Reitunfall. Nach einem längeren Krankenhausaufenthalt hat er einen Gehfehler zurückbehalten, der ihn humpeln lässt und noch missmutiger macht. Er ist so verdammt geradlinig, ein wahrlich pflichtbewusster Postbeamter, und wird es nicht leid, mich zu umgarnen. Hartnäckig und willensstark kann man ihn nennen! Keine Vorstellung lässt er aus. Er überhäuft mich mit teuren Geschenken und Bewunderung, bei jeder Gelegenheit zeigt er mir seine Zuneigung. Dabei ist er immer noch sehr wütend, dass David zurück ist. Er spürt, dass für ihn mein Herz versperrt ist. Bisher leugne ich noch, mit David zusammen zu sein. Aber er glaubt mir nicht und lässt schwere verbale Geschütze gegen David ab. Ich versuche seine Attacken gegen die Sternbergs zu ignorieren und ihn auf Abstand zu halten, so weit es geht. Aus alter Verbundenheit gehe ich trotzdem ab und zu mit ihm aus. Und weil ich mich immer auf ihn verlassen kann. Er hat mir auch nach deinem Tod finanziell unter die Arme gegriffen, da fühle ich mich ihm zusätzlich verpflichtet. Rosa schimpft mit mir, ich solle ihn endlich ganz verjagen …« Ein Rascheln schreckte Lulu plötzlich auf. Sie brach ab und drehte sich schnell um. Onkel Levi stand auf einmal hinter ihr.

»Guten Morgen, Lulu«, grüßte er sie mit ernster Miene und hob seinen Hut.

Er hatte einen bunten Blumenstrauß aus Pfingstrosen, Ranunkeln und Tulpen in der Hand. »Onkel Levi, guten Morgen! Ich hab dich gar nicht kommen hören. Dachte, um diese Uhrzeit geht noch kein Mensch auf den Friedhof.« Lulu lächelte ihn an.

»Darf ich kurz? Will dich nicht stören«, fragte er höflich.

»Natürlich! Ich freue mich.« Lulu lud ihn mit einer Geste ein, Platz zu nehmen. Er nickte, kam näher und setzte sich neben sie auf die Bank. Dann starrte er auf Claires Grab und schwieg. Lulu betrachtete ihn von der Seite. Irgendetwas stimmte mit Onkel Levi nicht. »Was ist los?«, fragte sie besorgt.

Er seufzte. Ohne seinen Blick ihr zuzuwenden, sagte er schließlich: »Ludmilla ist weg.«

»Ludmilla ist … weg?«, hakte Lulu nach, um sicherzugehen, dass sie richtig verstanden hatte.

Onkel Levi schaute sie an und zuckte mit den Schultern. »Ja. Sie ist weg. Gestern Abend, als ich unten im Saal war, hat sie sich von David verabschiedet. Er war auch völlig überrumpelt. Wir haben nichts von ihren Plänen gewusst. Sie ist nach Moskau aufgebrochen, zu ihrer Mutter. Mit dem Nachtzug.« Seine Stimme klang tonlos und gleichgültig.

»Das hätte ich nie von ihr erwartet!« Lulu legte den Arm um seine Schulter. »Hat sie dir etwas hinterlassen, einen Brief oder eine Botschaft?«

Er schüttelte den Kopf, den Blick auf den Boden gerichtet. »Nein. Nichts. Nur zu David hat sie gesagt, dass sie auf unbestimmte Zeit fortbleiben wird.«

Sie drückte ihn etwas fester. »Das tut mir leid, Onkel Levi.«

»Braucht es nicht, Lulu. Es kam überraschend, aber ist gut so, wie es ist. Ich verstehe sie schon. Ludmilla hat es auch verdient, ihr Glück zu suchen. Du weißt doch, in Wahrheit waren wir schon viele Jahre getrennt … Ich wollte …« Er stockte und begann leise zu weinen. Sie nahm ihm den Strauß ab, legte ihn auf den Boden und umarmte ihn dann richtig. Er ließ es geschehen und verbarg seinen Schmerz nicht.

»Claire fehlt mir so«, brach es aus ihm heraus.

»Mir auch«, sagte Lulu. Eine Weile saßen sie so da, in ihrer Trauer verbunden, und weinten. Schließlich löste sich Onkel Levi, schnäuzte sich die Nase und wischte sich das Gesicht trocken.

»Was denkst du bloß von mir, Lulu? Entschuldige, dass ich mich habe gehen lassen.« Er steckte das Taschentuch wieder ein und hob die Blumen auf.

»Genug jetzt! Bitte, Onkel Levi, wenn wir beide nicht ehrlich zueinander sein können, wer dann? Ich weiß, dass du für Mama neben mir der wichtigste Mensch in ihrem Leben warst.«

Beide blickten zum Grab.

»Trotzdem ist sie gestorben«, flüsterte er.

»Sie war zu schwach …«

Er wendete sich ihr zu. »Wusstest du eigentlich … es gab mal eine Zeit, früher … als deine Mutter bei uns im Haus ihren Dienst tat und schwanger wurde, da dachten wir … du wärst *meine* Tochter.« Mit seinen dunklen Augen schaute er sie liebevoll an.

Lulu war ziemlich erstaunt über dieses Geständnis. »Wirklich? Das hat mir Mutter nie erzählt.«

Er nickte. »Dachte ich mir, natürlich nicht. Stell dir mal den Skandal vor! Sie war damals auch schon mit Ernst verlobt. Und ich der Sohn ihres Dienstherrn. Mein Vater hätte mich windelweich geprügelt … Aber wir waren so verliebt! Ich hatte Claire damals trotzdem einen Antrag gemacht, sie gebeten, mich allen Widerständen zum Trotz zu heiraten. Ich hätte auch zu ihrem Kind, egal wer der Vater gewesen wäre, gestanden. Sogar durchgebrannt wäre ich! Claire jedoch traute sich nicht, ihre Angst vor Ernst und seinem Zorn war zu groß. Zu guter Letzt hielt sie ihr Versprechen und heiratete ihn, und man sah nach deiner Geburt auch recht schnell: Du warst eine Schneider. Ja, so war das … Nenn es verrückt, aber trotzdem fühle ich mich bis heute für dich verantwortlich. Ähnlich wie ein … Vater.«

Lulu schluckte. Sie war aufgewühlt und tief berührt von diesem Geständnis und seiner schonungslosen Offenheit.

»Danke. Danke, dass du da bist … Und … Ich … ich weiß nicht, was ich sagen soll.«

Onkel Levi versuchte sich an einem Lächeln. »Nichts. Zuhören ist manchmal genug.«

Dann fiel ihr etwas ein. »Steht das alles in dem Tagebuch? Die ganze Wahrheit von früher?«, fragte sie ihn.

Er schaute sie erstaunt an. »Woher weißt du davon?«

»Mutter sagte mir kurz vor ihrem Tod, ich solle dich danach fragen. Nach dem Tagebuch. Mehr weiß ich nicht.«

»Oh. Gut. Tja, also, es ist ihres. Von damals … Darin erzählt sie *unsere* Geschichte. Als sie sich doch für Ernst entschied und ich nichts dagegen tun konnte und voller Kummer zurückblieb, schenkte sie es mir als Beweis ihrer Liebe. So ist das. Manchmal reicht die Liebe eben nicht aus.« Onkel Levi senkte den Kopf. Dann sah er sie wieder mit festem Blick an. »Ich lasse dir das Tagebuch zukommen. Du sollst es lesen.«

Lulu drückte ihm die Hand. »Das würde mir sehr viel bedeuten.«

»Ich weiß.« Er erhob sich. »Nun bringe ich Claire mal ihren Strauß. Lass dich nicht weiter aufhalten, ich bin gleich wieder weg. Ich wollte noch eine Runde an der Spree spazieren gehen. Du kannst übrigens morgen früh im Spiegelsaal trainieren, er ist frei. Gregor kommt um zehn, er kann dich oben begleiten, dort steht nach wie vor das zweite Klavier. Vielleicht besorgt er dir sogar eine echte Schlange für den neuen Tanz, er hatte dahingehend eine Idee geäußert. Eine ungefährliche natürlich!«, sagte er betont fröhlich.

»Das ist ja perfekt! Wunderbar. Ich werde da sein«, versprach Lulu dankbar. »Bevor du gehst: Sag, kommst du denn klar, Onkel Levi? Jetzt, wo auch Ludmilla …?«, konnte sie sich nicht verkneifen zu fragen, sie machte sich Sorgen um ihn.

»Ja, ja. Alles bestens. Du weißt doch, ich bin zäh. Wir Sternbergs lassen uns nicht so leicht unterkriegen. Wiedersehen, Lulu«, verabschiedete er sich.

Den Weg zum Grab ging er mit schweren Schritten, als hätte er Blei an den Schuhen, nahm dort seinen Hut ab und legte die Blumen nieder. Irgendetwas schien er dabei zu sprechen, was Lulu aber aus der Entfernung nicht verstand. Vielleicht ein jüdisches Gebet, vielleicht etwas im Vertrauen zu Claire. Dann setzte er seinen Hut wieder auf und trottete davon. Ein Hauch von Traurigkeit blieb in der Luft hängen, die auch der leichte Frühlingswind nicht vertreiben konnte.

Im Nachhinein fiel Lulu auf, dass Onkel Levi mit den Jahren ganz grau geworden war. Das Leben hinterließ seine Spuren und Narben bei *allen* Menschen, dachte sie. Auch bei ihm, der für sie immer unverwundbar geschienen hatte, genauso wie sein Ballhaus in der Auguststraße.

36

Freitag, 26. Juni 1925

Am Strandbad Wannsee war an diesem Freitagmittag bisher nicht viel los. Es wartete keine Schlange vor dem Tickethäuschen. Keine Hektik herrschte in den Umkleideräumen; doch Lulu und David hatten sowieso ihre Straßenkleidung einfach mitgenommen, um später Zeit zu sparen. Der lange Sandstrand war noch fast unbesetzt, man fand in Ruhe ein gemütliches Plätzchen. Erst in etwa zwei Stunden würde sich das Bild hier in der »Badewanne der Berliner« schlagartig ändern, wenn das Wetter weiter so mitspielte. Dann würde die Wannseebahn schnell überfüllt sein, weil alle mit Kind und Kegel raus nach Zehlendorf ans Wasser wollten. Um jeden Sonnenstrahl auszunutzen, bei diesem Wetter möglichst viel Zeit in der Natur zu verbringen, raus aus den einengenden Klamotten und der verstaubten Stadtluft.

Lulu saß neben David auf der großen Decke, beobachtete das Seeufer und den blauen Himmel darüber. Nur ein paar Quellwolken standen drüben über Kladow. Die Sonne stach schon auf den korngelben Sand, der Schweiß zerlief auf ihrer Haut. Vor der Halbinsel Schwanenwerder zog –

natürlich, wie könnte es anders sein – ein weißer Schwan majestätisch seine Kreise.

Der Wannsee war für die Berliner und ihre Besucher ein beliebter, leicht zu erreichender Erholungsort. Man konnte hier wunderbar ausspannen, lesen, plaudern, sonnenbaden, ausgiebig schwimmen oder planschen, Strandtennis spielen oder auch segeln und rudern. Für jeden war im Strandbad etwas zur Freizeitunterhaltung dabei, es gab sogar einen echten Golfplatz und Wassergymnastik für alle.

Wenn man etwas brauchte und zu faul war aufzustehen, musste man nur Ausschau halten nach den zahlreichen fliegenden Händlern, die allerlei Waren direkt am Strand vertrieben. Zigaretten, Würstchen, Milch, saure Gurken und vieles mehr versuchten diese lautstark an den Badegast zu bringen. Auch ein Strandfotograf lief herum, bot seine Dienste feil und hielt die schönsten Bademomente für die Besucher fest.

Der Rettungsturm vor den reetgedeckten Holzbauten am Hauptstrand war großzügig ausgebaut, und den schnieken Schwimmmeistern stand inzwischen auch ein Motorboot zur Verfügung. Man wurde also auf dem Seegelände sogar bestens bewacht, was gut war, denn nicht alle Gäste konnten schließlich schwimmen. Lulu war sehr gerne an diesem Ort. Das war ein idealer Ausgleich zum Moloch Stadt und seinem aufreibenden Nachtleben. Und es wurden ja beinahe täglich immer mehr Menschen, die es nach Berlin zog – dauerhaft, um Fuß zu fassen, oder für eine Stippvisite. In den Zeitungen stand, nach Paris und New York konnte da Berlin als glänzende, aufstrebende Millionenmetropole und mit seinem berauschenden, endlosen Vergnügungsangebot durchaus mithalten.

Hier war die Welt anders, es gab nicht Tausende von Straßenkreuzungen, Bahnen, Busse, Automobile, überfüllte Läden und Plätze. Die Wege waren linear: Ein paar Stege führten ins klare Wasser. Am liebsten sprang Lulu mit einem Jauchzer einfach so hinein. Die Männerwelt zeigte ihr Können gerne mit einem möglichst eleganten Kopfsprung in das kühle Nass.

Am Ufer entlang konnte man wunderbar spazieren gehen und schauen.

Der Nachteil allerdings zu den kleineren Seen in der Gegend war, dass man bei Hochbetrieb wirklich dicht an dicht nebeneinanderlag. Deshalb verzogen sich Lulu und Rosa zum Beispiel lieber an den ruhigeren Strand des Wannsees im Norden. Dort konnte man den Trubel mitbekommen, wenn man es wollte, sich aber auch zum Lesen, Schwimmen und Ruhen besser zurückziehen.

Lulu betrachtete David, wie er da mit geschlossenen Augen in seiner Badehose lag. Er hatte schon einen leichten Sonnenbrand im Gesicht und schwitzte an den Schläfen. Ein Bild von einem Mann – mit seinen schwarzen geschwungenen Augenbrauen, den perfekt gebogenen Wimpern, der geraden Nase und den vollen Lippen über dem markanten Kinn. Die gelockten dunkelbraunen Haare, die wie Wellen seinen Kopf umspielten. Noch immer konnte sie es nicht glauben, dass er nun bei ihr war, nicht mehr fern von ihr in

München auf unbestimmte Zeit. Doch das war kein Traum. Er lag hier wirklich neben ihr.

»Was denkst du?«, fragte er unvermittelt und öffnete seine Augen. Das war typisch für ihn, bestimmt hatte er gespürt, dass Lulu ihn gemustert hatte.

Sie legte sich auch hin, drehte sich ihm zu und gab ihm einen Kuss auf den Mund. »Geht dich gar nichts an!«, neckte sie ihn.

David zog den verrutschten Träger ihres Badeanzugs gerade und stöhnte übertrieben. »Du bist ja so gemein, Blondzopf! Ich glaube, ich muss dich ins Wasser schmeißen, damit dir der Kopf mal ordentlich gewaschen wird!« Er tat, als wollte er sie auf der Stelle schnappen. Sie kämpften und lachten. Als Lulu aufhörte, sich zu wehren, packte er sie um die Hüften, beugte sich über sie und küsste sie leidenschaftlich.

»So. Das haste jetzt davon.« Er grinste breit.

»Wurde ja auch Zeit«, gab sie schlagfertig zurück.

»Du freche Biene!« David knuffte sie in die Seite und legte sich wieder auf den Rücken. Lulu kuschelte sich in seinen Arm und streichelte mit der Hand seinen Bauch.

»Hast du das Tagebuch jetzt eigentlich zu Ende gelesen?«, fragte David schließlich. »Ich finde es ja immer noch verrückt, dass sich *deine* Mutter und *mein* Vater geliebt haben, und wir uns dann, unabhängig von den beiden, sprichwörtlich auch gefunden haben! Wäre das ein Theaterstück, würde ein Kritiker da bestimmt monieren, *das* sei nun wirklich zu konstruiert!«

Lulu lachte. »Das stimmt. Aber ist es nicht häufig so: Das Leben schreibt die besten Geschichten. Und auch Märchen gibt es schließlich nicht ohne Grund.« Sie lächelte noch immer und malte Kreise um seinen Bauchnabel. »Ja, ihr Tagebuch habe ich fertig. Es endet damit, dass meine Eltern heiraten und Mutter beschreibt, wie sie bei dem Jawort nur an ›ihren Levi‹ denkt …«

David schüttelte den Kopf. »Wie viele solcher geheimen Schicksale gibt es wohl auf der Welt, was denkst du? Wie viele Liebende haben Ähnliches erlebt, und kaum einer weiß es? Diese Geschichten wie das alte Volkslied von den zwei Königskindern, bei denen das Wasser zwischen ihnen zu tief war und sie nicht zueinanderkommen konnten …«

»Sind die am Ende nicht alle beide tot?«, fragte Lulu, die Melodie schon im Kopf mitsummend.

David nickte. »Ja, richtig. Der Königssohn ist durch die List einer falschen Nonne ertrunken, und die Prinzessin hat sich daraufhin aus Kummer umgebracht … Meinem Vater hat es damals jedenfalls das Herz gebrochen.«

»Claire doch auch. Aber sie konnte sich eben nicht aus ihren Zwängen befreien. Sie kannte ja nur Ernst in Berlin und tat das, was sie versprochen hatte: ihn zu heiraten. In ihren Augen hatte sie schon genug Schuld auf sich geladen.« Lulu kugelte sich auf den Bauch und stützte den Kopf in die Hände. »Sag mal, wie geht es Onkel Levi eigentlich? Ich habe ihn ein paar Tage nicht im Ballhaus gesehen. Und habt ihr was von Ludmilla gehört?«

David tat es ihr gleich, änderte auch seine Position und seufzte. »Ich bin besorgt. Vater ist erschreckend dünn geworden. Der letzte Brief von Mutter an mich ist zwei Wochen her. Aber ihr geht es gut bei Babuschka in der alten

Heimat. Singt ununterbrochen, schreibt sie, und hilft viel im Garten. Vater erwähnt sie mit keinem Wort. Und er äußert sich auch nicht, wie es weitergehen soll mit den beiden. Doch es gibt andere Neuigkeiten …«, er stoppte und schaute Lulu bedeutungsschwer an.

»Welche?«, fragte sie und wippte mit den Unterschenkeln, bis ihre Füße den Po berührten.

David setzte sich wieder auf. »Du wirst staunen: Vater möchte mir die Leitung vom Ballhaus übertragen.«

»Wie bitte?« Lulu fuhr überrascht hoch. »Jetzt schon?« Damit hätte sie am allerwenigsten gerechnet, Onkel Levi war ja schließlich erst Anfang fünfzig und bis auf seine verstümmelte Hand kerngesund.

»Ja, stell dir vor! Er hat mir vorgestern eröffnet, dass er sich in Zukunft zurückziehen und kürzertreten will. Er steht mir vorerst natürlich bei, unterstützt mich, haftet finanziell und weist mich in alle Aufgaben ein. Aber er hält mich wohl für fähig und möchte den Übergabeprozess einläuten. In ein bis zwei Jahren, hofft er, würde ich ihn dann gar nicht mehr brauchen und das Ballhaus eigenständig in ein neues Jahrzehnt führen! Am Wochenende wollen wir in Ruhe die weitere Vorgehensweise besprechen. Na, was sagste, Frollein, ich als Ballhauschef?« David strahlte sie an. »Dann musste dich benehmen, sonst schmeiß ich dich raus!« Er zwinkerte ihr zu.

»Blödmann!« Lulu grinste, wurde aber sogleich wieder ernst. »Nee, ich bin echt überrascht. Das ist ja mal 'ne Nachricht! Hätte ich so schnell nicht erwartet. Mich wundert der frühe Zeitpunkt, aber dein Vater wird schon seine

Gründe haben. Kann sicher nicht schaden, wenn er mehr Verantwortung abgibt und sich mehr um sich selbst kümmert … Und für dich kommt es doch genau richtig, wo du dich wieder bestens eingelebt und viel Arbeit ins Ballhaus reingesteckt hast. Ich freu mich sehr für dich!« Sie schlang die Arme um David und beglückwünschte ihn mit einem langen Kuss.

»Hey, ihr Turteltäubchen, nun mal Schluss mit dem Geknutsche, denn Obacht, die restliche Bagage ist im Anmarsch! Wir haben auch was zu futtern dabei«, erschallte auf einmal Rosas belustigte Stimme. Lulu und David lösten sich voneinander und sahen Rosa mit Kalle den Uferweg hochkommen.

Sie sprangen auf und begrüßten die Freunde mit großem Hallo und überschwänglichen Umarmungen. Lulu war glücklich, sie zu sehen. Die vier waren verabredet und wollten den Nachmittag hier zusammen am See verbringen. Rosa hatte ein hübsches Badekleid im Matrosenstil an, und Kalle trug einen feschen Schwimmanzug für Männer. Die zwei waren nun verlobt und offiziell ein Paar, auch wenn sie gerne damit kokettierten, dass sie gegenseitig die Verlobung sofort wieder lösen würden, wenn der andere nicht »spurte«.

Kalle ließ Lulu wegen der Geschichte mit Fritz in Frieden, das überließ er jetzt David. Deshalb hatte sich ihr Verhältnis zueinander einigermaßen entspannt, und gemeinsame Unternehmungen waren problemlos möglich.

»Habt ihr gesehen?«, stieg Rosa direkt ein. »Der neueste Spaß der Saison für die Badegäste? Ich lach mich tot!

Das müssen wir unbedingt ausprobieren: Man kann jetzt auf aufblasbaren Gummipferden im Wasser reiten!« Sie prusteten alle vier los und beschlossen, gleich nachher einen Ausritt »zu Wasser« zu wagen. Erst wollten sie sich bei einem Picknick stärken und ausgiebig schwimmen gehen.

»Hey, du Aas, Schluss jetzt, ich kann nicht mehr!«, wehrte David einen erneuten Angriff von Lulu ab, nachdem sie sich im Wettbewerb mit Rosa und Kalle eine ausgelassene Wasserschlacht geliefert hatten.

»Ausnahmsweise, du armer Kerl, Schonfrist.« Lulu schlang ihre Arme um ihn, und sie knutschten wild.

»Du nicht, Kindchen«, rief Kalle ein Stück weiter und tauchte die lautstark protestierende Rosa unter. Als sie wieder auftauchte, beschlossen sie jedoch einstimmig, langsam zurückzuschwimmen. Lulu hatte jegliches Zeitgefühl verloren, aber es war bestimmt schon später Nachmittag, und sie wollten noch zusammen essen und anschließend durch die Berliner Nacht streifen. Plaudernd schwammen die vier nebeneinander zurück zum Ufer. »Wir können nach dem Dinner auch ins Kabarett Größenwahn«, fiel Lulu ein, als sie an das Abendprogramm dachte. »Da singt heute Claire Waldoff!«

»Nach meene Beene is ja janz Berlin verrückt«, begann Rosa wie auf Kommando den beliebten Ohrwurm der Chanteuse zu singen.

Kalle spritzte ihr Wasser ins Gesicht und rief: »Hör bloß auf! Die ist mir viel zu burschikos!«

David und Lulu mussten lachen. »Angst vor starken Frauen?«, forderte David seinen Freund heraus, und Rosa verbesserte Kalle altklug: »Emanzipiert und modern isse! Und das Singen lass ich mir von dir schon mal gar nicht verbieten!« Sie revanchierte sich ebenso mit einer Wasserfontäne in seine Richtung.

»Hey, hey, junge Dame! Vorsicht!« Doch Kalle ließ sich nicht beirren. »Die Waldoff liebt doch Frauen. Ist andersrum.«

Lulu schüttelte amüsiert den Kopf, Kalle war manchmal so spießbürgerlich.

»Na, ist doch schön! Und deshalb ist die immer so gut gelaunt«, konstatierte Rosa mit einem koketten Augenzwinkern.

Lulu und David lachten. Da konnte Kalle auch nichts mehr entgegnen.

Als sie am Ufer angekommen waren, rannten sie fröhlich aus dem Wasser zu ihrem Liegeplatz. Sie mussten sich beeilen, Davids Uhr zeigte schon nach fünf. Alle schnappten sich schnell ihr Handtuch, trockneten sich ausgiebig ab und wollten sich dann ihre Kleider einfach über die Badeanzüge ziehen.

»Was ist mit dir?«, fragte Lulu nach wenigen Minuten irritiert, als sie alle bis auf David schon angekleidet waren, und er immer noch wie gelähmt auf den Boden starrte.

Er hob den Kopf und schaute sie ratlos an. »Meine Klamotten sind weg!« Nun hielten auch Rosa und Kalle inne und sahen zu ihm rüber.

»Hä?«, fragte Kalle verdutzt. »Wie kann denn das sein?«

David war trotz seines Sonnenbrands plötzlich bleich im Gesicht. »Sie sind weg. Alles! Sogar die Schuhe.« Er zeigte auf die Stelle, wo seine Sachen hätten liegen müssen.

»Hast du hier überall gesucht? Vielleicht hat sie jemand verwechselt und dann ein Stück weiter abgelegt?«, mischte sich nun Rosa ein und versuchte, beruhigend zu klingen.

»Oder hast du sie doch vorne in der Umkleide eingeschlossen?«, mutmaßte Lulu vorsichtig.

»Nein!«, wehrte sich David einen Tick zu laut. »Seht selbst!«

Sie kamen zu dritt näher und lenkten ihren Blick auf den Sand, wo David mit dem Finger hinzeigte.

DRECKSJUD stand dort in großen Lettern.

»O mein Gott!«, entfuhr es Rosa entsetzt.

»Das gibt's doch nicht«, rief Lulu und bückte sich, um sicherzugehen, sich nicht verlesen zu haben. Aber da stand es, eindeutig, und alle konnten es sehen.

»Wer tut denn so was?«, fand David seine Sprache wieder. Sie schauten sich alle um und suchten den Strand ab, aber es war nichts und niemand Auffälliges zu entdecken. Die Badegäste in der Nähe waren Familien oder Liebespärchen und wirkten harmlos.

Kalle legte einen Arm um Davids Schultern, klopfte ihm dann ein paarmal auf den Rücken und versuchte, ihn aufzumuntern: »Was für Idioten. Mach dir nichts draus, Kumpel. Komm, zieh meinen Pullover drüber, und wir fragen am Einlass, ob sie uns Badeschuhe leihen können. Vergiss den Mist.«

David wirkte jedoch ehrlich niedergeschlagen, sodass auch Lulu meinte, die Lage entschärfen zu müssen. »Das waren bestimmt nur ein paar Lausebengel, denen langweilig war. Die Sache ist sicher nicht allzu ernst zu nehmen«, tröstete sie ihn und gab ihm einen Kuss auf die Wange. »Los, wir hauen ab. Ist schon spät.«

»Also, ich finde das gar nicht lustig, geschweige denn harmlos! Habt ihr nicht mitbekommen, was jetzt immer öfter in der Stadt passiert? Man spricht schon von Judenhetze!« Rosa war aufgebracht und konnte sich sowieso über politische Themen furchtbar aufregen. Entschlossen verwischte sie mit ihrem Fuß die Buchstaben und schrieb stattdessen HOHLKOPF! in den Sand.

Sie sprachen kein Wort mehr darüber und packten den Rest schweigend zusammen. David nahm Kalles Pullover dankbar an, zum Glück hatte er seine Wertsachen – ein bisschen Geld und seine Armbanduhr – vorher in Kalles Tasche versteckt. Sonst war auch nichts geklaut, keiner vermisste etwas. Es fehlten nur Davids Klamotten.

Ziemlich bedröppelt machten sie sich auf den Weg zum Ausgang.

»Ist das nicht der Krause?«, fragte Kalle auf einmal mit Blick Richtung See.

»Was? Wo?«, wollte Lulu überrascht wissen. Sie hatte Fritz nichts von ihrem Ausflug verraten. Die vier schauten dorthin, wo Kalle nun mit dem Finger hinzeigte. Da erkannte Lulu Fritz tatsächlich auf einem Ruderboot in der Nähe des Ufers. Mit ihm im Boot saß ein anderer blonder Hüne, den sie nicht kannte. Beide stierten jetzt zu ihrer Gruppe herüber.

»Du liebe Zeit, das isser!«, bemerkte sogleich auch Rosa. »Verdammt noch mal, was macht der hier?«

David wirkte verunsichert und aufgeschreckt. Kalle legte erneut den Arm um die Schultern seines Freundes, wie um ihn instinktiv zu beschützen, kam es Lulu vor. Ihr war flau im Magen, irgendwas stimmte hier ganz und gar nicht. Und als sie gerade ihren Arm zum Gruß erheben wollte, weil Fritz und der andere mit dem Boot immer näher kamen, und sie fand, ihm mit harmloser Freundlichkeit zu begegnen, wäre sicher das Beste, brüllte dieser David zu: »Pass nur auf, Sternberg! Pass nur auf.« Die Freunde fuhren zusammen. Auch die umliegenden Badegäste horchten auf und wurden auf sie aufmerksam. Dann zeigte Fritz auf seine und dann auf Davids Augen, ganz nach dem Motto: »Ich behalte dich im Blick, Sternberg …« Auch sein dicklicher Begleiter, den Lulu zuvor noch nie bei Fritz gesehen hatte, fixierte David wie eine Beute. »Judensau!«, rief der ihm dann auch noch hasserfüllt zu.

Lulu war stinksauer. Hatte Fritz eigentlich noch alle Tassen im Schrank, in was für Kreisen verkehrte er denn plötzlich? Dieser schien jedoch völlig in seinem Element. Er ließ nun das Ruder los, sammelte etwas vom Boden auf und hielt es mit beiden Händen hoch. Sein Blick war voller Genugtuung, als er es hin und her schwenkte, damit sie es vom Ufer aus auch alle sehen konnten. Der andere Typ bei ihm im Boot grölte. Lulu schluckte.

»So ein Arschloch!«, platzte es aus Rosa heraus, dabei stampfte sie aufgebracht mit dem Fuß auf. Kalle hielt David gerade noch rechtzeitig zurück, der im Begriff war, wutentbrannt zu Fritz ins Wasser zu stürzen: Es waren seine Kleider.

37

Samstag, 26. Juni 1925

Harry, bringst du uns ein Bier?«, rief Levi zu Krawuttke rüber, der an der großen Theke stand und mit stoischer Miene Gläser spülte.

»Dit Wörtchen ›bitte‹ haste wohl verjessen, Chef?«, meckerte Krawuttke in seiner unverwechselbaren schnodderig-liebenswerten Art.

»Entschuldige, mein Lieber, du hast natürlich recht: *Bitte* bring uns doch zwei Gezapfte«, korrigierte Levi sofort mit einem Schmunzeln auf den Lippen.

»Zwee Jezapfte? Um die Uhrzeit? Ist ja nicht mal Mittag«, brummelte Krawuttke vor sich hin, ohne Anstalten zu machen, sein Gläserspülen zu unterbrechen. Zwei vom Servicepersonal waren wegen Krankheit kurzfristig ausgefallen, deshalb sprang die gute Seele des Ballhauses heute an der Bar ein.

»Harry!«, rief Levi nun mit Nachdruck und tat so, als wäre er genervt, woraufhin dieser mit einem »Is ja jut, ick meen ja nur …« begann, ihnen das Bier einzuschenken.

Es war Samstagvormittag, roch nach Bohnerwachs, frischem Putzwasser und kaltem Zigarettenrauch. Sie hatten alle Türen und Fenster des Tanzsaals geöffnet, um frische Luft hereinzulassen. Else hatte mit Berta schon einen Haufen bunter Blumen vom Markt zur Dekoration für den Abend vorbeigebracht, die überall im Saal in riesigen Vasen herumstanden, was dem Tanzsaal etwas Lebendiges verlieh und sofort gute Laune verbreitete. Zwillingsschwester Käthe war gerade im Wintergarten zugange, setzte ein paar neue Pflanzen, säuberte den Terrassenboden, hängte Girlanden und bunte Lampions auf und pfiff dabei vergnügt Kurt Weills »Klops-Lied« vor sich hin. Draußen schien die Sonne, und die Vögel zwitscherten fröhlich, als freuten sie sich genauso wie alle anderen feierwütigen Berliner auf eine große Samstagabendsause. Levi saß seinem wöchentlichen Ritual gemäß mit Zeitung, Kaffee und Zigarre am Tisch in seinem kleinen Separee. Ihm gegenüber hatte soeben David Platz genommen und ihm von den Geschehnissen des gestrigen Tages am Wannsee berichtet. Sein Sohn wirkte immer noch sehr aufgebracht über die Aktion von Fritz Krause, und Levi war besorgt über die Häufung von offener Judenfeindlichkeit, die ihm, sogar hier im Ballhaus, immer häufiger begegnete. Wie sollten sie damit umgehen? Darüber musste er sich ernsthaft Gedanken machen.

Für den Augenblick jedenfalls wäre ein Bier genau das Richtige, fand er, um David ein wenig runterzubringen. Sie wurden abgelenkt durch lautes Fluchen von der Bühne, auf der Lulu gerade trainierte. Gregor hatte sich am Piano verspielt und ließ eine russische Litanei los. Dann begann er von vorne, nachdem er seine Finger in seltsamen Dehn- und Lockerungsübungen neu aufgewärmt hatte. Lulu wartete geduldig in Ballerinaposition, bis der Maestro wieder so weit war. Während jeder hier im Ballhaus an diesem Vormittag seinen Aufgaben nachging, damit für die Vorstellung am Abend sowie den offenen Tanz bis spät in die Nacht alles bestens vorbereitet war, probte sie auf der Bühne zu Gregors sanften Klavierklängen in einem fließenden schwarzen, fast durchsichtigen Gewand für ihren Auftritt als düstere Eva.

»Zum Wohl, die Herren Sternberg!« Mit einem lauten Wumms stellte ihnen Krawuttke die gläsernen Bierkrüge mit dem goldenen Gebräu und einer perfekten Schaumkrone auf den Tisch.

»Danke, Harry«, sagte Levi und bot an: »Trinkste eins mit? Setz dich doch zu uns!«

Der alte Garderobenwärter lehnte dankend ab und ergänzte: »Nee, nee, macht ihr dit lieber alleene. Jibt ja viel zu bequatschen. Ick hab ooch jenuch zu tun.« Er wischte sich seine Hände an der Schürze ab, die er umgebunden hatte, und verschwand wieder hinter der Theke.

»So, David. Und nun erheb dein Glas. Jetzt trinken wir erst einmal auf eine neue Ära von *Sternbergs Ballhaus* – unter deiner Führung!« Feierlich hielt Levi seinem Sohn, der in diesem Moment unsicher auf seinem Stuhl hin und her rutschte, den Bierkrug entgegen. »Prost, mein Junge!«

»Prost, Vater!«, sagte David tapfer und versuchte sich an einem Lächeln. Sie stießen an und tranken beide ein paar große Schlucke.

Levi war sich bewusst, dass er seinen Junior womöglich etwas zu schnell in die Verantwortung nahm. Dennoch zweifelte er nicht daran, dass es die richtige Entscheidung war, frischen Wind ins Ballhaus zu bringen, David in die Rolle des Hausherrn einzuweisen und sich selbst mehr und mehr aus der Leitung herauszuziehen. Denn er verspürte eine so lähmende Müdigkeit. Seit Claires Tod fehlte ihm jegliche Energie. Levi fühlte sich alt und träge, obwohl er es im Grunde gar nicht war, weder das eine noch das andere.

»Aber was machen wir mit dem Krause? Soll er denn einfach ungeschoren davonkommen?«, fragte David und wischte sich einen Rest Schaum vom Mund. Augenscheinlich ließ ihn das Thema nicht los.

Levi dachte nach. »Tja … hmmm …« Er zog an seiner Zigarre. »Ich finde, es zeugt von Größe, wenn du diesen Scherz übergehst. Seine Absicht ist es ja, dass du dich ärgerst, ihn womöglich auch provozierst. Also wäre es der klügste Schachzug deinerseits nun, Gelassenheit zu zeigen. Lass ihm seinen Triumph, dafür hast du Lulu. Ist es nicht so, dass sie der eigentliche Auslöser ist für seine Eifersucht?«, wollte er wissen. Er paffte Rauchwölkchen in die Luft und nahm noch einen Schluck Bier.

David sah nachdenklich aus. »Ja, vermutlich. Als ich in München war, hat er sich wohl große Hoffnungen auf sie gemacht. Noch immer lässt er keine Vorstellung aus, sitzt treu in der ersten Reihe und überhäuft sie mit Zuneigung, Geschenken und Rosen. Zugegeben, sie hat ihm auch Grund dazu geliefert und war jetzt kein Unschuldsengel, das weiß ich.« Er sah kurz rüber zu ihr auf die Bühne, wo

Lulu als Eva gerade in bebenden Wellenbewegungen ihres grazilen Körpers einen Kampf zwischen Verführung und Gehorsam austrug. »Aber jetzt bin ich eben wieder da«, fuhr David fort, »und sie entscheidet allein, mit wem sie wie oft ausgeht, oder nicht? Sie will keinem vollkommen gehören – und dem Krause schon gar nicht!« Fast trotzig hörte er sich jetzt an.

»Ich weiß. Mach dir nichts draus, nimm's nicht persönlich. Es hat noch andere Gründe. Ich kannte Fritz' Vater recht gut, auch der hatte schon was gegen Juden, obwohl die Krauses ja hier in der Spandauer Vorstadt mit vielen von uns zusammenleben. Fritz ist womöglich mit religiösen Vorbehalten aufgewachsen. Also, verlier am besten kein Wort mehr darüber. Und wenn der junge Krause sich im Ballhaus nicht benehmen sollte oder dich ein weiteres Mal angeht, lassen wir uns was einfallen. Dann sollen sich die Gebrüder Barnick darum kümmern.«

Das waren die besten Türsteher vom Ballhaus, zwei Schränke von Männern und zudem äußerst aktiv im *Immertreu*, dem Ringverein in der Langstraße mit dem Vereinslokal *Schwarzer Walfisch*. Gegründet hatte ihn der »Muskel-Adolf«, einer der seinerzeit mächtigsten Verbrecher Berlins und häufiger Gast im Ballhaus – kurz, ein wichtiger Kontakt im Gangstermilieu, den Levi ab und an ausnutzte. Beim Immertreu hatten sich Diebe, Einbrecher, Zuhälter, Rauschgifthändler und Schutzgelderpresser zusammengeschlossen. Aufnahmebedingung war, dass man mindestens zwei Jahre Zuchthaus hinter sich hatte. Dorthin schaffte es nur, wer sich harte Vergehen geleistet hatte oder bereits vorbestraft war. Beweisen mussten Kandidaten ihre Eignung durch die Entlassungspapiere. All das traf auf die Barnick-Brüder zu, und sie waren sehr gute Boxer, die sich von nichts und niemandem einschüchtern ließen.

»Hoffentlich muss es nicht so weit kommen.« David war einverstanden.

»So, mein Junge, jetzt lass uns aber über das Ballhaus und deine Nachfolge sprechen. Ich hab schon alles vorbereitet.« Levi holte die Unterlagen hervor und breitete sie auf dem runden Bistrotisch aus. Drüben auf der Bühne kam kurzzeitig etwas Unruhe auf, denn Krawuttke brachte den Käfig mit der Schlange, die Lulu als absolute Sensation am Ende ihres »Sündentanzes« aus einer schwarzen Truhe hervorholte und mit in ihre Choreografie eingebaut hatte.

Levi wartete, bis die Probe weiterging, und wandte seinen Blick wieder dem Sohn zu. David wurde sofort ganz ernst und sah Levi in die Augen. »Vater, bist du dir sicher, dass du das willst? Ich meine, das Ballhaus in der Auguststraße ist *dein* Werk, es trägt *deinen* Namen, *du* hast es aufgebaut und *deine* Visionen eines Tanztempels für das gemeine Volk zum Leben erweckt.«

Levi legte die Hand auf den Arm seines Sprösslings, der solch ein prächtiger erwachsener Mann geworden war, sein Ein und Alles. Was blieb ihm sonst noch auf der Welt? »Ich bin mir sicher. Und es ist auch *dein* Name, David Sternberg.« Er lächelte seinen Sohn an. Dann sprach er mit fester Stimme: »Mein Wunsch ist es, dir noch in diesem Jahr die Führung des Ballhauses zu übertragen. Es wird Zeit für einen Wechsel, für *deine* Visionen. Ich bin müde geworden, werde aber alles dafür tun, dass du erfolgreich bist. Also, Junge, gehen wir es an?« Noch einmal erhob er sein Glas und schaute David fragend an.

Dieser zögerte erst. Dann stieß er mit ihm an. »Wenn es wirklich so ist … bin ich auch bereit! Auf uns!«, antwortete sein Sohn und nickte kämpferisch.

Sie tranken ihr Bier aus und stellten die Gläser zur Seite. Levi nahm die Unterlagen zur Hand, um seinen Sohn in die Bilanzen, Personalkosten und Zahlen einzuweihen. Bevor er beginnen konnte, setzte David noch hinzu: »Danke, Vater. Ich freue mich.«

Es klingelte nun schon zum vierten Mal an ihrer Wohnungstür. Lulu hatte nach der heutigen anstrengenden Probe ein Bad genommen und sich dann etwas hingelegt, um später wieder fit für ihren Auftritt und die nachfolgende lange Nacht zu sein. Bestimmt würden sie wieder ausgelassen feiern. Als sie in ihrem seidenen Morgenmantel öffnete, stand Fritz mit einem riesigen Strauß roter Rosen vor ihr. Im dunkelblauen Anzug, frisch rasiert, sodass man alle Sommersprossen sehen konnte, und mit seinen zurückgekämmten rotblonden Haaren voller Pomade. Scheinbar hatte er sich extra herausgeputzt für diesen Besuch.

»Was willst du hier?«, fragte Lulu mehr als ungehalten. Erstens hatte er sie gestört und ihren Nachmittagsschlaf unterbrochen, zweitens war sie fassungslos, dass er es nach der gestrigen Aktion am See wagte, ihr mit Blumen gegenüberzutreten.

Sein Blick zeigte tiefe Enttäuschung. »Nun, ich wollte dir unter anderem viel Glück für deinen Auftritt wünschen … hier«, sagte er und hielt ihr den Strauß hin. Sie nahm ihn Fritz vehement ab und warf die Rosen dann sogleich mit voller Wucht auf den Boden. Eine Blüte brach ab und kullerte ein Stück weiter. Verdutzt starrte er seinen Blumen hinterher. »Die waren teuer«, kommentierte er trocken.

»Du Vollidiot! Meinst du, ich finde das richtig, was du da gestern mit deinem Kompagnon veranstaltet hast? Willst du mich auf diese Weise ködern? Wie konntest du so was Dämliches machen? David hat dir nichts getan!«, schrie sie ihn an. Lulu war lange nicht mehr so wütend auf jemanden gewesen.

Fritz sah sie an, in seinen grauen Augen wich die Überraschung einer Art Trotz. »Es war ein Scherz!«, behauptete er arrogant. »Was regst du dich so auf? Waren doch nicht *deine* Kleider. Gegen einen kleinen Denkzettel im Spaß ist doch nichts einzuwenden.«

»Einen Denkzettel? Spaß? Spinnst du? Red keinen Schwachsinn!« Am liebsten würde sie ihm eine saftige Ohrfeige verpassen. Lulu konnte sich gerade noch zusammenreißen und verschränkte stattdessen die Arme vor ihrem Körper. Außerdem wurde ihr langsam kalt in dem dünnen Negligé hier auf der Türschwelle im zugigen Dachkorridor.

Fritz straffte sich und zog die Schultern zurück. »Der Sternberg kann nicht mir nichts dir nichts nach Jahren wieder hier auftauchen und dann so tun, als gehöre ihm die ganze Welt! Der hat das verdient«, verteidigte er sich mit beleidigtem Gesichtsausdruck. »Und außerdem kannste mich nicht verleugnen. Ich war für dich da, als der werte Herr Sternberg lieber in München flanierte und dich hat sitzen lassen! Du kannst mich nicht wegschieben wie einen Esel, nur weil *er* jetzt Zeit für dich hat. Und mich dann wieder hervorholen wie ein altes Buch aus der letzten Schublade, wenn dir mal wieder danach ist!« Er verzog den Mund und schaute sie herausfordernd an.

Aha, dachte Lulu, *daher weht der Wind.* Etwas in der Art hatte sie schon vermutet. Sie hätte nicht weiter mit ihm ausgehen dürfen, wurde ihr auf der Stelle bewusst. Jemand wie Fritz war in solchen Dingen furchtbar empfindlich. Aber sie musste sich doch eingestehen, dass er auch irgendwo recht hatte …

»Hat es dir jetzt die Sprache verschlagen, oder was?«, fuhr er sie an, als sie nichts erwiderte.

Lulu atmete einmal tief ein, dann aus und versuchte es in ruhigerem Ton. »Fritz, ich verstehe deinen Ärger. Aber ich habe dir von Anfang an gesagt, dass ich dich als Freund sehe. Das wusstest du, ich habe immer mit offenen Karten gespielt. Auch wenn ich dir sehr dankbar für deine stetige Unterstützung bin, wirklich, aber ich gehöre dir nicht. Ich gehöre nur mir allein! Verstanden? Also schmink dir das bitte ab, dass aus uns mehr werden könnte. Und lass solche Sperenzchen wie gestern! Wir sind doch nicht in der Unterwelt oder beim Hunde-Gustav. Wenn du das übertreibst, mit den Drohungen und so was, verlierst du mich … aber richtig!«, sagte sie mit Nachdruck in der Stimme. Lulu begann zu zittern, so kalt war ihr mittlerweile. Warum jagte sie ihn nicht endlich zum Teufel? Sie konnte es sich selbst nicht erklären. Stattdessen schlang sie die Arme noch fester um ihren Körper.

»Jetzt drohst *du* aber *mir*, Liebchen.« Er grinste schief.

»Mensch, Fritz!«, schimpfte sie genervt. »Du weißt doch, wie ich das meine!«

»Ist ja gut, habe verstanden. Wird sich zeigen, wie es ausgeht … alles. Wiedersehen.« Er nickte ihr kurz zu und verschwand auf dem Treppenabsatz nach unten.

Lulu blieb einen Augenblick wie erstarrt auf der Stelle stehen. Dann schüttelte sie den Kopf und seufzte laut. Es hallte dumpf im Treppenhaus nach. Unten schlug die Haustür zu. Fritz war weg.

Leise sammelte sie jede einzelne Blume von den Dielen auf, ging wieder in die Mansarde zurück und stellte den prächtigen Strauß in eine Vase neben die anderen langstieligen von Fritz aus den letzten Wochen. Es mussten Hunderte sein … Lulu zählte sie schon lange nicht mehr. Da bemerkte sie erst einen Tropfen Blut an ihrem Finger, verbunden mit einem kurzen Schmerz unter der Haut, der sie durchfuhr. Ein Rosendorn musste sie eben gestochen haben. Obwohl sie doch aufgepasst hatte.

38

Der Conférencier kündigte Lulu, die »schillerndste Tänzerin«, am selben Abend in *Sternbergs Ballhaus* an wie auf dem Jahrmarkt: »Sehen und erleben Sie heute die wunderbare, zauberhafte Lulu in einer Doppelrolle als sündige Eva und verführerische Salome! Die Inkarnation von weiblicher Grausamkeit, unschuldiger Kindfrau, Verkörperung idealer Schönheit sowie purer Erotik! So einen Tanz haben Sie noch nie gesehen! Ihnen wird es trocken im Munde werden, halten Sie ausreichend Champagner bereit. Die meisten von Ihnen werden beschließen, sobald Lulu – die schönste Blume des Morgenlands – die Bühne betritt, bald wiederzukommen, um sie wiederzusehen. Lassen Sie sich verführen und verzaubern! Fühlen Sie sich bei uns, in *Sternbergs Ballhaus,* wie im Himmel und in der Hölle zugleich! Applaus, meine Damen und Herren!«

Das Publikum applaudierte, was das Zeug hielt. Dann wurde das Licht stark gedämpft, die restlichen Scheinwerfer in Rot strahlten auf die Bühne, Gregor und Kapelle setzten mit einem langsamen Foxtrott ein. Lulu kam aus dem dunklen Nichts des Bühnenvorhangs heraus, nur mit einem

Schleier bekleidet, der ihren Körper jedoch verführerisch durchscheinen ließ. Um die Stirn trug sie ein goldenes Schlangen-Diadem. Die echte Schlange, ihre doppelzüngige Schwester, wartete in einer Kiste auf der Bühnenmitte. Durch den Blick des Diadems sah sie scheinbar alle gleichzeitig im Publikum an. Die dunklen Augen leer, nur der Mund lächelte verheißungsvoll. Nach ein paar Takten nahm sie den Schleier ab, ganz nackt stand sie dann im feurigen Licht.

»Die hat ja gar nichts an!«, hörte sie einen überraschten Ruf aus dem Publikum. Da erst fiel ihr wieder ein, dass sie ja nicht alleine im Raum war. Als Lulu dann ihren Körper dicht vor der Rampe rhythmisch zur Schau stellte, weiche, weibliche Bewegungen, fast hypnotisch, spürte sie förmlich das Beben, die Wogen der Begeisterung bei den Zuschauern. Die aufgeheizte Stimmung, die Faszination, die Wallungen. Jetzt fühlte sie sich stark, denn sie wusste in solchen Momenten, dass sie gewonnen hatte, und konnte sich selbst fortan ganz im Tanz gehen lassen. Lulu liebte dieses Gefühl, ihre Wirkung als Tänzerin auf Menschen unterschiedlichster Art.

Sie erkannte aus den Augenwinkeln Fritz auf seinem Stammplatz in der ersten Reihe. David, Rosa, Kalle, Berta und Richard standen rechts von der Bühne an der großen Bar. Sie wusste zudem, dass Onkel Levi im Separee Platz genommen hatte, Krawuttke die Garderobe heute alleine überwachte, Käthe für die Küche und Else Wendland mit den Barnick-Brüdern für Einlass und Kasse zuständig waren. All diese Menschen, ihre Ballhaus-Familie, im Hintergrund zu wissen, gab Lulu ein unsagbar beruhigendes

Gefühl von Sicherheit. Nun begann Gregor das Tempo zu steigern und spielte einen Charleston. Das Licht wechselte von Rot zu Blau. Ihre Bewegungen wurden wilder und animalischer. Ein Raunen ging durch das Publikum, als sie die schwarze Truhe auf der Bühne öffnete. Die Musik wurde noch schneller, der Saxophonist spielte ein improvisiertes Solo, und die Spannung stieg ins Unermessliche.

Sie holte mit vorsichtigen Griffen hervor, was keiner hier für möglich hielt: eine echte Schlange, die fast drei Meter lange Tigerpython namens Serafina.

»Ohhh!«, riefen einige Zuschauer erschrocken aus. Lulu bog sich jetzt mit der Schlange zusammen nach hinten, die Gesetze der Anatomie außer Kraft setzend. Sie ging in die Brücke, verlagerte das Gewicht auf die Unterarme, ihre Beine schwangen in die Luft und bildeten einen perfekten Bogen. Die Zehen schwebten knapp über ihr. Sie konnte sich mit den Füßen ihre Augen zuhalten. Applaus brandete auf. Und während sie weitertanzte, ließ sie die riesige Serafina um ihren Körper schlängeln.

Gregor wurde wieder langsamer, sie kam zum Ende ihrer Choreografie, und es erklang eine märchenhafte Melodie wie ein Gutenachtlied. Eine uralte Volksweise, die Heilung und Vergebung versprach, alles wiedergutzumachen schien – jede Sünde, jedes Vergehen, jede Lüge, jeden Verrat. Eva und Salome waren nun eins, die Personifikation von Weiblichkeit, und Lulu war die einzige Schlangenfrau Berlins, die nicht in einem Revuetheater, sondern in einem gewöhnlichen Ballhaus und dann auch noch mit einer echten Schlange tanzte.

Der letzte Ton, ein Tusch. Ende. Lulu hielt Serafina hoch wie ein Schwert. Eins, zwei, drei. Stille. Dann ging es los. Tosender Applaus. Der komplette Saal erhob sich von den Plätzen, die Zuschauer jubelten und johlten »Braaavo! Bravo!« und »Zu-ga-be!«

Das Licht im Saal ging wieder an, ein Scheinwerfer schien ihr direkt ins Gesicht. Lulu legte sich Serafina um den Hals und verbeugte sich dankbar in jede Richtung, knickste rechts und links, während begeisterte, verzauberte Gesichter ihr entgegenlächelten.

Der Konfettiregen – heute passend zu ihrem Kostüm in Schwarzsilber – fiel auf sie alle hinab. Der Applaus hörte gar nicht mehr auf. Gregor wiederholte einen Tusch. Dann noch einen.

In diesem Augenblick war Lulu ganz bei sich. Und so glücklich wie noch nie. Sie hatte es wirklich geschafft.

Tief in der Nacht waren sie – der harte Kern: Lulu, David, Rosa und Kalle – in ihrer Lieblingsspelunke im Scheunenviertel gelandet, der *Mulackritze*, weil sie keine Lust mehr hatten auf Massen von Menschen in den Bars der Friedrichstadt, auf Glitzer und Show. Zudem spielte in der »Ritze« heute ein russisches Balalaika-Ensemble, unterstützt mit reichlich Wodka. In diese Stadt zog es immer mehr Russen, die in schummrigen Kneipen entgegen ihrer schwermütigen Mentalität ungewöhnlich fröhliche Lieder zum Besten gaben. Ansonsten waren um diese Uhrzeit nur noch ein paar einschlägige Gestalten aus dem »Milljöh«, wie es die Berliner nannten, übrig geblieben. An der schmalen Theke steckten sie vertraulich die Köpfe zusammen und tranken Molle mit Korn. Manchmal konnte man hier aber auch lokale Berühmtheiten wie Heinrich Zille, Marlene Dietrich oder Claire Waldoff antreffen, die unter anderen Künstlern und Stadtkennern gerne in der Ritze verkehrten. Aber jetzt war nicht mehr viel los, und der Wirt räumte schon auf.

Sie hatten Platz an der einzigen Sitzgruppe mit zwei Stühlen und einer Bank gefunden. Kalle hielt, bereits lallend, einen Monolog über die Verruchtheit der Stadt. Rosa war todmüde, sie hatte einen Nachtdienst im Krankenhaus hinter sich und konnte kaum mehr die Augen offen halten. Ihren Rotschopf an Kalles Schulter gelehnt, hielt sie sich an ihrem Bier fest und lauschte nur. Lulu war wiederum vom phänomenalen Erfolg ihres Abends aufgekratzt, gepuscht auch vom weißen Gold, das sie sich gemeinsam zur Feier des Tages spendiert hatten. Sie genoss die Musik, die von der Sehnsucht nach fremden, fernen Orten erzählte, und kuschelte sich eng an David, sodass sie seinen Geruch trotz der abgestandenen, rauchigen, alkoholgeschwängerten Luft wahrnehmen konnte. David trank von seinem Bier und tat so, als hörte er Kalle aufmerksam zu, streichelte sie aber unter dem Tisch heimlich am Bein. Er fuhr mit der linken Hand auf und ab, ihren Oberschenkel mit halterlosen Strümpfen nach innen und wieder nach außen, sodass sie unentwegt ein Schauer durchfuhr und es überall kribbelte. Lulu hatte so große Lust auf ihn, am liebsten wäre sie sofort mit ihm abgehauen und hätte sich ihm hingegeben.

»Manchmal wird es mir regelrecht übel, wenn ich sehe, was die Menschen alles lesen und konsumieren, wie schlau und neunmalklug sie daherreden nach dem Scheitern des Kaiserreichs, dabei fällt es den Spießbürgern gleichzeitig schwer, sich natürlich und stolz zu bewegen, wie Gott sie erschaffen hat! Ist es nicht so?«, unterbrach Kalles Rede ihre Gedanken.

»Ja, mag sein«, bestätigte David seinem Freund schnell und bewegte seine Hand in Zeitlupentempo zu ihrem Knie. Lulu meinte, auf der Stelle dahinschmelzen zu müssen wie ein Stück Butter in der Pfanne. Sie presste ihren Oberschenkel fest an seinen. Er zwinkerte ihr zu.

Kalle merkte davon nichts, steckte sich eine neue Zigarette an und fuhr fort: »Sag ich doch. Nur in den geheimen Läden und Schlupfwinkeln haben sie teil am Laster unserer Zeit, da ist sogar der Nackttanz Mode geworden, Lulu die Vorreiterin. Da können sich selbst Spießer ein bisschen verrucht fühlen und trotzdem das tröstliche Bewusstsein behalten, sie wären schön bürgerlich. Und noch ein Phänomen: Auf dem Ku'damm flanieren geschminkte Jungs und massenweise Professionelle, in den verdunkelten Bars hofieren Staatssekretäre und hohe Finanziers betrunkene Matrosen. Auf Transvestitenbällen und in den verbotenen Spielcasinos flimmert es weiter vor lauter grauenhafter Unechtheit. Ein Irrsinn! Findet ihr nicht?« Kalle blickte erwartungsvoll in die Runde. Dann nahm er einen Zug und blies den Rauch in Kreisen aus, die in der Kneipenluft im Nichts verpufften.

»Hmmm …«, murmelte David unbeteiligt, seine Finger wanderten nun zur Innenseite von Lulus anderem Schenkel. Sie stöhnte leise auf. *O mein Gott.* Sie trank noch einen Schnaps, den der grummelige Wirt ihnen vorhin mit den Worten »Gleich letzte Runde, Freunde« gebracht hatte.

»Mir soll's recht sein. Dann kostet die krankhafte Gier nach Erotik, die Begehrlichkeit aller, die sich an der Sensation entzündet, eben Geld! Wenn es das ist, was sich die Masse erträumt? Das Einzige in diesen Zeiten, was zählt? Man muss ja höllisch aufpassen, dass man sich nichts holt, da kann man sich nie sicher fühlen, wa. Das ist *ein* Preis der neuen Freiheit. Und der Prostitution überall. Habt ihr da mal drüber nachgedacht? Tausende von aufgedonnerten Frauen bevölkern Straßen, Hotelfoyers, Bars und Cafés. Man bekommt alles, was man will! Erotik ist das Geschäft der Stadt, der Strich ist überall. Vor Touristenhotels und Pensionen in der Innenstadt streifen Gigolos und hübsche Knaben umher, wie Wachspuppen geschminkt, um ihre Körper wie eine Ware anzubieten. Unter den Linden kann man nachts nie ganz genau wissen, ob man von einer Frau oder einem Mann in Damenkleidern angesprochen wird!«

»Treibst du dich da etwa rum?«, fragte Lulu amüsiert, die währenddessen begonnen hatte, Davids Rücken zu streicheln. Dieser musste grinsen.

Kalle hielt irritiert in seinem Vortrag inne. »Hahaha, Lulu, witzig«, meinte er dann sarkastisch, nur um auch gleich zuzugeben: »Na gut, manchmal mit den Kumpels von der Arbeit … *vor* Rosa natürlich!«

Davids Grinsen wurde noch breiter. »Natürlich.«

»Natürlich«, bestätigte auch Lulu mit Blick auf Rosa, die an Kalles Schulter nun fest eingeschlafen war.

Kalle fing sich wieder und nahm seinen Faden auf. »Hinzu kommt: Um sich zu betäuben und den Berliner Nächten mit all ihren Schikanen gerecht zu werden, muss man auch nicht lange suchen. An jeder Straßenecke werden Coca, Morphium in Ampullen oder Opiumkugeln feilgeboten. Die Chinesen haben in der Friedrichstadt eine Reihe von Opiumhöhlen eingerichtet. Da müssen wir auch mal hin. Und alles wirkt wie auf dem Jahrmarkt, für immer weniger Geld ist jede Fantasie zu haben!«

Er hatte sich in Rage geredet, und Rosa entfuhr ein Schnarcher, ihr Kopf rutschte ein Stück tiefer. Kalle legte sie kurzerhand mit dem Oberkörper neben sich auf die Bank und deckte sie mit seiner Jacke zu.

»Wer weiß, vielleicht begleicht das alte Kaiserreich so seine Kriegsschulden?«, kam es plötzlich von einer tiefen Männerstimme hinter ihnen. Sie drehten alle drei gleichzeitig die Köpfe herum. Ein hochgewachsener, attraktiver Herr in schwarzem Anzug, mit gescheitelten schwarzen Haaren und gepflegtem Schnurrbart lachte sie an.

»Äh, kennen wir uns?«, fand David zuerst die Sprache wieder.

»Noch nicht. Bitte entschuldigen Sie vielmals die Störung. Ich bin schon den ganzen Abend auf der Suche nach Ihnen.«

»Nach mir?«, stieß David überrascht hervor. Der smarte Herr lächelte. »O nein, Verzeihung, vielmehr nach Ihrer entzückenden Begleitung.« Er wies mit dem Kopf auf Lulu. Sie hatte den Mann noch nie zuvor gesehen und keine Ahnung, was er wohl von ihr wollte.

»Darf ich mich vorstellen? Mein Name ist Fred Friedmann, ich bin der Direktor des *Metropol-Varietés*«, sagte er höflich und verbeugte sich wie ein Diener. »In der Behrenstraße.«

Lulu grüßte und reichte ihm ebenso ihre Hand. Er hauchte ihr einen Handkuss darauf. Kalle schaute ihn mit leicht dümmlichem Gesichtsausdruck an.

David übernahm: »So? Ja, dann angenehm, Herr Friedmann. Sternberg«, er zeigte auf sich, anschließend auf Kalle, »und Möller. Und die Dame kennen Sie dann wohl?« Damit deutete er auf Lulu. Friedmann nickte und schaute sie nun ganz offen an.

»O ja, das ist Lulu Schneider. Ich durfte heute Ihrer wundervollen Vorstellung im Ballhaus beiwohnen! Ich war … nun …«, er rieb sich am Kinn und suchte nach den richtigen Worten, »… hingerissen. Nein, regelrecht verzaubert! Mein allergrößtes Kompliment! Ich habe so einen Tanz noch nie gesehen. Und ich habe schon viel gesehen, das können Sie mir glauben.«

Lulu war völlig perplex. »Vielen Dank! Das macht mich ja ganz verlegen … und ehrt mich!« Sie strich sich eine Strähne aus dem Gesicht und lächelte ihn an.

»Uns auch«, witzelte Kalle.

»Möchten Sie sich zu uns setzen, Herr Friedmann?«, bot ihm David freundlich an und rückte ein Stück zur Seite, damit er den Stuhl neben sich besser freigeben konnte. »Bitte.«

»Ja, gerne. Das ist sehr freundlich, danke.« Friedmann nahm Platz.

»Möchten Sie was trinken?«, fragte David.

»Ach nein, merci, es ist schon spät. Ich komme lieber gleich zur Sache«, begann Friedmann und schaute Lulu mit offenem Blick an. »Ich habe Sie den ganzen Abend gesucht, weil … weil ich so angetan von Ihrem Tanz und Charisma war, dass …« Er unterbrach sich kurz, weil Rosa auf der Bank wieder ein lauter Schnarcher entfuhr.

Lulu hielt es kaum mehr aus. »Dass …?«, hakte sie schnell nach. Auch David und Kalle warteten sichtlich gespannt.

»… dass ich Ihnen sofort ein Angebot machen möchte!«, brach es aus dem Direktor heraus. »Gleich hier, unter Zeugen!« Dabei zeigte er auf David und Kalle.

»Was für eins?«, fragte Lulu atemlos.

»Ich möchte Sie als Solotänzerin für unsere neue Revue im *Metropol-Varieté* engagieren. Und zwar nur Sie! Erste Besetzung.« Er strahlte sie an, sah mit einem Funkeln in den Augen zu den Männern, dann wieder zu Lulu. »Was halten Sie davon?«, wollte er von ihr wissen und versicherte verschwörerisch: »Diese Revue wird bombastisch!«

Lulu schluckte und lehnte sich zurück. Sie zählte in Gedanken bis zehn. Schloss ihre Augen und öffnete sie wieder. Doch da saß Fred Friedmann immer noch und schaute sie an, in Erwartung einer Antwort.

»Holla! Kiek mal einer an«, sagte Kalle schließlich und stieß David anerkennend in die Seite. Der zog die Brauen leicht misstrauisch hoch. Und breitete die Arme in Lulus Richtung aus, in einer Geste frei nach dem Motto »deine Entscheidung«. Sie nickte ihm zu, dankbar, was er ihr signalisierte. Also sagte Lulu dann einfach, was ihr als Erstes in den Sinn kam, ohne weiter darüber nachzudenken. Alles Weitere würde sich zeigen.

»*Das*, Herr Friedmann, habe ich mir immer gewünscht.«

Er strahlte.

Es schien eine wahrlich goldene Nacht zu sein.

39

Freitag, 25. Oktober 1929

»Tischtelefone, so was Dämliches. Das machen wir nicht.« David schüttelte entschlossen den Kopf. Er saß mit seinem Vater und Harry Krawuttke zusammen in der Weinstube des Tanzsaals, um den nächsten Monat zu planen sowie Ideen auszutauschen. Seit seiner Übernahme des Ballhauses vor nunmehr drei Jahren hatte er dieses Ritual einmal wöchentlich eingeführt. Gleich würde Berta noch zu ihnen stoßen, als neue Küchenchefin. Sie und Käthe müssten jeden Augenblick vom Markt mit den Tageseinkäufen zurückkommen.

Es war noch früh am Tag, kurz nach neun Uhr, und sie frühstückten zusammen im Ballhaus mit Kaffee, Schrippen, Butter und Elses legendärer Erdbeermarmelade. Ihr Geheimnis waren ein Schuss Rum sowie ein Hauch Vanille und Lavendel, die sie wohldosiert zusetzte. Das hatte Krawuttke einmal ziemlich leichtfertig ausgeplaudert, was seine Tochter dazu veranlasst hatte, ihm nie mehr irgendetwas in dieser Richtung zu verraten. Als Heilerin und »Kräuterhexe«, wie er sie auch liebevoll schimpfte, stand das Stillschweigen über ihre Mixturen und Rezepte natürlich über allem.

»Warum denn nicht, David?«, mischte sich jetzt Vater ein. »Andere Ballhäuser, zum Beispiel das Resi, Femina oder der Chaussee-Palast, haben das längst eingeführt. Das ist der neueste Schrei. Ich habe darüber nur Gutes gehört, die Einnahmen steigen dadurch gewaltig.« Er rieb seinen rechten Daumen an Mittel- und Zeigefinger. »Bringt Geld.«

»Ick bin ooch dagegen. Dit is hier schließlich ein anständiges Haus. Een solides Vergnügen für Jedermann. Jesittet. Wir sind doch keen Eheanbahnungsinstitut!«, empörte sich Krawuttke, mit vollem Mund kauend.

»Ach Harry! In welcher Zeit leben wir denn?« Levi verdrehte die Augen.

»Na ja, also ganz ehrlich, die anderen Ballhäuser interessieren mich da nicht. Und wer bei uns mit wem anbandelt, ist mir auch ziemlich wurscht. Wenn daraus eine Ehe entsteht, freut mich das sogar. Die Paare können direkt im Spiegelsaal Hochzeit feiern!«, sagte David grinsend. »Mir geht es eher um die Investition. Die Installation einer solchen Telefonanlage würde einen Haufen Kosten verursachen. Und dann? Wie lange wäre dieses Spielchen angesagt? Würden es unsere Gäste wie erhofft annehmen? Ich muss gestehen, ich scheue dieses Risiko. Und ich finde, unsere Saalpost reicht für Liebesbotschaften dicke aus.«

Er nahm das Kännchen und goss sich Milch in die Kaffeetasse. Dann biss er herzhaft in sein Butterbrötchen.

»Wenn ihr euch da einig seid, mir soll's recht sein«, gab sich Levi sofort geschlagen, lehnte sich vor und bereitete sich auch seinen Teller zu. Sein Vater vertraute ihm inzwischen völlig, was die Führung des Ballhauses anging, und hatte sich in seiner Rolle als erfahrener Berater und »Finanzverwalter« im Hintergrund prima eingerichtet. Es kam eigentlich nie zu größeren Unstimmigkeiten, und selbst wenn, räumten sie diese relativ schnell aus dem Weg. Sie waren schon immer ein eingeschworenes Team gewesen.

Krawuttke entfuhr ein Rülpser. »'tschuldigung«, murmelte er. »Was steht heute noch an? Ick muss bald los. Sind einige Reparaturen nötig.«

David hakte den ersten Punkt auf seiner Liste ab. »Wir starten am Samstag das erste Mal mit ›Black Bottom, Blues & Swing‹. Die Musiker haben lange geprobt, jetzt steht das Programm. Zu Gast ist diesmal ein amerikanischer Trompeter aus Chicago, der gerade auf Europareise ist. Hat Gregor organisiert. Angeblich ist der Typ schon mit Ma Rainey zusammen aufgetreten.«

»Bläck Battom, zum Kuckuck, was soll dit denn heißen? Nie jehört«, grummelte Krawuttke und schnappte sich eine zweite Schrippe. Er brach sie auseinander und tunkte die erste Hälfte kurzerhand in das Marmeladenglas.

»Mensch, Harry, tu doch nicht so blöde! Und hinterlass deine Krümel nicht in den Erdbeeren«, kommentierte Levi amüsiert.

»Wieso? Ick spreche keen Englisch. Und beschwer dich nicht, mit meinen Krumen bekommste endlich mal was von 'nem richtigen Kerl zwischen deine Beißerchen, Chef«, scherzte Krawuttke, der Davids Vater immer noch so nannte, ihn wiederum »Junior«. Dann schlug er Levi mit der Hand kräftig auf den Rücken. Vater lachte laut auf und tat, als würde er sich verschlucken. David fiel mit ein, kam aber kurz darauf wieder zum Punkt. »Also. Black Bottom«, er sprach es richtig aus, »heißt ›schwarzer Hintern‹.«

Krawuttke hob die buschigen grauen Augenbrauen. »Meene Atze, da bin ick baff. Dit hätt es zu Kaiser Wilhelms Zeiten nicht gedurft.«

»So, jetzt mal im Ernst. Hört zu. Alle Gäste bekommen den ersten Aperitif aufs Haus. Außerdem kredenzen wir Wodka und Kaviar auf Eiern. Guckt nicht so, natürlich keinen echten. Um Mitternacht gibt es eine Polonaise im Dunkeln und Lakritze für alle. Das zu den Besonderheiten. Der Personalplan für Theke, Saal und Küche steht. Muss Berta gleich fragen, ob ihr noch etwas für das Essen fehlt. Im Spiegelsaal findet Samstag ab sieben Uhr zur selben Zeit ja das Bankett vom Herrenclub Monbijou statt, da wird Vater ein Auge darauf haben, nicht wahr? Wir haben Personal vom Resi ausgeliehen, um beide Säle bestens versorgen zu können. Allerdings müssen wir noch mehr Werbeplakate in der Gegend aufhängen. Kannst du das bitte übernehmen, Harry, bevor du deine Erledigungen machst?«, fragte David den alten Garderobenwärter.

»Mach ick, hab schon jesehen, die Plakate und Leim liegen bei mir an der Garderobe uffm Tresen.«

»Prima. Danke. Es ist mittlerweile wieder besser geworden mit dem Andrang am Wochenende, aber für den Samstag müssen wir uns nach wie vor neue Zugpferde überlegen, um genug Gäste ins Ballhaus zu locken«, erklärte David.

Seitdem Lulu samstags im *Metropol* auftrat und dort einen Erfolg nach dem anderen feierte, fehlte ihnen an diesem wichtigen Abend ein außergewöhnliches Programm, das es exklusiv nur im *Sternbergs* gab. Sie hatten zwar ein bisschen herumprobiert, engagierten mal eine Sängerin, mal einen Kabarettisten oder eine vielversprechende Jazzband, boten skurrile Wettbewerbe an – der knackigste Po oder die längste Nase von Mitte – und ließen ausgelassene Charleston-Partys bis morgens um sechs gehen. Aber dennoch spürten sie die Lücke, die Lulus Fehlen gerissen hatte. Es gab auch nach wie vor zu viele Angebote in Berlin. David aber wollte keine andere Tänzerin engagieren, das kam überhaupt nicht infrage und war ja zudem auch gar nicht üblich in den gewöhnlichen Ballhäusern. Ausdruckstanz gehörte eigentlich in die Revuen und Shows der Theater und Cabarets. Sein Vater hatte damals exklusiv Lulu diese Bühne bereiten wollen.

Krawuttke unterbrach Davids Gedanken. »Kriegen wir hin, die werden uns die Bude einrennen«, versicherte er und schlürfte seinen Kaffee.

»Was ist noch zu klären?«, fragte David in die Männerrunde.

Sein Vater kaute zu Ende. »Rosa hilft mir später beim Schmücken im Spiegelsaal. Und ich gehe nachher noch einmal zu Mariechen ins Resis, ihre Leute für Samstag einweisen und einkleiden. Sie brauchen noch Schürzen, Fliegen und Hemden«, sagte er.

»*Am Sonntag will mein Süßer mit mir segeln geh'n …*«, trällerte Berta da plötzlich den neuesten Ohrwurm und tänzelte in braunem Kleid und Strickjacke in den Saal. Am Arm hing ein Korb mit Gemüse und Salat. »Hallöchen, die Herren!«, rief sie fröhlich, stellte den Korb ab und setzte sich auf den letzten freien Platz zu ihnen an den Tisch. »*Sofern die Winde weh'n, das wär doch wunderschön!*«, sang sie Krawuttke ins Ohr, der sich entnervt von ihr abwandte. »Lass mich!«, schimpfte er und wedelte abwehrend mit der Hand.

»Guten Morgen. Haste alles bekommen?«, fragte David schmunzelnd.

»Hallo, Berta«, grüßte Vater sie ebenso freundlich.

»Alles. Was glaubst du denn? Und«, wollte sie sogleich mit ihrer typischen Ungeduld in der Stimme wissen, »seid ihr durch mit allem? Was muss ich wissen?«

David weihte sie ein, während sie frühstückte und er Vater und Krawuttke mit ihren Aufgaben in den Tag entließ.

»Ach, das hätte ich ja fast vergessen«, fiel Berta noch ein, nachdem alles geklärt war und bevor sie sich in die Küche verabschieden wollte. Sie wühlte in ihrem Korb und fischte drei Briefumschläge hervor, die sie David auf den Tisch legte. »Hier, die Post. Zwei Rechnungen und …« Sie zögerte kurz und blickte ihn schief an.

»Jaaa …?«, half ihr David auf die Sprünge.

»Ein Brief von Frau Sternberg!«, platzte es aus ihr heraus.

Das überraschte ihn – von seiner Mutter hatte er nun länger nichts mehr gehört. »Ah. Danke, Berta. Du kannst dann gehen.«

»In Ordnung«, antwortete sie und stand auf. »Kommt die eigentlich irgendwann noch mal zurück?«, traute sich Berta nachzuhaken. Das hatte noch nie jemand gefragt. Typisch, dass so etwas von Berta kam, die auf ihre alte Chefin ohnehin nicht gut zu sprechen war. Im Ballhaus schwiegen die meisten zu dem Thema. Keiner erwähnte mehr Ludmilla Sternberg, auch um den alten Chef zu schonen. Auch wenn sicher jeder der Mitarbeiter hier wusste, dass Davids Mutter ihren Mann, Sohn und Berlin nicht ohne Grund Hals über Kopf verlassen hatte, gab es ein stillschweigendes Übereinkommen im Haus, in dieser Hinsicht nicht weiter nachzubohren.

David gefiel jedoch die direkte Art von Berta. »Ehrlich gesagt, ich glaube nicht. Sie ist einigermaßen glücklich in ihrer alten Heimat. Vater sorgt weiterhin für sie, damit es ihr an nichts fehlt … Na ja, und ich bin erwachsen, da hat sie ihre Schuldigkeit getan«, erklärte David lächelnd.

»Es ist wohl besser so.« Berta nickte mitfühlend und strich ihm sachte über den Arm. »Das Leben trennt manchmal sogar Familien, wa? … Gut. Ich verkriech mich wieder in die Küche. Viel zu tun heute.« Damit schnappte sie sich ihren Einkaufskorb und schlenderte pfeifend aus dem Saal.

»Bis später, Berta!«, rief David ihr hinterher. Dann öffnete er die Post.

Berlin im Herbst war am allerschönsten. Diese Jahreszeit, die Verfall und Vergänglichkeit ebenso spiegelte wie das Versprechen auf Hoffnung und Wiedergeburt, passte am besten zu der Stadt und all ihren Geschichten, fand Lulu. Wenn Herbst in Berlin war, die Bäume sich bunt färbten und in den langen Alleen die Blätter sich massenweise auf dem Boden sammelten. Wenn es täglich dunkler wurde, die alten Laternen lächelten und die prachtvollen Leuchter in den großen Fenstern der herrschaftlichen Villen endlich sichtbar wurden, wollte Lulu nichts anderes als stundenlang spazieren gehen. In den endlosen Straßen ihrer Lieblingsviertel, im Grunewald und an der Spree entlang, auf den großen Pflastersteinen der Bürgersteige wandeln, den Erinnerungswegen einer anderen Zeit, begleitet von der Aura der Gegenwart. Nur dieses Gefühl des Wandels und ihres eigenen Seins, wenn das Laub zu Erde wird, waren in ihrem Bewusstsein. Zu keiner anderen Jahreszeit wie im Herbst drängte es sie so danach zu laufen. Weiter und weiter, im Pulsschlag der Stadt. Alles einzuatmen, aufzusaugen, anzuschauen. In diesen Momenten wollte sie noch nicht einmal tanzen. Lulu sah auf ihre Armbanduhr. Ihr blieb noch ein Weilchen bis zur Probe. Vielleicht konnte sie in der Friedrichstadt noch eine Kleinigkeit zu Mittag essen, bevor sie sich wieder auf den Heimweg machte. Sie bog vom Weidendamm in die Friedrichstraße ab und steuerte geradewegs die Ecke zur Leipziger Straße an, wo sich ihr neues Lieblingscafé *Moka Efti* befand. Hier gab es den derzeit besten Kaffee im Viertel, und hier verkehrten die schillerndsten Leute. Auf den Straßen war viel Betrieb, Lulu musste aufpassen, dass sie keiner umrannte. Das hektische, wimmelnde Treiben überall in der Stadt war typisch für die echten Berliner. Keiner hatte je Zeit, Geduld oder Muße, in Ruhe zu bummeln. Wer das dennoch tat oder so wirkte, war Tourist. Man erkannte sie sofort an der fehlenden Eile.

Lulu schlängelte sich, am Kaffeehaus angekommen, an einer Traube Passanten vorbei, die sich vor dem Eingang versammelt hatten und lautstark diskutierten. *Was war denn da bloß los?*, fragte sie sich verwundert und blieb aus Neugier stehen. Alle redeten und gestikulierten mit Zeitungen in der Hand aufgeregt durcheinander. Hauptsächlich Männer waren es, die aussahen, als würden sie in der nächstgelegenen Bank arbeiten. Eine Passantin mit kleinem Mädchen an der Hand hörte den Diskussionen ebenso zu. »Über was reden die denn?«, sprach Lulu die junge Mutter an. Diese schien schon länger Zeugin des Aufruhrs zu sein, denn sie wirkte besorgt und verunsichert.

»Gestern gingen die Kurse an der New Yorker Börse in den Sturzflug! Eine Katastrophe, meinen hier einige, die anderen sehen die Auswirkungen auf unser Land gelassen. Ich hab Angst, dass wir davon auch betroffen sein könnten. Mein Mann hat in den vergangenen Jahren im Vertrauen auf stetig steigende Kurse Aktien auf Pump gekauft. Ich mag mir gar nicht ausmalen, was uns passiert, wenn das alles jetzt weg ist!«, brach es aus der Frau heraus. Ihre kleine Tochter lutschte an ihrem Daumen und blickte Lulu mit großen Kulleraugen an.

Ein anderer Passant mit Spazierstock, schlohweißen Haaren und schickem Hut, der aussah wie ein pensionierter Studienrat, mischte sich ein: »Ja, meine Damen, dieses Vertrauen war trügerisch. Es schwand, als am letzten Wochenende mehrere Sonntagszeitungen spekuliert hatten, wegen der Kursverluste seit Anfang September könnten Banken von ihren Kreditnehmern zusätzlich zu den ohnehin verpfändeten Aktienpaketen als Sicherheiten echtes Geld verlangen. Viele hoffnungslos durch Wertpapierkäufe verschuldete Anleger hatten keinerlei liquide Mittel mehr, um solche Forderungen zu erfüllen – sie mussten Aktienpakete verkaufen, um an Bargeld zu kommen. Die Wertpapiere wurden in aller Eile verkauft, als die Kurse sanken. Das setzte eine Abwärtsspirale in Gang, die sich immer stärker beschleunigte. Meine Damen, ich sage Ihnen hiermit voraus, dieser Börsensturz wird die Amerikaner zwingen, ihre Kredite aus Deutschland abzuziehen. Nicht nur Ihnen als Kleinanleger wird es an den Kragen gehen, Unternehmen und Städten, die auf Pump investiert haben, wird buchstäblich das Geld ausgehen.« Er blickte besorgt und machte dabei ein paar Kreisbewegungen mit seinem Stock auf dem Trottoir.

Die beiden Frauen sahen erst sich, dann den alten Mann entsetzt an. Die Menschentraube vor ihnen wurde noch lauter, und es kamen immer mehr Passanten dazu.

Lulu musste fast brüllen, um gegen die Lautstärke anzukommen: »Und was bedeutet das für uns, mein Herr? Ich verstehe es nicht.«

»Ich auch nicht«, gestand ebenso die junge Mutter.

»*Das*, meine Damen, fürchte ich«, begann er mit unheilvoller Stimme, »wird der Beginn einer Krise sein, die die gesamte Weltwirtschaft erfasst.«

»Aber was soll das heißen?« Lulu begriff nach wie vor kein Wort. Das Mädchen und seine Mutter starrten den Mann in Erwartung seiner Antwort an.

»Die goldenen Zeiten sind vorbei, Verehrteste.« Mit diesen Worten hob er den Hut, grüßte zum Abschied und ging seines Weges.

Die goldenen Zeiten sind vorbei … Wie eine Drohung klang dieser Satz in Lulu nach. *Vorbei, vorbei, vorbei …*

Sie dachte an David, der letzte Woche in der Auguststraße von ein paar SA-Männern, dem selbst ernannten Ordnertrupp dieser neuen Partei der Nationalsozialisten, absichtlich so heftig angerempelt worden war, dass er hinfiel und sich eine blutende Schürfwunde zuzog. Die »Braunhemden«, wie man sie nannte, hatten gegrölt und sich mit üblen Bemerkungen über den Juden David lustig gemacht. Zunächst hatte Lulu diesen Zwischenfall nicht zu hoch hängen wollen, Idioten und Neider hatte es immer schon gegeben. Doch nun, nachdem sie auch vom Sturz der New Yorker Börse erfahren hatte, fragte sie sich in der Tat voller Sorge, was im Zuge der gesamten Entwicklungen denn noch alles zusammenstürzen würde.

40

Samstag, 14. Juni 1930

Heute war wesentlich weniger los gewesen im *Metropol-Varieté*. Was keineswegs am Programm lag. Vielmehr spürten sie schon seit Längerem die weitreichenden Auswirkungen des Zusammenbruchs der amerikanischen Börse im letzten Jahr, den man nun »Black Friday« nannte und der eine weltweite Wirtschaftskrise ausgelöst hatte. Auch hier in Deutschland war die Industrieproduktion eingebrochen. Viele kleine und mittlere Unternehmen hatten Konkurs anmelden müssen. Die Arbeitslosigkeit war drastisch gestiegen, und die Menschen waren in Geldnot. Wer noch Arbeit hatte, musste mit sinkenden Löhnen auskommen, und selbst die Sozialleistungen wurden drastisch gekürzt. Das trübte die ausgelassene Feierlaune der letzten goldenen Jahre erheblich. Die gerade noch prall gefüllten Kinos, Theater, Sportstätten und Lokale waren inzwischen oft menschenleer. Binnen kurzer Zeit waren viele Menschen von sozialem Elend, Existenzängsten und Verzweiflung betroffen. Über allem schwebten ein großes Fragezeichen und viele Ungewissheiten.

Während Lulu sich vor dem Publikum verbeugte und in

jede Richtung knickste, stahl sich dennoch ein Lächeln auf ihr Gesicht. Die Zuschauer, die an diesem Abend trotzdem gekommen waren, applaudierten am Ende des Showtanzes enthusiastisch. Ihre Micky-Maus-Revue mit den *Metropol*-Girls war seit Monaten ein Höhepunkt in der Friedrichstadt. Das Ensemble mit Lulu als Minnie Maus entführte die Besucher in eine fremde, amerikanisch-verspielte Disneywelt, die sie alle Sorgen vergessen ließ.

Wobei die Berliner sich sowieso nicht schnell unterkriegen ließen. Das Fieber ihrer Nächte war außergewöhnlich und machte süchtig, die hiesige Luft wirkte bereits wie ein Amphetamin. Nachts brachte sie das Herz zum Rasen, in der Früh machte sie die Menschen wieder munter. Doch Lulu hatte den Verdacht, dass es möglicherweise auch am heimlichen Stimulans lag, der anderen Begleiterscheinung des Nachtlebens, das den vergnügungssüchtigen Berliner länger durchhalten ließ und zu einer künstlichen Euphorie verhalf: dem Kokain. Man bekam es überall, es war wie eine Volksseuche, für jene bestimmt, die noch eine Steigerung der Unterhaltung suchten. Von den Portiers bis zu den Kellnerinnen oder Straßenverkäufern boten es alle an. Bei den meisten jedoch blieb es Gelegenheitsgift, ebenso wie bei Lulu selbst. Rosa war hierbei eher die Gefährdetere.

Die Stadt war nach dem Krieg in mehrfacher Hinsicht enthemmt gewesen. Nun aber bemerkte Lulu eine Veränderung auf den Straßen. Mit wem man auch sprach, alle hatten sie Angst vor etwas schwer Greifbarem. Die Wirtschaftslage war desolat, die politische Lage unsicher, das Leben von Extremen bestimmt. Die merklich düstere Stimmung und Spekulationen, wie sich alles entwickeln würde, überschatteten auch das Berliner Nachtleben. Aber vielleicht gerade deshalb sehnten sich viele nach Orientierung, Ablenkung und Verzauberung.

Der dritte Vorhang fiel, der Applaus verstummte. Die Zuschauer verließen plaudernd den Saal. Die Tänzerinnen fielen sich um den Hals und klatschten sich ab. Es war ein guter Auftritt gewesen. Soweit Lulu das als Solistin überblicken konnte, hatte keines der Mädchen einen Fehler begangen oder etwas aus der Choreografie vergessen. Auch Friedmann sah glücklich aus. Vom Rand der Bühne aus verfolgte er bei jedem Auftritt das Geschehen mit wachem Blick.

Das war ihr letzter Revuetanz vor der Sommerpause. Lulu war erschöpft von den letzten Monaten und froh darüber, eine längere Auszeit vor sich zu haben. Sie beeilte sich, schnell in die Garderobe zu gelangen, die sie sich mit den anderen Revuegirls teilte. Immerhin hatte sie einen etwas separierten Platz am Ende des Raums. Nachdem sie sich umgezogen hatte, würde David unten an der Marschallbrücke auf sie warten. Endlich verbrachten sie wieder einmal einen Abend nur zu zweit. Sie wollten ins Filmtheater gehen, in den Ufa-Palast am Zoo. In diesem Kinosaal hatten über tausend Menschen Platz, und Lulu war noch nie dort gewesen. Es gab wohl eine vorgelagerte Bühne sowie ein echtes Orchester. Der Innenraum wurde durch Lichtbänder vor der Wand indirekt beleuchtet. David hatte ihr begeistert davon berichtet, und sie hatten beschlossen, einen Film zu schauen, auf den Lulu schon die ganze Zeit neugierig war:

»Der blaue Engel« mit Marlene Dietrich und Emil Jannings. Regie führte Josef von Sternberg, den Lulu sehr für sein künstlerisches Auge und die Ausleuchtung der Szenenbilder bewunderte. Sie hatte schon einiges über ihn in den Zeitungen gelesen. Eine Sensation war zudem diese unbekannte Schauspielerin in der weiblichen Hauptrolle als Varietésängerin Lola Lola. Gerade das fand Lulu großartig; sie wollte sich von ihr inspirieren lassen, denn sie bewunderte die Schauspielerin sehr. Genau wie sie selbst in der Berliner Revuetanzwelt, hatte die Dietrich etwas Grandioses geschafft, obwohl diese in ihrem Alter war, schon dreißig Jahre: nämlich mit viel Disziplin, Durchhaltevermögen und Herzblut sichtbar zu werden in der Glamourwelt des Films, die eigentlich dominiert war von »mächtigen« Herren.

Die beiden Hauptdarsteller Jannings und Dietrich konnten sich zwar nicht ausstehen, munkelte man in Berlin, bildeten aber ein faszinierendes Paar. Einige Zeitungen schrieben sogar, sie wären womöglich auf dem Weg, die ersten deutschen Weltstars zu werden. »Ich bin von Kopf bis Fuß auf Liebe eingestellt« – den Titelsong hörte man derzeit jedenfalls an jeder Ecke in der Stadt, und im Juli sollte der Film auf Englisch in London uraufgeführt werden.

Damit David und sie zur Nachtvorstellung im Kino nicht zu spät kämen, zog sich Lulu in Windeseile um und schminkte sich ab, legte stattdessen ein leichteres Make-up auf. In ihrem geblümten Sommerkleid schnappte sie sich ihre Tasche und verabschiedete sich von den anderen Tänzerinnen, die sich auf ihren Garderobenplätzen fröhlich schnatternd und ohne Eile von Mäusen in junge Frauen zurückverwandelten. Als Lulu zur Tür hinaushastete, stieß sie fast mit Friedmann zusammen. »Hoppla!«, entfuhr es ihm, adrett wie eh und je in perfekt sitzendem Anzug und mit exakt gestutztem Schnäuzer. »Wo willst du denn hin, Lulu? Gehen wir nicht zum Abschluss mit der Gruppe noch was trinken?«

»Heute nicht, Fred, tut mir leid! Ich bin mit David verabredet. Schon länger geplant. Wir haben Kinokarten. Er hat heute im Ballhaus frei, du weißt, wie selten das samstags vorkommt. Das müssen wir ausnutzen.« Leicht bedauernd hob sie die Schultern und tätschelte seinen Arm. »Bin spät dran!«

Er verstand und lächelte. »Na, dann los, Darling, grüß ihn herzlich von mir! Und übrigens: Ihr wart wundervoll! Grandiose Show!«

Lulu gab ihm einen Schmatzer auf die Wange. »Danke, Fred. Das freut mich sehr! Wiedersehen dann, feiert schön«, sagte sie glücklich und stürzte davon.

Als sie durch den Hintereingang hinaustrat, wartete dennoch ein Pulk von Menschen und Presseleuten auf sie, mit dem sie nicht gerechnet hatte. Rufe wie »Fräulein Schneider! Hallo, hierher!«, »Ein Autogramm nur!« und »Bitte lächeln!« ertönten von allen Seiten.

»Bitte verzeihen Sie, ich habe heute nicht viel Zeit«, versuchte sie, sich rauszuwinden, aber die Menge drängte weiter auf sie zu, bis Lulu völlig umringt war. Sie lächelte professionell, ließ sich fotografieren und gab ein paar Autogramme, dann startete sie einen neuen Befreiungsversuch. Keine Chance.

»Bitte, meine Damen und Herren, ich muss gehen, lassen Sie mich vorbei!« Jeglicher Fluchtversuch verlief im Sande. Hilflos gab sie nach und wurde weiter bedrängt. Da hörte sie plötzlich eine Männerstimme rufen: »Los, los, weg da, verschwindet! Haben Sie nicht gehört, Fräulein Schneider ist verhindert. Lassen Sie uns durch, aber dalli, zack, zack!«

Empörung machte sich unter den Umstehenden breit, das Schimpfen wurde lauter, aber dann sah Lulu, wie sich ein Gang bildete und zwei SA-Männer in brauner Uniform mit Schlagstöcken in der Hand sich Platz verschafften. Sie verscheuchten mit unnachgiebiger Miene auch den Rest der kleinen Menge, die sich protestierend vor ihren Augen auflöste. Hinter den SA-Männern, den einen meinte Lulu schon mal irgendwo gesehen zu haben, tauchte ein bekanntes Gesicht auf: Fritz. Da fiel ihr auch wieder ein, woher sie den anderen blonden Typen kannte, nämlich vom Wannsee. Der Dicke hatte mit Fritz damals im Boot gesessen, als sie Davids Kleidung geklaut hatten.

Die beiden Braunhemden traten zur Seite, damit Fritz zu ihr vortreten konnte. Er baute sich stolz vor ihr auf und strahlte sie an.

»Fritz! Wie kommst du denn hierher?«, entfuhr es Lulu. Manchmal tauchte der immer da auf, wo sie nie mit ihm gerechnet hätte. Er trug einen schicken Zweiteiler mit Krawatte, hatte die rotblonden Haare fesch gekämmt und war frisch rasiert.

»Da staunste, wa? Ich war in der Vorstellung, nur diesmal erster Rang, da haste mich nicht gesehen. Du warst bezaubernd, die allerschönste Maus von allen!« Fritz lachte, und seine Begleiter grinsten und stierten sie von oben bis unten an. *Widerlich*, dachte Lulu und fragte sich erneut, warum Fritz ihr nie lange böse sein konnte, egal, was sie ihm an den Kopf warf. Stets hielt er ihr die Treue.

»Und jetzt wollte ich dir noch was überreichen und kam genau richtig, wie ich sehe. Die hätten dich ja fast überrannt!« Sorgenvoll trat er zu ihr und fasste sie mit beiden Händen an den Schultern.

»Lass das!«, bat sie und löste sich aus seiner Umklammerung. »Also, Fritz, das ist sehr nett von dir. Danke. Aber … was soll das denn mit diesen …?«, sagte sie dann und schaute rechts und links zu den Braunhemden, regelrechte Schränke von Männern.

Fritz folgte ihrem Blick. »Das sind Aufpasser. Kenn ich von der Partei. Schulden mir was«, erklärte er verschwörerisch.

Lulu verstand nicht, was er damit zu tun hatte. »Machste da jetzt mit?«, fragte sie irritiert.

»Für große Visionen bin ich immer zu haben«, sagte er nebulös. Dann holte er ein Kästchen aus seinem Jackett. »Hab was für dich. Zum Saisonende.« Er lächelte so breit, dass die unzähligen Sommersprossen auf seinen Wangen hochrutschten, und überreichte es ihr.

Lulu war ungehalten, nahm die schwarze Schatulle aber entgegen, um ihn nicht in aller Öffentlichkeit vor den Kopf zu stoßen. »Fritz, ich möchte keine Geschenke mehr von dir! Und außerdem bin ich verabredet und muss mich beeilen.«

Auf der Stelle veränderte sich sein Gesichtsausdruck. »Mit wem?«, fragte er eisig.

»Meine Sache. Abgesehen davon kannste dir denken, mit wem«, gab Lulu genervt zur Antwort.

»Sternberg.« Mit einem vielsagenden Blick zu dem Blonden verschränkte er die Arme vor der Brust. Der andere nickte wissend. »Mach es auf«, forderte Fritz dennoch.

Da sie das Gefühl hatte, sie wäre ihm jetzt, nach seiner »Rettung«, etwas schuldig, öffnete sie doch den Deckel. Zum Vorschein kam eine goldene Kette mit einem eingefassten tiefblauen Stein.

»Wie deine Augen«, stellte er fest und ergänzte: »Ein echter Saphir. Steht für Freundschaft und Wahrheit.« Seine beiden Begleiter schauten etwas peinlich berührt zu Boden. Der Blonde räusperte sich.

Lulu musste insgeheim zugeben, dass die Kette ein Traum war. »Fritz … ich … das ist …« Mit dem Zeigefinger strich sie vorsichtig über die Struktur des Edelsteins. Das Blau fesselte ihren Blick.

»Gefällt sie dir?«, unterbrach er sie ungeduldig.

»Sie ist unfassbar schön.« Lulu wusste weder, was sie tun sollte, noch was er nun von ihr erwartete.

Fritz lächelte entspannt. »Dann nimm sie an. Keine Widerrede … und viel Spaß heute Abend noch.«

Sie traute ihren Ohren nicht. Dass er sie einfach so großmütig entlassen würde, kam ihr verdächtig vor. Da stimmte etwas nicht.

»Wie du meinst … Vielen Dank, Fritz.« Auch wenn sie sich wunderte, steckte sie die Kette ein und wandte sich zum Gehen, damit David nicht länger auf sie warten musste. Für weitere Diskussionen blieb keine Zeit.

»Wo musst du hin? Sollen wir dich begleiten?«, fragte Fritz dann noch im typischen Beschützermodus. Die zwei SA-Fatzkes brachten sich sofort in Position, als hätte er sie auf sein Kommando abgerichtet. Das wäre jetzt das Letzte, was sie wollte!

»Aber nein, ich komme allein zurecht, ist ja mein Revier hier. Tschüss denn!« Schnell wollte sie abhauen und zwängte sich an den Typen vorbei.

Als sie schon fast in die Friedrichstraße abbiegen wollte, rief Fritz ihr hinterher: »Hey, Lulu! Warte kurz! Gehst du nächsten Samstag mit mir essen? Rein freundschaftlich, versprochen! Haus Vaterland? Neunzehn Uhr? Ich hol dich ab!«

Verdammt, da ist er, der Haken, dachte sie und fühlte sich augenblicklich in der Zwickmühle. Aber wie meist, brachte sie es nicht übers Herz, Fritz eine Abfuhr zu erteilen. Sie fasste an die Schatulle mit der Kette in ihrer Tasche. Ein Blick auf die Uhr zeigte ihr zudem, sie war nun schon zwanzig Minuten über der Zeit. »Ja gut, bis dann«, rief sie ihm deshalb kurzerhand zu, durchaus jedoch in dem Bewusstsein, dass daraus wieder neue Komplikationen entstehen könnten …

Lulu lehnte den Kopf an Davids Schulter. Der Ufa-Palast war um diese Zeit nicht voll besetzt, im prächtigen Kinosaal gab es viele freie Plätze. David und sie saßen sowieso in der letzten Reihe, genau in der Mitte, beste Sicht.

Gerade noch rechtzeitig waren sie eben ins Filmtheater gestürmt. David war mit dem Fahrrad zur Brücke gekommen, hatte sie kurzerhand auf die Stange gesetzt und bis hierher gefahren.

Ein bisschen blieb ihnen noch, bevor es losging. Der Beginn des Films würde sich um ein paar Minuten verzögern; es gab wohl Schwierigkeiten mit dem Ton, hatte sie eine Durchsage wissen lassen.

Ihr Atem wurde gleichmäßiger. Sie kuschelte sich noch enger an David. Endlich kam sie etwas zur Ruhe. Und seine Nähe genoss sie ungemein. Wie lange hatten sie keine Zeit zu zweit verbracht! Immer war etwas anderes wichtiger gewesen oder dazwischengekommen: Ihr Leben als Tänzerin und seines als Ballhauschef standen sich allzu oft im Weg. Trotz allem blieben sie stets eng verbunden. Nie ließen sie sich vollkommen entgleiten, auch wenn sie sich mal ein paar Tage gar nicht sahen oder wochenlang nichts unternahmen. Ihre Liebe gründete auf etwas anderem – einer tiefen Verbundenheit, gegenseitigem Erkennen, bedingungslosem Vertrauen. Zwischen ihnen war es unbedeutend, dem anderen zu gehören, ihn als Besitz zu betrachten oder fremde Erwartungen zu erfüllen. Eigentlich machte es das nur noch spannender, weil es wirklich nur um sie beide ging. Lulu und David.

Außerdem hatten sie sich immer etwas zu erzählen. Es war – wie früher, als sie noch Kinder waren – eine tiefe Freundschaft und Liebe in Freiheit, aber mit dem Wissen, sich absolut aufeinander verlassen zu können. Für Lulu bedeutete diese Erfahrung etwas ganz Neues, Reifes, eine freigeistige Sichtweise auf Liebesdinge, die vollkommen im Gegensatz zu dem stand, was ihre Eltern Claire und Ernst ihr vorgelebt hatten.

Auch wenn Lulu und David ihre Liebe nicht an die große Glocke hängten, wussten dennoch ihre Engsten, die Eingeweihten, wie sie zueinander standen, und was sie sich bedeuteten.

»Was denkst du gerade?«, fragte David leise und küsste sie auf die Stirn.

»Fragen das nicht immer die Frauen?« Lulu musste lächeln. »An uns denke ich. Und dass es schön ist, hier einfach nur so bei dir zu sein und dich nah bei mir zu spüren … Das hab ich vermisst.« Sie löste sich von seiner Schulter und sah ihn an.

Davids braune warme Augen leuchteten, dann beugte er sich zu ihr herunter und küsste sie. »Ich auch, Blondzopf.«

»Du meine Güte, ich hatte gehofft, ich muss diesen dämlichen Spitznamen nie mehr hören«, protestierte Lulu im Scherz und tat genervt.

Er lachte. »Dann wird's mal wieder Zeit. Vielleicht, weil ich so rührselig bin. Vor allem seit der Hochzeit von Kalle und Rosa.« Er nahm ihre Hand und küsste sie sachte.

»Ja«, schwärmte Lulu, »was für eine traumhafte Hochzeit das war! Wie glücklich Rosa ausgesehen hat. Und das Kleid … roséfarbene Spitze!«

»Und die Sause danach erst«, ergänzte David amüsiert. »Das ganze Ballhaus hat gewackelt, weil alle Gäste wie wild getanzt haben! Ein wundervolles Fest. Wäre frühmorgens nicht die Reinigungsfrau gekommen, würden wir wohl immer noch weiterfeiern.«

Lulu musste lachen. »Darauf kannste Gift nehmen! Wie die geschaut hat, als sie hereinkam, während wir auf dem Tresen Charleston getanzt haben. Ach, das war schön … Und sogar Krawuttke hat ein paar Tränen verdrückt.«

David wurde ernst, suchte ihren Blick und drückte ihre Hand. »Wünschst du dir so etwas auch? Vielleicht sollten wir doch …? Schließlich sind wir nun schon recht alt.« Er zögerte, sichtlich unsicher, ob er weitersprechen sollte.

Lulus Herz pochte, sie spürte einen Kloß im Hals. Sie erwiderte den Druck seiner Hand. »Pssst … nicht auf diese Weise. Nicht jetzt, hier und heute. Lass uns abwarten, was das Leben uns für einen Weg weist«, flüsterte sie ihm ins Ohr. Sie sah ihm an, dass er nicht verstand, was sie ihm damit sagen wollte, beließ es aber dabei. Denn der Vorhang ging auf, das Licht wurde abgedunkelt. »Der blaue Engel« begann.

Aus einem Impuls heraus begann Lulu zu klatschen. Was für ein Film, sie war noch vollkommen darin versunken. Tonfilm war für sie nach wie vor ungewohnt, und sie war höchst beeindruckt, wie das Zusammenspiel von Ton und Bild das Anschauen veränderte. Man hatte eher das Gefühl, man wäre unmittelbar dabei, mitten im Geschehen.

Auch einige andere Zuschauer applaudierten, und David rief laut »Bravo!«. Lulu betrachtete ihn von der Seite. Was für ein attraktiver Mann er war. Wie lange sie sich kannten und wie gerne sie immer noch mit ihm Zeit verbrachte. In solch wertvollen Stunden tankte sie Kraft und Glück für die anderen Herausforderungen ihres Alltags.

Es war schon ein Uhr, und sie beeilten sich mit den anderen Besuchern, zügig aus dem Kino zu gelangen.

Draußen leuchtete die prächtige Lichterfassade des neuromanischen Filmtheaters am Zoo verführerisch in der Nacht. Wann würden sie das abschalten, fragte sich Lulu und warf einen letzten Blick hinauf.

»Gehen wir noch in die Tanzdiele?«, wollte David wissen und zeigte auf den Eingang. Im gleichen Gebäude, den sogenannten Wilhelmshallen, gab es im ersten Stock nämlich auch Tanz und ein schönes Café.

Lulu überlegte kurz, war sich dann aber sicher: »Heute nicht, ich bin ziemlich müde von dem anstrengenden Tag. Lass uns lieber nach Hause fahren und höchstens bei uns im Ballhaus noch einen Absacker nehmen.«

»Das machen wir. Komm, wir holen das Fahrrad.« Er nickte und zeigte den Gehweg entlang. Hand in Hand gingen sie ein Stück und bogen dann hinter dem Ufa-Palast links ab, wo David sein Fahrrad an der Hauswand angelehnt hatte. Während sie sich der Stelle näherten, bemerkte Lulu sofort, dass etwas anders war.

»Was in aller Welt …?«, begann sie ungläubig. Auch David sah es gleich und zog sie mit sich, beschleunigte seinen Schritt.

»Das darf doch wohl nicht wahr sein!«, brach es dann aus ihm heraus, als sie dicht davorstanden und erkannten, was hier geschehen war: Sein Fahrrad lag in seinen Einzelteilen auf dem Boden, und zwar vollkommen zerstört. Die Reifen waren abgerissen, die Stange samt Lenker brutal verbogen, als hätte jemand mit einem Brecheisen darauf eingeschlagen. Die Klingel lag ein paar Meter weiter auf der Straße. David starrte auf die traurigen Überreste seines Fahrgestells und schien völlig geschockt. Lulu war es auch.

»Ich fass es nicht«, stammelte sie und schüttelte den Kopf. »Wer tut denn so was?« Sie traten gleichzeitig ein Stück näher, begutachteten den Schaden genauer.

David hatte sich das Fahrrad gerade erst im Frühjahr von seinem Ersparten neu gekauft, die Belohnung für eine recht gute Ballhaus-Saison trotz Wirtschaftskrise … So elend hatte Lulu ihn jedenfalls noch nie gesehen, er wirkte wirklich beunruhigt. Obwohl das sicher auch nicht viel nützte, strich sie ihm sanft über den Rücken. Er schüttelte unaufhörlich den Kopf.

»Da steht irgendwas«, sagte er plötzlich und kniete sich vor das hin, was von seinem Fahrrad übrig war. Lulu tat es ihm gleich. Da erkannte sie tatsächlich Buchstaben in roter Farbe auf dem dunklen Rahmen.

»Was heißt das?«, fragte sie und versuchte, die krakelige Handschrift zu entziffern.

David schluckte. »›Parasit!‹ und ›Hau ab!‹« Seine Stimme zitterte. Unendlich traurig sah er aus, und am liebsten hätte Lulu das hier ungeschehen gemacht. Ausgelöscht. Aber das konnte sie nicht. *Fang jetzt bloß nicht an zu weinen!*, rief es in ihr. Lulu wusste, dass sie David zuliebe gelassen bleiben sollte.

Sie schwiegen. Dann ließen sie sich einfach mitten auf dem Gehweg neben diese Misere plumpsen und saßen eine

Weile bewegungslos da. So ratlos und geschockt, dass wohl keiner von ihnen wusste, was jetzt am besten zu tun wäre.

Der nächtliche Berliner Frühsommerwind wehte ihnen eine ungemütliche Brise um die Ohren. Es hatte merklich abgekühlt. Vorne an der Straße torkelten ein paar Nachtgestalten grölend vorbei. Hinter ihnen fiel eine Tür ins Schloss. Ein Taxi fuhr in hohem Tempo vorbei.

David stellte die Knie auf und legte seinen Kopf darauf ab. Seine Haare lockten sich noch genauso wie früher. »Woher kommt nur dieser Hass?«, murmelte er undeutlich.

Lulu rückte näher an ihn heran und legte ihren Arm um ihn. »Das darf uns nichts anhaben«, flüsterte sie. »Wir räumen das jetzt weg und gehen dann heim, ins Ballhaus.« Lieber verriet sie ihm nicht, wer sie vorhin am Theater abgefangen hatte und dass sie ahnte, wer hier verantwortlich gewesen sein könnte …

Während sie die einzelnen Teile des Fahrrads vom Trottoir einsammelten, spürte Lulu, dass sich ein dunkles Gefühl in ihr ausgebreitet hatte. Eine innere Stimme signalisierte ihr deutlich, da würde noch mehr folgen. Ihre Mutter kam Lulu in den Sinn. Ganz deutlich hörte sie Claire sagen, mit der Sicherheit, mit der sie solche Dinge immer gewusst hatte: »Ein Sturm kommt auf, mein Kind. Halte dich bereit.«

Der Tanz ist nie zu Ende

3. TEIL

Ein allerletztes Wunder

(1933–1946)

41

Samstag, 1. April 1933

David rannte die Auguststraße hinauf. Völlig außer Atem kam er beim Ballhaus an. Was würde ihn hier wohl erwarten? Ihm saß die Angst im Nacken, auch um seinen Vater. Hoffentlich war ihm nichts zugestoßen.

Er konnte noch immer nicht fassen, was er an diesem Morgen gesehen hatte: Dieser ominöse Adolf Hitler hatte tatsächlich, nachdem er erst im Januar zum deutschen Reichskanzler ernannt worden war und den Reichstag aufgelöst hatte, nun den angekündigten Judenboykott in die Tat umgesetzt. Überall in der Stadt standen uniformierte, teils auch bewaffnete SA-, Hitlerjugend- und Stahlhelm-Posten vor jüdischen Geschäften, Lokalen, Arztpraxen und Anwaltskanzleien und hinderten etwaige Kunden daran, diese zu betreten. Schilder und Plakate forderten: *Deutsche! Wehrt euch! Kauft nicht bei(m) Juden! – Die Juden sind unser Unglück!* Andere Uniformierte derselben NSDAP-Gruppen verbreiteten diese Parolen auch mit Sprechchören und Lautsprecherwagen in den Straßen Berlins. Es war ein absurdes, schreckliches Schauspiel, und Davids Gefühl der Bedrohung, das er seit dem Sturz der Republik empfand, wurde dadurch noch erheblich verstärkt. Das Einzige, was man vielleicht als »Glück im Unglück« bezeichnen konnte, war der Umstand, dass der neue Reichskanzler und seine Helfershelfer übersehen hatten, dass der heutige Tag ein Samstag war. Der organisierte Boykott fiel also auf den jüdischen Sabbat, an dem strenggläubige Juden möglichst nicht arbeiteten. Daher blieben viele jüdische Geschäfte ohnehin geschlossen oder machten früher zu. So blockierten heute die SA-Trupps oft auch verriegelte Räume und Schaufenster. Aber diese waren dann dennoch, wie schon in den Wochen zuvor und vor allem in unbelebten Seitenstraßen, oft zertrümmert, die Auslagen geplündert und die jüdischen Inhaber, die David meist gut kannte, misshandelt worden.

Nach den Reichstagswahlen im März, bei denen die NSDAP die absolute Mehrheit verfehlt hatte, hatten solche Übergriffe zugenommen. Bis Ende März wurden jüdische Geschäfte, Arzt- und Anwaltspraxen, Kaufhäuser und Hotels in einigen deutschen Großstädten sogar zwangsweise geschlossen, mehrere Inhaber ausgeraubt und vertrieben. Im Scheunenviertel hatten SA-Männer Dutzende Juden festgenommen und in den Kellern ihrer Stationen angegangen. Jüdische Familienunternehmen, wie die Warenhausketten von Oscar und Leonhard Tietz etwa, enge Freunde seines Vaters, waren besonders betroffen. Einige der Tietz-Filialen waren schon vorigen Monat zur Schließung gezwungen worden. Plötzlich herrschte eine ganz andere Stimmung im Land. Die Machtübernahme der Nationalsozialisten war allgegenwärtig, und die politischen Entwicklungen waren auch in *Sternbergs Ballhaus* spürbar, vor allem in den Anfeindungen gegen sie als Juden – und eben jüdische Besitzer …

David sprintete über den Hof, bis er zu den anderen stieß.

Krawuttke, Else und Berta entfernten schweigend Eier und Scherben von den Rosen, den unteren Fenstern und der Hauswand. Die Barnick-Brüder balancierten auf einer Leiter und versuchten, ein Plakat zu entfernen, das über dem Haupteingang festgenagelt war. *Meidet jüdische Tanzlokale! Geht nicht zu Juden! Seid wachsam!*, las David. Sein Vater stand wie benommen vor der Tür zum Spiegelsaal und beobachtete die Szenerie mit hängenden Schultern. Obwohl er erst vor Kurzem sechzig Jahre alt geworden war, sah er in diesem Moment aus wie achtzig. Jegliche Farbe war aus seinem Gesicht gewichen. Blass und schmächtig wirkte er. Beim Schild »Spiegelsaal« hatte einer *Spiegel* durchgestrichen und »Judensaal« daraus gemacht.

»Da bin ich!«, rief David viel zu laut, als sich alle zu ihm umdrehten. »Was gibt es Neues? Noch irgendwelche Schäden? Sind sie auch drinnen gewesen? Ist jemand verletzt?« Er ging zu seinem Vater und umarmte ihn. »Papa, geht es dir gut?«

»Pah, wie soll es ihm wohl jehen, Junge? Kiek dir das doch mal an! So eene Sauerei! Schweine, elende. Müssen in der Frühe schon jekommen sein. Wir haben nix jemerkt und schon jehofft, sie verschonen uns, so als Ballhaus«, schimpfte Krawuttke, der als Erster seine Stimme wiedergefunden hatte. Er wischte sich den Schweiß von der Stirn.

Er war einer der Unerschrockensten unter ihnen und wirkte in der Hauptsache ziemlich wütend.

»Im Saal war niemand, David«, informierte ihn Else wiederum ruhig wie eh und je. »Sie haben zwar ein paar Scheiben mit Steinen zertrümmert, aber sich nicht gewaltsam Zugang verschafft. Wir machen hier jetzt sauber, so gut es geht, und dann …«

»… bleibt das *Sternbergs* heute zu!«, fiel ihr David ins Wort.

»Dass so etwas möglich ist, wo wir doch …«, begann Vater mit zittriger Stimme, »… wo wir hier geboren sind … Es ist doch unsere … Heimat. Ich … ich verstehe nicht, was wir getan haben … Warum?«

David verstärkte seine Umarmung. Was hätte er darum gegeben, Vater vor dieser Erfahrung zu bewahren. Aber ihm fiel nicht einmal eine Antwort ein. Er begriff das genauso wenig wie sein alter Herr. Dann löste er sich von seinem Vater und ging zum Eingang des Tanzsaals. »Wo ist eigentlich Lulu?«, wollte er wissen. Er hatte sie seit gestern Abend nicht mehr gesehen. Seitdem sie nicht mehr im *Metropol-Varieté* tanzte, weil aufgrund der wirtschaftlichen Lage die Besucher weggeblieben waren, half sie wieder im Ballhaus aus, gab sogar Tanzkurse und tanzte ihr Solo jeden zweiten Samstag im Monat.

»Die ist vorhin wegen dem Friedmann anjerufen worden, er hat ja sonst keene Familie in Berlin. Den hamse zusammengeschlagen, mitten auf der Friedrichstraße. Lulu ist mit Rosa sofort hin, Erste Hilfe leisten … Verdammte Sauhunde!« Krawuttke grummelte noch mehr Schimpfwörter in seinen Bart und fuhr fort, den Dreck wegzuschrubben.

»Danke, Harry, dann weiß ich Bescheid. Ich seh mal drinnen nach dem Rechten und versuche, in der Synagoge jemanden zu erreichen«, sagte David. Die anderen nickten und machten sich weiter an die Arbeit.

»Warte, ich komme mit. Brauche einen Schnaps«, verkündete sein Vater, ging entschlossen voraus ins Ballhaus. David folgte ihm schweigend.

42

Freitag, 30. Juni 1933

Lulu stand auf dem Podest der Weinstube und sah sich im Saal um. Sie liebte den Anblick der tanzenden Menge, doch sie fühlte auch ein wachsendes Unbehagen. Sie hatten wahrlich Glück, dass die Leute sich auch in schwierigen Zeiten ablenken und vergnügen wollten. Eine Tanzunterhaltung in vertrauter Atmosphäre wie in *Sternbergs Ballhaus* war da für die meisten auch mit kleinem Geldbeutel am ehesten drin, wo Theater oder Varietés zu teuer wurden. Also lockten sie die Gäste etwa mit Gratisangeboten und halbierten Eintrittspreisen. Je ungemütlicher es draußen wurde, desto schöner und ausgelassener musste es im Ballhaus sein. Mit ihrer beliebten Saalpost, Gänse-Verlosungen, Spielen, Luftballon-Polonaise, leckeren Gerichten und Getränken sollten sich alle bei ihnen wohlfühlen, in einem geschützten Raum ohne Bedrohung.

An diesem Abend spielte Gregor mit seiner Kapelle Swing und Jazz, es gab ganz bodenständig Bouletten mit Kartoffelsalat und Bier zum Vorzugspreis. Lulu wollte sich gleich mit Rosa an der vorderen Bar treffen. Kalle war schon da, unterhielt sich aber mit David und Richard im ehemaligen Separee von Onkel Levi. Die Freunde hatten sich lange nicht gesehen. Später wollten sie endlich alle mal wieder selbst das Tanzbein schwingen. David machte sich schon dauernd lustig, sie hätten bestimmt die Schritte komplett verlernt. In Wahrheit war ihnen allen einfach nach den jüngsten politischen Entwicklungen und den spürbaren Repressalien gegen die »Ballhaus-Familie« Sternberg nicht nach Tanzen zumute gewesen. Genauso lag Lulu bleischwer im Magen, dass sie Friedmann vor einigen Tagen abtransportiert hatten, und keiner wusste, wohin genau.

Sie seufzte traurig, doch war auch froh, dass das Ballhaus ihr ein Rückzugsort war, ein Ort, der ihr, den Freunden und vielen anderen Menschen Zuversicht und ein paar unbeschwerte Stunden schenkte. Und heute hatte alles gepasst, und auch die Stimmung im Saal war ausgezeichnet. Obwohl es nicht mal neun Uhr war, swingten schon viele Paare gut gelaunt auf dem Tanzparkett, und wie Lulu beobachtete, floss der Alkohol in Strömen. Das Personal an der Theke und die Kellner kamen kaum hinterher. Zufrieden lächelte sie, strich sich eine Locke aus der Stirn und begann tänzelnd, sich zwischen den Swingenden hindurch bis auf die andere Seite zu schlängeln. Doch kurz bevor sie die Bar erreichte, traten plötzlich fünf schwarz uniformierte Männer mit Schirmmützen und roten Armbinden aus dem Wintergarten in den Tanzsaal hinein. Seit wann waren die denn hier? Sie hatte sie gar nicht kommen sehen. Erst auf den zweiten Blick begriff sie, dass die Truppe zur Schutzstaffel gehörte, was die Kragenspiegel mit dem Aufdruck *SS* auch bestätigten.

»Da ist sie«, hörte sie den einen Kerl rufen, als er sie sah. Was, verdammt, wollten die denn jetzt von ihr? Lulu tat so, als hätte sie nichts mitbekommen, und wollte sich einfach an ihnen vorbeischleichen – aber keine Chance. Der große Graumelierte an der Spitze der Truppe stellte sich ihr in den Weg und hielt ihren Arm fest. »Fräulein Schneider?«, fragte er direkt.

»Was wollen Sie von mir? Lassen Sie mich los!«, verlangte Lulu und versuchte, sich aus seinem Griff zu befreien.

Er ließ die Hand sinken und verbeugte sich leicht. »Bitte verzeihen Sie, Fräulein Schneider. Hätten Sie ein paar Minuten für uns? Nur eine kurze Unterredung, dann sind wir schon wieder weg.«

Ihr fiel auf, dass ein Auge von ihm braun, das andere grün gefärbt war. Das irritierte sie immens. Am besten konzentrierte sie sich einfach auf das braune. »Wenn Sie meinen. Worum geht's?«, wollte sie wissen und verschränkte die Arme vor der Brust.

»Gehen wir kurz an die frische Luft. Dort sind wir ungestört.« Der Große nickte den anderen Männern zu und bedeutete ihr, dass sie vorgehen sollte. *Bleib ruhig, Lulu,* redete sie sich selbst gut zu. Sie bemühte sich, ihren Atem zu verlangsamen, obwohl sie spürte, dass ihr flau wurde und Panik in ihr hochstieg. Schon mehrere Male hatten Parteifunktionäre den Versuch unternommen, sie für sich zu »gewinnen«, vielleicht sogar kaufen zu wollen. Nachdem jene einen Solotanz von ihr im Ballhaus gesehen hatten, wollten sie Lulu für ihr Privatvergnügen engagieren und, als sie verneinte, stattdessen die Gestaltung ihrer Auftritte bestimmen. Bisher hatte sie sich nicht instrumentalisieren lassen, aber es wurde zunehmend ein Problem, dem Einfluss der Nazis aus dem Weg zu gehen. Denn diese blieben hartnäckig und wurden immer drastischer mit ihren Drohungen, ihrer jüdischen Hetze gegen David und Onkel Levi. Sie verbreiteten zunehmend Angst und Schrecken im Ballhaus, ebenso wie in der gesamten Stadt, im gesamten Land.

Im Wintergarten standen vielleicht ein Dutzend Gäste, die plauderten und rauchten, aber sofort verstummten, als sie Lulu mit dem SS-Mann kommen sahen. Lulu stellte sich vor den geheimen Zugang zum Nachbarhaus und registrierte zugleich, wie die anderen vier Uniformierten vor der Terrassentür stehen blieben und warteten. Wie eine persönliche Wachtruppe sah das aus …

Der Grauhaarige war ihr gefolgt und suchte nun ihren Blick.

»Fräulein Schneider, darf ich mich vorstellen, Obersturmführer Paul Stege. Vielen Dank, dass Sie sich die Zeit für uns nehmen. Sie ist äußerst kostbar, das ist mir durchaus bewusst. Mir nichts, dir nichts zerrinnt sie uns zwischen den Fingern, nicht wahr? Wie der Sand einer Sanduhr … fast wie das Leben. Allerdings, in dem Fall, manchmal auch ganz plötzlich und unerwartet. Wie leicht alles zerbrechen kann …«

»Kommen Sie zum Punkt!«, unterbrach sie ihn heftig. Aus den Augenwinkeln registrierte sie, wie die anderen Gäste verunsichert zu ihnen herüberschauten und schleunigst in den Saal entschlüpften. Die »Wachposten« ließen sie ungehindert passieren.

Er neigte sich näher zu ihr vor, sodass Lulu ihn wieder direkt ansehen musste. Sein Atem roch nach Schnaps und abgestandenem Rauch. Mit tonloser Stimme und ausdruckslosen Augen, dem grünen und dem braunen, fuhr er fort: »Wissen Sie, Fräulein Schneider, wir wenden uns an Sie, weil uns zu Ohren gekommen ist, welchen Einfluss Sie hier im Haus haben«, er machte eine bedeutsame Pause, »beziehungsweise auf Herrn Sternberg … Abgesehen davon sind Sie und Ihr Ausdruckstanz in Berlin mittlerweile eine Art Berühmtheit. Nun, Sie wissen sicher, dass wir wichtige neue Vorschriften umsetzen wollen. Zum Wohle des Volkes müssen musikalische Zügellosigkeiten rigoros beendet werden. Selbstverständlich lieben wir als Nationalsozialisten den Wohlklang gut gespielter Instrumente, verstehen Sie mich nicht falsch, es gibt zahlreiche Musikliebhaber in der Partei. Aber schauen Sie, Fräulein Schneider, solche amerikanischen Mätzchen sind uns fremd. Ich fordere Sie hiermit unter vier Augen auf, bei der Auswahl der Musik im Ballhaus zukünftig unsere deutschen Wurzeln zu berücksichtigen. Es geht doch nichts über einen harmonischen Walzer oder Foxtrott. Und eine handfeste Posaune stiftet keine Verwirrung in ihrem unverzerrten Klang, von einem wahren arischen Könner geblasen … Auch eine?« Er trat wieder etwas zurück und fischte eine Packung Zigaretten aus seiner Uniformjacke. Er hielt ihr eine hin und lächelte dabei schief.

»Nein, danke. Wie meinen Sie das?« Lulu war sich nicht sicher, ob sie sich eben verhört hatte. Er zündete sich die Zigarette an und nahm einen tiefen Zug.

»Nun, Verehrteste, ich glaube an Ihre Intelligenz sowie an Ihre Schönheit und Tanzkunst übrigens, und bin überzeugt, Sie haben meine Worte bestens verstanden. Es gibt drei Punkte, für die Sie sich in Ihrer Funktion im Ballhaus sowie in Ihrer Vorbildfunktion als deutsche Tänzerin einsetzen werden. Damit wir weiterhin ganz auf Ihrer Seite sein können, selbstredend. Erstens: Sie sorgen fortan dafür, dass hier keine Negermusik mehr gespielt wird. Uns ist bekannt, dass Sie sowohl zu den Herren Sternberg als auch zum Kapellmeister einen sehr guten Draht haben. Um zu garantieren, dass Sie in unserem Sinne, dem des Deutschen Reiches samt Volksgut, handeln, wird die Reichsmusikkammer regelmäßig Kontrolleure entsenden. Wappnen Sie sich also, es könnte mehr als unangenehm für Sie alle werden. Zweitens: Geben Sie sich bei Ihren Soloauftritten fortan weniger freizügig. Vielleicht wählen Sie auch da eher volkstümliche Kostüme. Was halten Sie zum Beispiel von einem Dirndl? Da dies ja ein ordentliches Haus ist, anständig und sauber, gehe ich davon aus, dass Sie sich kooperativ zeigen … auch dann, wenn Sie das nächste Mal von meinen Parteikollegen persönlich eingeladen werden.« Der Grauhaarige nahm einen letzten Zug und trat die Kippe dann so vehement auf dem Kies aus, als würde er Ungeziefer erlegen.

Lulu war auf der Stelle übel geworden. Ihr Hals fühlte sich an wie zugeschnürt, und sie hatte Sorge, jeden Moment ohnmächtig zu werden.

»Bis hierhin verstanden?«, fragte er. Sie brachte kein Wort heraus, schaffte es jedoch zu nicken.

»Ausgezeichnet. Kommen wir zu Punkt drei …« Er machte wieder eine lange Pause, um dann einen noch verschwörerischeren Ton anzuschlagen. »Ihr Freund, David Sternberg …«

»Ja?«, warf sie dazwischen, jetzt wirklich ängstlich.

Der SS-Offizier fixierte sie. »Richten Sie ihm und seinem Vater aus, dass es an der Zeit ist, sich über die weitere Führung des Hauses abzustimmen. Besser gesagt, sie ›abzugeben‹. Und zwar … in *deutsche* Hände.« Er bekam einen Hustenanfall. Dann fuhr er fort: »Die beiden werden das ebenso verstehen wie Sie, Fräulein Schneider. Tja, denn die Zeiten ändern sich, können Sie mir folgen? Da gilt es, auch einmal unbequeme Entscheidungen zu treffen, im Sinne unseres schönen Landes. Manchmal ist es unumgänglich, die Spreu vom Weizen zu trennen. Deutsche, rein arische Saat zu säen. Sie möchten ja sicher nicht, dass den Herren Sternberg noch etwas zustößt.«

»Das ist nicht Ihr …«, wollte Lulu protestieren, doch er fiel ihr ins Wort.

»Behalten Sie das und diese Unterredung lieber für sich, Fräulein! Sie haben genug Zeit, um darüber nachzudenken. Allerdings auch nicht *zu* lange. Wir vertrauen Ihrem Verstand und sind überzeugt, wir können uns auf Sie verlassen. Auf Wiedersehen und Sieg Heil!« Er versteifte sich augenblicklich und verabschiedete sich mit dem Hitlergruß. Ohne ein weiteres Wort drehte er sich um, ließ sie stehen und verließ den Wintergarten, um mit seinen Kameraden zur Theke zu ziehen.

Verdammt, verdammt, verdammt! Das war das Einzige,

was ihr jetzt durch den Kopf schoss. Sie war vollkommen geschockt. *Was jetzt?*

In Zeitlupe trat sie zur Terrassentür und blieb eine Weile auf der Schwelle stehen. Stege und sein SS-Gefolge hatten sich im Halbkreis an der Bar aufgebaut und Bier bestellt.

Rosa wartete auch schon und schaute sich suchend nach Lulu um. Als sie gerade zu ihrer Freundin eilen wollte, froh darüber, dass sie diese Schreckensbegegnung mit jemand teilen konnte – und es war ihr gleich, was dieser Obersturmführeridiot ihr androhte –, gab es in der Uniformierten-Runde ein lautes Hallo. Ein paar neue Männer in Zivil wurden mit Schulterklopfen und fröhlichem Grölen begrüßt. An der Theke wurde Nachschub geordert. Die wenigen anderen Leute, die noch dort gestanden hatten, verzogen sich nun auch in andere Ecken des Saals. Lulu ging ein Stück näher, weil Rosa sie gesehen hatte und zu sich winkte. Da hörte sie Stege den Namen »Fritz« rufen. Das konnte doch nicht wahr sein. Aber er war es natürlich. Als Lulu an der Bar ankam und beinahe direkt neben der Gruppe stand, erkannte sie Fritz Arm in Arm mit diesem SS-Mann mit seinen kalten verschiedenfarbigen Augen, der sie vor wenigen Minuten – ja, was eigentlich? – erpresst hatte.

Alle in der Truppe schienen Fritz zu kennen, der stolz um sich strahlte.

»Kiek dir die Armbinde an«, flüsterte ihr eine Stimme von hinten ins Ohr. Rosa war zu ihr gekommen und hatte sich untergehakt, ihrem Blick folgend.

»Welche?«, fragte Lulu leise zurück.

»Na, die vom Krause!« Rosa deutete in seine Richtung. Erst da bemerkte Lulu die Hakenkreuzbinde an seinem Arm. Fritz musste inzwischen wirklich in die Partei eingetreten sein.

»Ich glaub das nicht«, stöhnte Lulu.

»Wundert dich das? Mich nicht! Er erhofft sich da hundertprozentig die Anerkennung, die er dauernd vermisst, aber ständig sucht … So ein Idiot!« Rosa seufzte und lehnte den Kopf an ihren. Lulu überkam eine Unruhe, sie suchte David und hielt auch nach seinem Vater Ausschau. Doch David saß in eine Unterhaltung vertieft mit seinen Kumpels in der Ecke und ahnte nichts. Onkel Levi war nirgends zu entdecken, hoffentlich schon zu Bett gegangen. Sie hatte das starke Gefühl, Fritz könnte nun für die beiden zu einem echten Problem werden.

»Komm, Schätzchen. Wir trinken erst mal was.« Rosa hatte ihre Sorge erkannt und zerrte sie zur Theke. Und Lulu ließ sich trotz allem mitziehen.

Denn sie wusste zum ersten Mal in ihrem Leben nicht, was sie jetzt tun sollte.

43

Sonntag, 22. September 1935

Jetzt bin ich froh, dass ihr noch nicht geheiratet habt«, sagte sein Vater wie aus dem Nichts und zog den Mantelkragen hoch. Eine ganze Weile hatten sie nur geschwiegen. David hatte ihn an diesem Morgen zu Claires Grab begleitet, und nun schlenderten sie ein bisschen durch das Viertel. Ein gemeinsamer Spaziergang in der frühen Morgensonne mit einem Gespräch unter vier Augen täte ihm sicher gut, hatte der Sohn gehofft und seine Begleitung angeboten. Levi war die letzten zwei Jahre immer stiller geworden und wirkte äußerst beunruhigt. David hatte ihn auch ewig nicht mehr lachen sehen. Er kabbelte sich nicht einmal mehr mit Krawuttke.

»Du weißt doch, dass Lulu immer nach dem richtigen Zeitpunkt sucht«, antwortete David, nicht ganz sicher, was sein Vater ihm damit vermitteln wollte. In Beziehungsangelegenheiten mischte er sich sonst nie ein. »Außerdem ging es ihr die letzte Zeit gesundheitlich nicht allzu gut. Irgendwas brütet sie aus …«

»Ja, ja«, erwiderte Levi. Er wirkte gehetzt. »Es geht uns jetzt richtig an den Kragen, Junge. Die *Nürnberger Gesetze*, die letzte Woche auf dem Reichsparteitag beschlossen wurden, ziehen die Schlinge noch enger. Wir Juden werden zu Menschen minderen Rechts erklärt.«

»Ja, ich weiß. Aber glaubst du denn, das lässt sich so umsetzen? Gesetze hin oder her. Das ist doch absurd, uns in Voll-, Halb- oder Vierteljuden einzuteilen und ›arisches‹ Blut schützen zu wollen.«

David bekam die neuesten Entwicklungen nicht mit seiner Vernunft und seinem natürlichen Menschenverstand zusammen. Zudem musste er sich eingestehen, was er lieber nicht wahrhaben wollte: was das für sie alle noch bedeuten könnte. Er hatte sich immer als deutschen Bürger gesehen. Hier war er geboren, hier war seine Heimat, das war seine Sprache.

Sein Vater blieb plötzlich kurz vorm Rosenthaler Platz mitten auf dem Gehweg stehen, drehte sich zu David und fasste ihn mit beiden Händen an den Schultern. Grau war er geworden, dachte David, sehr grau.

»Eheschließungen zwischen Nichtjuden und Juden sind jetzt verboten, Junge. Selbst ein Liebesverhältnis zwischen Deutschen und Juden wird als *Rassenschande* bewertet! Im Klartext bedeutet das, die Beziehung zwischen dir und Lulu steht ab sofort unter Strafe.« Bei diesen letzten Worten brach Levis Stimme. Unter seinen dunklen Augen lagen tiefe Schatten, und sein Blick, der den Sohn zu durchdringen schien, wurde glasig. David konnte sich nicht erinnern, seinen Vater seit Claires Tod noch einmal so aufgewühlt erlebt zu haben. Einem Impuls folgend, nahm er ihn fest in den Arm.

»Mach dir keine Sorgen, Papa, wir kriegen das hin. Wir passen auf und halten es geheim, bisher hat sich doch auch keiner daran gestört – außer der Krause vielleicht«, flüsterte er seinem Vater ins Ohr. David wusste im selben Moment, dass er Blödsinn redete, dennoch hatte er das Gefühl, seinen alten Herrn trösten zu müssen.

Levi löste sich aus der Umarmung und wischte sich eine Träne von der Wange. »David«, begann er leise. Er schluckte und sah seinen Sohn voller Sorge an. Da lag aber noch etwas anderes in seinen Augen. »Wir haben gestern einen Brief bekommen …«, fuhr Vater fort und stoppte.

»Ja …?«, fragte David eindringlich.

»Er ist an uns beide adressiert. Darin werden wir erneut aufgefordert, unser Ballhaus zu schließen und in deutsche Hände zu geben. Andernfalls … andern…« Levi schluchzte laut auf.

»Was?« David hielt es nicht länger aus. Sein Vater konnte die Tränen nun nicht mehr zurückhalten. Während sie ihm über die Wangen liefen, fasste er in die Innentasche seiner Jacke und holte einen Umschlag hervor, den er seinem Sohn ohne weitere Worte überreichte. David öffnete den Briefbogen und überflog die wenigen Zeilen. Am Ende angekommen, begriff er. Ihm stockte der Atem. Unter dem Kürzel irgendeines Parteifuzzis der Reichskulturkammer war eine Karikatur zu erkennen. Der Sensenmann. Und auf seiner Klinge stand in Rot: JUDA VERRECKE.

44

Montag, 30. September 1935

Bereits eine Woche zuvor war es überall im Deutschen Reich zu Versorgungsschwierigkeiten gekommen. Am heutigen Tag waren praktisch weder Butter noch Margarine oder Schweineschmalz zu bekommen. Lulu tauschte sich in der Ballhausküche darüber mit Berta und Käthe aus, die zunehmend Schwierigkeiten hatten, den wenigen Gästen, die noch zum Tanzen oder auf der Suche nach ein wenig Geselligkeit kamen, etwas Anständiges anzubieten.

»Wie mit den Frauen, die sie neuerdings haben wollen«, beschwerte sich Berta, die Hände wütend in die Hüften gestützt. »Alles wird abgespeckt. Die Röcke nur noch brav und bieder, am liebsten wieder bis zum Knöchel. Haut darfste auch keine mehr zeigen, alles, was an uns schön ist, sollste verstecken! Züchtig wollnse uns haben, die braunen Fatzkes, als deutsche Mütter, die gehorchen und blonde deutsche Bälger gebären. Und eine deutsche Frau schminkt sich nicht, wenn ich das schon höre! Die Haare zur Zopffrisur gebunden, bitte sehr, bitte schön. Am Ende wird noch das Korsett wieder aus der Versenkung geholt! Glitzer, Zigarettenspitze und Flatterkleidchen – auf Wiederseh'n!

Im Quadrat könnt ich kotzen! Es gibt nix Gutes mehr zu kaufen, alles was Spaß macht, wird abgeschafft oder verboten. Und wer nicht mächtig Ärger bekommen will, muss sich an sämtliche Regeln halten, die diese Hirnamputierten aufstellen!«

»Berta! Pssst! Wenn dich jemand hört!«, wies sie Käthe ängstlich zurecht, die zurückhaltendere Zwillingsschwester. Sie zeigte auf die Küchenfenster, die zum Hof hin offen standen.

»Drauf geschissen! Ist mir wurscht! Die können mich ruhig einbuchten – ich lass mir doch den Mund nicht verbieten! Und jetzt will ich eine rauchen, ob die Herren Goebbels und Hitler das nun gerne sehen oder nicht. Punkt. Aus. Ende.« Berta wischte sich die Hände an ihrer Kittelschürze trocken und zündete sich eine Zigarette aus der zerknitterten Packung an, die neben der Spüle lag. Käthe schaute verschüchtert und schüttelte den Kopf über ihre Schwester. Lulu fand Berta in Wahrheit wundervoll mit ihrer unerschrockenen Art, gab sich aber besser vernünftig.

»Manchmal ist es schlauer, die Klappe zu halten, Bertachen«, wandte Lulu deshalb ein und nahm sich ebenfalls einen Glimmstängel.

Berta gab ihr mit dem Streichholz Feuer. »Pah! Nee, ich verbieg mich nicht.«

»Darum geht es ja gar nicht. Wenn man sich oder andere in Gefahr bringen kann durch das, was man sagt, hat es auch was mit Verantwortung zu tun, sich zurückzuhalten. Zumindest ab und zu …« Lulu nahm einen Zug von ihrer Zigarette.

»Lasst uns mal nicht abschweifen. Denn wir haben immer noch zu wenig für unsere Gäste im Angebot«, kam Käthe auf das ursprüngliche Problem zurück, das sie lösen mussten.

»Dann gibt es diese Woche im Ballhaus eben nur mal geröstetes Brot mit Suppe – passt doch zum frisch gezapften Bier«, schlug Lulu vor.

»Wenn uns Butter und Schmalz fehlen, kannste das nicht rösten, Liebchen.« Berta klang zynisch, lehnte sich an den Herd und rauchte genüsslich. Das stimmte, das hatte Lulu natürlich nicht bedacht.

Auf einmal hielten sie alle drei inne, denn die Tür eines Automobils schlug draußen geräuschvoll zu, und kurz darauf hörten sie energische Schritte von mehreren Personen den Weg durch den Vorhof kommen. Neugierig schauten sie alle drei durch das geöffnete Küchenfenster.

»Was wollen die denn jetzt?«, fragte Berta Lulu, als sie die Besucher erkannte. Diese konnte nur mit den Schultern zucken.

»Keine Ahnung.«

Schnell drückten sie die Kippen in der Spüle aus, da klopfte es auch schon unten am Eingang zur Küche.

»Komm rein, Fritz!«, rief Lulu sogleich und drehte sich zur Tür, bemüht um einen sachlichen Ton.

»Tach, die Damen!«, grüßte Fritz aufgekratzt und stapfte sofort die Stufen zu ihnen nach oben. Ihm folgten zwei geschniegelte Halbwüchsige in Hitlerjugenduniform, von denen jeder eine große Kiste trug.

Käthe zog sich sofort schweigend in eine Ecke zurück und begann, Geschirr zu spülen. Berta verschränkte die

Arme vor der Brust, blieb wie angewurzelt stehen und sah die Eindringlinge feindselig an. Lulu bedachte sie blitzschnell mit einem warnenden Blick, der ihr signalisieren sollte: »Halt dich bloß zurück!« Zu Fritz gewandt gab sie sich locker: »Hallo, Fritz. Das ist ja eine Überraschung. Was führt dich zu uns?« Sie ging auf ihn zu, und ehe sie sichs versah, umarmte er sie zur Begrüßung.

»Lulu! Wie schön, dich so gesund und munter zu sehen.« Er ließ sie wieder los und betrachtete sie von oben bis unten. »Hübsch siehst du aus! Vielleicht etwas abgemagert. Meine Güte, wie lange ist unser letztes Treffen jetzt her? Zwei Monate schon, stimmt das?« Fritz lächelte. Er sah gut aus, musste sie zugeben, schien bester Gesundheit und strotzte vor körperlicher Kraft. Sein Gesicht war kantiger geworden. Vielleicht hatte er angefangen, wieder mehr zu trainieren.

»Ja, stimmt, es muss Juli gewesen sein.« Im Sommer war sie mit ihm in einem Biergarten etwas trinken gewesen. Sie hatten einen netten Abend zusammen verbracht, und Lulu hatte gehofft, ihn damit für eine Weile zufriedenstellen zu können. Sie konnte den Blick nicht von seinem Hakenkreuzabzeichen abwenden. Das rote Band schien an seinem Arm wie angewachsen. »Fritz, bitte entschuldige, aber es ist schon fast fünf, wir müssen noch einiges planen für den Abendbetrieb. Was können wir für dich tun?« Wie immer ließ er sich von solch einer Ansage nicht verunsichern, sondern lächelte wieder.

»Natürlich! Wir stören auch nicht lange, wir wollten nur eine Spende abgeben. Uns ist zu Ohren gekommen, dass ihr auch von der Nahrungsmittelknappheit betroffen seid.« Er machte eine Pause, drehte sich zu den Jungen um, die immer noch abwartend hinter ihm parat standen, und forderte sie auf: »Los jetzt, zack, zack, stellt die Kisten auf der Anrichte hier ab!«

»Jawoll, Herr Krause!«, kam es wie aus einem Munde, und die beiden taten, wie ihnen geheißen. Berta und Lulu wechselten einen vielsagenden Blick. Fritz wendete sich wieder Lulu zu. »Das sind Überbleibsel einer Parteifeier letzten Samstag im Adlon. Wir waren reichlich versorgt, schau dir nur an, was alles übrig geblieben ist! Ich hab dafür gesorgt, dass du die Reste bekommst. Einige meiner Freunde mögen das Ballhaus ebenso sehr wie ich … und unter der richtigen Führung würde es … na ja, sei's drum. Mir wurde zugetragen, dass du dich damit arrangiert hast, einige unserer Wünsche durchzusetzen. Dein Entgegenkommen zeigt also Früchte, im wahrsten Sinne des Wortes.« Fritz zeigte mit der Hand auf die prall gefüllten Kisten wie ein Marktverkäufer.

»Aha. Das alles soll also für uns sein?« Lulu begutachtete den Inhalt erstaunt – Obst und Gemüse, Eier, etwas Fleisch und Fisch, Butter, Käse, Brot, Kartoffeln, Weinflaschen und Schokolade.

»Eine wohlwollende Spende!«, rief er aus und strahlte von einem Ohr zum anderen. Berta verdrehte die Augen und stöhnte leise auf, schwieg aber zum Glück. Auch Lulu hielt nicht das Geringste von Fritz' »Spende« und wollte sie nicht annehmen, doch sie musste auch an das Ballhaus denken und den Betrieb aufrechterhalten.

»Das ist äußerst großzügig und kommt gerade zur rechten Zeit. Danke, Fritz«, sagte Lulu daher schnell. Hinten schepperte etwas auf den Boden. Alle im Raum drehten sich gleichzeitig um, und Käthe wurde knallrot im Gesicht. Sie hatte beim Abtrocknen eine Pfanne fallen lassen.

»'tschuldigung«, murmelte sie nervös und hob sie schnell auf.

»Soll ich einen von den Burschen hier bei euch abstellen als Küchenhilfe?«, fragte Fritz scheinheilig.

»Wir kommen zurecht, Krause. Wiedersehen!«, konnte Berta sich nun nicht mehr zurückhalten.

»War ein Scherz.« Fritz warf noch einen Rundumblick in jeden Winkel der Küche, als würde er jemanden suchen, der sich irgendwo versteckt hielt.

»Ist noch was?«, fragte Lulu misstrauisch.

»Nee, alles in Butter. Wir verschwinden wieder. Tschüss. Heil Hitler.« Er grüßte lässig mit dem Zeigefinger an der Stirn, die beiden Kameraden riefen wie aus der Pistole geschossen »Heil Hitler!« und standen stramm, die Arme in die Höhe gereckt.

»Jaja, verzieht euch«, grummelte Berta, worauf ihr Fritz noch in scharfem Ton ein »Wie bitte?« zubellte, was sie wiederum mit einem lapidaren »Nix!« quittierte.

»Mach's gut, Fritz. Und vielen Dank noch mal«, sagte Lulu sachlich und souverän. Jetzt durfte nichts aus dem Ruder geraten, das fehlte ihr gerade noch.

Fritz nickte ihr zu und winkte die Jungs zum Ausgang. Lulu beobachtete genau, wie die drei wieder abdampften.

Als sie weg waren, stöhnte Käthe in ihrer Ecke erleichtert auf, und Berta machte sich fluchend daran, die Lebensmittel auszuräumen und zu sortieren. »Da komm ich mir schon bisschen vor wie eine, die sich aufm Strich kaufen lässt!«, schimpfte sie.

»Ich weiß, Berta«, sagte Lulu, »aber sieh es doch so: Die Lebensmittel kommen gerade recht, wir können sie gut gebrauchen. Warum dürfen wir nicht auch mal egoistisch denken?«

Nach vielleicht einer Viertelstunde kam jemand die Stufen zu ihnen heraufgerannt. »Luluuu!«, brüllte eine weibliche Stimme. Es war Rosa. Sie kam in die Küche gestürmt. Erschrocken drehten sie sich zu ihr um.

»Was ist?«, fragte Lulu aufgescheucht und lief zu ihrer Freundin. Rosa kam ihr ebenso atemlos entgegen, sie hatte rote Flecken im Gesicht und Schweißperlen auf der Stirn. In ihren hellblauen Augen las Lulu einen eisigen Schrecken.

»Was ist los? Sag doch was!«, schrie Lulu sie an und schüttelte sie an den Schultern, weil Rosa sie nur anstarrte und nichts herausbrachte. Berta und Käthe standen jetzt rechts und links neben ihr.

»David!«, begann Rosa schließlich aufgeregt zu stammeln. »Da…vid … er, er … Komm!« Ohne weitere Erklärung nahm sie Lulu an der Hand und zog sie mit sich hinaus. Die Zwillinge folgten ihnen. Draußen im Hof begann Rosa zu rennen. Lulu wusste gar nicht, wie ihr geschah.

Auf der Straße angekommen, zeigte Rosa nach links. Da lag etwas. Nein, da lag jemand. Die letzten Meter bis zur besagten Stelle sprinteten sie.

Lulu wurde übel. Auf dem Gehweg erkannte sie David. Unnatürlich zusammengekrümmt, die Augen geschwollen und schon blau angelaufen, aus seiner Nase quoll Blut. Auch der Rest seines Körpers schien einiges an Tritten oder Schlägen abbekommen zu haben. Sie fiel auf die Knie, sodass ihr Kleid irgendwo aufriss, und beugte sich über ihn.

»David!«, rief sie außer sich und rüttelte ihn leicht. »Hörst du mich?« Sie streichelte ihm über die dreckigen, verklebten Haare.

»Er ist bewusstlos«, sagte Rosa, die nun neben ihr kniete. »Bleib du mit Berta bei ihm, passt auf ihn auf, ja? Leg seinen Kopf auf deinen Schoß. Ich geh mit Käthe rein und hole Großvater und Levi. Wir müssen ihn hier wegschaffen.«

Lulu schaute sich um. Gab es einen Zeugen? Es war kaum etwas los an diesem Montagnachmittag auf der Auguststraße. Oder vielleicht doch? Im Nachbarhaus erkannte Lulu die alte Frau mit dem Goldzahn aus dem ersten Stock, die neugierig aus ihrem Fenster glotzte.

»Hallo, Sie! Wer hat das getan? Haben Sie was gesehen?«, brüllte Lulu ihr zu und stand auf. Die Alte erschrak, als sie so direkt angesprochen wurde, und zuckte leicht zusammen. Trotzdem blieb sie auf ihr Fensterbankkissen gelehnt.

»Nee, ick bin schon fast blind«, rief sie. Doch dann trat sie einen Schritt zurück in ihre Stube und machte blitzschnell, sodass nur Lulu es erkennen konnte, den Hitlergruß. Anschließend deutete sie wieder auf die Straße.

Und dann wusste Lulu Bescheid.

Am selben Abend, gegen dreiundzwanzig Uhr, nachdem sie sich vergewissert hatte, dass im Ballhaus alles reibungslos lief, klingelte Lulu voller Sorge an der Wohnung der Sternbergs im ersten Stock. »Ich bin's, Lulu«, rief sie sicherheitshalber. Nach wenigen Sekunden öffnete Onkel Levi ihr mit bleichem Gesicht die Tür. Er trug Hemd, Krawatte und Pullunder, als hätte er noch Besuch erwartet. Seine Augen waren gerötet, bestimmt hatte er geweint. »Lulu, komm rein.« Er deutete ein müdes Lächeln an und ließ sie eintreten.

»Wie geht es ihm?«, fragte sie sofort, während sie ihre Strickjacke auszog und an den Garderobenhaken im Flur hängte. Auf der Kommode daneben erkannte sie einen Haufen Blätter, Unterlagen und Notizen. Ein Füller lag ohne Deckel dort, als hätte Onkel Levi gerade noch etwas geschrieben. Auch war der Hörer vom Telefon nicht richtig aufgelegt.

»Sieh selbst. Du kannst gleich zu ihm rein, er ist wach. Der Schock sitzt tiefer als die Schläge, fürchte ich. Das wird schon wieder heilen …« Onkel Levi schluckte. Dass er ebenfalls tief erschüttert war, konnte er jedoch vor ihr nicht verbergen. Musste er auch nicht, fand sie. Lulu strich ihm über den Arm.

»David ist stark. Er schafft das«, sagte sie. »Hab ich dich bei etwas gestört?«, setzte sie noch hinzu, weil ihr diese ganzen offenen Unterlagen um diese Zeit komisch vorkamen. Onkel Levi folgte ihrem Blick zur Kommode.

»Oh … nein, nein, das ist nur, ach, es ist …«, stotterte er und begann auf der Stelle, die Papiere zusammenzuräumen. »Alter Kram. Ich muss … was raussuchen.« Ohne ihr in die Augen zu schauen, wendete er sich von ihr ab und sortierte weiter. *Da ist was faul*, dachte Lulu zwar, aber es ging sie ja auch nichts an.

»Ich geh dann mal zu ihm.«

»Ja, tu das«, murmelte Onkel Levi undeutlich.

Sie ließ ihn weiterwerkeln und ging zu Davids Zimmer. Die Tür stand offen. Lulu trat ein und schloss sie leise hinter sich. David hatte das Geräusch gehört und öffnete die Augen. Seine Wunden waren von Rosa versorgt worden, sie hatte ihm zudem ein Schmerzmittel gespritzt und etwas zur Beruhigung gegeben. Aber immer noch sah er furchtbar aus.

»Blondzopf«, begrüßte er sie schwach, »da bist du ja wieder.«

»Ja, da bin ich.« Mit einem Lächeln setzte sie sich direkt zu ihm aufs Bett und stellte ihre Tasche auf dem Stuhl davor ab. »Schau mal, was ich mitgebracht hab.« Sie wickelte sorgsam das Päckchen aus, das sie für ihn dabeihatte, und hielt es ihm vor die Nase.

»Die kleine Ballerina«, flüsterte er und freute sich sichtlich, obwohl er ganz verändert wirkte. »Mach sie an.«

Lulu nickte. Sie hatte gehofft, dass er so reagieren würde. Dann drehte sie die Spieluhr bis zum Anschlag auf, und die Porzellantänzerin begann, sich elegant zur Musik von *Schwanensee* zu bewegen. Sie stellte die kleine Tänzerin auf dem Nachttisch ab, zog ihre Schuhe aus und legte sich kurzerhand einfach neben David ins Bett. Lulu kuschelte sich an ihn, und er schlang seinen Arm um sie.

In Löffelchenstellung lagen sie still da und verfolgten, wie die Ballerina ihre Kreise zog. *Was für eine Schönheit. Was für eine Perfektion. Wie können wir Menschen so viele wundervolle Dinge erschaffen und gleichzeitig so viel Zerstörung in die Welt bringen?* Lulu wusste darauf keine Antwort. Sie brachte diese beiden Pole nicht zusammen, das Gute, Schöne und das Böse, Grausame. Sie schob diese Gedanken fort. Wie eine Decke aus Trost spürte sie die Wärme von Davids malträtiertem Körper hinter sich.

»Wie geht es dir?«, fragte sie ihn irgendwann vorsichtig.

»Lass sie bitte noch einmal tanzen«, bat er nur, denn die Ballerina war inzwischen zum Ende gekommen. Lulu drehte sie gerne ein zweites Mal auf.

Vor langer Zeit hatte sie David erzählt, dass ihre Mutter die kleine Ballerina immer für sie hatte tanzen lassen, wenn sie traurig war. Das war beinahe ihre erste Kindheitserinnerung. Dann durfte sie sich zu Claire auf den Schoß setzen, und diese hatte Lulu mit ihren Armen eng umschlungen festgehalten. Zur Musik hatten sie sich zusammen hin- und hergewiegt und die Tänzerin aus Porzellan betrachtet. Sie wusste bis heute nicht warum, aber diese Spieluhr – vielmehr dieses Wesen, denn sie schien Lulu lebendig – schenkte ihr jedes Mal wieder neue Zuversicht. Ja, und noch etwas: Hoffnung. Und das war bis heute noch so.

Jetzt legte sich Lulu wieder aufs Bett in Davids Arme – wie zwei Puzzleteile passten sie mit ihren Körpern ineinander – und fragte nachdrücklicher, während die Klänge von Schwanensee das dunkle Zimmer erhellten: »Wie geht es dir?«

David streichelte ihr zärtlich übers Haar und küsste sie von hinten aufs Ohr. »Na, einen Sportwettbewerb kann ich jetzt wohl gerade nicht gewinnen«, scherzte er bitter.

»Ach David! Ich meine es ernst. Ich mach mir solche Sorgen um dich …«

Er küsste sie auf den Nacken, was ein wenig kitzelte, und Lulu führte seine Hand zu sich hoch und drückte sie vorne an ihre Brust, da, wo ihr Herz saß.

»Entschuldige.« Seine Stimme klang warm und absolut ruhig.

Die kleine Tänzerin drehte sich weiter. Ihr war es egal, was um sie herum geschah. Auf sie konnte man sich verlassen.

»Mir tut alles weh … Das Schmerzmittel ist nicht stark genug«, gestand er dann ehrlich. »Und ich kann kaum sehen, weil die Schwellung so schlimm ist. Aber etwas anderes zerfrisst mich, was ich bisher nicht kannte …« David stockte und sprach nicht weiter.

Lulu löste sich aus seiner Umarmung und drehte sich zu ihm um. Seine braunen Augen waren trüb, sie blickte in einen dunklen Abgrund aus Trauer und Schmerz. Es tat ihr in der Seele weh.

»Was ist es?«, fragte sie, kaum hörbar.

David schluckte. Seine Nasenflügel bebten. Ganz langsam, ganz zart streichelte er dann über ihre Wangenknochen bis zum Kinn.

»Todesangst«, antwortete er und sah weg.

45

Dienstag, 15. Oktober 1935

Lulu stellte den Putzeimer wieder auf den Boden. Er schepperte auf den alten Dielen der Mansarde. Es war elf Uhr am Vormittag, und sie hatte sich nun schon wieder mehrfach erbrochen. Sie fühlte sich müde, so schrecklich müde, und richtig ausgewrungen, wie man es mit einem dreckigen Lappen tut. Mit einem lauten Seufzer lehnte sie sich erschöpft zurück an die Stuhllehne. Sie wischte sich mit dem feuchten Handtuch, das sie sich vorhin geholt hatte, über Gesicht und Hände. Der Regen prasselte auf das Dach. Unaufhörlich. Seit gestern Abend schüttete es wie aus Eimern. Wird das je wieder anders?, fragte sich Lulu und schaute aus dem kleinen Fenster. Aber eigentlich meinte sie nicht nur das Wetter, sondern mehr ihren Zustand. Bisher hatte sie ihre Übelkeit, die sie seit ein paar Wochen täglich plagte, auf die Sorge um David, Onkel Levi und das Ballhaus geschoben.

Doch als nun auch zum zweiten Mal ihre Monatsblutung ausblieb, ihre Brüste zu spannen begannen, und sie sich andauernd ausgelaugt fühlte, obwohl sie genug schlief, zählte sie eins und eins zusammen. Und begriff, dass sie ein Kind erwarten könnte.

So, wie sie jetzt hier alleine saß, mit diesem säuerlichen Geschmack im Mund, war ihr das sonnenklar. Unsicher fasste sie mit den Händen auf die winzige Wölbung ihres Unterbauchs. Natürlich, das war die Lösung, es musste wahr sein. Da Lulu bisher immer gedacht hatte, sie könnte gar keine Kinder bekommen, weil ihre Blutung seit jeher zu unregelmäßig kam, manchmal sogar monatelang überhaupt nicht, hatten David und sie in letzter Zeit nicht mehr aufgepasst. Außerdem war sie schon zweiunddreißig Jahre alt. Wenn bisher nichts passiert war, wieso sollte dann gerade jetzt …? Tausend Gedanken schwirrten durch ihren Kopf. *Um Gottes willen. Eine Katastrophe! Bitte nicht jetzt.* Lulu atmete tief ein und aus. Dann wiederholte sie das Flehen, mit den Händen auf ihrem Bauch. Doch es blieb dabei, sie fühlte Panik in sich aufsteigen, und ein übermächtiges Gefühl der Überforderung und Kraftlosigkeit stieg in ihr auf. Wie sollte das gehen? Wie sollten sie in diesen Zeiten ein Kind großziehen? Wie sollte sie als Mutter weiter tanzen oder im Ballhaus arbeiten können? Wovon sollten sie leben, wenn sie das Haus schließen müssten und noch einen Säugling zu versorgen hätten? Und was würde sein, wenn David etwas … Lulu wurde auf der Stelle wieder übel. Aber sie musste diesen Gedanken zulassen, das war ihr bewusst.

Was, wenn David etwas zustieße? Und Onkel Levi auch? Dann wäre sie ganz alleine mit … In derselben Sekunde merkte Lulu plötzlich erschrocken, dass sie bei dieser Vorstellung laut aufgeschrien hatte, obwohl sie allein im Raum war. Das Herz pochte ihr bis zum Hals. Sie nahm das Glas

Wasser, das vor ihr auf dem Tisch stand, und trank es in einem Zug leer. Wenigstens gegen die Trockenheit im Mund konnte sie jetzt sofort etwas tun.

Mit starrem Blick aus dem Fenster, wo der Regen wie ein Wasserschleier vom Himmel herabfiel, ging sie jedes nur denkbare Szenario noch einmal in Ruhe durch. Doch wie sie es auch drehte und wendete, Lulu kam immer wieder zum gleichen Ergebnis: Sie konnte das Kind auf gar keinen Fall bekommen. Und am besten erzählte sie auch niemand davon. Also blieb ihr nur ein einziger Ausweg. Schnell musste es gehen. Keiner durfte davon erfahren.

Lulu klammerte sich an diesen Gedanken, stand schwerfällig auf, suchte ihre Tasche und holte ihren Mantel. Dann ging sie zur Kaffeedose in der Küche und nahm ein paar Scheine heraus, die sie angespart und dort versteckt hatte. Hoffentlich würde das reichen. Als sie alles verstaut hatte und fertig angezogen war, schnappte sie sich den schwarzen Regenschirm und verließ die Mansarde.

Rosas Mutter würde ihr helfen können. Die würde wissen, was zu tun wäre. Else, die Engelmacherin.

Der Weg bis zu den Wendlands im Friedrichshain war für Lulu unermesslich anstrengend und kam ihr ewig vor. Sie quälte sich durch die Stadt und den elenden Dauerregen, von der Straßenbahn bis zur U-Bahn, und war erleichtert, als sie am Warschauer Platz aussteigen konnte. Jetzt noch das letzte Stück zu Fuß.

Endlich vor dem mehrstöckigen braunen Haus in der Grünberger Straße angekommen, war sie trotz Schirm völlig durchnässt und durchgefroren. Aufs Klo musste sie auch dringend. Als sie merkte, dass die Haustür offen war, atmete sie erleichtert auf. *Danke, lieber Gott, sie ist da.*

Die Wendlands wohnten gleich im ersten Stock links, zum Glück musste sie deshalb nicht auch noch viele Treppen steigen. Rosas Mutter stand schon wartend im Eingang. Sie trug eine gemusterte Schürze, bestimmt war sie gerade am Kochen, es war längst Mittagszeit.

»Kindchen! Das ist ja eine Überraschung! Was führt dich denn zu mir? Ist was passiert?«, begrüßte Else sie alarmiert. Schließlich kam es nicht oft vor, dass es Lulu hierher verschlug. Wie auf Kommando brach diese in Tränen aus. Da ging jetzt nichts mehr zurückzuhalten, das spürte sie sofort.

»Och, Liebes, na, komm erst mal her!« Else zog Lulu sofort zu sich in die Arme und drückte sie fest an ihre Brust. Ohne ein Wort ließ sie sie eine Weile weinen. Dann forderte sie Lulu auf: »So, aber nun rein mit dir in die gute Stube!«

Lulu konnte nichts darauf erwidern, denn sie schluchzte immer noch, sodass Else sie einfach vor sich her in die Wohnung schob.

Schweigend nahm sie ihr Mantel und Tasche ab, spannte den Schirm zum Trocknen auf und stellte ihn auf den Boden im Flur.

»Tee?«, fragte Else dann liebevoll, und ohne Lulus Antwort abzuwarten, fuhr sie fort: »Ich schicke Heinrich in sein Zimmer, und dann machen wir zwei es uns in der Küche gemütlich, wa?« Lulu nickte dankbar.

Wenig später, nachdem der jüngste Bruder von Rosa sie allein gelassen, Lulu sich im engen Bad frisch gemacht, in der Küche aufgewärmt und einen ersten Schluck Kräutertee getrunken hatte, setzte sich Else ebenso mit einer Tasse dampfenden Tee neben sie. Der alte Ofen mit den hellgrünen Kacheln stand in der hinteren Ecke der Wohnküche und war von einer hölzernen Sitzbank umrundet.

»Jetzt aber raus mit der Sprache. Was ist los?«, fragte Rosas Mutter mit ihrer sanften Stimme.

Lulu sah sie verzweifelt an. »Ich glaube, ich bin schwanger.« Sie zitterte.

In Elses Augen – die gleichen wie Rosas – spiegelte sich der Hauch einer Erkenntnis, aber sie zeigte zunächst keinerlei Reaktion. »Aha. Hat es dich also erwischt?«, stellte sie dann lapidar fest. Auch wenn Lulu die Ausdrucksweise seltsam fand, nickte sie.

»Und woher weißt du, dass ich …?«, begann Else zögerlich.

Doch Lulu erklärte sofort: »Von Rosa.«

»Verstehe«, sagte Else ernst. »Dann erzähl mal.«

Lulu tat, wie ihr geheißen, froh und erleichtert, ihr Herz dieser klugen und lebenserfahrenen Frau ausschütten zu dürfen. Else wusste ja über vieles im Ballhaus und ihre persönliche Geschichte mit David im Groben Bescheid, aber in was sie nicht im Ansatz eingeweiht war, waren die neuesten Drohungen, Angriffe und Repressalien gegen die Sternbergs, weil sie Juden waren. Was das für Ausmaße angenommen hatte und dass das auch für sie selbst nun eine ernst zu nehmende Gefahr bedeutete, hatte Else nicht geahnt. Lulu legte ihre Lage dar und ließ nichts aus. Zwischendurch nippte sie an ihrem Tee, der nach Minze und Fenchel roch, ihr guttat und sie beruhigte.

Schweigend hörte Else zu. Nachdem Lulu alles erzählt hatte, musste sie wieder anfangen zu weinen. »Ich habe keine Kraft für ein Kind, Else«, wisperte sie und fühlte sich unendlich schwach. »Ich schaffe das nicht. Bitte hilf mir.«

Else schaute sie mit prüfendem Blick an. »Bist du dir sicher, Liebes? Ist dir bewusst, was das bedeutet?«, fragte sie.

»Ja«, versicherte Lulu. »Ich habe gespart, ich kann auch bezahlen.«

»Darum geht's mir nicht.« Else Wendland erhob sich, stellte ihre Tasse auf der Bank ab und forderte Lulu schließlich auf: »Gut. Ich schau mir das jetzt erst einmal an. Komm mit rüber.« Sie führte Lulu im Arm haltend in ihre Schlafkammer und bat sie, sich auf das Bett zu legen. Dann krempelte sie sich die Ärmel hoch, wusch sich gründlich die Hände am kleinen Waschbecken in der Ecke und trocknete sie mit einem Handtuch ab, das sie frisch aus dem Schrank nahm.

Lulu verfolgte jede ihrer Bewegungen, dann schloss sie die Augen. Jetzt kümmerte sich jemand. Das erleichterte sie. Else stellte Lulu ein paar Fragen zu Zyklus, Befinden und Beschwerden, tastete vorsichtig Brüste und Unterleib ab. Lulu ließ es erschöpft über sich ergehen und spürte, wie erfahren Rosas Mutter war. Am Ende legte sie die Hand ganz ruhig auf Lulus nackten Bauch.

»Und?«, wollte Lulu wissen. Die Wärme ihrer Hand strahlte tief in sie hinein. Lulu wusste ja, dass sie auch Heilerin war, aber nicht, wie Else das genau machte.

»Es stimmt. Du erwartest ein Kind. Ich schätze, etwas um die zehnte Woche biste«, stellte Else wie das Selbstverständlichste auf der Welt fest.

Diese Worte durchfuhren Lulu wie Blitze, dennoch kamen sie nur langsam bei ihr an. »Es stimmt also …«, wiederholte sie deshalb nur stupide.

Rosas Mutter nickte. Sie berührte erneut Lulus Bauch und legte ihre Hände wie einen Fächer auf die Haut. Dann lächelte sie auf einmal. »Ich kann noch etwas sehen, Kleine«, sagte Else, ihre Hand still auf einer Stelle von Lulus Unterbauch liegend.

»Ja …?«, hauchte Lulu atemlos und blickte an sich herunter.

»Ein Mädchen.« Elses Stimme klang vollkommen sicher. Für Lulu war das ein Donnerschlag.

»Woher weißt du das?«, flüsterte sie.

»Ich *weiß* es«, sagte Else und lächelte noch breiter, sodass ein Grübchen auf ihrer Wange zum Vorschein kam. Dann stand sie auf. »Bin gleich wieder da.« Ohne weitere Erklärung drehte sie sich um, ging aus dem Zimmer und ließ Lulu allein.

Nach wenigen Minuten spürte sie den inneren Drang, ihren Bauch an der gleichen Stelle zu berühren, wo eben Elses Hand gelegen hatte. Hier sollte ihre *Tochter* drin sein? Ein Lebewesen, das in ihr wachsen sollte? Im Begriff, ein echter Mensch zu werden? Eine Mischung aus ihr und

David, und doch ein vollkommen neues Wesen? Aus Liebe entstanden … Diese Erkenntnis bedeutete für sie eine Wendung. Tausend Gedanken ratterten durch ihren Kopf.

Unmöglich, dachte sie irgendwann. Schnell sprang sie auf, zog sich an und rannte in den Flur. Rosas Mutter war nicht zu sehen, es klapperte nur in der Küche. *Umso besser.*

»Es tut mir leid!«, rief sie Else noch von Weitem zu, schnappte sich ihre Sachen und lief davon. Die Tür knallte ins Schloss. Sie atmete auf.

Draußen merkte sie, dass es aufgehört hatte zu regnen. Große graue Wolken bedeckten zwar noch den Oktoberhimmel, aber wenigstens war es inzwischen trocken.

»David«, hörte sie sich selbst rufen. »David!« Sie musste zu ihm, durfte keine Zeit verlieren. Sofort. Sie musste ihm davon erzählen! Das war das Erste, was sie tun musste. Fast verspürte sie in sich doch schon eine zarte Ungeduld und Vorfreude, wie er auf die Nachricht reagieren würde. Wie sollte sie es ihm sagen, mit welchen Worten? *Wir bekommen ein Kind.* Wie sagt man seinem Liebsten das am besten? Lulu übte den Satz immer wieder, während sie sich auf den Rückweg machte und über ihre Zukunft nachdachte.

Wir bekommen ein Kind.

Was wäre, wenn sie doch eine echte Familie gründen würden? Entgegen aller Vorsicht, allen Gefahren zum Trotz? Vielleicht war das jetzt ihr Schicksal … Sie sollte besser aufhören zu tanzen und ganz neu anfangen, David endlich heiraten und glücklich werden.

46

Die letzten Meter von der Haltestelle bis zum Ballhaus in der Auguststraße rannte sie. Es war unbeschreiblich, wie sie sich fühlte und was ihr alles durch den Kopf wirbelte. Alles war neu und fremd für Lulu, die Zukunft ungewisser denn je und lag doch auf eine Weise verheißungsvoll vor ihr. Nachdem vorhin die erste Panik verschwunden war, als sie begriffen hatte, dass da in ihr jetzt womöglich wirklich ihr *Kind* heranwachsen würde, hatte sich alles verändert. Den gesamten Rückweg hatte sie mit jedem Meter stärker gespürt, dass ihre Entscheidung richtig war. Warum nicht allen Schwierigkeiten trotzen und dieses Lebewesen auf die Welt bringen? *Ihre* Tochter, wenn es stimmte, was Else voraussagte. Zusammen würden sie das doch vielleicht schaffen, David und sie. Und alle anderen im Ballhaus wären ja schließlich auch noch da. Lulu dachte an Claire. Über diese Nachricht hätte sich ihre Mutter sicher sehr gefreut. Noch ein kleines Mädchen … Vielleicht hätte sie sogar Claires eisblaue Augen oder Ludmillas rotbraune Haare! Lulu wurde in diesem Moment bewusst, dass es in diesem neuen Leben Spuren von ihnen allen geben würde.

Sternbergs Ballhaus, las sie. Sie war angekommen. Aufgeregt lief sie über den Vorhof, schnurstracks ins Haus hinein und direkt in den ersten Stock zur Wohnung der Sternbergs. Sie klingelte Sturm. Es war ihr egal, was die Leute darüber dachten. Sie musste jetzt sofort rein, zu David.

Doch nichts tat sich. Niemand rührte sich. Lulu klingelte wieder, jetzt dreimal lang hintereinander. Nichts. Niemand öffnete ihr. Sie klingelte erneut Sturm, dann dreimal kurz. Legte ihr Ohr an die Tür und lauschte. Nichts. Es war mucksmäuschenstill drinnen. In ihrer Euphorie leicht gebremst, beschloss Lulu, im Tanzsaal nachzuschauen. Wenn keiner hier war, fände sie David und Onkel Levi dann bestimmt dort, weil sie etwas zu besprechen hatten oder ein Schwätzchen mit Krawuttke hielten.

Mit glühenden Wangen hastete sie die Treppenstufen runter und in den Tanzsaal. Zum Glück war die Eingangstür vom Ballhaus unverschlossen, sodass Lulu schnell hineinkam. Es roch nach Bohnerwachs und kaltem Rauch. Sie sah sich um. Das war ja merkwürdig. Auch hier im Saal keiner zu sehen. »David?«, rief sie laut. Ihre Stimme hallte durch den leeren Saal. Keine Antwort. »Onkel Levi?«, wagte sie einen weiteren Versuch. Wieder keine Antwort. Die Türen zum Wintergarten standen weit zum Lüften offen. War vielleicht jemand draußen? Lulu ging über die Tanzfläche und suchte den gesamten Raum ab.

»Mach dir keene Mühe, alle ausjeflogen.« Krawuttkes kratzige Stimme durchbrach plötzlich die Stille im Saal. Erschrocken drehte sie sich in Richtung seiner Stimme. Ganz allein saß er im alten Separee von Onkel Levi am runden Tisch. Irgendwie schien er verändert. Seine Schultern hingen nach unten. In den Händen hielt er ein Blatt Papier.

»Harry! Was machst du da?«, fragte sie ihn verwundert. Seit ein paar Jahren traute sie sich, ihn beim Vornamen zu nennen, wie er es ihr irgendwann einmal angeboten hatte.

Er schaute starr zu ihr herüber. »Komm her, Kindchen.«

Am liebsten wäre Lulu weggelaufen – sie wollte jetzt nichts anderes hören, von keinem, nur zu David und ihm von der Neuigkeit erzählen. Stattdessen ging sie wie in Zeitlupe zu Krawuttke und setzte sich zu ihm, als er auf den freien Bistrostuhl neben sich zeigte. Als sie ihn näher betrachtete, bemerkte sie, dass er geweint hatte. Auf dem Tisch lagen noch ein Ordner und ein großer Umschlag. Und ein Korn stand vor Krawuttke. Warum hatte er jetzt einen Klaren gebraucht? Sie begriff gar nichts, konnte aber auch nichts sagen. Also saßen sie einen Augenblick einfach nur so schweigend nebeneinander. Dann verzog Krawuttke den Mund zu einer schiefen Linie. Er legte einen Briefbogen ab, den er die ganze Zeit in der Hand gehalten hatte, und übergab ihr einen großen Umschlag, der auf dem Tisch lag. Dabei zitterte seine Hand unaufhörlich. AN LULU stand in Großbuchstaben darauf. Sie nahm ihn entgegen und bekam Angst.

»Kindchen«, begann der alte Garderobenwärter zögernd. »Sie sind weg.« Er berührte ihre Schulter, als würde das seine Worte verdeutlichen.

»Wie? Weg?«, stammelte sie und schüttelte den Kopf.

Der alte Garderobenwärter sah sie mit so viel Verzweiflung in den Augen an, dass sie wusste, er log nicht. Da öffnete sie den Brief und ließ den Umschlag achtlos auf den Boden fallen. Der Inhalt war eine Mappe mit Unterlagen und ein Brief in Levis Handschrift, persönlich an sie adressiert. Verwirrt suchte sie Krawuttkes Blick. Der nickte jedoch nur ernst, starrte in sein Glas und schüttete sich einen Korn nach.

Sie nahm all ihren Mut zusammen und las.

Berlin, 14./15. Oktober 1935
Liebste Lulu,
wir, Levi und David Sternberg, werden Deutschland heute Nacht verlassen, um den Verfolgungsmaßnahmen der nationalsozialistischen Regierung zu entgehen. Wir hoffen in Amerika auf Schutz und eine Zukunft, denn hier ist es für uns nicht mehr sicher.
Das Ballhaus und die dazugehörigen Wohnungen samt Spiegelsaal überschreiben wir Dir, Fräulein Anna »Lulu« Schneider. Die Übertragung aller Rechte und Befugnisse sowie das Grundbuch liegen bei. Auch hinterlassen wir genug Bargeld, auf dass Du das Ballhaus im Sinne der Familientradition weiterführen mögest. Harry Krawuttke soll lebenslanges Wohnrecht behalten, damit er Dir zur Seite stehen kann.
Hört bitte nie auf zu tanzen. Ihr alle.
Wünscht uns Glück. Auf ein Wiedersehen.
L & D

»NEIN!« Lulus Schrei klang wie ein Echo nach. Krawuttke zog bestürzt den Kopf ein. Sie ließ den Brief fallen und schrie so laut, dass es schien, als ob Fenster und Gläser bebten. »NEIN! NEIN! NEIN!« Wieder und wieder schrie sie ihr Entsetzen hinaus.

Krawuttke sagte gar nichts mehr und saß wie versteinert da. Warum erlöste er sie nicht? Das war doch bestimmt ein schlechter Scherz. Das *konnte* nicht wahr sein.

Schließlich hob sie das Blatt wieder auf und blickte erneut auf die Zeilen, aber sie standen da wie zuvor. Und als Lulu bewusst wurde, dass ihr keiner einen Streich spielte, zerriss etwas in ihrer Brust, von dem sie gehofft hatte, es wäre längst wieder geheilt. Wie sollte sie weiterleben, wenn sie innerlich in Stücke zerfetzt war? Wenn ihr Innerstes nur aus Scherben bestand und jeder Atemzug, jede Bewegung unerträglich schmerzte …

»Die sind weg«, fand Krawuttke plötzlich seine Sprache wieder.

Lulu blickte ihn mit all ihrer Verzweiflung an. Sie schüttelte unmerklich den Kopf. Wie konnte David ihr das antun, ohne Abschied zu verschwinden? Ohne ein einziges Wort, ohne sie vorzuwarnen? Gerade jetzt?

»Schützen wollen sie uns. Deshalb hamse keinem was jesagt«, machte er den Versuch einer Erklärung, als ahnte er, was in ihr vorging. »Aber ditte … Damit hätte ick ooch nie jerechnet.«

So traurig hatte Lulu ihn noch nie gesehen. Auch Harry hatte mit Levi einen engen Freund verloren, begriff Lulu.

»Was nun?«, brach es aus ihr heraus, und sie fing laut an zu weinen.

Er reichte ihr sein zerfleddertes Stofftaschentuch. »Hier.

Weine nur, allet raus. Tja, wir müssen den anderen Bescheid sagen.« Stumm beobachtete er sie, wie sie weinte und sich schnäuzte, dann fragte er vorsichtig: »Willste Davids Brief gar nich lesen? Er hat doch für dich einen extra jeschrieben …«

»Nee …«, sagte sie, dann noch leiser: »Jetzt nicht.« Der Alte nickte verständnisvoll. Er legte seine raue Hand auf ihre und drückte sie. Da sah sie ihm wieder direkt in die Augen. »Ich erwarte ein Kind«, gestand sie ihm flüsternd.

Er verstärkte den Druck seiner Hand. »Mensch, dit sind ja Neuigkeiten heute!«

Lulu war kurz vorm Zusammenbrechen, ihr fehlte die Kraft für alles, schien es ihr. Sie wollte nur noch schlafen, schlafen, schlafen. Und dann aufwachen und feststellen, dass alles nur ein böser Traum gewesen war.

»Aber was machen wir denn jetzt bloß, Harry?«, fragte sie mit ihrer ganzen Verzweiflung in der Stimme.

»Is doch klar: Wir bringen dem Kleenen dit Tanzen bei, wa?«, antwortete Krawuttke, als wäre es das Selbstverständlichste auf der Welt.

47

Mittwoch, 14. Oktober 1936

Berlin war eine schmerzhaft ehrliche Stadt. Wenn es hier schneite, dann schneite es und wenn es grau war, dann war es grau. So wie heute, an einem typischen Berliner Herbsttag. Im Grunde gefiel Lulu das, es ähnelte ihrer Persönlichkeit. Rosa war da anders. Grau mochte sie gar nicht. Sie wollte immer und zu jeder Zeit den Sommer sehen und verbreiten. Lulu saß mit ihrer besten Freundin in der Küche der Mansarde und stillte Nelly.

Nun waren David und Onkel Levi genau ein Jahr fort. An diesem Tag wollte Rosa sie nicht aus den Augen lassen, deshalb war sie um drei Uhr nachmittags mit einem Kuchen vorbeigekommen. Dabei musste sie sich gar keine Sorgen machen, denn Lulu würde Nelly keinesfalls enttäuschen. Sie würde immer für ihre Tochter da sein. Vielleicht konnte sie es auch besser machen als Claire bei ihr selbst. Im Juni hatte sie ihre Tochter ganz alleine mit Elses und Rosas Hilfe in ihrem Bett zur Welt gebracht. Die Schwangerschaft, die unkompliziert verlaufen war, hatte sie von ihrem Schock abgelenkt, dass David fort war. Auch die neuen Aufgaben im Zusammenhang mit dem Ballhaus hatten verhindert, dass sie sich zu sehr in ihre Trauer fallen ließ. Nach Monaten des Wartens hatten sie lediglich zwei Briefe von Onkel Levi aus New York bekommen. Mit einigen Strapazen und Komplikationen verbunden, war ihre Flucht tatsächlich geglückt, und Vater und Sohn waren mit einer Gruppe jüdischer Emigranten in Amerika von Bord gegangen. Der dortige Freund von Onkel Levi hatte ihnen eine vorübergehende Notunterkunft verschafft, half bei Behördengängen und gab erste Hilfestellungen vor Ort.

Doch was Lulu zutiefst verletzte und was sie bis dato nicht verstand, war, dass David ihr keinen einzigen Brief geschrieben hatte. Seit einem Jahr gab es kein persönliches Lebenszeichen, kein einziges Wort an sie, keinen Anruf. Warum? Gut, er wollte vielleicht nicht abgehört werden, vermutete Rosa. Aber wie sie es auch drehte und wendete, Lulu verstand es nicht. Waren seine Gefühle vor der Flucht am Ende gar nicht echt gewesen? Hatte er ihr etwas vorgemacht? Sie hatte immer geglaubt, es wäre alles in Ordnung zwischen ihnen. Lulu kam nicht dahinter, und alle anderen waren genauso schockiert gewesen über die heimliche Abreise, auch wenn man in der Stadt noch mehr hörte: Viele jüdische Familien, Journalisten oder Künstler hatten Hals über Kopf Deutschland verlassen.

Hinzu kam, dass keiner den genauen Aufenthaltsort der Sternbergs kannte. So konnte Lulu nicht einmal von Nelly erzählen. Und das wollte sie auch gar nicht mehr. Es war zu spät.

Rosa hatte neuen Kaffee aufgesetzt und kam mit der

vollen Kanne zurück zum Küchentisch. Nelly rülpste leise. »Die Kleene macht wieder ihr Bäuerchen, das ist ja so niedlich!«, rief Rosa entzückt aus, denn obwohl sie selbst partout keine Kinder wollte, war sie ganz verliebt in Nelly. Und Lulu auch. Nelly hatte zwar nicht Claires eisblaue Augen, war aber stattdessen David wie aus dem Gesicht geschnitten. Sie erinnerte Lulu täglich an ihn, was sie gleichzeitig schmerzte und glücklich machte. Lulu nahm Nelly über die Schulter und klopfte auf ihren Rücken, damit sie gut aufstoßen konnte. Wange an Wange hatte sie es am liebsten. Sie liebte den Geruch ihrer Tochter, er war süß wie eine Mischung aus Milch und Honig.

»Gib mir noch mal den Brief von ihm«, sagte Rosa und legte sich ein Stück Zupfkuchen auf den Teller. Lulu wusste nicht wie, aber sie hatte von irgendwoher die Zutaten dafür aufgetrieben.

»Hier.« Sie reichte ihrer Freundin Davids Abschiedsbrief, der inzwischen zerlesen, fleckig und von Tränen mehrfach getrocknet aussah. Bestimmt hatte Lulu ihn tausendmal immer wieder gelesen, um sich zu vergewissern, dass es wahr war.

Während Lulu Nelly wiegte, las Rosa laut vor:

Meine liebe Lulu,
vielleicht wirst Du mich schon hassen, wenn Du diesen Brief liest. Mir bleibt nur wenig Zeit. Wir haben bereits länger mit dem Gedanken an Flucht gespielt, Vater hat im Geheimen alles vorbereitet. Unsere Lage ist mehr als

bedrohlich. Es wäre äußerst gefährlich gewesen, Dich einzuweihen, ich bete inständig, Du verstehst das. Auch Kalle und Richard wussten nichts davon. Meine Mutter auch nicht, wir haben ihr nun geschrieben. Für sie ist gesorgt, und sie wird keinen Anspruch auf das Ballhaus erheben, das sei Dir versichert. Mit Deinen »arischen« Wurzeln sollten sie Dir keinerlei Schwierigkeiten machen, hoffen wir.

Die politische Lage im Deutschen Reich wird ebenfalls von unseren jüdischen Freunden im Ausland so eingeschätzt, dass wir das sinkende Schiff dringend verlassen sollten. Die Nationalsozialisten meinen es ernst, sie wollen uns Juden entrechten und vertreiben.

Es hatte sich eine einmalige Chance für uns in einer Gruppe Gleichgesinnter ergeben, aus Deutschland zu fliehen. Wir werden versuchen, über Schweden, wenn sie uns dort nicht abweisen, mit der Fähre nach New York zu gelangen. Dort wird uns ein alter Freund meines Vaters in Empfang nehmen.

Es bricht mir das Herz, Dich zurückzulassen. Schon das zweite Mal und diesmal auch noch in eine ungewisse Zukunft. Bitte glaub mir, dass ich Dich über alles liebe. Du musst mir vertrauen, wenn Du das kannst, dass ich diesen Weg gehe, um wiederkommen zu können. Um zu leben.

Eine bessere Erklärung habe ich nicht. Bitte glaube weiter an uns. Gib das Ballhaus nicht auf. Bitte. Es ist jetzt Deins. Nenn es »Lulus Ballhaus«. Mach mir und Vater diese Freude.

Du wirst von mir hören, sobald es mir möglich ist. Pass bitte auf Dich auf. Haltet zusammen.
Ich liebe Dich.
Dein David

»Aber Schätzchen, du willst den doch nicht wirklich verbrennen?«, fragte Rosa entsetzt, nachdem sie zu Ende gelesen hatte. »Das ist doch das Einzige, was er dir hinterlassen hat!« Sie faltete den Brief wieder zusammen und steckte ihn zurück in den Umschlag.

»Doch, will ich. Nichts soll mich mehr an ihn erinnern. Tut zu sehr weh«, erwiderte Lulu trotzig.

»Du machst wohl Scherze, guck dir mal an, was du da auf dem Arm hast! Nelly wird dich ein Leben lang an ihn erinnern. Also, ich weiß nicht …« Rosa schüttelte den Kopf und biss dann herzhaft in den Kuchen.

Lulu zuckte mit den Schultern. Nelly an ihrem Ohr brabbelte leise vor sich hin. Gleich würde sie sicher einschlafen. Sie nahm sich auch ein Stück.

»Sag mal«, begann Rosa, »ist dir eigentlich bewusst, dass die Kleene ja nun auch Halbjüdin ist?«

»In der Geburtsurkunde steht ›Vater unbekannt‹«, sagte Lulu kauend. »Muss ja sonst keiner wissen. Ich bin ja eh schon eine Aussätzige mit dem unehelichen Kind.«

»Ich mach mir Sorgen um euch, Schätzchen. Die Bude hier ist alles andere als ideal für einen Säugling. Zu eng, zu viele Treppen – stell dir mal vor, die Kleene fängt an zu laufen. Außerdem fällt hier alles auseinander, und um die Fenster und in den Ecken wächst Schimmel.«

»Was soll ich denn machen, ich kann ja in diesen Zeiten nichts anderes herbeizaubern. Wenn wir das Ballhaus ganz schließen müssen, wird es bald noch enger mit der Kohle. Es brennt ja jetzt schon an allen Ecken und Enden. Oder soll ich mit Nelly deiner Meinung nach ins Ballhaus ziehen?« Lulu war sauer, Rosa hatte gut reden. Sie wohnte seit einem Dreivierteljahr ziemlich komfortabel mit Kalle in der alten Wohnung der Sternbergs – das war Davids Wunsch in einem Abschiedsbrief an seinen besten Freund gewesen. Sie waren kinderlos, und den beiden ging es den derzeitigen Berliner Umständen entsprechend ziemlich gut.

Rosa sah sie beschwichtigend an und schüttete sich aus der Emaillekanne Kaffee nach. »Jetzt sei nicht gleich eingeschnappt. Es ist so: Ich habe nachgedacht. Ja, ja, ich weiß, ich war da immer sehr kritisch die letzten Jahre, weil es David gab und Kalle da natürlich auch nie sonderlich begeistert war. Und ich dachte, die Liebe und Romantik sollten doch eigentlich im Vordergrund stehen …«

»Von was redest du, Rosa?«, unterbrach Lulu sie ungeduldig. Sie hatte keine Ahnung, worauf ihre Freundin hinauswollte.

Rosa presste die Lippen zusammen. Rückte ein Stück näher und streichelte Nelly zärtlich über das weiche Köpfchen. »Fritz hat dir doch vor Nellys Geburt einen Heiratsantrag gemacht, richtig?«, fuhr sie fort.

Lulu sah sie entgeistert an. »Ja, das hab ich dir erzählt. Und?«

Rosa nickte wissend. »Genau. Und in diesem Zusammenhang hatte er dir angeboten, Nelly als seine Tochter anzunehmen. Und dass ihr zu ihm in die Heckmannhöfe zieht. Seine Wohnung hat fünf Zimmer, nicht wahr?« Sie machte eine vielsagende Pause.

»Ja, und?«, fragte Lulu patzig. »Ich hab Nein gesagt, das weißt du genau!«

Rosa nickte, ließ sich aber augenscheinlich nicht von ihrer Rede abbringen. »Ja, weiß ich, halte es aber mittlerweile für einen Fehler. Lulu, ich habe nachgedacht. Ich glaube, es wäre das Beste für euch zwei und auch für Nellys Zukunft, wenn du sein Angebot annimmst. Flipp nicht gleich aus. Hör dir an, was ich mir überlegt hab. Erstens hättet ihr mehr als genug Platz und eine schöne, saubere Wohnung in der Nähe vom Ballhaus. Zweitens hätte deine Tochter dann eine nachweislich arische Abstammung, und ihr wärt außer Gefahr. Drittens würdet ihr von Fritz versorgt sein und unter seinem Schutz stehen. Er ist bei der Post aufgestiegen, seit er ein Parteibuch hat, und steht dir sowieso schon von Kindesbeinen an in schwierigen Zeiten zur Seite. Klar nervt er und schlägt ständig über die Stränge. Aber dennoch war er wie ein Fels in der Brandung immer für dich da. Auf ihn ist Verlass. Du musst dir ein Leben ohne David aufbauen, du hast ein Kind! Warum nicht nun doch auf seine Hilfe setzen, um dir das Leben leichter zu machen?« Rosa atmete tief aus, lehnte sich zurück und suchte gespannt Lulus Blick.

Diese war erst einmal sprachlos. Das war das Letzte, was sie von ihrer Freundin erwartet hätte. Gerade von Rosa! Sie schwieg zunächst, stand auf und legte die schlafende Nelly vorsichtig in die Holzwiege am Fenster. Dann kehrte sie zurück zum Tisch und setzte sich.

»Dass ausgerechnet *du* das zu mir sagst, Rosa! Ich kann es nicht fassen. Das kommt ja einem Verrat gleich!«, fand Lulu schließlich ihre Sprache wieder. »Und du hast Fritz bisher doch immer aufm Kieker gehabt! Du konntest ihn nicht leiden.«

»Kann ich immer noch nicht.« Rosa schaute sie offen und ehrlich an. »Aber: Außergewöhnliche Zeiten erfordern außergewöhnliche Maßnahmen. Ich habe da lange drüber nachgedacht und verschiedene Optionen gründlich abgewägt, weil ich mir ernsthafte Sorgen mache um euch. Es lastet zu viel Verantwortung auf dir. Ich habe vier jüngere Geschwister, ich weiß, was das bedeutet, und bleibe dabei. Denk darüber nach. Meine Meinung ist, du solltest das Angebot von Fritz annehmen, dich zu unterstützen.«

Rosa stopfte sich den Rest Kuchen in den Mund, trank ihre Tasse aus und erhob sich. Lulu saß wie versteinert da und wusste nicht, was sie antworten sollte.

»Schätzchen, pass auf. Es geht auch um die Zukunft des Ballhauses. Das liegt jetzt in deiner Verantwortung. Denk in Ruhe darüber nach. Ich lass dich jetzt mal kurz alleine, dreh eine Runde und seh mal nach Großvater. Aber ich komm später wieder. Damit du keinen Blödsinn machst!«, verkündete Rosa und zwinkerte ihr zu. »Einverstanden?« Sie strich sich ihre roten Locken aus der Stirn.

»Ja, meinetwegen. Einverstanden. Bis gleich«, gab Lulu müde nach. Gegen Rosas unverbesserliche Art hatte sie noch nie etwas ausrichten können.

Die Freundin verschwand in den Flur und schnappte sich ihre Jacke von der Garderobe. »Wenn ich zurück bin, wagen wir drei Hübschen noch ein Tänzchen! Das mögen Babys!«, waren ihre letzten Worte, bevor die Tür ins Schloss fiel.

Die plötzliche Stille im Raum war seltsam. Lulu blieb einfach sitzen. Aus der Wiege kam ein niedlicher Seufzer. Nelly schlief tief und fest. Ob sie wohl schon träumte?

Lulu sammelte Davids Brief, aber auch sein altes Stofftaschentuch mit den bestickten Initialen *D.S.* und die Tarotkarte mit der Sonne ein und warf die Sachen in die Spüle. Dann holte sie Streichhölzer, um alles anzuzünden. Am besten verbrennen, damit nichts übrig blieb. Wenn er schon fortgegangen war, hätte er die Erinnerung auch gleich mitnehmen können …

Als sie nach mehreren Versuchen das Streichholz jedoch endlich zum Brennen brachte, hielt sie eine unsichtbare Macht zurück. Lulu probierte noch eins und noch eins. Doch jedes Mal, wenn sie zünden wollte, brachte sie es nicht über sich. Als wäre da eine unsichtbare Kraft, ein Schutzwall, der sich nicht durchbrechen ließ. Also warf sie die Streichhölzer in die Ecke und legte die Erinnerungsstücke zurück in das Schatzkästchen, das sie in der Anrichte versteckte.

Traurig ging sie zu Nelly. Die Kleine lag friedlich in der Wiege und nuckelte an ihrem Däumchen. So stand sie bestimmt eine halbe Stunde und beobachtete ihre Tochter.

Sie war jetzt Mutter. Eine echte Mutter. *Claire.* Ihre eigene Mutter kam ihr wieder in den Sinn. Und ihr Vater. *Ernst.*

Lulu dachte gründlich nach. Sie wollte nie so enden wie ihre Eltern, das hatte sie sich eigentlich geschworen. Und dennoch … Vieles war so anders gekommen. Manchmal galt es wohl, pragmatische Entscheidungen zu treffen. Sie musste jetzt auch an Nelly denken. Sie müsste Fritz ja vielleicht nicht gleich heiraten. Am besten bot sie ihm an, ihm im Haushalt zu helfen. Sie könnte ein wenig für ihn sorgen und er im Gegenzug für Nelly und sie? Es würde sich sicher ein für beide Seiten annehmbarer Kompromiss finden. Sie musste ihren Stolz überwinden und ihre Tochter schützen. Er war doch ein anständiger Kerl, oder nicht? David hatte sie verlassen. Fritz nie. Der Winter lag vor ihnen, und er würde hart werden.

Lulu deckte Nelly zu und streichelte ihr über die Pausbäckchen. Dann ging sie zum Telefon und wählte Fritz' Nummer.

48

Mittwoch, 9. November 1938

Lulus Ballhaus stand in hellroten, geschwungenen Lettern auf dem neuen Schild mit taubenblauem Untergrund und einem fröhlich tanzenden Paar darauf, das Krawuttke über den Eingang genagelt hatte. Ein anderes war am Vorderhaus angebracht, direkt an der Auguststraße, und auf ihren Wunsch hin sogar beleuchtet: Ein illuminierter Pfeil zeigte Besuchern schon von der Ferne den Weg durch das Tor. Lulu betrachtete das neue Schild zufrieden und lächelte bei sich. So war es perfekt.

Wenn Lulu schon die Hausherrin sein sollte, wollte sie mit ihrem Ballhaus auch für jeden gleich gefunden werden, jetzt, wo es schwierig genug war, genug Umsatz reinzuholen. Nach wie vor ging es den Menschen nicht gut, sie sparten an allen Ecken und Enden.

Der Wechsel der Inhaber war problemlos angenommen worden. Die Eingeweihten, Nachbarn, Stammkunden und Freunde wussten ohnehin über die Flucht der Sternbergs und die Hintergründe Bescheid. Und die NS-Genossen legten es sowieso darauf an, jeden Juden, dessen sie habhaft wurden, loszuwerden oder in die Enge zu treiben. Da Lulu eine Deutsche war, ließ man sie als neue Ballhauschefin jetzt halbwegs in Ruhe, vor allem, seit Fritz die Hand über sie hielt. Sie mussten bloß aufpassen, dass sie nicht beim Spielen von Swing oder Jazz erwischt wurden. Der treue Gregor und seine Kapelle, die Lulu weiterhin zur Seite standen, waren darauf ausgerichtet, sobald einer von der Partei im Anmarsch war, auf einen Walzer oder Foxtrott umzuschwenken.

Im September hatten sie sogar mit einem Fest das fünfundzwanzigjährige Bestehen des Ballhauses gefeiert, erinnerte sich Lulu, während sie ihren Mantelkragen hochschlug, denn es war mächtig kalt geworden. Sogar in den wichtigsten Berliner Zeitungen waren sie mit kleinen Artikeln bedacht worden. Betont wurde jedoch mehr der Bierkonsum, die Ströme edlen Gerstensafts, die auch bei der Jubiläumsfeier flossen, und nicht etwa der Ballsaal mit seiner ausgelassenen Tanzfreudigkeit. Doch immerhin: Lulu und das Ballhaus waren inzwischen bekannte Größen in der Gastronomie und im Abend- und Nachtleben der Stadt. Nicht mehr wegzudenken.

Nelly, die warm eingepackt im Vorgarten mit Steinen und Stöcken gespielt hatte, kam zu ihr gelaufen. »Guck mal, Mama!«, rief sie. Für ihre knapp zweieinhalb Jahre sprach sie schon ziemlich gut, fand Lulu. Wahrscheinlich weil sie hier meist nur mit Erwachsenen zu tun hatte, da lernte sie schnell.

»Was hast du da, mein Schatz?«, fragte sie und nahm Nelly auf den Arm.

Die Kleine hielt ihr ein Blatt entgegen: »Hab gekocht. Für dich!«, verkündete sie freudig. Ihre Wangen waren gerötet, es wurde ungemütlich mit der Zeit draußen, aber ihre haselnussbraunen Augen strahlten. Sie war David wie aus dem Gesicht geschnitten. Lulu tat so, als äße sie das Blatt und machte dann »Hmmm, lecker!«. Nelly freute sich und giggelte.

Auf einmal hörte Lulu ein Schreien auf der Straße. Dann schrien mehrere Menschen, und es folgte ein furchtbarer Lärm, den Lulu nicht einordnen konnte. Kurz darauf kam Berta mit Käthe von draußen zu ihnen in den Hof gerannt. »Die Synagoge brennt!«, schrie Berta außer sich. »Sie haben die Synagoge angezündet! Ist das zu glauben?«

Und auch Käthe war völlig aufgelöst. »Mein Gott, alles steht in Flammen! Auch an der Oranienburger!«

»Was? O nein!«, entfuhr es Lulu. Da schoss auch Rosa wie ein Pfeil aus dem Tanzsaal, und ihr Großvater Harry Krawuttke folgte etwas schwerfälliger. Die beiden waren mit Aufräumarbeiten beschäftigt gewesen. Rosa arbeitete längst nicht mehr als Krankenschwester, sondern hatte sich entschieden, komplett für das Ballhaus da zu sein und Lulu zur Seite zu stehen. Ihr Mann Kalle, der einen soliden Vertrag bei den städtischen Elektrizitätswerken hatte, war einverstanden gewesen, weil er wusste, wie sehr sie am Ballhaus hing.

Sie versammelten sich alle im Kreis, und die Schwestern berichteten, dass SA- und SS-Männer jüdische Einrichtungen, Geschäfte, Betstuben, Wohnungen, Friedhöfe, Kapellen und Häuser zerstörten. Überall in der Stadt erzählte man sich das Gleiche. Zudem würden die Juden abtransportiert, und keiner wusste, warum und wohin. Man munkelte etwas von Lagern. Einige hätten sich sogar in der Nacht aus Verzweiflung und Angst das Leben genommen.

»Das ist ja furchtbar!«, rief Lulu entsetzt.

»Diese verdammten Schweine!«, zischte Rosa.

»Und die Polizei tut *nichts*!«, schrie Berta außer sich. »Die schützen nur die eigene Bagage!«

Nelly, verunsichert von der Aufregung unter den Erwachsenen, kuschelte ihr Köpfchen in Lulus Halsbeuge, als wollte sie sich verstecken.

»Was ist mit Richards Laden?«, fragte Lulu plötzlich, als ihr bewusst wurde, dass er in unmittelbarer Gefahr war. Richard hatte vor ein paar Jahren den kleinen Tabak- und Feinkostladen bei ihnen im Vorderhaus der Auguststraße übernommen. Und Richard war Halbjude.

»O nein!«, schrie Rosa, und auch Krawuttke rief mit für ihn ungewöhnlich eindringlicher Stimme: »Wir müssen ihn sofort warnen!«

»Los!«, rief Lulu und drückte Käthe die verängstigte Nelly in den Arm. Rosa, Berta und Krawuttke rannten wie auf Kommando mit ihr nach vorne zur Auguststraße, in der Hoffnung, Richards Laden wäre noch unbehelligt geblieben. Auf der Straße liefen Bewohner aufgeregt hin und her, alles schien in Aufruhr, viele Menschen hatten sich draußen versammelt, tauschten sich aus, flüchteten oder wirkten verschreckt. Es brannte, Unmengen von zertrümmertem Glas lagen auf den Gehwegen und Straßen, vor zerstörten Schaufenstern. Und selbst von hier aus sah man Rauchschwaden aufsteigen – die Synagoge brannte wirklich lichterloh. Was für eine Zerstörungswut! Lulu war fassungslos. In was für einer Welt sollte Nelly da aufwachsen?

»Komm, weiter!«, stupste sie Rosa unsanft an und zerrte sie am Ärmel. Schnell suchten sie Richard. Er war nicht zu übersehen, stand auf den Stufen seines Ladens im Erdgeschoss und schaute panisch die Straße hinunter. Er zitterte am ganzen Körper. Der Anblick war für Lulu nur schwer zu ertragen.

»Rühr dich nicht vom Fleck, Richard! Ich regel das!«, beschloss sie deshalb geistesgegenwärtig. Alle sahen sie fragend an. Richard war außerstande zu sprechen, daher nickte er nur.

»Wie denn?«, wollte Berta wissen.

»Du bist wohl nicht janz bei Verstand, wa?«, meinte Krawuttke. »Lulu, halt dich zurück, lass das! Denk an deine Tochter!« Auch Rosa wollte sie zurückhalten.

»Nix da, ich glaub, die spinnen! Das ist mein Revier!« Lulu riss sich los. Die Nazis richteten genug Unheil an und hatten ihr schon so viel genommen. Sie wollte sich nicht in ihrem Zuhause auf diese abartige Weise einschüchtern lassen. »Geht zu ihm, steht ihm bei, ich klär das.«

Rosa, Berta und Krawuttke merkten, wie ernst es ihr war, und stellten sich ohne Widerrede schützend vor Richard. Und als die braunen Truppen anrückten, um auch sein Schaufenster zu zertrümmern, baute sich Lulu erhobenen Hauptes vor der Meute auf. Als Tänzerin hatte sie zum Glück stets eine äußerst gerade und starke Haltung, das kam ihr jetzt zugute. Sie erkannte Obersturmführer Stege, der vorneweg marschierte. Lulu breitete die Arme aus und schrie: »Dieses nicht! Das gehört alles mir, verstanden? Und der Jude schuldet mir noch Geld. Also: Finger weg!«

Sie spürte förmlich, wie alle ihre Freunde hinter ihr den Atem anhielten. Stege schaute sie verdutzt an. Seine Leute hatten hinter ihm gestoppt und warteten auf seinen Befehl.

»Gehört das Gebäude zum Ballhaus?«, fragte er scharf.

»Ja. Der Jude ist mein Mieter«, gab Lulu möglichst ruhig zur Antwort. Er durfte auf keinen Fall merken, wie sehr sie sich fürchtete.

»Kennen wir uns nicht?«, wollte Stege wissen und durchdrang sie mit seinem Blick aus den verschiedenfarbigen Augen.

»Korrekt. Lulu Schneider, Sie erinnern sich sicher an mich als Tänzerin, und jetzt ist das Ballhaus in meinem Besitz. Sie waren darin auch schon mein Gast.«

Sein Gesicht erhellte sich etwas. »Ach ja ... Und haben Sie nicht auch eine Verbindung zum Krause, Fritz?«

»Das stimmt. So kann man es nennen, ich helfe ihm gegenwärtig im Haushalt. Wir kennen uns seit der Kindheit.« Lulu hoffte, dem SA-Führer unerschrocken gegenüberzustehen. Sie blies sich eine blonde Strähne aus der Stirn und hielt den Atem an. Ihr ganzer Körper war angespannt.

»Soso«, sagte Stege nur. Dann drehte er sich um, gab seinen Männern einen Befehl, den sie nicht verstand, und wandte sich dann wieder ihr zu. »Klären Sie das mit dem Juden. Holen Sie sich Ihre Miete. Er bleibt verschont.« Es folgte eine kurze Pause, in der er sich zu ihr vorbeugte und ihr ins Ohr hauchte, sodass Lulu seinen widerlichen Atem spürte: »Noch.« Sie trat unwillkürlich ein Stück zurück, und Stege grinste sie feist an. Aber sonst kam nichts mehr, und er dampfte schließlich mit seiner braunen Horde ab, vermutlich ohne Umwege zum nächsten Opfer.

Als sie fort waren, atmeten hinter ihr alle hörbar auf. Lulu drehte sich um, ging zum Laden, machte ein Zeichen mit dem Kopf, dass sie alle besser nach drinnen verschwinden sollten. Innen verriegelte Richard sofort die Tür, hängte dort das *Geschlossen*-Schild nach außen sichtbar auf und fiel ihr um den Hals. »Danke«, stammelte er erleichtert. Die anderen kamen auch dazu und umarmten sie beide ebenfalls.

»Das ist ja gerade noch mal gut gegangen«, stellte Rosa trocken fest. »Aber eine Wiederholung würd ich lieber nicht riskieren. Wir müssen ihn verstecken.«

»Du hast recht. Ich lass mir was einfallen.« Lulu hatte schon eine Idee. Im Spiegelsaal hinter dem Musiker-Balkon gelangte man in einen Büroraum. Dort gab es einen kleinen Verschlag, der ihnen als Abstellkammer diente. Darin könnte Richard sich gut verstecken.

»Dit ist heute nur der Auftakt, davon könnt ihr ausjehen«, kam es nun wütend von Krawuttke. Er legte den Arm um Richard. »Wo is nur die Menschlichkeit jeblieben, hm? Ick versteh die Welt nicht mehr.«

Keiner sagte darauf etwas. Bedrückt blickten sie zu Boden. Er hatte recht, und die Lage wurde immer noch brenzliger. Berta fasste sich zuerst, klatschte in die Hände und bot an, pragmatisch wie sie war: »So, Freunde, auf den Schreck mach ich uns jetzt in der Ballhausküche erst mal eine Kanne Tee mit Schuss. Danach suchen wir ein Versteck für Richard. Und später gehen wir im Viertel beim Aufräumen helfen.«

Die Freunde stimmten zu, Richard bedankte sich erneut bei ihnen allen und packte provisorisch ein paar Dinge zusammen. Als er so weit war, machten sie sich gemeinsam durch den Hinterausgang auf ins Haupthaus.

In diesem Moment war Lulu über alle Maßen froh, nicht alleine mit allem zu sein. Denn sie ahnte bereits, da würde auf sie womöglich noch viel Schlimmeres zukommen.

Berlin, ach was, ganz Deutschland war zu einem Ort des Grauens geworden.

49

Freitag, 1. September 1939

Sie vermisste David so unendlich. Lulu seufzte und fasste sich an die linke Brust. *Noch schlägt es. Wie oft kann ein Herz brechen?* Dann legte sie Davids Abschiedsbrief zurück und schloss den Deckel ihres Schatzkästchens wie in Zeitlupe. Holte den kleinen goldenen Schlüssel, den sie kaum halten konnte, so sehr zitterten ihre Hände. Sie steckte den Schlüssel ins Schloss, es klemmte. Sie versuchte es erneut, und noch einmal, noch einmal. Die Worte wollten sich nicht einschließen lassen. Wie die Liebe.

Jetzt klappte es. Langsam drehte sie den Schlüssel herum, dann ein zweites Mal. Prüfte, ob es gut verschlossen war. Zur Sicherheit.

In der gleichen Sekunde erklang die fanatische Stimme Hitlers im »Großdeutschen Rundfunk« und verkündete, es würde jetzt zurückgeschossen. Lulu stand auf. Das Herz klopfte ihr bis zum Hals. Jetzt war es so weit. Ein neuer Krieg. Sie ging wieder zum Tisch, stellte das Schatzkästchen auf die Kommode in ihrem Zimmer zurück, wo auch die kleine Porzellanballerina ihren Platz gefunden hatte. In Fritz' Wohnung besaß sie einen eigenen Raum für sich, in dem sie schlief und wo sie ihre Lieblingsmöbel aus der Mansarde aufgestellt hatte. Im benachbarten Kinderzimmer mit Durchgangstür schrie Nelly plötzlich wie am Spieß. Lulu ging zu ihrer dreijährigen Tochter, nahm sie aus dem Bettchen heraus und drückte sie so fest an sich, wie sie nur konnte.

Jetzt wuchs ihre Kleine also doch bei Fritz auf. In den Heckmannhöfen war es schön, es gefiel Lulu hier, und es gab viel Platz für sie drei. Da Fritz' Eltern nicht mehr lebten, hatten sie über hundert Quadratmeter zur Verfügung.

Unermüdlich zeigte er jedoch bei jeder Gelegenheit seine Genugtuung, dass Lulu nun doch irgendwie seine »Frau« geworden war. Wenn sie ihn auch nicht ehelichen wollte – dass sie mit Nelly bei ihm wohnte und ihm den Haushalt führte, reichte schon. Er zelebrierte seinen Triumph regelrecht und machte Lulu sehr genau klar, was er im Gegenzug von ihr erwartete. Er war sich sicher, irgendwann hätte er sie so weit, dann würde sie schon Ja sagen. An David ließ er nach wie vor kein gutes Haar und nutzte jede Gelegenheit, ihn und seine Familie zu diskreditieren. »Wie konnte er dich nur verlassen? Kannste mal sehen, wie dein Sternberg in Wirklichkeit war!« – solche Sätze sagte Fritz am liebsten zu ihr. Er wusste genau, wie sehr sie dies schmerzte. Auch generell machte er aus seinem Judenhass keinen Hehl. Jetzt musste er sich nicht mal mehr am Riemen reißen, denn es war ja sogar vom Führer so gewollt. Die Juden waren Zielscheibe jeglichen Hasses, verfolgt, ausgegrenzt, gebrandmarkt. Für Lulu war diese ganze politische Entwicklung unerträglich, und Rosa und sie hatten es sich im Verborgenen zur Aufgabe gemacht, nicht nur Richard und seine Eltern, sondern auch ein paar jüdische Nachbarn und Musiker im Ballhaus zu verstecken oder an andere Freunde, die ebenso helfen wollten und vertrauenswürdig waren, zu vermitteln.

Trotzdem kam sie sich vor wie eine Verräterin an David. Dass Lulu diesen Kompromiss mit Fritz eingegangen war, beruhigte vielleicht ihre Freundin Rosa im Hinblick auf ihre existenzielle Lage, sie selbst aber konnte sich kaum im Spiegel ansehen. Und auch wenn Fritz ihr nichts tat – ganz im Gegenteil, sie stand unter seinem »Schutz« –, kam es ihr vor, als hätte sie sich verkauft. Immer wieder musste sie an das Schicksal ihrer Mutter denken. Dabei hatte sie doch nie so enden wollen wie sie …

Und jetzt noch ein Krieg. Das bedeutete auch für sie persönlich, sie mussten das Ballhaus endgültig schließen. Tanzverbot. Und sie brauchten einen Bunker. Die Hauptstadt würde zuallererst unter Beschuss stehen.

Nelly machte sich bemerkbar und spielte mit Lulus Haaren. »Maaama, hab Hunger!« Liebevoll betrachtete sie ihre Tochter, die von den Geschehnissen da draußen in der Welt nichts ahnte. Sie kannte nicht einmal das Wort »Krieg«, geschweige denn, was es bedeutete.

»Hunger«, wiederholte sie mit ihrem hellen Stimmchen.

Das war es, was für die Kleine zählte. Und das brachte Lulu wieder in die Realität zurück.

50

Samstag, 22. August 1942

Lulu verschluckte sich beinahe an ihrem Kaffee, als Fritz beim Frühstück die *Morgenpost* auf den Tisch legte und sie betont gelassen fragte: »Wollen wir zwei Hübschen heute Abend in den neuen Film mit Zarah Leander gehen, ›Die große Liebe‹?«

Ihr Hustenanfall verhinderte eine rasche Antwort.

Entsetzt blickte sie ihn an. »Sag mal, Fritz, bist du von allen guten Geistern verlassen? Meinste, mir ist nach Kino zumute, mitten in diesem elenden Krieg?«

»Warum regst du dich so auf?«, fragte er verständnislos. »Ins Kino und Theater gehen schließlich auch andere, um sich abzulenken. Das sind immerhin die letzten Spielstätten, die in Betrieb sind! Warum also nicht? Es gibt kein Kinoverbot. Ein bisschen Zerstreuung und gute Unterhaltung kann ja wohl nicht schaden – im Gegenteil! Und falls es wegen der Kleinen ist, Rosa passt bestimmt gerne auf. Das Leben muss schließlich weitergehen. Außerdem haben wir ewig nichts mehr unternommen, und immer nur vom Luftschutzkeller in die Wohnung, von den Heckmannhöfen zum Ballhaus, das macht mich noch wahnsinnig.«

Lulu war empört. »Nur, weil du mit deinem Humpelfuß nicht an die Front musst und lieber verdrängst, was auf der Welt los ist – falls du es vergessen hast, wir können froh sein, wenn uns keine Bombe über Nacht Bude und Schädel zertrümmert –, kannst du nicht von mir verlangen, dass ich mir seichte Liebesfilme angucke und die bedrohliche Lage einfach vergesse! Auch dir ist hoffentlich aufgefallen, dass wir nicht auf dem Weg zum vermeintlich rauschhaften Sieg sind, wie ihr das so schön propagiert habt, sondern dass dieser Krieg ein Desaster geworden ist! Und Rosa zittert täglich um Kalle in Stalingrad. Das Allerletzte, was ich jetzt brauche, ist Kino!«, stellte Lulu mehr als entrüstet fest.

»Schade«, antwortete Fritz. »Geh ich eben alleine ... Wärste lieber mit dem Sternberg gegangen, wa?« Diesen Seitenhieb konnte er sich scheinbar nicht verkneifen.

Lulu schaute ihn böse an. »Was soll das? Kannst du mich damit nicht endlich in Ruhe lassen?«

Sie spürte seine tiefe Genugtuung darüber, dass er in ihrer Wunde herumstochern konnte. Bis heute verstand er nicht, warum Lulu David ihm vorgezogen hatte. Das saß bei Fritz tief. Dass der Sternberg-Sohn sie damals verlassen hatte, über Nacht und ohne Abschied, das freute ihn im Grunde.

»Wieso, das Thema interessiert mich. Immer noch nichts von deinem David gehört? Dass der aber auch nicht ein einziges Mal geschrieben hat ... All die ganzen Jahre. Nur der alte Sternberg ab und zu? War der nicht krank gewesen? Das Herz? Ich kann ja mal meine Kollegen bei der Post fragen, was mit den Briefen aus Amerika los ist. Oder gibt es da kein Telefon?«, fragte Fritz in süffisantem Ton und nahm sich noch ein Stück Graubrot. »Ach, mir kann es ja schnuppe sein. Aber für dich isses schon bitter.«

»Du bist echt fies, Fritz! Kannst du nicht *einmal* die Klappe halten? Mir zuliebe wenigstens? Manchmal frag ich mich, warum ich überhaupt hier bin!« Lulu schlug mit der Hand auf den Tisch und sprang auf. »Mir ist der Appetit vergangen. Ich geh jetzt mit Nelly raus.«

Ungerührt kaute Fritz weiter. »Nur zu. Das Kind hat sowieso den blassen Teint vom Vater geerbt. Nicht, dass es noch krank wird. Blutarmut womöglich.«

»Dämlicher Idiot!«, schimpfte Lulu mit roten Flecken im Gesicht. Dann verließ sie die Küche und rief nach Nelly, während sie hörte, wie Fritz ihr durch die offene Küchentür hinterherschleuderte: »Ich geh dann alleine zur Leander, Pech für dich! Ach, und übrigens: Heiraten wirste mich auch noch! Wart's nur ab. Parteimitglied und höherer Beamter bei der Post – so'n guten Fang machste nie wieder!«

»Du kannst mich mal, Friedrich Krause!«, brüllte sie zurück. Kurz darauf verließ sie mit Nelly die Wohnung und knallte die Tür hinter sich zu.

Wütend hastete Lulu mit ihrer Tochter an der Hand zur Auguststraße. Die Kleine war sauer, weil sie gerade so schön in ihrem Zimmer mit der Puppe, die Else ihr eigenhändig genäht hatte, und Onkel Wilhelm – ohne zu ahnen, dass das der alte Kuschelbär ihres Vaters war – im Spiel versunken gewesen war. Aber Lulu musste schnellstens raus aus dieser einengenden Bude, und sie hatte Sehnsucht nach ihrem Ballhaus. Da war es wenigstens immer herzenswarm. Zu ihrem eigenen Leidwesen wurde Lulus Gefühl täglich stärker, dass es die falsche Entscheidung gewesen war, sich auf Fritz einzulassen, auch mit dem vermeintlich klug gesteckten Rahmen. Von diesem Mann konnte man sich nur schwer abgrenzen, reichte man ihm den kleinen Finger, verlangte er die ganze Hand und mehr … Mit Entsetzen wurde ihr bewusst, dass sie sich selbst sehr an ihre Mutter erinnerte. Wie diese steckte sie jetzt auch in einem Leben, das sie immer hatte vermeiden wollen: eine ungewollte Abhängigkeit von einem Mann, den sie nicht liebte, der sie als eine Art Besitz betrachtete und auch so behandelte. Fritz nutzte ihre anfängliche Dankbarkeit, dass er sie mit Nelly aufgenommen hatte, für seine Zwecke und Bedürfnisse aus. In einer perfiden Art und Weise versuchte er mittlerweile, auf Lulu Einfluss zu nehmen. Was ihr auch gegen den Strich ging, war, dass er auf der mittlerweile sechsjährigen Nelly, die David so ähnlich sah, ständig herumhackte. Nie war ihm etwas gut genug, alles machte das Kind in seinen Augen falsch. Er stellte Erwartungen an sie wie an eine Erwachsene. Das erschwerte das Zusammenleben erheblich. Nelly war in Fritz' Gegenwart meistens schüchtern oder verzog sich ganz. Das erinnerte Lulu an sie selbst als Mädchen auf der Flucht vor ihrem eigenen Vater, was alles andere als beruhigend war.

In Lulu wuchs deshalb langsam, aber sicher die Gewissheit heran, dass sie etwas ändern musste, um nicht zu enden wie ihre Mutter. Aber manche Entscheidungen traten eben vor dem Krieg auch erst einmal in den Hintergrund.

Am Ballhaus angekommen, war Lulu erleichtert, dass auf dem Weg dorthin kein Bombenalarm losgegangen war. Das war eine ihrer größten Ängste: Mit Nelly nicht schnell genug in einen Schutzkeller flüchten zu können.

»Tante Rosa!«, rief Nelly freudig und rannte ihr entgegen, als sie Rosa auf der Bank im Vorgarten erblickte. Doch diese schaute nicht einmal auf. Das sah ihr gar nicht ähnlich, wunderte sich Lulu. Rosa saß mit hängendem Kopf zwischen ihrer Mutter Else und ihrem Großvater Krawuttke, die jeweils einen Arm um sie gelegt hatten. Berta und Käthe saßen ihnen mit ernsten Mienen auf Stühlen gegenüber. Seltsam, sogar Richard war aus seinem Versteck gekommen und stand neben der Bank, beide Hände vors Gesicht haltend. Gregor war auch da, lehnte an der Hauswand hinter ihm und kaute auf einem Streichholz herum. Vielleicht hatte er gerade drinnen Klavier gespielt. Er war mit einigen seiner Musiker vor Kurzem auch ins Ballhaus gezogen und übte nach wie vor jeden Tag. Wenn das Ballhaus schon hatte schließen müssen, dann war es jetzt wenigstens ein geheimer Zufluchtsort für Verfolgte, Bedürftige und Notleidende geworden. Ein Dach über dem Kopf für jene, die es dringend brauchten, mit der Hilfe jener, die helfen konnten. In dieser Hinsicht hielten sie zusammen, konnten sich absolut vertrauen. Hier würde keiner den anderen verraten. Um keinen Preis der Welt.

Lulu betrachtete die Gruppe von Weitem und hatte auf der Stelle ein ungutes Gefühl.

Als Nelly Rosa um den Hals fallen wollte, hielt Krawuttke sie mit den Händen zurück. »Lass mal, Kleene,

Tantchen ist traurig.« Erschrocken wich Nelly einen Schritt zurück. Vor Onkel Harry, wie sie ihn nennen durfte, hatte sie sowieso den meisten Respekt.

»Komm zu mir auf den Schoß, Mäuschen«, bot Berta liebevoll an und winkte sie zu sich. Nelly ließ sich das nicht zweimal sagen und sprang zu Berta auf die Beine. Die Zwillingsschwestern mochte ihre Tochter ebenso sehr wie sie selbst.

»Was ist denn eigentlich los?«, fragte Lulu alarmiert, als sie vor den Freunden stand. Sofort registrierte sie, dass Rosas Mutter geweint hatte und Harry seltsam bleich erschien. Else schniefte erneut, schwieg und schnäuzte sich in ein Taschentuch.

»Kann mich bitte einer aufklären?«, forderte Lulu vehementer, da keiner etwas von sich gab, sondern alle nur zu Boden starrten.

Rosa hob schwerfällig den Blick, die roten Locken klebten im verquollenen Gesicht. »Kalle ist tot«, sagte sie mit zittriger Stimme.

»Was?«, entfuhr es Lulu.

»Jefallen. Kesselschlacht bei Kalatsch. Starker frontaler Widerstand, hamse jeschrieben. Vorhin kam die Nachricht. Ein Telegramm. Hat wohl einige erwischt aus der sechsten Armee …«, brachte Krawuttke die harten Fakten auf den Tisch.

»O nein!« Lulu stürzte zu ihrer Freundin, kniete sich vor sie und umarmte sie fest. Rosa beugte sich zu ihr hinab. Mit dem Kopf in Lulus Nacken begann sie laut und herzzerreißend zu weinen. Lulu wiegte sie sanft.

»Was heißt das, tot?«, kam es von Nelly mit verunsicherter Stimme.

»Er ist im Himmel, Liebchen«, erklärte Berta, ohne lange zu überlegen.

»Da ist meine Oma auch«, fiel Nelly gleich ein und kuschelte sich wieder an Bertas üppiges Dekolleté.

»Jetzt habe ich David *und* Kalle verloren«, kam es plötzlich leise von Richard. »Meine besten Freunde. Und hinter mir sind sie her. Mir wollen sie an den Kragen, und vielen anderen, die mir wichtig sind, auch. Und der Krieg. Er hört nicht auf, im Gegenteil, alles wird nur noch schlimmer. Jeden Tag. Ich kann nicht mehr. Wie soll das denn ausgehen?«, sagte er verzweifelt. Lulu löste sich von Rosa, die in Elses Arme zurückfiel, stand auf und ging zu ihm.

Richard war von den drei Freunden immer der stillste gewesen, aber auch der freundliche Vermittler, der stets mitfühlte und Verständnis für jeden aufbrachte. Und jetzt hatte er beide verloren, erst David, dann Kalle, und er wurde verfolgt, bloß, weil er Halbjude war – einer der tolerantesten Menschen, die Lulu kannte. Es war so ungerecht, das alles.

Elend sah er aus, eine tiefe Traurigkeit blickte ihr aus seinen schwarzen Augen entgegen. Sie umarmte ihn fest und lange. Er ließ es geschehen, weinte lautlos an ihrer Schulter, und sie weinte mit. »Ist es nicht verrückt: Erst braucht man Mut zum Leben, dann braucht man Mut zum Sterben. Wo liegt da der Sinn? Was bleibt übrig? Und … was machen wir denn jetzt nur?«, brach es aus Richard nach einer Weile schluchzend heraus. Er klang panisch.

Lulu streichelte ihm übers Haar, gab ihm einen Kuss auf die Wange und wischte sich die Tränen aus dem Gesicht. »Ich weiß es«, sagte sie mit fester Stimme.

Sie trat wieder zurück in die Runde der Freunde. Alle sahen sie müde und traurig an. Nur Nelly sprang von Bertas Schoß und lief zu Lulu. »Was, Mama?«, hakte sie neugierig nach, schien erleichtert, erlöst zu werden von der Schwermut um sie herum. Die Kleine drückte sich mit dem Köpfchen an ihre Hüfte und umklammerte ihr Bein. Lulu bemühte sich dennoch, sich aufrecht hinzustellen. Sie räusperte sich. »Gregor?«, sprach sie den Pianisten an.

»Da?«, antwortete er überrascht auf Russisch in seinem tiefen Bass. Er kraulte sich den Bart und sah zu ihr. »Was?«

»Kannst du Kalles Lieblingslied spielen?«, wollte Lulu wissen.

»›Irrrgendwo auf derrr Welt‹?«, traf es Gregor genau auf den Punkt. Er hatte ein ausgezeichnetes Gedächtnis. Sein rollendes R klang schön.

Alle sahen verwundert zu Lulu. »Ja, richtig«, bestätigte sie.

»Kaaan iech. Weißt du doooch.« Mit seinem russischen Akzent betonte Gregor jedes einzelne Wort so, als wäre es von allergrößter Bedeutung.

»Gut!« Sie schaute jeden Einzelnen an. »Dann gehen wir jetzt rein. Tanzen. Und zwar zusammen. Für Kalle.«

Überraschung blitzte in allen Augen auf. Nelly rief »Au ja!« und klatschte in die Hände.

»Bist du bekloppt?«, fragte Berta. Sie tippte sich mit dem Zeigefinger an die Schläfe.

»Ich weiß nicht, Lulu …«, begann Käthe zögerlich und verzog ihr Gesicht.

»Vielleicht ist das gar keine schlechte Idee«, fand Else und erhob sich von der Bank.

»Seh ick ooch so!« Krawuttke stand auch auf.

Rosa sagte gar nichts und betrachtete den Kiesboden. Dann jedoch blickte sie auf und entschied mit glasigen Augen: »Gehen wir tanzen.«

Lulu nickte. »Los, kommt.«

Ohne weiteren Einspruch von jemandem brachen sie gemeinsam auf und folgten ihr in den Ballhaussaal. Die Eingangstür stand offen. Sie gingen hinein, und Lulu schloss sicherheitshalber hinter ihnen ab. Jetzt durfte keiner stören.

Im Tanzsaal nahm Gregor sofort seinen Platz am Klavier ein und spielte sich ein bisschen warm. Schon bald erkannte Lulu die Melodie. »Das isses! Stellt euch zu mir aufs Parkett, na los, im Kreis!«, forderte Lulu sie auf. Sie wusste selbst nicht, was gerade in ihr vorging, sie handelte rein intuitiv. Berta grummelte etwas Unverständliches, aber Else nahm sie einfach am Arm und zog sie mit. Neben sie gesellte sich Rosa, dann kamen Lulu, Käthe, und Krawuttke schnappte sich Richard an seine Seite. Sie schlossen den Kreis, und Nelly durfte in der Mitte tanzen.

»Legt die Arme umeinander, und dann geht's los.« Lulu wartete, bis sie sich alle festhielten. Dann sah sie hinter sich zu Gregor. »Maestro? Wir sind so weit. Fang an«, instruierte sie den Kapellmeister lächelnd.

»Das ist für dich, Kalle!«, rief sie beherzt in die Luft. Es folgte Schweigen. Aber sie blieb dabei.

»Für Kalle!«, kam es da auch von Richard mit energischer Stimme.

»Für Kalle!«, riefen plötzlich auch alle anderen mit Blick zur Decke.

Wenn seine Seele noch auf der Erde weilte, dann war sie ganz bestimmt jetzt hier bei ihnen, daran glaubte Lulu fest.

»Für Kalle«, verkündete zuletzt Gregor. »Dieser Tanz ist für dich.« Dann erklangen die ersten Töne auf dem Klavier.

»Ich hab so Sehnsucht, ich träum so oft …«

Lulu gab das Tempo vor, und sie begannen, sich langsam zur Musik zu drehen.

»Einst wird das Glück mir nah sein …«

Gregor sang die Zeilen melancholisch und doch stark, so wunderschön sentimental, dass Lulu eine Gänsehaut bekam.

»Irgendwo auf der Welt gibt's ein kleines bisschen Glück …«

Nelly gefiel das Ganze scheinbar sehr. Sie tanzte vor ihnen innen im Kreis genau andersherum wie die Erwachsenen, hatte die Augen geschlossen und dirigierte mit den Händen.

»Und ich träum davon in jedem Augenblick …«

Nach wenigen Takten bewegten sie sich sicherer zur Musik. Als Einheit. Sie spürten den Halt, den sie einander gaben, waren miteinander verbunden. Sie hielten sich fest. Keiner war allein. Keiner musste alleine durch die Trauer und die Angst gehen. Sie bildeten einen Kreis des Lebens, der Liebe und Unendlichkeit. Eine Kette aus Freunden, Vertrauten, Weggefährten. Und dieses Lied trug sie über das alte Parkett, ließ sie alle gemeinsam an diesem geschützten Ort nur einen kurzen Augenblick vergessen, dass das Leben so leicht zu erschüttern war und der Tod nur einen Wimpernschlag entfernt.

»Irgendwo auf der Welt gibt's ein bisschen Seligkeit …«

Und mit dem Jauchzen von Nelly, die nun begann, die Arme gen Himmel auszubreiten und aus vollem Halse mitzusingen, dachten sie mit Sicherheit alle nicht daran, dass dieser verdammte Krieg währenddessen weiterwütete und noch mehr Menschenleben kostete. Jede Minute.

»Ich träum davon schon lange, lange Zeit …«

Nein, denn in diesem Moment, in diesem Kreis, bei diesem Lied, das spürte Lulu genau, war nur: Frieden.

Und sie tanzten für Kalle. Arm in Arm.

Leb wohl, Kalle. Auf ein Wiedersehen. Wo immer der Weg zum Himmel auch war, von dem die letzte Strophe handelte.

»Irgendwie. Irgendwo. Irrrgendwaaan …«, sang Gregor kraftvoll.

Lulu kamen die Tränen. Und ihr wurde bewusst, dass sie bei diesem Tanz nicht nur an Kalle dachte. Sondern auch an ihre verlorene Liebe. *David.*

Dann war das Lied zu Ende.

51

Dienstag, 1. September 1942

Goebbels redete sich in seiner Rundfunkrede wieder einmal um Kopf und Kragen, und Lulu schaltete angewidert ab. Sie konnte diese entsetzliche Propaganda nicht ertragen, hörte eigentlich nur regelmäßig Radio, um vielleicht doch noch eine unbekannte Funkwelle zu erwischen, wo sie erfahren würde, dass die Alliierten diesen ganzen Irrsinnigen, samt ihrem sinnlos angezettelten Krieg, endlich den Garaus machten.

Die Pendeluhr im großen Wohn- und Esszimmer schlug, es war schon zehn Uhr morgens. Lulu war ungekämmt und trug noch ein Hauskleid. Sie genoss diese Zeit alleine in der Wohnung, wenn Fritz in der Post seinem Dienst nachging und Nelly in der Schule war. Seit zwei Wochen besuchte sie eine Klasse, die aus über sechzig Kindern aller Altersgruppen bestand, wodurch richtiger Unterricht kaum möglich war. Je weiter der Krieg fortschritt, desto schlimmer wurde die Situation. Viele Schulen hatte man bereits zu Krankenhäusern umfunktioniert. Immer mehr Lehrer gingen an die Front. Die Schüler wurden manchmal sogar in zwei Schichten unterrichtet, am Vormittag und am Nachmittag. Nicht selten setzte man die Schüler auch zu völlig anderen Arbeiten ein, wie das Aufsammeln von Flugblättern, das Pflücken von Kräutern oder die Zählung von Fahrrädern. Und dennoch war Lulu froh, dass sie Nelly schicken konnte, denn sie war als Mutter im Kriegs-Berlin nicht in der Lage, sich den ganzen Tag um ihre Tochter zu kümmern und ihr dann auch noch Lesen, Schreiben und Rechnen beizubringen. Außerdem tat Nelly der Umgang mit anderen Kindern gut.

Lulu blieben noch etwa drei Stunden für sich. Sie ließ das Grammophon Glenn Miller spielen und holte sich einen neuen Kaffee aus der Küche. Als sie gerade mit dem Zusammenlegen der Wäsche fortfahren wollte, klingelte das Telefon.

Wer war das denn um diese Uhrzeit?, dachte sie beunruhigt. In diesen Zeiten rechnete man täglich mit Katastrophenmeldungen. Lulu ging in den Flur, wo der Apparat an der Wand hing, und hob ab. »Ja, bitte, bei Krause?«, meldete sie sich nervös.

»Fräulein Schneider?«, fragte eine hektische Männerstimme.

»Ja, am Apparat, wer spricht da?«, fragte sie.

»Guten Morgen, verzeihen Sie die Störung, hier Oberamtsgehilfe Rüdiger Krasow«, stellte sich der Mann am anderen Ende der Leitung vor, und jetzt erst erkannte Lulu ihn. Krasow war vor dem Krieg gern gesehener Gast im Ballhaus gewesen und begeisterter Konsument von frisch Gezapftem.

»Herr Krasow, guten Morgen. Was kann ich für Sie tun?«, wollte Lulu wissen.

»Mein Anliegen ist kurz, ich unterstehe ja dem werten Amtsrat Krause, wie Sie vielleicht wissen. Und ich erreiche ihn leider nicht, er ist heute scheinbar länger außer Haus«, erklärte Krasow. Ein Hustenanfall unterbrach seine weiteren Ausführungen. Lulu verdrehte innerlich die Augen.

»Geht's wieder?«

»Entschuldigung, äh ja, geht wieder. Wo war ich? Ach ja … nun, ich habe eine Nachricht für ihn, könnten Sie ihm etwas von mir ausrichten?« Sie spürte, dass ihm seine Bitte durchaus unangenehm war und er keinen Ärger bekommen wollte.

»Aber natürlich, Herr Krasow, das mache ich sehr gerne. Um was handelt es sich?« Lulu zückte Stift und Zettel, die auf dem kleinen Wandregal unter dem Telefon immer bereitlagen.

Er druckste etwas herum, dann gab er sich einen Ruck. »Sagen Sie Herrn Krause bitte, da ist was schiefgelaufen. Die Sternberg-Briefe sind in der falschen Abteilung gelandet. Der neue Anwärter hat Mist gebaut. Wenn Sie in den nächsten zwei Stunden zu Hause sind, lasse ich die Briefe von einem Boten vorbeibringen. Der muss sowieso in Ihre Richtung. Sind Sie dann noch anzutreffen?«, wollte Krasow wissen, hörbar erleichtert, dass es raus war.

Seine Worte waren für Lulu wie ein Schlag in die Magengrube. »Welche Briefe noch mal genau?«, hakte sie nach, in der Hoffnung, sie hätte ihn akustisch nicht verstanden.

»Äh, alle vom letzten Jahr, wie es aussieht«, gestand Fritz' Kollege kleinlaut. Sie musste kurz schlucken und dachte in Sekundenschnelle nach. Das Beste wäre, sie täte so, als wüsste sie Bescheid und würde sich auch nicht weiter für die Briefe interessieren.

»Der Bote kann das Paket bei mir abgeben, ich bin zu Hause. Ich lege Herrn Krause einen Zettel dazu und erwähne zudem, dass *Sie* daran keinerlei Schuld tragen«, versprach sie.

Er atmete erleichtert aus. »Fräulein Schneider, vielen herzlichen Dank! Die Sache ist mir sehr unangenehm, wissen Sie, bisher hat es ja auch immer geklappt, wie Herr Krause es angeordnet hatte, aber dieser neue Anwärter … Ihre Mithilfe ist mir jedenfalls sehr … Also schlicht und kurz: Danke! Ich schicke den Boten gleich los. Auf Wiederhören!«

»Das mache ich gerne, Wiederhören, Herr Krasow.« Lulu konnte es gar nicht abwarten aufzulegen. Vor Aufregung traf sie mit der Muschel nicht die Halterung, sodass der Hörer schwungvoll herunterfiel, an die Tapete klatschte und hin und her schwenkte. Ihr Herz begann wie wild zu pochen. Unter Schock rutschte sie mit dem Rücken an der Wand entlang runter auf den Boden, stellte die Knie auf und lehnte den Kopf zurück. *Sternberg-Briefe? Welche Sternberg-Briefe?* Onkel Levi hatte im ersten Jahr nach der Flucht genau zwei Briefe an das Ballhaus geschickt, die auch ankamen. Darin hatte er erzählt, wie ihre Flucht über Schweden bis nach New York verlaufen war, wie untröstlich sie beide waren, dass sie alle so im Stich hatten lassen müssen und dass er eine schwere Herzattacke erlitten hätte. Und mehr Briefe oder einen Anruf hatte es nie gegeben, weder von David noch von seinem Vater … oder etwa doch?

Lulu wusste nicht, wie lange sie so dort auf dem Teppich hockte und alle Möglichkeiten im Geist durchging. Aber irgendwann stieg eine unbändige Wut in ihr auf. Denn ihr kam eine Ahnung, was dieser Anruf bedeuten könnte … Hatte Fritz als hoher Beamter bei der hiesigen Post am Ende Briefe von David zurückhalten können, die dieser ihr vielleicht doch geschrieben hatte, während sie dachte, er wäre tot oder hätte sie in seinem neuen Leben vergessen? Wäre Fritz zu so etwas fähig? Ihre innere Stimme antwortete auf der Stelle mit Ja. Das machte sie noch wütender. Es brodelte in ihr wie noch nie zuvor. Lulu war völlig außer sich.

Bevor der Bote klingelte oder Fritz überraschend früher nach Hause käme, musste sie Klarheit haben, ob er in der Wohnung etwas versteckt hielt.

Lulu stand auf und zog ihr Kleid zurecht. Dann ging sie zunächst in die Küche und genehmigte sich einen Korn. Nach dem zweiten ging es ihr besser. Jeden einzelnen Winkel der Wohnung würde sie durchsuchen, alles auseinandernehmen, darauf konnte er sich gefasst machen!

Sie begann mit seinem Schlafzimmer und riss die Schranktür auf.

Nach einer Stunde hatte sie jedes Zimmer akribisch durchsucht und von links auf rechts gedreht. Nichts. Schweiß rann ihr von der Stirn, und obwohl ihre Suche bisher ergebnislos gewesen war, hatte sich ihr Gefühl noch verstärkt, dass da etwas mehr als faul war.

Lulu stöhnte. »Was ist das hier für ein mieses Spiel?«, rief sie in die leere Wohnung. Sie brauchte eine kurze Pause. In ihrem Zimmer hockte sie sich aufs Bett und dachte nach. Ihr Blick fiel auf die Porzellantänzerin. Die Ballerina stand auf dem Nachttisch und sah aus wie immer. »Kannst du mir nicht verraten, was ich tun soll?«, brüllte Lulu die Spieluhr an. »Kannst du mir nicht helfen und nicht nur ewig so perfekt aussehen und untätig rumstehen?« Natürlich kam keine Antwort, und Lulu war sich schon im selben Moment bewusst, wie lächerlich sie sich verhielt. Aber schließlich lagen auch bei ihr irgendwann mal die Nerven blank. »Dann eben nicht!«, sagte sie patzig zur kleinen Tänzerin.

Lulu merkte, dass sie furchtbaren Durst hatte. Gut, dann würde sie sich eben in Geduld üben und abwarten, was der Bote für Briefe bringen würde. Sie ging in die Küche, nahm sich ein Glas aus der Küchenvitrine und füllte es sich aus dem Hahn auf. Sie leerte es in einem Zug und trank anschließend noch mehr. Beim Zudrehen merkte sie, dass der Hahn stärker tropfte als sonst. Sie hatte das schon länger bemerkt, und Fritz hatte versprochen, nach der Dichtung zu schauen, aber nun kam das Wasser in wesentlich schnellerem Tempo immer wieder nach. Das fehlte ihr gerade noch! Sie stellte das Glas ab und drehte den Hahn auf und fest zu. Brachte nichts, das Wasser tropfte unentwegt weiter. Vielleicht war ja unten was kaputt. Lulu kniete sich hin und öffnete die Schranktüren unter der Spüle. Sofort sah sie einen langen Riss am Rohr. Mist. Das musste vermutlich richtig repariert werden. Ob sie das zumindest übergangsweise flicken konnte? Sie prüfte das Werkzeug. Neben einem alten Lappen, Scheuermilch und einer Kiste voller Streichholzschachteln lagen eine rostige Riesenzange, ein paar kleinere und ein Hammer. Eine geblümte Fliese war von der Wand gefallen. Als Lulu die Zange umständlich hervorholen wollte, klappte plötzlich noch eine Fliese nach vorne. Da ist ja alles marode! Lulu zog schnell ihre Hand weg. Sie drückte das Ding hoch, so was Blödes. Es hielt aber nicht, und da waren tatsächlich auch noch mehr Fliesen lose, die sie kurzerhand abzog. Lulu legte alle auf einen Stapel. Dann bemerkte sie auf einmal ein Loch, das sich in der Mauer auftat. Verwundert zündete sie ein Streichholz an und leuchtete hinein.

Und da sah sie es.

Zum Vorschein kam ein Bündel Briefe. Sie zog sie heraus und erkannte sofort – Davids Schrift. »O mein Gott!«, rief sie laut und wünschte, Rosa wäre jetzt bei ihr. Auch wenn sie ihren Augen nicht traute, das war jetzt nicht mehr zu leugnen. Ihr wurde gleichzeitig schwer und leicht ums Herz.

Ohne zu zögern, fischte Lulu alle Briefe aus dem Versteck heraus. Auch von Onkel Levi waren welche dabei und Briefe von David der letzten sieben Jahre. Sie wischte Staub, Dreck und Spinnweben von dem leicht vergilbten Papier und riss sie einen nach dem anderen auf, jeden einzelnen Brief, überflog die Zeilen, Wort für Wort. Sie roch sogar an ihnen und hoffte, einen winzigen Rest von Davids Duft wiederzuerkennen. Am liebsten hätte sie seine Briefe in sich aufgenommen, inhaliert, wäre eins geworden mit ihnen und seinen Zeilen. Dann begann sie zu weinen, die Briefe so fest an ihr Herz gedrückt, wie sie nur konnte. All ihre Trauer und Verzweiflung ließen sich nicht mehr zurückhalten, nicht nach dem, was passiert war.

So saß sie eine kleine Ewigkeit da, auf dem kalten Küchenboden, zitternd zwischen einem Haufen alter Briefe und Dreck, und konnte immer noch nicht glauben, was sie gefunden hatte.

All die Jahre hatte David ihr geschrieben! Hatte Fritz am Ende damals auch etwas mit den Anschlägen auf das Ballhaus und die Sternbergs zu tun gehabt?

Auf einmal erschien alles Geschehene in einem anderen Licht. Was hatte sie wann übersehen? Wann war sie falsch abgebogen?

In dieser Sekunde erwachte Lulu. Erwachte aus ihrem Glauben oder vielmehr ihrer Selbsttäuschung, dies hier, diese Konstellation mit Fritz, wäre der richtige Weg.

Sie wusste nun, was zu tun war. Lulu sprang auf. Weg hier. So schnell wie möglich. Denn dafür gab es keine Entschuldigung. Keine Vergebung. Das war unverzeihlich. Und sie wollte keine einzige Erklärung von ihm hören. Sie lief in ihr Zimmer und holte ein paar Taschen und einen Koffer. Die ganzen Briefe stopfte sie hastig in eine kleine lederne Reisetasche, ließ aber die Schranktür zur Spüle offen, damit Fritz gleich kapierte, was sie entdeckt hatte. Der würde mit Sicherheit später vor der Ballhaustür stehen und sie zur Rede stellen. Und dann wäre sie immerhin gewappnet und nicht alleine mit ihm.

Dann packte Lulu ihre und Nellys wichtigsten Sachen zusammen, schnappte sich ihren Mantel und hievte die Gepäckstücke eines nach dem anderen vor die Haustür.

Es hupte dreimal, und ein Wagen mit einem Postzeichen hielt vorne an der Straße, sie erkannte es hinter dem Rundbogen der Einfahrt. Eine Tür ging auf und zu, und kurz darauf kam ein pfeifender junger Kerl in Botenuniform zu ihr gelaufen. Er hatte ein verschnürtes Paket in der Hand.

»Tach!«, grüßte er fröhlich.

»Guten Tag. Kommen Sie von Krasow?«, fing sie ihn ab. »Das Paket für Krause?«

»Korrekt, Gnädigste«, grinste er und zwinkerte ihr zu.

»Können Sie mir gleich übergeben, ich weiß Bescheid. Krasow hat mich vorhin angerufen«, erklärte Lulu und hielt die Hände auf.

Er schaute einen Tick zu lang auf ihre verheulten Augen, meinte dann aber nur lapidar: »Umso besser, ick hab's eilig. Hier bitte schön, die Dame.« Etwas unsanft warf er ihr das Paket zu.

»Danke sehr«, sagte sie ironisch und versuchte, mit den Briefen im Arm das Gleichgewicht zu halten.

»Keen Problem, lag uffm Weg. Tschüsschen!«, verabschiedete sich der Bote und hob seine Kappe zum Gruß. Als er sich gerade wieder umdrehen und verkrümeln wollte, hatte sie beim Anblick ihres Gepäcks eine Idee.

»Hey Sie, einen Moment, warten Sie bitte!«, rief sie ihm zu.

Verwundert drehte er sich um. »Jawoll, Gnädigste?«

Lulu suchte in ihrer Handtasche einen Geldschein und wedelte damit vor seiner Nase herum. »Können Sie mich bitte mit dem Zeug da mitnehmen? Es ist ein Notfall.« Bei ihren letzten Worten spürte sie, wie ihr wieder die Tränen in die Augen stiegen. Erst schien er kurz zu zögern, aber als er sie so unglücklich sah, lächelte er.

»Na, bin ick ein Tschäntelmän, oder nicht? Klar, mach ick glatt, und für so 'ne schöne Frau erst recht«, willigte er ein, entriss Lulu den Schein und versuchte, sie dabei ungeschickt aufzumuntern. »Wo soll's denn hinjehen, Gnädigste? Ick hab noch andere Lieferungen«, wollte er wissen und schnappte sich ihre Taschen und Koffer.

Da musste sie nicht lange überlegen. »Lulus Ballhaus, gleich um die Ecke. Auguststraße vierundzwanzig. Und vorher bitte nur kurz meine Tochter von der Schule abholen. Ich zeig Ihnen den Weg, ist auch nicht weit weg.« Sie schaute ihn fast flehend an.

»Krieg ick hin, ausnahmsweise.« Der Kerl nickte mit dem Kopf zur Straße und ging mit ihrem Gepäck zügig voraus.

Lulu atmete erleichtert aus.

Eine gute Dreiviertelstunde später stand sie mit Nelly an der Hand und ihrem ganzen Zeug vorm Ballhaus. Ihre Tochter war zwar überrascht gewesen, dass sie nach Schulschluss mit einem Postauto abgeholt wurde und es dann aber nicht nach Hause in die Heckmannhöfe ging, sondern schnurstracks ins Ballhaus, fragte jedoch nicht näher nach. Obwohl sie erst sechs war, spürte sie Stimmungen von Lulu sehr genau und konnte sich zurückhalten, wenn es darauf ankam. Nelly wartete ab, bis Lulu ihr alles erzählte. Diese hatte ihr dann im Auto erklärt, dass Fritz sie unverzeihlich hintergangen und so schlimm angelogen hätte, dass sie mit ihm nicht mehr unter einem Dach zusammenleben könnte. Manchmal brauchte es bei Kindern nicht mehr als Ehrlichkeit. Das hatte Nelly sofort verstanden.

Lulu war so schrecklich zumute, dass sie Angst hatte, einen Schwächeanfall zu erleiden. Denn *das* hätte Fritz nicht tun dürfen. Nicht das. Jetzt war Schluss. Lulu unterdrückte ihre Tränen und ließ Nellys Hand los, um bei Rosa zu klingeln, die auch ohne Kalle in der ehemaligen Sternberg-Wohnung geblieben war. Hoffentlich war die Freundin zu Hause. Lulu schnürte es die Luft ab. Wo, sagte Else immer, sitzt die Angst? Sie streckte sich, zog die Schultern zurück und öffnete ihren Brustkorb. Gerade Haltung, Spannung, ruhig atmen und Brust raus. Herz öffnen. So blieb sie stehen und wartete.

Jetzt musste sie sich zusammenreißen und auf ihre alte Lebenskraft besinnen, am besten jene aus den Zeiten des Tanzens, als sie sich wie ein Star fühlte. Sie musste den Tatsachen ins Auge sehen und begreifen: David war nicht tot, und er liebte sie! Das hatte sie im Überfliegen aller seiner versteckten Briefe gelesen. Seine Schrift mit den drei Worten hatte sie direkt wieder im Sinn.

»Wo ist Tante Rosa?«, unterbrach Nelly ihre Gedanken.

»Ich weiß nicht. Wir probieren es noch einmal.« Lulu klingelte wieder, nur etwas länger. Nelly hüpfte auf dem hellen Kies hin und her. Das brachte sie zum Lächeln. Der Anblick ihrer Tochter zeigte ihr, was sie sich sehnlichst wünschte. Nämlich sich nicht länger in ein Arrangement zwängen zu lassen, das sie gar nicht wirklich gewollt hatte. Sondern leben. Selbstbestimmt, dort, wo man es ehrlich mit ihr meinte. Sie wollte tanzen. Nelly beschützen. Und schließlich, das wurde Lulu ebenso bewusst, ihre große Liebe finden, irgendwie, irgendwann. Auch wenn es so lange dauern würde, bis sie alt und grau wäre. Und dann musste David ihr ins Gesicht sagen, warum er damals einfach gegangen war, mitten in der Nacht, ohne ein letztes persönliches Wort, ohne Umarmung. Ohne sie.

Da ertönte der Türsummer, und Rosa ließ sie herein.

52

Sonntag, 16. Juni 1946

Schätzchen, ist echt 'ne Schnapsidee von dir gewesen, gerade heute beim Straßenrennen das Ballhaus wiederzueröffnen. Wo die ganze Stadt mit den Radfahrern voll ist. Kommt doch eh keine Sau.« Rosa stöhnte und wischte weiter den Boden des Tanzsaals.

Lulu lächelte. »Mecker nicht, Nöltante, heute ist ideal: Viele Zuschauer in der Stadt, schönes Wetter, ein erster warmer Sonntag im Frühsommer. Wir zeigen einfach, dass wir wieder da sind und jeder bei uns willkommen ist, der mal auf andere Gedanken kommen will. Lulus Ballhaus ist auch nach dem Krieg ein Ort der Begegnung, wo man verschnaufen, eine Kleinigkeit essen, trinken, der Musik lauschen, tanzen, lachen, feiern und singen kann. Wo das Leben leicht sein darf, weil es zu lange schwer war.«

Rosa stöhnte. »Machste gleich wieder so'n Gedöns daraus!«

»Nix da, das ist Geschäftssinn! Je früher, desto besser in die Normalität zurück, finde ich. Und für Silvester haben wir ja sogar schon die große Sause geplant. Bis dann sollte hier wieder langsam alles in Butter sein und Routine im Betrieb. Und so können sich alle daran gewöhnen, dass Lulus Ballhaus wieder die Türen geöffnet hat.«

»Wenn du meinst … Ich hab ja eh nichts Besseres zu tun.« Rosa meinte ihren Protest ja auch nicht wirklich ernst, es machte ihr aber ein bisschen Spaß, Lulu zu necken.

Heute Vormittag hatten sie sich aufgeteilt: Lulu, Else und Rosa brachten Saal, beide Theken, Toiletten und den Wintergarten in Ordnung. Berta und Käthe waren wie früher in der Küche, die sie auch schon blitzblank gewienert hatten. Nelly leistete ihnen Gesellschaft. Es hatte sich herausgestellt, dass sie einen Hang zum Kochen und Dekorieren hatte.

Krawuttke hatte vehement darauf bestanden, sich um seine Garderobe zu kümmern, obwohl er – als »Dienstältester« – inzwischen ziemlich wacklig auf den Beinen war. In Zukunft würde Rosa ihm als Garderobiere zur Seite stehen. Er reparierte gerade ein paar Kleiderhaken, entstaubte den Eingangsbereich und räumte dort auf. Der eine Barnick-Bruder war nach Jahren an der Front wieder bei ihnen aufgetaucht. Nachdem der andere in Frankreich gefallen war, suchte er dringend Anschluss, und nicht nur, was die Arbeit anging. Lulu hatte ihm angeboten, den Spiegelsaal auf Vordermann zu bringen, da musste einiges renoviert und umgeräumt werden, und als eine Art Hausmeister mitzuhelfen.

Richard und einige seiner jüdischen Freunde hatten mithilfe von Lulu und der ganzen Ballhausfamilie überlebt. Das Versteck hinterm Spiegelsaal war nie aufgeflogen. Richards Geschäft im Vorderhaus war völlig zerstört. Er kümmerte sich nun um den Hof und den Garten, bis er seinen Laden wieder führen konnte. Das hoffte er zumindest. Noch schlimmer als die Zerstörung der Häuser war sowieso die Zerstörung der Seelen, dachte Lulu, während sie Tresen und Gläser putzte.

Gregor übte mit seiner Kapelle einige fröhliche Lieder, denn sie wollten die kriegsgeschädigten Berliner anfangs nicht noch beschweren mit traurigen Klängen, wo ohnehin schon die ganze Stadt in Trümmern lag. Auch wenn nicht mehr alle Räume bewohnbar waren, war nicht das ganze Ballhausgelände zerstört worden. Das Vorderhaus wurde zerbombt, die Seitenflügel waren vollkommen hinüber, aber das Hinterhaus stand immerhin noch. Nach und nach würde schon alles von den Trümmern befreit werden …

»Haste eigentlich gehört, Lulu, der Fritz hat gestern eine Kriegswitwe geehelicht. Diese, wie heißt die doch gleich? Marianne oder so? Hat der dich nicht erst vor wenigen Wochen mal wieder besucht, um dich umzustimmen und sich zum hundertsten Mal zu entschuldigen?« Rosa kam mit dem Putzeimer zu ihr an die Bar geschlurft, schüttete das Dreckwasser in den Abfluss und befüllte den Eimer neu.

»Ja, das mit der Hochzeit hat mir Berta vorhin auch gleich brühwarm erzählt. Ich finde es großartig. Die Frau kenne ich nicht, aber mir wurde von einer zuverlässigen Quelle zugetragen, er hat sie über einen Kollegen ›vermittelt‹ bekommen, der wusste, dass sie auf der Suche war. Ich wäre jedenfalls heilfroh, wenn er mit ihr sein Glück findet!«, sagte sie zu Rosa und grinste.

»Hast du ihm denn verziehen?«, fragte ihre Freundin. »Diese Geschichte mit Davids Briefen finde ich nach wie vor unbegreiflich. Wie er dir das nur antun konnte! Dass du da im Nachhinein so friedlich geblieben bist. Ich glaube, ich hätt ihn eigenhändig erwürgt!« Rosa machte eine Handbewegung mit passendem Knirschgeräusch, als hätte sie Fritz' Hals genau vor sich.

»Ach, weißt du, für mich war es wichtig, dass ich ihn am selben Tag noch, ohne Wenn und Aber, verlassen habe. Denn das Tragischste war ja sowieso: Es war zu spät. Weißt doch, auch in den letzten Kriegsjahren hab ich Davids Aufenthaltsort nie herausfinden können. Und wir waren dann ja alle genug damit beschäftigt, dass es uns selbst nicht erwischt. Und was hätte es geändert, wenn ich mich an Fritz gerächt hätte?«, fragte Lulu und zuckte resigniert mit den Schultern. »Dass ich fort war, war Strafe genug für ihn.«

Diesen Schmerz trüge sie ihr Leben lang mit sich, Rache hätte ihn nicht ausgelöscht.

»Ist ja wahr. Fragt Nelly eigentlich manchmal noch nach ihrem Vater?«, wollte Rosa wissen und begann, die Bühne zu wischen.

Lulu stellte die gespülten Gläser in das Regal hinter sich. »Sie kennt jetzt ihre Familiengeschichte, und was vor ihrer Geburt passiert ist, ganz genau. Ab und zu fragt sie mich noch mal, wie ihr Papa so war, wie er aussah, ob sie ihm ähnlich ist oder wie ihr Opa das Ballhaus erfunden hat … Auch von meiner Mutter oder Ludmilla möchte sie hören. Aber ich glaube, es ist für sie in Ordnung. Sie kennt es ja nicht anders. *Ihr* seid ihre Familie.«

»Hach, sie ist aber auch niedlich! Ich könnt die Kleine immer noch auffressen, obwohl sie fast elf ist«, lächelte Rosa, die Nelly vergötterte.

»Wann machen wir heute auf?« Rosa wackelte ein wenig mit dem Po und deutete ein Tänzchen an. Lulu überlegte.

»Hmmm ... Um fünf Uhr wäre gut, oder? Wir müssen erst noch den Rest der Steine vom Hof zur Seite räumen, dass die Leute überhaupt zu uns durchkommen. Und dann ...« Lulu machte eine Pause, ihr kam etwas in den Sinn.

»Was?« Es war Rosa anzumerken, dass sie sich richtig freute, dass wieder etwas los war und es voranging mit den Aufräumarbeiten, mit Normalität. Jeden Tag trugen sie Stück für Stück die Trümmer ab. Überall, in der ganzen Stadt, im ganzen Land. Es wurde Zeit, darauf endlich etwas Neues zu bauen.

»Wir müssen das Ballhaus-Schild noch am Eingang aufhängen«, sprach Lulu aus, was sie gerade beschlossen hatte. »Harry soll gucken, ob er es zum Leuchten bekommt.«

Rosa warf den Lappen in den Eimer zurück, dass es nur so spritzte. Sie schaute überrascht zu ihr rüber.

»Wieso das denn? Ist doch erst mal nicht wichtig, oder? Warum willst du denn in diesem zerbombten Elend, wo alles in Schutt und Asche liegt, kaum ein Stein auf dem anderen steht, eine Lichtreklame anbringen?«, fragte Rosa verständnislos.

Lulu hüpfte hinter dem Tresen hervor und machte eine schnelle, aber elegante Drehung auf dem Parkett. Genau vor Rosa blieb sie stehen. »Genau deshalb!«, rief sie. »Damit durch das Leuchten alle den Weg zu uns finden. Auch durch die Trümmer. Wir ziehen so jeder auf seine Weise Berlin aus dem Dreck.«

Dann lachte sie. Und Rosa auch.

53

Dienstag, 31. Dezember 1946

Keene Scheiben in den Fenstern, nur immer so'n Rest und denn Pappe – nix zu heizen, keene Kohle, keen Gas. Und ihr wollt in diesem Zustand 'ne Silvestersause feiern! Bescheuert, Menschenskinder! Aber auf mich hört ja keener«, schimpfte der gute alte Krawuttke vor sich hin, während er dick eingepackt in Mütze, Schal, Handschuhen und Mantel den Weg vom Ballhauseingang bis zur Straße mit einem Schieber vom frisch gefallenen Schnee befreite.

»Ach, Harry«, rief ihm Lulu lachend zu, »man muss die Feste doch feiern, wie sie fallen, stimmt's?« Sie stand an die Tür gelehnt, rauchte und schaute ihm zu. Heute übernahm sie zunächst den Einlass und begrüßte die Gäste. Die anderen waren drinnen beschäftigt. Jeder von ihnen hatte seine Aufgabe.

Nun war es kurz nach acht Uhr abends, und der Tanzsaal füllte sich mehr und mehr mit Menschen, die sich zumindest aufwärmen und nicht frierend und alleine ins neue Jahr feiern wollten. Dabei gab es einen deutlichen Frauenüberschuss. Jeder Gast hatte ein Stückchen Kohle oder Holz zum Heizen mitgebracht, manche sogar irgendetwas zu essen, was eben so aufzutreiben war. Im Ballhaus boten sie Silvesterpunsch an, und es gab noch Brot, Kartoffelsalat und gestreckte Bouletten. Gregor spielte an diesem besonderen Abend, zuverlässig am Piano wie immer, Boogie, Bebop und Swing. Den Saal hatten sie notdürftig geschmückt, mit Glitzerkram und altem Blumendekor. Lulu hoffte, dass sich vielleicht ein paar mehr männliche Tanzpartner einfinden würden, die nach dem Krieg unversehrt geblieben waren. Ansonsten tanzten die Frauen eben mit der Freundin – wie fast immer in diesen Zeiten …

Da kam schon einer, das war ja wunderbar. Ein hochgewachsener Herr mit schwarzem Mantel und Hut, tief ins Gesicht gezogen, trat aus der Dunkelheit zögernd auf sie zu. Schnell warf sie die Zigarettenkippe in den Schnee, rieb sich die Hände und brachte sich in Position. Er blieb plötzlich stehen und schien das Gebäude zu begutachten. Na, sieh mal einer an, dachte Lulu spöttisch, sind wir dem etwa nicht fein genug, oder was? Krawuttke würdigte den Kerl keines Blickes und machte mit seinem Schieber einen großen Bogen um ihn herum. Der Mann schaute ihm hinterher. Was hat der denn nur? Lulu verfolgte ganz genau, wie die dunkle Gestalt sich schließlich wieder zum Ballhaus umdrehte und nun zügig auf sie zuschritt. Der Gang erinnerte sie auf einmal an … Nein … *O mein Gott!* Ihr wurde schwindelig. Der Mann hatte die gleiche Haltung wie … Nein, das konnte nicht sein! Ihr Herz raste. Das war unmöglich! Lulu war wie versteinert.

Doch da stand er schon vor ihr. Mehr als zehn Jahre älter, aber er war es. Ohne Zweifel.

»Ich hab gesehen, im Ballhaus brennt noch Licht«, sagte David.

Mit seinen rehbraunen Augen, die sie so gut kannte und die nun ein paar mehr Krähenfüße umrandeten, schaute er sie unsicher, fast flehend an. Sie meinte zu träumen, aber er war echt, hatte rotblaue Wangen von der Kälte, und sein Atem blies Wärme in die eisige Luft zu ihr.

Lulu starrte ihn nur an. Nach einer Weile begann er zu zittern, sein ganzer Körper zu beben.

In diesem Moment begriff sie, dass er *wirklich* zurückgekommen war. Dass er lebte. Und diese Erkenntnis erschütterte sie bis ins Mark.

»David!« Sie schrie, ohne es zu wollen. Nun hielt sie nichts mehr, und wie auf Kommando fielen sie sich gleichzeitig in die Arme. Die Erinnerungen purzelten in die Gegenwart und vereinten sich zu einem neuen Hier und Jetzt.

»Lulu!«

»David!«

Gefühlt hundertmal wiederholten sie ihre Namen, während sie sich umklammert hielten.

»Du bist hier …«, flüsterte sie mit dem Kopf an seiner Brust. »Ja. Und jetzt bleibe ich.«

Er umfasste ihr Gesicht, zog es sanft zu sich heran, wie sie es früher schon geliebt hatte, und küsste sie. Bestimmt der schönste Kuss ihres Lebens.

»Es tut mir so leid …«, sagte er leise und suchte ihren Blick. Er weinte.

»Ich weiß.« Auch Lulu liefen die Tränen die Wangen hinab. In der Eiseskälte kamen sie ihr heiß vor.

»Komm mit.« Sie nahm ihn an der Hand und lächelte.

»Wohin?«, fragte er aufgewühlt und sichtlich erleichtert, dass sie ihn nicht fortgeschickt hatte.

»Zu deiner Tochter.«

Eine Woche später …

Im Spiegelsaal brannten überall Kerzen. Sie standen in Leuchtern, Gläsern, alten Ständern, auf dem Boden, sogar auf der Treppe zur Empore. Jeden Stummel, jede Kerze, die sie im gesamten Haus hatten auftreiben können, hatten sie hochgebracht und angezündet. Ein kleines Lichtermeer um Mitternacht für ihre Feier. Lulu und David waren alleine hier und feierten ihr Wiedersehen. Aber auch das Ende des Krieges, ihr Kind, dass das Ballhaus nicht zerstört war, Onkel Levi in New York seinen Herzinfarkt überlebt hatte und eine gemeinsame Zukunft vor ihnen lag. Und sie gedachten der Menschen, die sie verloren hatten, wie Lulus Eltern Claire und Ernst, ihren Freund Kalle und auf eine Weise auch Davids Mutter Ludmilla, die er bis heute nicht mehr wiedergesehen hatte.

Lulu hatte sich extra hübsch geschminkt, ein schickes weißes Kleid angezogen und ihre alte lila Federboa um den Hals geschlungen. David trug einen Anzug von Kalle, den Rosa ihm geschenkt hatte, und ein Hemd mit Manschettenknöpfen des Freundes.

David holte den Sekt. Er knallte mit dem Korken, und

Schaum sprudelte aus der Flasche. Schnell hielt Lulu ihm die zwei Kelche hin, die sie aus der Ballhausküche mitgebracht hatte. Er füllte die Gläser, und sie stießen an.

Dann ging David zum langen Tisch an der Wand, auf den er das alte Grammophon gestellt hatte. Er zog es auf, bis sich die Platte drehte, und legte dann vorsichtig die Nadel auf den äußeren Rand. Lulu liebte seine bedächtigen, eleganten Bewegungen.

Die Violinen von »Por una cabeza« klangen durch den Saal. Ihr Lieblingstango. Fast wie damals mit sechzehn, am selben Ort bei ihrem ersten Rendezvous, näherte sich David ihr mit einem Lächeln, verbeugte sich leicht und forderte sie auf: »Darf ich Sie um diesen Tanz bitten?«

Lulu nickte leicht und würdevoll, dann reichte sie ihm ihre rechte Hand. Er zog sie kraftvoll zu sich.

»Wo hast du Tango tanzen gelernt?«, fragte sie ihn überrascht. Keine andere Musik vereinigte Leidenschaft, Erotik, Melancholie und Schmerz so wie der Tango, den sie über alles liebte.

»Im Buenos Aires Café in Manhattan. Pass auf!«

Padamtamtam. Als die kraftvollen Akkorde auf dem Klavier einsetzten, die das Geigenspiel begleiteten, begann David zu führen. Grundschritt, Wiege, Promenade, Durch-Seit-Schluss und so fort – er konnte es tatsächlich, und Lulu schloss die Augen und ließ sich von den wunderbaren Klängen verzaubern. Der Tango, David und sie wurden eins in diesem Saal.

Am Ende, als der letzte Ton verklungen war, drehten sie sich nur noch, einander festhaltend, durch den ganzen Saal.

Sie drehten sich wie Kinder, drehten und drehten sich, bis ihnen schwindelig wurde. Dann ließen sie sich fallen. Der Sekt prickelte nun auch in ihren Köpfen, und sie mussten gleichzeitig lachen und weinen. Hand in Hand blieben Lulu und David dann in diesem zauberhaften Saal einfach auf dem Boden liegen. Von dort blickten sie zur stuckverzierten Decke, hielten sich die ganze Zeit über, und Lulu wollte ihn nie mehr loslassen. Glück überflutete den Raum und ihre Herzen.

Sie drehte sich zu ihm. Er lächelte. Dann küssten sie sich wild und gierig. Ewig hätte sie weiterküssen können. Aber da kam Nelly plötzlich in den Saal gelaufen, lachte über ihren Anblick und legte sich kurzerhand zu ihnen. »Ich kann nicht schlafen«, flüsterte sie nur.

»Ist gut, mein Schatz, wir sind da.« Lulu streichelte Nelly über das braune Haar. Diese kuschelte sich an ihre Eltern und schloss die Augen. Lulu und David nahmen sie zwischen sich und hielten ihr Kind so fest sie konnten. Nach einer Weile merkten sie an ihrem tiefen Atem, dass sie eingeschlafen war. Sie tauschten einen liebevollen Blick.

Und die tausend Spiegel und Lichter in den Spiegeln erzählten bestimmt diese, *ihre* Geschichte weiter, kam Lulu in den Sinn. Erzählten von alten und neuen Geschichten über die Liebe, das Glück und das Leid, über Abschied und Neuanfang, das Leben wie ein Tanz. Ein Bogen der Vergänglichkeit, gespannt zwischen Geburt und Tod. Und doch wurde auf diese Weise ein endloses Immerwieder bewahrt, das sich in den unzähligen Dimensionen der magischen Spiegel verlor und wiederholte …

Weil es nie zu Ende war. Daran glaubte sie fest.

»Ich liebe dich«, sagte Lulu mit fester Stimme.

»Und ich liebe dich, Blondzopf«, erwiderte David zärtlich.

»Für immer?«

»Für immer.«

Epilog

1957

Nelly Sternberg hält die kleine Porzellantänzerin in der Hand, zieht die Spieluhr auf, lauscht der Musik. Schwanensee, Odettes Melodie. Sie muss lächeln und stellt sie wieder auf den Schreibtisch zurück.

Ihre Eltern Lulu und David sind über das Wochenende am Wannsee, endlich mal eine echte Auszeit für die beiden, wenn auch nur kurz. Zum allerersten Mal hat sie alleine die Verantwortung für das Ballhaus. Glücklicherweise ist Tante Rosa ja auch noch da und steht ihr bei. Nelly freut sich sehr über das Vertrauen in sie und will ihre Eltern nicht enttäuschen.

Von unten aus dem Saal ertönt schon Musik, die Kapelle beginnt, ihre Instrumente zu stimmen. Sie muss sich beeilen. Noch Lippen schminken, Haare hochbinden, Ohrclips an. Schnell macht sich Nelly fertig und holt den Schlüssel.

Heute ist »Schlagersamstag« in *Lulus Ballhaus*. Sie erwarten einen riesigen Ansturm. Die neue Liveband verspricht, Liedwünsche zu erfüllen, und so ein Wunschkonzert ist immer sehr beliebt bei den Besuchern.

Nelly verlässt die Wohnung und eilt die Treppen hinunter. Sie weiß genau, was jetzt zu tun ist, das hat sie sich schon zigfach von ihren Eltern abgeguckt. Sie schließt das Ballhaus auf, öffnet die schwere Eingangstür und verschließt sie von innen wieder, damit kein Besucher unbemerkt hineinschlüpfen kann. Sie überprüft Garderobe, Bar, Weinstube, Tischdeko, Wintergarten, Toiletten, schäkert ein bisschen mit Kellnern und Barkeepern, begrüßt die Musiker, die sich jetzt mit Rock'n'Roll einspielen. Einen Augenblick lauscht sie und summt dazu, dabei wippt ihr Fuß unwillkürlich mit. Dann verlässt sie wieder den Tanzsaal und weist die Türsteher ein, die an der Garderobe auf sie warten. Dort begrüßt Nelly Krawuttke mit einem Kopfnicken, dessen gerahmte Schwarz-Weiß-Fotografie mit Trauerband für alle sichtbar auf dem Tresen steht. Darauf sind mit krakeliger Schrift die Worte zu lesen: *Mach's jut, Harry. In unseren Herzen unverjessen.* Nelly spürt, sein Geist ist hier noch irgendwo, obwohl er seit vielen Jahren tot ist.

Jemand ruft ihren Namen. Sie sieht, dass die Tür zur Küche offen steht. Tante Rosa ist schon dort, winkt ihr zu und zeigt mit Daumen hoch, dass sie alles im Griff hat. *Wunderbar.* Nelly ist erleichtert. Heute bieten sie Bockwürstchen mit Kartoffelsalat an, dazu wird Graubrot und Senf serviert – mehr gibt es nicht, die Leute sollen lieber tanzen und trinken.

Alles ist vorbereitet. Es gibt nichts mehr zu tun. Nelly ist stolz und freut sich, es ist geschafft. Nur noch ein letzter Blick in den Saal: Das Licht glitzert, das Parkett wartet auf Tänzer, ein Sektkorken fliegt mit einem lauten Plopp in die

Höhe. Die Musiker beginnen, eine freche Version von »Mister Patton aus Manhattan« zu spielen.

Nelly wendet sich ab und steckt den Schlüssel in das Schloss der Eingangstür. Dann zögert sie kurz, bevor sie das Ballhaus für die Gäste freigibt. Hält inne. Schließt die Augen und schnüffelt. Was ist das für ein Geruch? Oder ist es die Stimmung? Sie schaut nach oben, nach rechts und links. Etwas ist anders an diesem Abend. Etwas ist neu, ein besonderer Glanz liegt in der Luft. Ein Versprechen. Etwas Magisches. *Vielleicht bricht eine neue Ära an*, denkt sie in diesem Moment.

»Los, Schätzchen, mach hinne«, ruft Tante Rosa da aufmunternd hinter ihr. »Die Schlange steht fast bis auf die Straße!«

»Ja doch. Bin schon dabei.« Nelly dreht sich um und nickt der besten Freundin ihrer Mutter zu. Atmet einmal tief aus und ein, als könne sie den Zauber in der Luft inhalieren. Und dann öffnet sie die große alte Tür und stößt sie mit einem Lächeln kraftvoll auf. Die Blicke der Wartenden richten sich sofort auf sie, und ein Raunen und Murmeln geht durch die Menge: »Aaaaah!«, »Endlich!« oder »Wird auch langsam Zeit, Frollein!«

Nelly tritt hinaus und stellt sich ein Stück zur Seite, damit sie die Massen fröhlich grüßend an sich vorbeiziehen lassen kann.

»Herzlich willkommen in *Lulus Ballhaus*! Bienvenue! Welcome! Hereinspaziert, meine sehr verehrten Damen und Herren! Liebe Freunde des Tanzparketts. Nur keine Scheu, kommen Sie herein! Es ist uns eine Freude, Sie hier begrüßen zu dürfen. Heute ist *Ihr* Schlagersamstag, und jeder darf sich was wünschen. Fühlen Sie sich wie zu Hause, befreien Sie sich von allem, was Sie bedrückt, lassen Sie Ihre Sorgen vor der Tür, seien Sie unser Gast. Genießen Sie einen unvergesslichen Abend bei Tanz, Musik, Bier und Wein – hier im Ballhaus wird gefeiert, hier ist jeder gleich, jeder kann sein, tanzen und lieben, was, wie oder wen er will! Die Band erwartet Sie, der Schampus ist kalt gestellt, die Nacht noch jung. Nur zu, hereinspaziert!«

Sie ist ganz in ihrem Element. Jeden Einzelnen begrüßt Nelly freundlich und weist den Weg in den Saal.

Im Vorbeigehen zwinkert ihr ein fescher junger Mann mit schwarzen Haaren und blauen Augen freundlich zu. Sie schenkt ihm ein Lächeln. Er strahlt zurück. Vielleicht würde sie später mit ihm tanzen können, wer weiß?

Von drinnen ertönt *»Mister Patton aus Manhattan ist ganz außer sich vor Glück …«*

Als die lange Menschenschlange sich aufgelöst hat und alle im Ballhaus verschwunden sind, blickt Nelly auf den leeren Hof und betrachtet die hohen Kastanien im Wind. Die hat noch nicht einmal der Krieg umgehauen. Sie streicht sich die widerspenstigen Locken aus der Stirn, zieht den Pferdeschwanz etwas fester, rückt ihr Kleid zurecht und atmet tief ein und aus. Nun ist es schon dunkel geworden, und tausend Sterne funkeln am Himmel. Der Mond ist von hier aus heute nicht zu sehen, vielleicht von der anderen Seite der Spree.

Aber im Ballhaus brennt noch Licht. Heute wie gestern und morgen. Ihr Vater kommt Nelly in den Sinn, und sie blickt zu dem hohen Gebäude. Da durchströmt sie plötzlich ein warmes Gefühl. Wie liebt sie all das hier, diese Welt, ihr Zuhause.

Und in diesem Moment weiß Nelly ganz sicher, dass, egal was noch passiert oder welche Steine ihnen allen in den Weg gelegt werden, es immer irgendwie weitergehen wird. Mit ihrem Ballhaus. Dem Tanzen. Der Musik. Der Liebe. In dieser Stadt. Und dem Leben überhaupt. Es gibt *immer* einen Weg. Wenn man es unbedingt will. Vor allem an einem Ort, wo die Menschen zusammenhalten.

So wie hier.

»Dieser Mann ist nicht zu retten, so long, so long, goodbye.« Das Lied endet, tosender Applaus erklingt im Saal.

Lächelnd folgt Nelly nun auch den anderen Gästen in den golden leuchtenden Tanzsaal. Mit Zuversicht im Herzen, einer unbändigen Lust, heute wieder einmal selbst das Tanzbein zu schwingen – und auf der Suche nach dem hübschen jungen Mann mit den freundlichen blauen Augen …

Nachwort

Als ich vor einigen Jahren einer Freundin von meiner Buchidee einer Tänzerin im Berlin der 1920er Jahre erzählte, sagte sie sofort: »Dann musst du unbedingt zu Clärchen!« Ich wusste nicht, wer das war, geschweige denn, was das mit meinem Buch zu tun haben sollte, und wäre im Leben nicht auf ein Ballhaus gekommen. Nachdem sie mir erklärt hatte, dass *Clärchens Ballhaus* in Berlin Mitte eines der letzten erhaltenen und noch »lebendigen« Ballhäuser aus der Zeit um 1900 ist und deshalb historisch gesehen nahezu einzigartig, war ich sofort neugierig.

Schon beim ersten Besuch hat es mich voll erwischt, denn »Clärchens«, wie die Berliner das Haus liebevoll nennen, ist wirklich wie aus der Zeit gefallen und versprüht immer noch den Charme von früher. Ich war verzaubert von diesem schönen alten Gebäude, aber auch dem Tanzsaal, der originalen Garderobe, dem Wintergarten. Denn überall, im kleinsten Winkel spürt man die Energie aller Menschen, die dort jemals gefeiert haben. Selbst die Risse in den Wänden, die abgeblätterte Fassade, die Kratzer im Boden oder der morbide Charme des ehemals so glamourösen Spiegelsaals strahlen eine unvergleichliche Echtheit und Anziehungskraft aus. Ein Stück gelebte Geschichte mitten im modernen Berlin des 21. Jahrhunderts. Sobald man über die Stufen ins Ballhaus eintritt, eröffnet sich eine glanzvolle

Welt: Wie mit einer Zeitmaschine wird man zurückkatapultiert in die Goldenen Zwanzigerjahre. Geschichte zum Anfassen, zum Träumen, zum Mitmachen, einfach zum Schwelgen.

Das ging nicht nur mir so, wie ich erfuhr. In den Medien ist das Ballhaus z. B. immer wieder Gegenstand von Reportagen und Schauplatz großer internationaler Filmproduktionen gewesen. Schnell hatte ich entschieden, dass das mein Setting werden *musste*. Hier wollte ich die Geschichte meiner Tänzerin (inspiriert durch Frank Wedekinds »Lulu«-Figur) ansiedeln, in diesem Haus, das so viele Menschen bis heute durch Tanz und Musik verbindet und prägt. Da ich aber die echte Historie von *Clärchens Ballhaus* nicht exakt übernehmen wollte, nannte ich es im Roman *Sternbergs Ballhaus*. So wird dennoch das Gebäude zur heimlichen und titelgebenden Heldin.

Während meiner Recherche habe ich sehr viel über die Veränderungen des Ballhauses über die Jahrzehnte hinweg erfahren. Immer im Wandel der jeweiligen politisch-gesellschaftlichen Zustände, mussten sich das Ballhaus und seine Inhaber neu erfinden und anpassen, um zu überleben. Aber stets blieb der Spirit im Vordergrund, ein Schutzraum für seine Gäste zu sein, ein Ort, der für Frieden, Freude und Ausgelassenheit steht. Wo alle Menschen gleich sind und jeder sich wohlfühlen darf. Wo das Bier für alle gleich viel kostet und das Parkett jeden zum Tanzen einlädt.

In allen Zeiten ging es um Begegnungen und Berührungen, um das, was uns Menschen verbindet, nicht um das, was uns trennt. Dies macht die Faszination des außergewöhnlichen und schillernden Orts aus.

Die *Botschaft* dieses Romans ist daher auch: Wenn es einmal bei euch im Leben kräftig stürmt, der Wind ins Gesicht bläst, die Welt aus den Fugen gerät, erinnert euch daran: Jeder braucht solch einen Ort. Wo ihr geliebt werdet, wo das Leben pulsiert, wo euer Herz zu Hause ist. Wo geküsst und getanzt wird.

Und immer ein Licht für euch brennt …

Stephanie Jana, August 2023

Von Herzen DANKE …

… meiner allerbesten Agentin Petra Hermanns für die freundschaftliche und engagierte Begleitung. Du hast mich über die Jahre stetig gefördert und gesehen, was ich kann. Diese Geschichte hat dich von Anfang an fasziniert, du hast sie auch in den ersten Zügen mitentwickelt. Die Figur der Mutter Claire war deine Idee, und sie ist dir gewidmet. Dich an meiner Seite zu haben, ist mir unendlich wertvoll.

… meiner Lektorin und stellv. Programmleitung Kerstin Schaub vom Goldmann Verlag für die herzliche sowie harmonische Zusammenarbeit und die Chance, dieses Herzensprojekt veröffentlichen zu dürfen. Auch du warst sofort angetan und hast mit deiner Liebe zu schönen Geschichten dazu beigetragen, wie diese hier am Ende geworden ist. Der Ballhaus-Zauber ist auf dich übergegangen.

… meiner Lektorin Waltraud Horbas für das zügige, ausgezeichnete Lektorat. Ihre professionelle Arbeit und Begeisterung für diesen Roman hat das Manuskript wesentlich aufgewertet.

… dem Goldmann Verlag mit den Verantwortlichen, v. a. den Presse- und Veranstaltungsgoldfrauen Barbara Henning und Manuela Matella, für die liebe und engagierte Unterstützung. Ihr seid alle so wunderbare Menschen, die ihr Möglichstes tun, dass unsere Bücher sichtbar werden. Das ist toll!

… meiner Herzensfreundin und Autorenkollegin Ursula Kollritsch. Für dein Mitfiebern, Mitentwickeln, offenes Ohr und Glauben an diesen Roman. Ohne deine Unterstützung wäre er nicht so rund geworden. Und du erinnerst mich immer wieder daran, wie wichtig es ist, bei allem Druck auch zu lachen, zu leben, zu lieben.

… meiner Skorpionschwester und »Clärchens«-Spezialistin Marion Kiesow. Deine spannende Führung und Verliebtheit in das Ballhaus haben Funken gesprüht, die auf mich übergegangen sind. Du hast mich beim ersten Kennenlernen schon mit offenen Armen empfangen, mir geduldig alle Fragen beantwortet und den Roman historisch lektoriert. Mit der Zeit sind wir wirklich Freundinnen geworden, und dieser Roman ist eng mit dir verbunden. Und Clärchen weiß das auch. ;)

… dem Team von »Clärchens Ballhaus«, vor allem Claudia Steinbauer und Nele Speckmann, dass ihr mich in meiner Recherche und den Plänen im Zusammenhang mit der Romanveröffentlichung so offen, interessiert und herzlich unterstützt habt. Und dass mein Traum von einer Leseshow im Spiegelsaal durch euch wahr werden darf.

… dem Hessischen Ministerium für Wissenschaft & Kunst für die Förderung des Buchprojekts und die liebe Unterstützung, ganz besonders Karin Karn.

… meinem Freund Christian Ulrich für das Teillektorat und den kritischen Blick speziell auf die Authentizität der männlichen Figuren. Und für alles andere auch.

… Volker, Lily, Henry, meinen Eltern, Jane und Heiko sowie der restlichen Familie und meinem Freundeskreis dafür, dass ihr mich mit viel Liebe und Verständnis meinen Traum vom Schreiben verwirklichen lasst. Ihr müsst phasenweise oft auf mich verzichten, diverse Aufs und Abs aushalten. Dennoch seid ihr immer für mich da, gebt mir Zuspruch und zeigt ehrliches Interesse. Das werde ich euch nie vergessen.

… allen treuen Leser*innen, Buch-Blogger*innen und Büchermenschen dafür, dass ihr euch auf diese Geschichte einlasst. Was wären wir ohne eure Unterstützung? Deshalb hoffe ich, mit diesem Roman auch etwas zurückgeben zu können, was euch erfüllt, in eine goldene Welt entführt und glücklich macht.

Eure Stephi

Autorin

Stephanie Jana ist selbstständige Autorin und Lektorin. Sie lebt mit ihrer Familie in Gießen und Frankfurt am Main. Weitere Informationen zu Stephanie Jana unter:

www.instagram.com/stephanie_jana19/
www.autorinnenduo.de
https://de-de.facebook.com/autorinnenduo

Stephanie Jana im Goldmann Verlag:

Im Ballhaus brennt noch Licht. Roman
(auch als E-Book erhältlich)

Zusammen mit Ursula Kollritsch:

Coco, Sophie und die Sache mit Paris. Roman
(auch als E-Book erhältlich)
Sommerträume auf Sylt. Roman
(auch als E-Book erhältlich)

Unsere Leseempfehlung

480 Seiten
Auch als E-Book erhältlich

512 Seiten
Auch als E-Book erhältlich

Hamburg 1954. Margot Frei träumt davon, die Welt zu entdecken und die kleinbürgerliche Enge im Nachkriegsdeutschland hinter sich zu lassen. Da liest sie eine Anzeige der neu gegründeten Lufthansa: Stewardessen gesucht! Margot versucht ihr Glück - und ergattert einen der heiß begehrten Plätze. Jahre später hat sie die halbe Welt bereist. Dann bekommt sie die einmalige Chance, für die legendäre Fluggesellschaft Pan Am zu arbeiten. Soll sie alles hinter sich lassen? Auch den Piloten, an dem ihr Herz immer noch hängt?

goldmann-verlag.de

GOLDMANN